D1785783

Emmanuel Carrère

Bravoure

Gallimard

Emmanuel Carrère est né en 1957. D'abord journaliste, il a publié un essai sur le cinéaste Werner Herzog en 1982, puis *L'amie du jaguar*, *Bravoure* (prix Passion 1984, prix de la Vocation 1985), *Le Détroit de Behring*, essai sur l'Histoire imaginaire (prix Valery Larbaud et Grand Prix de la science-fiction française 1987), *Hors d'atteinte ?* (Folio n° 2116) et une biographie du romancier Philip K. Dick, *Je suis vivant et vous êtes morts*. Il a aussi signé *La classe de neige* (Folio n° 2908), prix Femina 1995, porté à l'écran par Claude Miller, de même que *L'adversaire* (Folio n° 3520) adapté par Nicole Garcia. En 2003, il réalise un documentaire, *Retour à Kotelnitch*, et adapte lui-même en 2004 *La moustache* (Folio n° 1883), coécrit avec Jérôme Beaujour, et interprété par Vincent Lindon et Emmanuelle Devos. Ses livres sont traduits dans une vingtaine de langues.

I

Précédant le mouvement de son corps, son regard embrasse successivement la pénombre humide du couloir où il va pénétrer et, juste avant que la porte se referme, le spectacle de la rue qu'il vient de quitter, dont le lourd battant de chêne le sépare à présent. La maison n'abritant aucun mobilier et lui-même ne possédant plus rien, il n'a que son propre poids à y mouvoir, mais c'est assez pour l'épuiser : tout pèse davantage entre ces murs épais, à commencer par la porte dont il franchit de plus en plus rarement le seuil, chaque geste demande un effort, comme si la gravité était multipliée, l'attraction de la terre plus impérieuse en cet endroit précis de Londres.

Parfois, à peine entré, au lieu de gravir, en retenant son souffle court, la volée de marches qui s'amorce au fond du boyau et le conduit à sa penderie, il s'agenouille devant la porte, colle son œil à une fissure qu'il a repérée, regarde au-dehors. Ces séances de guet lui plaisent, du moins lui plaisaient-elles au début, malgré l'étroitesse de son champ de vision. C'est encore la meilleure manière pour lui de voir le monde : sans être vu, sans qu'on lui demande de s'y mêler, d'y tenir sa partie.

Tant qu'il est dans la rue, à découvert, cette partie

consiste essentiellement à prévoir les modalités de son exclusion volontaire, les obstacles qui risquent de l'empêcher. Arpentant la chaussée à quelques mètres de la porte, il lui faut s'assurer que personne ne le verra la pousser, déplacer la planche qui a l'air clouée mais en réalité ne l'est pas et, bien que la venelle soit peu fréquentée, il arrive qu'il doive la longer deux ou trois fois, dans les deux sens, parce qu'il croise un passant devant sa retraite et qu'il doit donner le change en poursuivant son chemin. Quand l'importun s'est éloigné, il revient sur ses pas, vérifie que personne n'est en vue ni à portée d'oreille et, en hâte, retire la planche, puis la replace tout en poussant le battant. Il arrive aussi que le passant soit toujours là à son retour, le nez en l'air, en train de converser avec une personne de sa connaissance ou même d'examiner la façade, évaluant les dommages que doit subir cette demeure de maître laissée à l'abandon. Alors, il le dépasse de nouveau, évitant son regard, craignant que l'autre trouve quelque chose de suspect à ses allées et venues, à sa mine en général. Malgré ses efforts pour se persuader que ce caractère suspect, et par suite cette suspicion du passant, n'existent que dans son imagination, il sent peser sur son épaule le regard encore distrait, mais qui ne tardera pas à se fixer, à transmettre son rapport au cerveau qui donnera l'alerte, avant que lui, Polidori, ait pu disparaître, se soustraire comme on dérobe une pièce à conviction pour faire piétiner une enquête. Tout en pressant le pas, il se figure les retombées de cette information sans importance (un jeune homme vient de repasser, l'air coupable, devant la porte d'un immeuble condamné), son voyage dans les circonvolutions cérébrales de l'honnête promeneur : bien sûr, pense celui-ci, cet homme à l'air coupable, qui vient de repasser sans raison apparente, flâne peut-être, comme je le fais moi-même, mais ce n'est pas un flâneur, il paraît, c'est paradoxal, beaucoup trop disponible pour avoir le loisir de flâner. Non, cet homme n'a rien à faire, mais il ne flâne pas. Il se cache, très probablement, il redoute le commerce de ses semblables, il n'a d'autre rapport avec eux que sa crainte de les voir stationner devant son terrier, lui interdisant d'entrer. Il n'est même pas exclu qu'une fois à l'abri, il perce au moyen d'un vilebrequin de petits trous dans la paroi qui le protège afin de regarder avidement ce dont elle le protège.

Un jour, en s'engageant dans la rue pour rentrer chez lui, il a surpris un homme entre deux âges, aux allures de ruffian, un genou fléchi devant sa porte, dans une position absolument symétrique à celle qu'il adopte, lui, pour épier derrière cette porte. La fissure devait se trouver à hauteur de ses yeux. La sueur s'est alors glacée sur l'échine maigre de Polidori, bien qu'en vérité il n'ait couru aucun danger. La vision n'a d'ailleurs duré que quelques secondes car l'homme, qui venait d'extraire un gravillon de son soulier, s'est aussitôt redressé pour s'éloigner en sens inverse du sien. Mais il imagine que la même scène pourrait se produire alors que lui se trouve derrière la porte, l'œil collé à l'étroite fissure. Si le ruffian arrivait de côté (ce qui est évidemment le plus probable : on arpente plus souvent les rues en longueur qu'en largeur, surtout lorsqu'elles sont aussi étroites), s'il s'agenouillait brusquement, son œil pourrait surprendre celui de Polidori, aux aguets. La nuit suivante, il a rêvé de cet instant horrible où le regard d'un homme de l'extérieur décèle le sien, l'instant où ils se croisent. Réveillé par l'effroi, il a ouvert les yeux, ou plutôt un œil, selon son habitude : en soulevant une paupière, puis l'autre, il

parvient généralement à éviter que ses yeux se mettent à danser la gigue dans ses orbites, comme il lui
arrive de plus en plus souvent sous l'empire d'une
émotion. Ouvrant un œil, il a vu un autre œil, un œil
étranger, noir, presque collé au sien. Il n'a même pas
crié, c'était comme d'être mort. Il était réveillé, le
cauchemar continuait, il était mort, très bien. Sans
ciller, calmement, il a fixé l'œil grand ouvert, si
proche que son propre champ de vision pouvait à
peine en inclure le blanc entourant la pupille dilatée.
Jamais il n'a vu un œil d'aussi près. Puis, confiant
dans l'immobilité cadavérique pour empêcher la
gigue redoutée, il a ouvert l'autre œil, sûr de ce qu'il
verrait : un œil symétrique, aussi proche, touchant
presque le sien. Et en réalité, tout ce qu'il a vu, c'est
la courbe d'une joue, la joue de Teresa qui, depuis
près d'une heure, le regardait dormir.

II

Teresa met dans la prostitution occasionnelle qui lui permet de survivre une sorte de gentillesse enfantine, un peu niaise, pense Polidori, et bien qu'elle soit contrainte de se plier aux caprices de ses clients, qui réclament des caresses moins innocentes, elle y ajoute souvent une mignardise de gamine, une agacerie mieux faite pour charmer un vieil oncle gâteau qu'un homme de peine sexuellement frustré. Elle n'a fait l'amour qu'une fois avec Polidori, depuis trois semaines qu'ils cohabitent dans la maison vide. Ni elle, dont c'est le gagne-pain, ni le jeune homme, que l'abus de l'opium et la haine de soi rendent impuissant, n'y tiennent tellement et ils n'ont pas renouvelé l'expérience. Mais elle garde pour lui les menues caresses que souvent ses clients refusent et, lorsqu'ils se trouvent ensemble, s'acharne à enrouler les boucles de ses cheveux autour des orteils de Polidori, ronger ses ongles ou encore exécuter ce qui semble être sa gâterie favorite, qu'elle appelle le baiser du papillon. Elle approche les paupières d'un point sensible de la peau, et bat plusieurs fois des cils, effleurant l'épiderme offert. Cette nuit-là, lasse de le voir dormir, ou bien pour l'arracher en douceur au mauvais rêve qui contractait son visage, elle a fait le baiser du papillon directement sur ses paupières, de sorte qu'en ouvrant l'œil, il n'a pu voir que son œil à elle, distant de la longueur des cils. Comprenant la situation, il a feint de n'avoir ouvert les yeux que par un mouvement réflexe et de ne pas s'être éveillé, pour éviter que Teresa poursuive ses gentillesses, ou bien, si elle a compris sa feinte, pour qu'elle comprenne aussi qu'il vaut mieux les interrompre. Quelques minutes après, prudemment, il a de nouveau soulevé une paupière et constaté que celle de Teresa, un peu éloignée de la sienne, était à présent fermée. Sa respiration chuintait. En d'autres temps, le goût de la symétrie aurait poussé Polidori à esquisser à son tour un baiser du papillon, mais la symétrie n'a plus de sens maintenant entre ses yeux et des yeux étrangers. Ses yeux à lui ne sont faits que pour se dérober. Même contre son gré, ils fuient comme des animaux affolés. Ses oreilles sont faites pour enregistrer ce qui sort de la bouche des autres, non par sympathie ou curiosité, mais pour y déceler des menaces. Sa bouche pour verrouiller tout ce qui pourrait, sortant de lui, se frayer un accès jusqu'aux oreilles des autres, ses mains pour rester dans ses poches trouées, ou derrière son dos, ou pour écrire des pages que personne ne lira jamais, son sexe pour se recroqueviller dans sa culotte et, en général, toute sa personne pour se claquemurer dans un repaire pesant où ni les yeux, ni les bouches, ni les mains des autres ne peuvent l'atteindre. Il ne désire plus que cela : être hors d'atteinte.

C'est pourquoi, bien qu'il la sache aussi clandestine et apeurée que lui, la présence de Teresa lui pèse. Il supporte mal qu'elle le touche — ce qu'elle fait, non par sensualité, mais pour établir, si précaire soit-il, un lien d'intimité, de proximité au moins avec un être humain. Il la rabroue parce que ses mains sont moites, interdit qu'elle lui parle. S'il pouvait, il la chasserait. C'est elle pourtant qui, après l'avoir rencontré, prostré au bord de la Serpentine, lui a offert de partager son abri de fortune, mais cette considération de gratitude ne l'arrêterait pas. Il craint seulement, s'il lui dit de partir, qu'elle aille le dénoncer à d'autres vagabonds. De plus, c'est elle aussi qui veille à leur subsistance, rapporte chaque jour un quignon de pain, un broc d'eau fraîche, parfois un morceau de fromage ou de lard. Et, maintenant qu'il ne sort presque plus, elle va chercher le laudanum dont il ne peut se passer chez l'apothicaire manchot à qui, lorsqu'il était médecin, il a évité la prison, peut-être la corde, en témoignant pour lui dans une affaire d'empoisonnement ; depuis, l'autre accepte de le fournir gratuitement et c'est même, pour cette raison, la seule personne avec qui Polidori reste encore en relation.

Il paie de tels services en tolérant la présence craintive de Teresa, en acceptant qu'elle partage la paillasse — qui, bien entendu, est à elle. Il doit être mystérieux et séduisant aux yeux de cette pauvresse de dix-sept ans, gracile du haut et forte du bas, à la peau marbrée de taches rougeâtres. Il se demande parfois ce qu'elle peut bien se figurer à son sujet mais, lui qui pourtant s'y est complu toute sa vie, se lasse vite de ces hypothèses. Elle peut le prendre pour un jeune homme de grande famille blessé par un chagrin d'amour, pour un prisonnier évadé ou simplement pour un vagabond, peu importe à présent quelle image de lui se reflète dans ces yeux toujours embués, implorants. Elle n'est qu'un poids de plus, justifié par une certaine utilité pratique, un peu comme le fait de porter des vêtements, deux ou trois livres d'étoffes et de peaux étrangères qui sont à la fois un confort et une entrave — parfois un plaisir de vanité, mais il n'en est bien sûr pas question dans le cas de la pauvre Teresa.

Tout pèse à Polidori, à l'intérieur et à l'extérieur de lui-même. Vingt-quatre ans de vie morte l'accablent, qu'en y réfléchissant il divise ainsi : vingt ans, ou presque, de promesses. Non pas de bonheur, il n'en a jamais connu, mais d'aspirations, de confiance même. Il a été une sorte d'enfant prodige, ses sœurs l'admiraient, il dessinait à ravir. À dix-neuf ans, sa thèse sur le somnambulisme lui a valu d'être le plus jeune médecin diplômé par l'université d'Édimbourg. C'est depuis quatre ans que tout s'est mis à tourner mal. Depuis son premier départ d'Angleterre, à la suite de Lord Byron, sa vie n'a été qu'un effondrement lent, précis, une suite d'échecs, une catastrophe en somme et une catastrophe déjà consommée. Ces vingt-quatre années ont déroulé leur trame de malignité d'abord sournoise, puis ouverte, afin de le conduire là, à ce refuge clandestin de Soho, à cette paillasse gluante qu'il partage, abruti par l'opium, avec une putain laide et bien intentionnée. S'il arrivait au moins à se prendre pour un paria, un être différent, un génie méconnu ! Mais non, il n'est qu'un raté ordinaire, poussé vers une déchéance anonyme par la médiocrité de ses dons et, un peu quand même, par la hauteur de ses ambitions, un malheureux garçon comme il y en a des centaines qui, chaque nuit, battent le pavé de Londres en quête d'un logis, d'une provisoire planche de salut. Déjà, il est trop tard pour eux. Polidori, qui craint les hommes en général, méprise par-dessus tout ceux qui lui ressemblent. Le peu qui reste de lui, de l'image qu'à dix-huit ans il s'est formée de lui, interdit qu'il pactise avec d'autres déclassés, fréquente les tavernes où l'on évoque comme des fantômes, ou des enfants mort-nés, le talent de musicien qu'a dilapidé l'un, les promesses de poète que n'a pas tenues l'autre, les rêves de gloire imprécis du troisième. Au moins, jusqu'au bout, Polidori sera seul. Ou, au pire, encombré d'une Teresa qui n'a rien de commun avec lui.

De même échoue-t-il à ranimer l'illusion exténuée d'avoir touché le fond et d'en être par conséquent au moment de sa vie où il lui revient de donner un vigoureux coup de pied et de remonter à la surface. Il sait bien que c'est une illusion, parce qu'elle a trop servi, que plusieurs fois déjà il a tâché de s'exalter ainsi, sans succès. Et, davantage encore que dans le passé, le fond où il a coulé ne se présente pas comme une surface solide et fiable, mais comme un sable mouvant où le pied glisse, s'enfonce au lieu de le propulser vers le haut.

C'est pourquoi Polidori ne rêve même plus. Il sait que cette maison est son dernier refuge, qu'après ce sera fini. Il sait aussi que l'un des aspects les plus pernicieux de sa catastrophe privée est sa médiocre disposition aux actes désespérés. Plusieurs fois, depuis l'âge de vingt ans, il a dressé l'inventaire lucide, pas même forcé par l'amertume, de ce qui le retenait à la vie, et toujours il est arrivé aux conclusions qui s'imposent maintenant avec une acuité renforcée, d'ailleurs inutile. Médecin raté, radié de l'ordre, joueur malchanceux, dramaturge sans œuvre, ridiculisé dans le monde littéraire où il a rêvé de faire carrière, pauvre, sans amis, trop honteux pour demander le secours d'une famille qui le croit mort, il n'a rien, vraiment plus rien à perdre. Ni rien non plus à gagner, quoi qu'il fasse il est trop tard.

Il a voulu se suicider pour la première fois à son retour en Angleterre, trois ans plus tôt, après avoir découvert le sort fait à son *Vampire* par l'éditeur Colburn et à ses prétentions littéraires par Mary Shelley, dans la préface de *Frankenstein*. Après de longues hésitations, son choix s'était porté sur le pistolet. Derrière son comptoir, l'armurier l'avait regardé approcher, un œil fermé, l'autre écarquillé, malgré la crispation de son orbite, sous une loupe d'horloger dont il se servait comme monocle, apparemment pour y voir de loin. Il était très vieux, très frêle, et même un jeune homme aussi chétif que Polidori aurait pu l'assommer d'une pichenette. Polidori pensa alors que, s'il était résolu à mourir, rien ne l'empêchait de voler le pistolet au lieu de l'acheter. Il n'en avait pas besoin, il lui restait bien assez pour cette dernière emplette, mais il s'avisait soudain que, de toute sa vie, lui qui rêvait d'aventures, de risques, d'émotions fortes et réprouvées par la morale, il n'avait jamais volé, jamais fait tort d'un sou à personne (il devait se rattraper par la suite, mais poussé par la misère et sans aucun panache). Au moins, avant de mourir, pour mourir, il pouvait s'offrir ce luxe. Cinquante centimètres à peine le séparaient du vieil homme qui, la distance s'étant réduite, avait remplacé sa loupe par une autre, extirpée d'un coffret sans que Polidori puisse comprendre comment, presque aveugle, il parvenait à choisir si prestement la lentille convenant à chaque circonstance.

L'idée du vol lui étant venue au moment où il franchissait le seuil de la boutique, Polidori n'avait pas eu le temps de préparer une phrase, de la retourner dans sa tête, de la prononcer à voix haute, se sachant seul, pour en apprécier l'effet (chaque fois qu'il faisait cela, une fois la phrase lâchée, il jetait autour de lui des regards affolés, s'attendant à surprendre quelque témoin hilare). Les deux mains posées à plat sur le comptoir, s'efforçant de réprimer leur tremblement, il voulut dire : « Donnez-moi un pistolet » avec suffisamment de fermeté courtoise pour que l'armurier comprenne qu'il s'agissait de le donner, non de le vendre, et qu'il valait mieux pour lui ne pas discuter avec un homme aussi déterminé. Mais, aussi inévitablement que s'il avait longuement préparé, et donc usé, sa phrase, ce fut une autre qui sortit de sa bouche. Il dit : « Je voudrais un pistolet » et, s'entendant parler, il eut envie de pleurer. Sa vie, à ce moment, lui parut suspendue, non plus à sa propre décision de se tuer, mais au fait qu'il achèterait ou volerait le pistolet et, d'une certaine façon, s'il parvenait à le voler, ce ne serait plus la peine de se suicider : ainsi aurait-il accompli un acte positif et pourrait-il en tirer des augures favorables pour la suite. Déjà, au moins, il n'avait pas dit : « Je voudrais acheter un pistolet. »

« Bien sûr, monsieur, dit l'armurier, des pistolets, nous n'en manquons pas. Avez-vous une marque de préférence ? »

Toute la conscience de Polidori s'était concentrée sur le fait qu'il ne fallait pas répondre, que s'il répondait une conversation s'engagerait, à l'issue de laquelle il finirait par acheter le pistolet. Mais, en même temps qu'elle se mobilisait autour de cet impératif, une autre pensée grignotait. Il se demanda — et au moment où il se le demanda, il comprit que l'affaire tournait mal — s'il avait oui ou non une marque de préférence. Non, bien sûr, il ne connaissait rien aux pistolets, tout ce qu'il savait de leur maniement, il le tenait de Lord Byron. Lui s'y connaissait, lui avait des marques de préférence et adorait disserter sur ce sujet. Lui était un grand poète et un grand amateur de pistolets — bien entendu, il affectait de tirer vanité de ce trait-là de son caractère. En un éclair, Polidori se rappela une conversation, à Diodati : Byron, justement, avait comparé plusieurs marques, sans se soucier de ce que le sujet n'intéressait aucun de ses interlocuteurs, ni Shelley qui, l'écoutant pérorer, souriait affectueusement, indifférent aux pistolets mais charmé par l'entrain de son ami, ni Mary, ennuyée, ni lui-même, Polidori qui, pourtant, avait jugé bon, par crainte et par plaisir d'entendre sa propre voix, de contredire Byron en défendant âprement une marque dont, bien sûr, il ignorait tout. « Ah, s'était exclamé Byron, si Polly est un adepte du Brewer, je n'ai plus rien à dire. » Et maintenant, il répondait à l'armurier, timidement :

« Un Brewer, peut-être...

— Je vois que monsieur est un connaisseur », dit le vieillard en changeant encore une fois de loupe et, au lieu de le prendre par les épaules, de le secouer, de fracasser la vitrine et d'y ramasser n'importe quelle arme, au hasard, Polidori ne put empêcher son esprit d'examiner la question suivante : les Brewer étaient-ils ou non de bons pistolets ? Était-ce Byron qui, en réalité, n'y entendait rien, ou l'armurier qui, en négociant poli, s'émerveillait systématiquement de la compétence de ses clients, même s'ils lui réclamaient des pistolets à bouchon pour aller chasser le cerf ? Finalement, il sortit de la boutique, le Brewer joliment empaqueté sous le bras. Il avait coûté les deux tiers de ce qui lui restait en poche. C'était une arme de luxe, bien finie, et bien qu'il ne l'ait jamais utilisée, il fut peiné quand, un mois plus tard, on la lui vola avec ses bagages dans une auberge du Sussex, dont le patron l'exaspéra en observant qu'il fallait être singulièrement malchanceux pour se faire détrousser dans une maison où jamais une chose pareille n'était arrivée. Il le répéta au moins trois fois.

Car il ne s'était pas suicidé, bien sûr : il voulait se donner encore une chance et par suite, avant qu'on ne le lui vole, il avait chargé le pistolet de représenter cette dernière chance et non sa vanité. Muni d'une telle arme, il pouvait, s'il voulait, retourner chez l'armurier, exiger sous la menace qu'il lui remît la caisse — mais, en y pensant, il imagina la tête des policiers devant la déposition bredouillante du vieillard : « Il m'a attaqué avec un pistolet qu'il avait acheté la veille, bien poliment, et au comptant... », et l'idée de passer aux yeux de ces pandores pour un débutant indécis, menu fretin ne méritant même pas d'être pourchassé, cette idée le fit renoncer. Il pouvait aussi rançonner n'importe qui, dans la rue, ou bien suivre Lord Byron ou la perfide Mary, les rejoindre en Europe pour les tuer, se venger de toutes les humiliations reçues, ou encore se venger de tout, sans discernement, tuer quelques passants avant de se tuer lui-même, et bien entendu, il ne fit rien de tout cela, il apprit seulement qu'il ne suffisait pas de n'avoir rien à perdre pour adopter la conduite logique d'un désespéré. Désespéré, il l'était, mais n'en tirait même pas les quelques avantages que pourrait procurer cet état : l'indifférence, le courage, le mépris de la mort et surtout de la vie.

III

Autrefois, lorsqu'il souffrait trop, il parvenait encore à se leurrer, à occuper son esprit si prompt à battre la campagne en composant l'image d'un Polidori futur, riche, célèbre, apaisé qui, parfois, repensait aux divers Polidori antérieurs avec une affectueuse ironie. Quand il avait vingt ans, quand les hôtes de Diodati le raillaient et que lui-même ne pouvait penser à sa tragédie en chantier sans une rage moqueuse, il se représentait ce Polidori de vingt-cinq ans dont l'étoile faisait pâlir celle de Byron lui-même, ce Polidori dont les tragédies avaient été applaudies, les poèmes publiés et lus avec avidité, et ce Polidori aimé des dieux se rappelait les efforts que lui avait coûtés la première tragédie, le découragement qui s'emparait de lui parce qu'elle n'avançait pas. Étais-je bête, à cette époque, se disait-il en humant un verre de sherry, et l'arôme de ce sherry futur, la conviction, l'assurance du prospère buveur finissaient par emporter un instant celles du jeune homme qui, à cette époque-là, justement, était si bête. Il reprenait confiance, raisonnait son désespoir. La chrysalide, après tout, n'espère sans doute pas devenir papillon et le devient pourtant.

Mais, petit à petit, le destin de ce Polidori à éclore s'était fourvoyé, puis interrompu d'un seul coup. D'abord, le fossé des années qui l'en séparait s'amenuisant, un Polidori comblé à vingt-cinq ans était devenu de plus en plus improbable et il avait fallu repousser l'échéance, comme une femme coquette qui, à quarante ans, se résigne à vieillir, mettons de cinq ans d'un seul coup, à en avouer non plus vingt-cinq, mais trente (elle découvre alors qu'elle en a quarante-cinq et meurt de chagrin). Le mythique Polidori heureux avait vieilli de cette manière, par secousses périodiques, et, à supposer que Polidori l'empêtré vécût vieux, il lui faudrait un jour, pensait-il, imaginer son double et son aîné sous les traits d'un barbon bienveillant, tirant sa sérénité de la fuite de ses illusions et non de leur accomplissement. C'était impossible et, plutôt que d'accuser son âge, le double devait de toute manière mourir, ce qu'il fit au terme d'une agonie sordide. L'étoile qui le guidait, lui faisant espérer que les chemins étroits où il se blessait conduisaient tout de même à la gloire et au bonheur, cette étoile s'éteignit après quelques clignotements pathétiques et emporta dans sa zone d'ombre les leurres dont il se berçait.

Il ne lui reste plus à présent que l'opium. Il en a contracté l'habitude à l'époque de son retour en Angleterre, de son suicide raté, coïncidant avec la mort bien réelle du Polidori idéal. Son corps, alors, était déjà très délabré et la drogue conjurait ses crises de tremblements, ses atroces maux d'estomac, les mouvements spectaculaires qui agitaient ses yeux à la suite d'une émotion. Justement, elle écrêtait les émotions. En l'engourdissant, elle le rendait indifférent à un sort qui lui semblait celui d'un autre, d'un habitant de la Chine dont il aurait exploré l'âme et les passions avec une curiosité purement scientifique. Car elle favorisait aussi le travail de l'intellect, qui s'effectuait calmement, sans inquiétude ni préjugé, comme en laboratoire. Il s'émerveillait de découvrir en lui telle tournure de pensée, tel trait de caractère qui, lucide, lui aurait fait honte. Il élaborait des théories lumineuses, des intrigues de pièces ou de romans dont l'inutilité ne le troublait que le temps, de plus en plus bref, où il était à jeun. Il jouissait presque de ces plages de cauchemar où la conscience de son échec le torturait, sachant qu'il suffirait de vingt — bientôt trente, bientôt cinquante... — gouttes de laudanum diluées dans un gobelet d'eau chaude pour regagner une réalité complexe, colorée, saisissable pourtant, qu'il ordonnait à son gré et où il avançait d'un pas nonchalant de vainqueur.

Cette idylle avec le stupéfiant ne dura pas. Au bout de quelques mois, la carte du royaume enchanté s'altéra. Le cours des rêveries, évoquant jusqu'alors celui d'un fleuve que Polidori descendait à la dérive, étendu au fond de la barque, en regardant défiler au-dessus de lui les branches des arbres, se fit plus tumultueux. Des bouillonnements apparurent, des récifs crevèrent la surface. Le grondement de chutes d'eau toutes proches annonçait sans relâche l'imminence de la catastrophe.

Se pliant à son tempérament raisonneur, l'opium, au début, prêtait à ses phrases intérieures une fluidité rigoureuse : les mots coulaient sans heurt, la pensée se laissait prendre à leur séduction ; rien ne subsistait, mais rien n'était omis. Maintenant, au contraire, une phrase commencée de manière gracieuse se poursuit en grimace. Elle ne s'interrompt plus pour passer le relais à une autre, mais s'entête, se ramifie sans plus rien saisir, bute sur des mots soudainement privés de leur sens, ou passés à l'ennemi qui le guette embusqué comme un cannibale dans la jungle. Quand l'explorateur a débarqué, le cannibale, prudent, n'a donné aucun signe de vie, pour ne pas l'effaroucher. Maintenant, sans se montrer, il laisse partout des traces de sa présence, des reliefs de repas, un foyer mal éteint, les empreintes d'un pied dont le nombre d'orteils varie complaisamment d'un jour à l'autre. Il joue avec sa proie, s'insinue dans ses mots, utilise contre lui des idiotismes de son pays, du monde de la veille avec lequel il doit communiquer par quelque canal secret, puisqu'il a enrôlé à son service des figures telles que Byron et les Shelley. L'explorateur ne peut plus partir. Chaque jour, un désir monstrueux, incompréhensible, le pousse à regagner le lieu de son supplice, le labyrinthe de son cerveau où désormais il n'est plus seul. Après l'avoir fuie si longtemps, Polidori en viendrait presque à considérer la lucidité ordinaire comme un état bienheureux, il aspire à s'y maintenir, non par un sursaut de volonté ou d'hygiène, mais pour échapper au théâtre de cauchemar où il replonge sans cesse. Entre mourir de soif et boire une eau qu'on sait empoisonnée, on n'a même pas le choix : on boira toujours, parce que l'extrême souffrance oblige à agir, n'importe comment : les entrailles dévorées par le mal, la soif augmente, on boit encore. Polidori échoue lamentablement dans ses tentatives de sevrage, dans les programmes visant à réduire le nombre de ses gouttes de laudanum quotidiennes : il en prend trois cents, à présent. Il a, par exemple, supplié l'apothicaire qui a tué sa femme et pour qui il a témoigné autrefois de ne plus lui fournir d'opium, quelles que soient ses supplications. Mais il l'a tellement supplié, ensuite, en sens inverse, que l'autre a dû céder, et de toute façon, c'est Teresa qui va le voir maintenant. Ces résolutions jamais tenues rappellent des souvenirs à Polidori — et le cannibale s'en empare aussitôt pour les lui resservir à sa façon, triturer en détail les programmes qu'il s'était fixés autrefois pour favoriser la poursuite de son œuvre.

C'est une expression consacrée, qui remonte à son voyage sur le continent avec Lord Byron, à qui il faisait office de médecin et de secrétaire en même temps. Il avait vingt ans. Avant de quitter Londres, le poète avait reçu de son éditeur, John Murray, une somme assez importante qui, selon la formule de Murray, devait lui servir pour « la poursuite de son œuvre ». Byron avait aussitôt dilapidé cette somme, puis commandé un carrosse magnifique, à l'imitation exacte de celui de Napoléon, et adressé la facture à Murray en faisant valoir qu'avec ce véhicule il pourrait poursuivre son œuvre au train requis. Durant le voyage, ce fut une de ses plaisanteries favorites, dès qu'une voiture roulait plus vite que la sienne, de crier au cocher, en se penchant à la portière : « Mon œuvre ! Mon œuvre ! Il faut la poursuivre ! » et, une fois la voiture dépassée, il éclatait de rire et improvisait quelques vers, dont Polidori prenait note. On ne pourrait l'accuser, disait-il, de voler l'honnête Murray.

En dépit, ou peut-être à cause de cette émulation, Polidori avait poursuivi son œuvre comme il poursuivait cette image heureuse de lui-même qui lui apparaissait dans l'eau toujours troublée par les cailloux qu'il y lançait. Chacun de ces projectiles avait brisé, éparpillé en myriades d'éclats insaisissables des édifices mentaux qui avaient d'abord eu la forme de ses fameuses tragédies — interrompues dès le vestibule à l'antique où devait se nouer l'action, et de manière aussi prosaïque que si un valet en avait refusé l'accès au héros, condamné par cette rebuffade à ne pouvoir porter ses tourments sur la scène — ensuite de l'histoire de vampire qu'il avait esquissée villa Diodati, achevée l'année suivante chez la comtesse de Breuss et dont la fortune publique lui apparaissait comme un emblème moqueur de son destin.

Cette histoire, pourtant, il l'avait entièrement rédigée. Une fois dans sa vie, en dehors de sa thèse de médecine, il avait pu tracer le mot « fin » au bas d'un feuillet recouvert de son écriture et qui succédait à une trentaine d'autres feuillets — des centaines si l'on comptait les brouillons. Cette histoire était sienne, son nom aurait dû être imprimé au-dessus du titre, *Le Vampire*, des inconnus auraient dû la lire en gardant ce nom présent dans un recoin de leur cerveau. De sa vie manquée, il aurait subsisté au moins cet objet, une plaquette rectangulaire qu'on pouvait tenir dans la main et qui aurait témoigné du passage de John William Polidori dans le monde des hommes.

Il n'avait jamais su exactement ce qui s'était passé. Pendant toute une année, ensuite, il avait ressassé sans trêve des événements si importants pour lui qu'il ne pouvait comprendre que des personnes y ayant joué un rôle les eussent si vite oubliés. De retour à Londres, après deux ans de voyage avec Byron, puis sans Byron, il avait vu son récit édité sous le nom de Lord B., et ensuite une critique, d'ailleurs défavorable, dont l'auteur anonyme insinuait, avec des périphrases inutilement mystérieuses, ce que tout le monde avait fort bien compris, à savoir que *Le Vampire* était de Byron.

En lisant l'article, il tremblait, ses jambes se dérobaient. Colburn, l'éditeur aux bureaux duquel il s'était précipité dès qu'il s'en était senti la force, l'avait fait éconduire. Il s'était retourné vers la comtesse de Breuss, qui l'avait protégé durant son séjour en Allemagne et à qui il avait confié son manuscrit, moins dans l'espoir qu'elle favorisât sa publication que pour se faire valoir auprès d'elle en laissant entendre qu'il avait d'autres œuvres dans ses tiroirs (ce faisant, il craignait et espérait à la fois qu'elle réclamât d'autres échantillons de cette production imaginaire, mais elle n'en exprima jamais la curiosité et l'intérêt qu'elle portait à ce jeune médecin exagérément susceptible s'émoussa vite).

Elle était à Londres et accepta de le recevoir. Dès qu'il fut introduit dans le boudoir, elle l'avertit qu'elle était sur le point de partir à la campagne et, si grand que fût son plaisir de le revoir, qu'elle n'avait guère de temps à lui consacrer. Elle n'avait pas souvenir du manuscrit et, dans ses efforts pour le lui rappeler, Polidori, livide, contrôlait à grand-peine, en crispant les poings, les mouvements spasmodiques qui secouaient ses avant-bras. Comme on acquiesce, de guerre lasse, aux propos d'un fou, et pour éviter que ce fou ne défaille sur son tapis, elle finit par convenir qu'il lui avait bien remis l'année précédente un récit fantastique et qu'à son tour elle l'avait confié à l'éditeur Colburn, sans l'avoir lu, du reste. Mais oui, sous son nom, John William Polidori. S'il avait dit Milton, elle aurait dit Milton aussi. Elle le congédia. Il retourna aux bureaux de Colburn, affronta de nouveau un barrage d'autant plus insultant que tout le monde, sauf lui, le franchissait aisément. Dans la pièce où il attendait, un vieillard commença à éteindre les bougies. On fermait. En désespoir de cause, Polidori se leva, s'efforçant d'ignorer le sol qui tanguait sous ses pieds, dit qu'il était le secrétaire de Lord Byron et qu'il venait de sa part. À ce moment, un homme corpulent sortit du bureau qui devait être celui de Colburn, tira de son gousset une petite clé dont il se servit pour verrouiller la porte. Ce faisant, et tournant le dos à Poli-dori, il grogna : « ... Et vous venez de la part de Sa Grâce pour protester, c'est cela ? Sa Grâce n'est pas contente ? Sa Grâce n'aime pas qu'on lui fasse signer n'importe quelle sottise pour la faire vendre ? » Il rangea la clé, se retourna et, remarquant sans doute l'agitation de son visiteur, poursuivit avec plus d'aménité : « Écoutez-moi, mon ami. J'ai reçu la lettre de votre patron. Je lui ai répondu, pas plus tard qu'hier, et je ne vois pas ce que je pourrais vous répondre de plus. Un quidam écrit un conte à dor-mir debout, pas fameux, je vous l'accorde, mais il faut bien vivre. Il le signe d'un pseudonyme. Là-dessus, des imbéciles croient reconnaître derrière ce pseudonyme le nom d'un poète célèbre. C'est leur affaire, pas la mienne. Et pas non plus, croyez-moi, celle du poète célèbre. On ne prête qu'aux riches. Ses vrais lecteurs, s'il en a, sauront bien que le conte n'est pas de lui... Qu'il oublie cette affaire, qu'il renonce à cette histoire de rectificatif et tout le monde sera content. »

Polidori n'arrivait plus à contrôler les mouve-ments de ses yeux qui, affolés, se portaient de droite à gauche, de plus en plus vite, balayant le champ de vision au milieu duquel se dressait l'éditeur, l'air ennuyé à ce qu'il semblait, mais le regard de Poli-dori passait si vite qu'il échouait à saisir son expres-sion avec certitude. Peut-être s'amusait-il.

« Mais, le véritable auteur ? bredouilla le jeune homme.

— Dieu ait son âme, dit Colburn. Il paraît qu'il est mort. D'après Sa Grâce, c'était un jeune médecin ita-lien, son ancien secrétaire. Allons, mon ami, nous fermons. Présentez mes respects à votre patron, et sans rancune... »

On le poussa dehors.

IV

Il traîna dans Londres, s'enivra. Lorsqu'il reprit connaissance, au poste de police, on lui dit qu'il avait fait du scandale avant de tomber en syncope devant l'échoppe d'un libraire où étaient exposés des exemplaires d'un roman en vogue, *Frankenstein*, de Mary Shelley. Dans son délire, il n'avait cessé de répéter ces deux noms, celui de l'auteur et celui du héros éponyme. En lui rendant sa liberté, le policier le désigna même, en plaisantant, sous ce sobriquet, et, quelques jours plus tard, il rencontra un groupe d'ivrognes qui le saluèrent comme une vieille connaissance en braillant : « Frankenstein ! Frankenstein, voilà Frankenstein ! » Il s'enfuit, échoua dans sa tentative de suicide au pistolet, quitta Londres. Ne gardant aucun souvenir des journées qui avaient suivi sa visite à Colburn, il craignait d'avoir couru, ivre, les bureaux des journaux, les librairies, les antichambres des hommes de lettres pour revendiquer la paternité de son *Vampire*, peut-être même de *Frankenstein*, calomnier Byron, Mary Shelley et la terre entière. Il était sûr, en tout cas, de s'être atrocement ridiculisé et, quand bien même il trouverait encore le courage d'écrire un récit ou un poème, de ne pouvoir désormais le présenter nulle part sans que les secrétaires, les laquais, les coursiers échangent des sourires entendus. Il se persuada qu'il avait troqué un anonymat pesant, mais au moins protecteur, contre une réputation clownesque, que son nom, déjà transformé en Frankenstein chez les clochards, était devenu dans les milieux littéraires où, quelques semaines plus tôt, il rêvait encore d'entrer en triomphateur, un mot de passe professionnel pour désigner, devant eux, les auteurs malchanceux qu'on allait éconduire, les illuminés sans éclat, les éternels quémandeurs.

Il y eut pire encore. Malgré sa répugnance, il ne put échapper à *Frankenstein*. Le succès de ce roman lui était odieux, mais il était partout ; on le portait à la scène, on en décorait des assiettes, on en parlait jusqu'à la table d'hôte des auberges de province. Il le lut, dans le Sussex. Dès les premières pages, il reconnut des idées qu'il avait soufflées à Mary, quatre ans plus tôt, pour lui plaire — car elle seule le traitait parfois avec bienveillance. C'est à lui qu'elle devait le thème de son roman et, du même coup, sa gloire précoce, c'est à lui qu'elle volait et l'idée et la gloire, et voici comment elle l'en remerciait ! Dans une courte préface, elle évoquait l'été passé au bord du lac de Genève, les soirées, villa Diodati, de la petite coterie qu'elle composait avec Shelley, Lord Byron et lui, — lui, Polidori, cité comme un comparse, une humble utilité, alors que Claire, par exemple, était miséricordieusement oubliée. Elle racontait comment Byron avait lancé le pari d'écrire chacun une histoire de fantôme, sur le modèle de celles que Polidori, encore lui, avait achetées à un colporteur de passage à Sécheron, comment « les deux poètes » avaient abandonné leurs projets et comment elle avait poursuivi le sien. Puis venait l'horrible paragraphe qu'elle lui consacrait en propre, et qu'il connaissait par cœur : « Le pauvre

31

Polidori avait une idée tout à fait terrible concernant une noble dame dont la tête était un crâne nu, car elle avait été punie pour avoir épié par le trou d'une serrure je ne sais plus quel spectacle — certainement, en tout cas, quelque chose de très choquant. Malheureusement, une fois la dame réduite à cette lamentable condition, notre ami ne savait plus très bien quoi en faire et dut finalement se résoudre à l'expédier dans le tombeau des Capulet, le seul séjour qui lui convenait, selon l'opinion de toute la compagnie. »

C'était faux de bout en bout. Jamais il n'avait eu un projet aussi absurde. Il se rappelait très bien, à Diodati, avoir esquissé la trame de son infortuné *Vampire*, et aussi — car il avait des idées, lui, contrairement à elle — avoir raconté à Mary une expérience galvanique qui s'était déroulée à Glasgow, la résurrection d'un condamné à mort d'où elle avait tiré l'argument de *Frankenstein*. En fait de femmes-crânes, c'était Shelley qui, les soirs d'ivresse, la voyait, elle Mary, avec des yeux cruels au bout des seins, ce qu'évidemment elle se gardait de rapporter...

Pourquoi avait-elle écrit cela ? Quel plaisir pouvait-elle tirer, heureuse et célèbre, de ridiculiser un jeune homme obscur qui ne lui avait jamais fait aucun mal ? Avec qui, de plus, elle s'était montrée douce et amicale ? Il repensait à elle, à l'adolescente gracieuse et grave qu'il avait connue, aimée sans le lui dire ni même se l'avouer, et qui, quatre ans plus tard, était cette harpie acharnée à l'humilier. Comment pouvait-on changer à ce point ? Il fallait que ce ne soit plus la même, qu'on l'ait remplacée. Oui, qu'à l'insu de tous, l'âme exquise de Mary Shelley ait été aspirée par quelque vampire, justement, qui la possédait à présent, lui dictait ses pensées, ses écrits, la tendait tout entière vers l'objectif de nuire à John

William Polidori. La rancœur qu'il éprouvait n'était plus, cette fois, éparpillée par l'évidence d'une conjuration diffuse contre lui (il avait d'abord haï Byron, puis compris que la responsabilité était partagée entre Madame de Breuss, Colburn, les critiques et ces myriades d'ennemis inconnus qui composaient le public). Sa haine se concentrait désormais sur la seule Mary Shelley, ce vampire, cette créature soudainement habitée par un démon qu'il se jura de tuer. Malheureusement, on lui vola le pistolet et il apprit que Mary vivait en Italie, où il n'avait pas un sou pour se rendre. Il s'imaginait bien, pourtant, la poursuivant à travers le monde, comme Victor Frankenstein poursuit le monstre qu'il a créé jusque dans les glaces du Grand Nord. Mais le courage lui manquait, son corps tremblant le servait mal. Il renonça. D'un logis de fortune à l'autre, pendant un an, il rumina son humiliation et aussi la symétrie qu'il voyait à l'œuvre dans les deux événements qui, à une semaine d'intervalle, avaient scellé son destin. Il avait composé un récit, un seul, qu'on avait attribué à un autre, que cet autre avait aussitôt désavoué comme indigne de lui. Et, en revanche, la seule trace qui resterait sur terre de son activité d'écrivain était un résumé ironique d'une histoire inventée de toutes pièces à seule fin de le ridiculiser. Tous les miroirs grimaçaient, aucun ne pourrait plus jamais renvoyer l'image du Polidori idéal, celui qui, à vingt-cinq ans, serait célèbre et adulé. Et si ce Polidori-là, même projeté dans un futur de plus en plus lointain, avait perdu à ce moment toutes ses chances de s'accomplir un jour, ce n'était plus seulement par la faute du Polidori impuissant, incapable de composer l'œuvre qui le rendrait célèbre, mais aussi par la faute du monde qui l'avait revêtu d'une défroque de clown, de sorte que même s'il parvenait jamais à écrire l'œuvre tant rêvée, même si elle dépassait en grandeur celle de Shakespeare, cette grandeur ne serait jamais reconnue. Avant même de lire, les éditeurs verraient la signature et s'esclafferaient.

« Qu'est-ce qui vous fait rire ?

— Vous ne le croiriez pas, c'est encore le pauvre Polidori ! Je le croyais mort, mais apparemment, il persévère dans ses histoires de femmes-crânes. À la corbeille !

— Prenez garde, il va encore venir s'évanouir et rouler des yeux dans votre antichambre... »

V

Quoi qu'il arrive, s'il arrive encore quelque chose, quoi qu'il écrive, s'il écrit encore quelque chose, il faudra désormais qu'il avance masqué. Son nom, son identité sont inutilisables comme autrefois les faux passeports d'un émigré. Ce n'est pas vraiment nouveau. Sans qu'elle revêtît à l'époque cette tragique nécessité, il avait déjà joué avec cette idée lorsque, après s'être séparé de Byron en route pour l'Italie, il avait voyagé en Allemagne, filant tout droit en direction opposée de celle que prenait le majestueux carrosse à prétentions impériales. Pendant quelques semaines, étrangement, il s'était senti plus léger, les couleurs du Polidori idéal se ravivaient au fond du miroir et la distance qui l'en séparait semblait s'amenuiser à chaque tour des roues de la diligence. On l'avait congédié comme un valet mais justement, du coup, il n'était plus un valet, il serrait dans son sac le premier jet du conte qui lui ouvrirait bientôt les portes des salons littéraires, à Londres. Et puis, il pouvait mentir, profiter de l'anonymat des rencontres de voyage pour fabuler, essayer un court moment, le temps d'une répétition discrète au bénéfice d'un public de fortune, l'habit rutilant du vrai

Polidori : un jeune poète anglais, bientôt célèbre, qui vagabondait en Europe pour son plaisir.

Il avait toujours aimé se faire passer pour un autre et ce penchant avait été à la fois encouragé et bridé lorsqu'au printemps précédent il avait voyagé avec Lord Byron dans le fameux carrosse, à destination de la Suisse. Byron ne manquait jamais l'occasion d'une mystification mais, alors que la tentation de Polidori, s'il avait été seul, aurait été de se faire passer, sinon pour Lord Byron, du moins pour un personnage d'une stature romanesque comparable, celui-ci au contraire se plaisait à exploiter son incognito de la manière la plus extravagante, à jouer des rôles, non pas prestigieux (pour l'être, il aurait suffi qu'il s'annonçât), mais tous plus ou moins bouffons, compositions qui visaient moins à flatter son amour-propre déjà comblé qu'à déconcerter ses spectateurs et, le cas échéant, son complice — car Polidori était mis à contribution.

Byron adorait les déguisements orientaux et la voiture chargée de l'intendance, qui suivait le carrosse à bonne distance, en transportait un stock digne d'un costumier de théâtre spécialisé dans les turqueries. Un soir, tout au début du voyage, ils firent halte dans une auberge proche du champ de bataille de Waterloo où, l'année précédente, l'armée impériale avait été défaite et, bien que la voiture aux costumes comportât aussi un garde-manger et tout ce qu'il fallait pour assurer un médianoche raffiné, Byron voulut parader à la table d'hôte en costume de petit caporal. Mais il s'aperçut que la redingote grise lui allait mal et, changeant d'idée, revêtit des pantalons bouffants, des babouches, un gilet brodé de pierreries clinquantes. Il chargea Polidori de nouer autour de sa tête un turban compliqué, puis l'envoya en estafette, muni d'un encombrant narguilé et d'une petite fiole, pour annoncer son arrivée et commander seulement un bol d'eau bouillante. Après quoi il fit son entrée en costume de mamamouchi, aussi incognito que possible puisque l'aigrette de son turban épinglait un voile recouvrant son visage qu'à peine assis il pencha au-dessus du bol fumant où il versa le contenu de la fiole, quelques gouttes d'un liquide huileux et malodorant. Les plis du voile de soie retombaient autour de son buste incliné, formant une sorte de tente entre les écuelles, plantée comme dans le désert au bout de la table d'hôte. De cette tente émergeaient deux mains soignées, les poignets reposant dans un flot de broderies, les doigts chargés de bagues et, à intervalles réguliers, l'une de ces mains battait l'air en signe de détresse jusqu'à ce que Polidori, debout comme un servant de messe, lui présentât le tuyau du narguilé qu'elle saisissait à tâtons et guidait sous la tente. Les effets conjugués de l'inhalation et de la tabagie — qui dégageait une écœurante odeur de géranium fané — faisaient verdir progressivement les convives qui, pourtant, n'osaient protester, tant il est vrai que le sans-gêne absolu confère une autorité que ce potentat, du reste, avait peut-être les moyens matériels d'imposer. Les commerçants en voyage qui, stupéfaits, regardaient leur étrange commensal dissimulé sous son voile, se demandaient visiblement si l'auberge n'était pas encerclée par un peloton d'eunuques cruels, tâtant de leurs pouces dodus le fil de leurs cimeterres et disposés à couper autre chose que l'appétit à qui manquerait de respect à leur maître. Ce respect pétrifié s'était étendu d'emblée à toute l'auberge, où nul ne pipait mot, le calife (ou le vizir, ou le bey, ou le pacha, on ne savait trop) et son acolyte donnant l'exemple du silence. Nul n'osait non plus quitter sa place, ou faire grincer sa chaise.

Et, pendant près d'une heure, on n'entendit plus dans la salle que le glouglou monotone du narguilé, les longues aspirations de l'Oriental, suivies d'expirations puissantes qui faisaient frissonner son voile.

Byron et Polidori, les jours suivants, se divertirent beaucoup à imaginer ce qu'avaient pu penser les spectateurs de leur exhibition, les récits qu'ils en faisaient à leurs familles et leurs amis, les versions de plus en plus déformées que ceux-ci colportaient, une légende fabuleuse se formant peu à peu de leur passage en Belgique.

De toutes les blagues byroniennes, celle-ci fut la seule à laquelle Polidori collabora spontanément et avec plaisir. On était au début du voyage et il n'avait pas encore l'habitude de l'amertume. Frais émoulu de l'université, auréolé du prestige que lui avait valu sa thèse, il venait de s'introduire, de plain-pied, pensait-il, dans l'intimité de l'homme le plus célèbre d'Angleterre. Il avait souri sans se fâcher, avec un peu de condescendance, quand son père, qui avait été, en Italie, le secrétaire du poète Alfieri, l'avait bruyamment félicité de renouer avec une tradition familiale qu'évidemment il méprisait. La condition de secrétaire de poète n'était à ses yeux qu'un marchepied pour se faire lui-même connaître comme poète. La veille du départ, dans la grande maison de Piccadilly Terrace, il avait déclamé le premier acte d'une de ses tragédies en chantier. Hobson et Scrope Davies, deux amis de Byron, l'avaient un peu raillé, mais le poète avait relu les meilleurs passages, les commentant avec bienveillance. Depuis qu'ils étaient en voyage, il lui témoignait de l'amitié et Polidori tirait un sentiment de griserie de cette complicité avec le grand homme, qui le séparait d'une plèbe tout juste bonne à être mystifiée, sans soupçonner encore ce que sa situation de famulus avait d'insupportable. Afin de se divertir aux dépens des mortels, les dieux élisent parfois un auxiliaire humain qui, du coup, se croit installé dans l'Olympe, et, lorsque ses maîtres se fatiguent de ses services, se retrouve étranger parmi ses pareils, à la manière d'un indicateur qui, lâché par la police, n'a rien à attendre des vauriens qu'il a trahis. Polidori comprit cela quand, trois semaines après l'épisode euphorique du descendant de Gengis Khan, où il était fier d'avoir su tenir sa partie, Byron, devant rendre visite à Madame de Staël et inspiré sans doute par une farce que des comédiens italiens avaient jouée pour eux à Grenoble, forma le caprice d'un échange de rôles. Il lui soumit le projet avec une espièglerie de gamin, si contagieuse que, sur le moment, Polidori ne vit pas ce qu'une telle mascarade comportait d'humiliant pour lui. Sans doute, d'ailleurs, Byron ne le voyait-il pas non plus car il était encore bien disposé à l'égard de son médecin et songeait moins à lui faire un vilain tour qu'à en jouer un plaisant à Madame de Staël.

Dès que, l'un suivant l'autre, avec une affectation d'humilité déjà déplaisante — jamais Polidori ne se montrait si servile : il était médecin et non domestique — ils furent introduits dans le salon de Coppet où Madame de Staël et quelques amis les attendaient, impatients de voir le célèbre et scandaleux Lord Byron, le jeune homme mesura l'étendue réelle du désastre en comprenant que l'offense ne résulterait pas seulement de l'éclaircissement final mais, avant même cette ordalie, de son évidente incapacité à tenir le rôle prévu. Jamais il ne pourrait, sous ses yeux, être spirituel, loquace, séduisant comme Lord Byron. Il espéra un instant s'en tirer en adoptant une attitude que, sur la foi de vers juvéniles, certains lecteurs provinciaux associaient à la personne de

Byron : un mutisme obstiné, un maintien austère et mélancolique. Il salua sans chaleur, faisant le tour de la pièce où la décoration, les sourires aimables des invités, tout incitait aux ronds de jambe. Et, ce faisant, il sentait bien qu'on s'étonnait. Quoi ? C'était cela, Lord Byron ? Ce jeune homme presque imberbe, si gauche, si emprunté ? Par surcroît d'infortune, sa pose déjà peu convaincante était compromise par l'éclat de ses vêtements. S'il avait pu au moins garder son strict costume noir qui le faisait souvent passer pour un clergyman et aurait à la rigueur convenu à un poète d'humeur morose, insoucieux de sa mise et perdu dans de poétiques pensées ! Mais Byron avait insisté pour qu'il enfilât une culotte de nankin pervenche, une veste courte de velours grenat et pour qu'il échancrât largement le col de sa chemise dont le jabot défait répandait son flot de dentelles sur les brandebourgs de la veste fermée par un bouton seulement. Il aimait déjà porter des vêtements amples et Polidori, qui n'avait ni sa carrure ni son embonpoint, y flottait. C'était le costume d'un homme qui entend attirer l'attention et ne pas la décevoir, absolument incompatible avec une attitude de réserve et de sauvagerie. Ainsi attifé, Polidori se faisait l'effet d'un clown qui, jeté à coups de pied sur la piste, se tait en réprimant mal son envie de pleurer. Il regarda Byron qui se tenait sur le seuil de la pièce sans oser avancer d'un pas ni reculer dans l'antichambre. C'était donc ainsi que son maître le voyait : fixant le bout de ses chaussures noires, tordant son chapeau entre ses mains. L'attention de l'assistance était si concentrée sur la déception que provoquait Lord Byron que personne n'avait le réflexe courtois de convier son compagnon à rejoindre la compagnie. Pour faire quelque chose, et aussi parce qu'il espérait que Byron mettrait fin à son supplice (ce qui, s'il avait cette mansuétude, ne ferait que donner le signal du supplice suivant), Polidori traversa le salon à grandes enjambées, prit Byron par le bras et le conduisit au centre du cercle. Dans sa fièvre, il se demanda s'il valait mieux le présenter sous le nom de Polidori (ce dont ils étaient convenus, mais il comprenait à présent que plus il marquerait la symétrie qui présidait à l'inversion de leurs rôles, plus son humiliation serait cuisante) ou bien sous un nom imaginaire, supposant au moins que le personnage grotesque joué par Byron était une pure fantaisie, comme le potentat oriental, et non sa caricature. La meilleure solution aurait sans doute été de prendre lui-même, tout de suite, l'initiative de dévoiler la supercherie mais, sur le moment, il n'y pensa pas et, obsédé par la recherche d'un nom imaginaire (n'importe lequel, pourtant, aurait fait l'affaire : Mr Smith, Mr Jones, capitaine Walton...), il s'affola au point d'articuler, en détachant les syllabes avec un entêtement d'hystérique : « Je vous présente le docteur Polidori... (Byron salua, intimidé par les invités et reconnaissant à son maître)... mon ami », ajouta-t-il dans un souffle, aussitôt conscient de la catastrophe que provoquait ce brevet d'amitié décerné en public à un inférieur. Byron, prenant un air d'humilité sournoise et ravie, esquissa, puis interrompit le geste de se frotter les mains et, les joignant, dit d'une voix de fausset : « Mylord est trop bon... » Puis, tout en se dandinant de manière que chacun remarque sa claudication bien connue, que Polidori avait négligé d'imiter, il feignit, bouche bée, une surprise si vive qu'elle lui faisait oublier la société et s'exclama : « Mais Mylord ne boite plus ! »

Polidori aurait dû apprécier cet acte de clémence. Voyant qu'il était allé trop loin, que la plaisanterie tournait à l'aigre, Byron décidait d'y mettre fin, de se faire reconnaître en prenant tout sur lui, en attirant l'attention, avec son habituel sens dramatique, sur un détail de sa personne dont l'évocation lui était pourtant pénible. Dans son égarement, hélas, le jeune homme ne saisit pas le sens de cette volte-face, ne vit devant lui qu'une sorte de démon qui se tortillait sur son pied-bot, ricanant, boudiné dans son costume noir à lui, Polidori et, perdant tout contrôle de lui-même, il murmura, dans le silence de mort du salon au milieu duquel il se tenait debout, interdit : « Je ne suis pas cet homme », sans que l'assistance médusée pût comprendre ni quel coup de théâtre se déroulait exactement devant elle ni ce que signifiaient les paroles de l'imposteur.

Lui-même, en les prononçant comme si elles devaient être les dernières de sa vie, ne savait pas de quel homme il voulait parler : du personnage pitoyable qu'il jouait, ou bien de lui-même qui avait consenti à jouer ce personnage, ou encore de lui-même tel que le jouait Byron... Un ton plus bas, il répéta, avant de perdre connaissance : « Je ne suis pas cet homme » et, à dater de ce jour, il commença, en effet, à n'être personne.

VI

À dater de ce jour aussi, il perdit la faveur de Byron qui, tout en se reprochant de l'avoir offensé, estima qu'il avait quand même fait beaucoup pour lui sauver la mise et qu'en s'évanouissant, Polidori l'avait placé dans la situation absurde d'un plaisantin qui, ayant prestement retiré la chaise qu'un convive s'apprêtait à occuper, constate après avoir ri aux éclats que le convive, en tombant, s'est brisé la colonne vertébrale. Le dommage subi par Polidori lui semblait d'ailleurs bénin. Par la suite, à Diodati, il ne le traita jamais vraiment en souffre-douleur, mais le jeune homme s'installait si complaisamment dans ce rôle que tout prenait avec lui un tour désagréable. Le fait de s'être ridiculisé en public augmentait sa susceptibilité et il craignait toujours de rencontrer quelque témoin de sa crise de nerfs, souffrait de voir Byron retourner souvent à Coppet où il ne doutait pas qu'on passât le temps à se moquer de lui (pour rien au monde il ne l'y aurait accompagné), jalousait Shelley, voyait partout des complots visant à le déconsidérer ou à piller ses grandes idées de tragédies. La présence de Byron, son agacement visible, ses railleries lui devinrent si insupportables que, tout en regrettant de n'en avoir pas pris fièrement l'initiative, il éprouva une sorte de soulagement lorsque le poète, partant passer l'automne en Italie, lui conseilla de visiter l'Allemagne.

Voyageant seul, il retrouva une liberté dont il avait été privé et, avec elle, le goût du masque, qu'il pouvait désormais choisir à son gré. Il en profita pour imaginer toutes sortes de fabulations flatteuses qu'aucun regard ironique ne venait plus contredire. Ses moyens matériels, malheureusement, lui interdisaient de jouer les riches voyageurs. Il se pouvait en revanche que quelque circonstance politique ou sentimentale l'obligeât à se déplacer avec discrétion et sous le couvert d'un incognito dont il fît en sorte d'insinuer le soupçon dans quelques esprits spécialement crédules. Ainsi une gouvernante française qui se rendait à Cologne et lisait en diligence une traduction de *Werther* demeura-t-elle persuadée d'avoir rencontré Louis XVII, et un pasteur aux yeux doux et myopes, au menton tremblant, qu'un émissaire secret du général des jésuites, un jeune homme pâle, vêtu de noir, dont le beau visage régulier était presque tout le temps tordu par un rictus de sarcasme, l'avait tenté pour qu'il renonçât à sa foi. De sa bouche évidemment perverse s'échappaient avec volubilité des paroles murmurées, sifflantes, où il était question de la race nouvelle qui allait conquérir la terre et dont il fallait se concilier la faveur, d'expériences diaboliques, de vampires et surtout, quoi qu'il arrive, de garder le secret. Dans la maison vide, à Londres, Polidori devait revoir une fois le pasteur en rêve. Sur son lit de mort, qu'on a dressé dans la pièce la plus ensoleillée d'un chalet suisse où flotte une odeur d'edelweiss, le vieillard se tourne vers l'un de ses gendres, pasteur comme lui et, dans un souffle, marmotte quelque chose au sujet d'une rencontre avec le Malin. Le gendre n'y comprend rien, mais acquiesce avec un air pénétré, tout en regardant du coin de l'œil le médecin qui, debout à la tête du lit, baisse les paupières en signe de connivence émue. Le patient délire, son heure est proche. Ce reflet pâli du masque d'un jour s'abîme dans les profondeurs du miroir, Polidori tremble de tous ses membres : il est encore un peu plus mort, dans l'esprit de ceux qu'il a côtoyés.

Comme il est mort, sans doute depuis longtemps, dans l'esprit d'un homme qu'il se rappelle comme le plus satisfaisant de ses interlocuteurs allemands. Satisfaction mitigée comme toujours, car l'idée que se faisait à l'époque Polidori d'un tel interlocuteur combinait — harmonieusement dans ses rêves, très mal dans la réalité — la faculté d'être attentif aux propos qu'il tenait, lui Polidori, et d'autre part une indéniable supériorité d'âge et de prestige. Or, il impatientait vite ceux qu'il jugeait supérieurs à lui (et à qui il en voulait déjà, pour cette seule raison) par un mélange de flagornerie et d'arrogance qui lui attirait toujours des rebuffades. Toutefois, lorsqu'il l'avait rencontré dans un café littéraire de Berlin, le poète allemand, qui s'appelait Clemens, était ivre, esseulé, désireux de s'épancher et pour cela de retenir son auditeur, en acceptant au besoin que celui-ci s'épanchât dans une limite raisonnable. Il en résulta une conversation longue et désordonnée. Clemens se plaignait beaucoup et, à la manière d'un vieillard, s'attristait sans cesse du contraste entre sa vie présente et l'idylle de sa jeunesse, qui ne devait pourtant pas être très éloignée : son visage enfantin et soucieux d'homme gras n'accusait guère plus de trente ans. Polidori profitait de chaque pause navrée, par quoi le poète marquait à la fois sa stupeur devant l'écoulement si rapide du temps et sa difficulté d'ivrogne à tenir le fil de son discours, pour glisser d'un air mystérieux des allusions à la mission ultra-secrète qui l'avait conduit en Allemagne, mais l'autre, à chaque fois, reprenait, racontait ses années d'études, parlait de sa sœur qui, toute jeune fille, avait conquis le cœur de Goethe (Polidori, ici, tendit l'oreille : il éprouvait de l'intérêt pour les familiers de gens célèbres), disait du mal de Goethe (Polidori approuvait de confiance), évoquait le mari de sa sœur, un certain Joachim qui était à présent châtelain au fond de la Prusse-Orientale. C'était un poète, lui aussi (Polidori trouvait agaçant que tout le monde fût poète) et un conteur comme on en lisait peu. Il raconta des randonnées pédestres, des causeries qui se poursuivaient jusqu'à l'aube dans les vapeurs du punch, une histoire de mandragore qu'avait composée Joachim (Polidori tenta en vain de caser son *Vampire*), tout cela en mélangeant ses propres souvenirs, les souvenirs qu'il avait de poèmes ou de récits, des considérations sur les mérites moraux et esthétiques du catholicisme romain, des remarques sur les habitués du café qui, petit à petit, se dépeuplait. Polidori était si soûl qu'il écoutait avec attention et c'est seulement quand on les mit à la porte que, tout en cheminant dans les rues étroites, tenant par le bras le poète qui titubait et menaçait sans conviction d'aller se jeter dans la rivière, il parvint à placer une sorte de monologue dans lequel, oublieux de sa mission ultra-secrète et d'une vraisemblance dont, à cette heure, son compagnon n'était certainement pas meilleur juge que lui, il se présenta comme un fameux poète anglais. « Un poète ? » répéta Clemens d'un air dégoûté, alors que jusqu'à ce moment, il ne semblait pas envisager qu'on pût exercer une autre activité. Sans attendre de réponse, il se lança dans un éloge aviné de Shakespeare et surtout d'Ossian, qu'on venait de traduire en allemand. De ces deux exemples il tira la conclusion que l'art littéraire s'était beaucoup affadi depuis quelques siècles, ce dont il accusa de nouveau la Réforme. Sans doute échauffé par l'alcool, un démon pervers et imaginatif poussa Polidori à prétendre que les ballades d'Ossian, loin d'avoir été retrouvées par un érudit, étaient un faux très récent dont, même, son père connaissait l'auteur. Voyant que Clemens ne le croyait pas, il surenchérit et assura avec aplomb que de tels abus étaient courants dans la vie littéraire anglaise, qu'il était même de règle qu'un auteur publiât sous le nom d'un autre, ce que les étrangers ignoraient trop souvent. Emporté par sa propre idée, il peignit une civilisation livrée à la graphomanie, où toutes les productions de l'esprit étaient mélangées, où régnaient le pseudonyme, le pastiche, le piratage, la fausse attribution, l'antidatation. Lui-même, par exemple, rédigeait à ses moments perdus, en marge d'une œuvre personnelle qu'il ne pensait pas publier avant un siècle ou deux, des poèmes qui avaient beaucoup de succès sous le nom de Lord Byron. (À son retour en Angleterre, il repensa à cette fable qui s'était trouvée partiellement vérifiée, de manière si atroce, et se persuada qu'il était également tombé juste dans le cas d'Ossian, ce dont il n'eut jamais confirmation.) Il venait d'ailleurs, poursuivit-il, de voyager quelques mois en compagnie d'un acteur de l'Old Vic que l'éditeur, devant la vogue des poèmes, avait chargé d'incarner l'imaginaire et aristocratique homme de lettres aux yeux des crédules lecteurs continentaux. Cet histrion était une brute, mais une brute docile et de prestance avantageuse, à qui Polidori, chaque matin, faisait répéter les vers et les bons mots dont il devait émailler sa conversation dans les diverses circonstances mondaines qui survenaient au cours de la tournée. Ces traits d'esprit étaient spécialement ajustés par Polidori aux interlocuteurs prévus. À un ministre réputé chasseur, on prévoyait de servir des anecdotes cynégétiques, à un dramaturge des paradoxes sur le théâtre. Certaines reparties exigeaient même d'être amorcées par une phrase précise. Il n'était évidemment pas question que Polidori, présent au souper ou dans la loge d'opéra, tendît lui-même la perche, et son plaisir d'artiste consistait à forcer quelque convive qu'on ne pouvait soupçonner de complicité à la tendre lui-même. Bien que le poète allemand fût beaucoup trop soûl pour apprécier pareille finesse (qui d'ailleurs lui aurait sans doute échappé à jeun), Polidori décrivit avec feu l'ivresse du compère qui, manœuvrant dans l'ombre, impose son pouvoir à un innocent, l'embobine si habilement dans les rets de sa propre parole qu'à la fin sa bouche forme, une à une, les syllabes que le démiurge, arbitrairement, a décidé qu'elle formerait. Jusqu'à la dernière seconde, le *primo uomo*, le faux Byron, doute que la manœuvre réussisse, écoutant d'une oreille attentive la conversation où, le signal donné, il doit intervenir. Et, au moment où les syllabes prévues se détachent, tombent enfin, il greffe sa repartie sur la phrase annoncée, en se retenant d'adresser un clin d'œil à son mentor, une fois de plus triomphant. Celui-ci en vient à se sentir une sorte de ventriloque universel, enseignant ses répliques à l'un, les dictant à l'autre, à son insu, et, saisi d'une exaltation qu'il dissimule sous un maintien modeste (il n'est, officiellement, que le secrétaire du grand homme), rêve, comme un jongleur d'augmenter le nombre de ses quilles, d'ajouter une, deux, trois marionnettes au théâtre qu'il contrôle, de faire prononcer par tous les hôtes du salon ou de la loge les phrases qu'il a imaginées.

Il éprouvait souvent, avoua-t-il à Clemens, l'illusion de cette omnipotence : on parlait autour de lui, le faux Byron pérorait, les auditeurs s'esclaffaient et lui, Polidori, un peu en retrait, hochait la tête, les yeux mi-clos, comme un dramaturge qui entend d'excellents acteurs déclamer sa pièce. Les périodes se succèdent, en bon ordre, la distribution du dialogue est respectée, parfois l'auteur, de la coulisse, intervient pour relancer l'action d'un coup de pouce, d'un regard, et il jouit de savoir que tous ces gens qui se croient leurs maîtres vivent une situation, incarnent des personnages, prononcent des mots entièrement issus de son cerveau. Qu'est-ce que l'ivresse de la poésie comparée à celle-ci ?

Clemens, d'une voix molle, le visage affaissé, dit que cela lui rappelait les vierges extatiques du Tyrol et Polidori (plutôt pour son plaisir personnel que pour impressionner son compagnon lequel, ayant établi ce rapprochement inepte, s'endormit pour de bon dans le ruisseau) sourit avec orgueil, comme s'il avait prévu de lui faire dire cela, comme si l'incongruité de la phrase prouvait, non l'ébriété et le libre arbitre de Clemens, mais au contraire sa soumission à l'hypnotiseur, parvenu à lui faire prononcer des mots qui, peut-être, n'avaient pour lui aucune signification.

VII

L'opium, à présent, anime ce théâtre mental et
garantit à Polidori, dans certains songes, une société
nombreuse qui se rassemble habituellement dans un
grand salon, meublé de manière luxueuse et désuète,
à la mode du roi de France Louis XV. Ce salon est
une combinaison de celui de Coppet et de celui de
Madame de Breuss où, jour après jour, pendant près
de deux mois, il a fait la lecture à l'oublieuse patricienne. Parmi les hôtes du salon, chaque visage,
deviné à la périphérie de son champ de vision, lui
semble familier mais s'avère étranger sitôt qu'il
accommode sur lui, de sorte qu'autour de lui grouil-
lent des personnages qu'il pourrait, s'il les regardait,
identifier comme Madame de Breuss, Byron, Bonstetten, Madame de Staël, Shelley, Mary, Colburn, le
chevalier Pictet, le marquis Saporati et même Teresa
qui détonne terriblement dans ce cadre, alors qu'en
face de lui se tiennent plantés des êtres qui ne sont
pas vraiment des inconnus, mais dont les personnes
se résument au trait négatif de n'être ni Madame de
Breuss, ni Byron, ni Bonstetten... Quand il entre
dans la pièce, ces personnages jusqu'alors silencieux
se mettent à parler, entretenant un bourdonnement
confus qu'il apprécie de la même manière que les

visages : il comprend ce qui sort de bouches latérales, non ce qu'il peut suivre sur les lèvres retracées au crayon d'une princesse allemande qui pourrait aussi bien s'exprimer en javanais. Cette difficulté de perception l'effraie d'autant plus que, par une monstrueuse extension du talent dont il s'est targué autrefois auprès du poète allemand, les clapets volubiles qui l'entourent sont, il le sait, autant d'issues par où s'échappe son propre discours intérieur. Tout ce qu'ils disent sort de son esprit, il parle par leurs bouches et ne comprend rien à cette cacophonie. Car, au lieu que son cerveau ordonne calmement des raisonnements, répartisse entre les causeurs les dialogues qui rendent ceux-ci attrayants, sans que les propos se chevauchent davantage que ne l'exige le naturel, au lieu que l'initiative lui appartienne et qu'il goûte, comme il s'en est vanté, les plaisirs du contrôle universel, ce sont les hôtes du salon qui pillent son cerveau, y arrachent, à peine formées, des bribes de discours, les mastiquent, les crachent, en reprennent d'autres, les échangent dans un grouillement de chiens enivrés par la curée. Il s'est cru magnétiseur régnant sur une coterie de somnambules et, au lieu de cela, subit l'assaut d'une horde de vampires, d'autant plus affreux qu'ils aspirent la substance de son esprit. Des jets continus de pensée, de parole aussitôt, jaillissent de mille points de son cerveau et il échoue à arrêter, ne serait-ce qu'un mot, dans le chaos verbal où il se trouve plongé comme dans son propre sang. Ce cauchemar mobilise une attention sans cesse déçue et s'accompagne d'une impression de danger, comme si l'assemblée, apparemment insoucieuse de sa personne (il reste d'ordinaire sur le seuil de la porte), n'attendait qu'un signal pour faire cercle autour de lui et le dépecer en ricanant. Or, lui seul peut donner ce signal, puisque

c'est par lui qu'ils existent et il a peur de le donner, ou que quelqu'un, en lui, ne le donne. Il reconnaît là l'illustration sinistre d'un rêve littéraire qu'il a caressé autrefois, en Allemagne, chez la comtesse de Breuss, dont le château fournit une partie du mobilier.

On invitait parfois à prendre le chocolat un homme de lettres appelé Ludwig Börne, individu insupportablement pédant, mal poudré et famélique qui s'empiffrait comme s'il lui avait fallu faire des provisions pour plusieurs jours, s'attirant de la part de la comtesse un mépris muet dont Polidori se réjouissait, sans savoir qu'elle le méprisait, lui, exactement de la même manière sinon pour les mêmes raisons. Sur l'album de la comtesse, ce Ludwig Börne avait rédigé un conseil à l'intention des apprentis poètes qui fréquentaient le salon :

« Prenez quelques feuilles de papier et, pendant trois jours de suite, écrivez, sans le dénaturer et sans hypocrisie, tout ce qui vous passe par la tête. Écrivez ce que vous pensez de vous-même, de vos femmes, de la guerre turque, de Goethe, du crime de Fonk, du Jugement dernier, de vos supérieurs et, au bout de trois jours, vous serez stupéfaits de voir combien de pensées neuves, jamais encore exprimées, ont jailli de vous. Voilà en quoi consiste l'art de devenir en trois jours un écrivain original. »

Polidori s'était d'abord gaussé d'une méthode consistant à présenter un but toujours dérobé (écrire ce qui vous passe par la tête) comme un moyen facile d'atteindre ce but, à signaler une difficulté insurmontable (sans dénaturer et sans hypocrisie) comme on préviendrait contre une maladresse bénigne, telle que l'abus des phrases longues ou des parenthèses. Adressé à un musicien, pareil *gradus ad parnassum* lui aurait sans doute recommandé de se tenir au dia-

pason de son chant intérieur. Il avait ricané, donc, mais quand même testé la méthode, passé trois jours enfermé dans sa chambre en prétextant d'insupportables migraines qui n'avaient d'ailleurs pas tardé à le torturer pour de bon. Au terme de cette retraite, les « pensées neuves, jamais encore exprimées » dont Ludwig Börne promettait le jaillissement composaient une sorte de magma déconcertant et, de toute évidence, inutilisable. Polidori en fut d'autant plus affecté qu'il visait une finalité bien précise, n'envisageant une pensée neuve et jamais exprimée que sous la forme de caractères imprimés dont il se plaisait à imaginer le corps, l'espacement et même les coquilles. Il faut noter à ce propos qu'avec la conscience de son échec, l'éloignement puis la mort prématurée du Polidori futur et accompli, les rêves ayant trait à l'imprimerie se sont faits de plus en plus rares, et de plus en plus difficile la résurrection de ce fantôme familier, symbole des temps confiants : un prote brouillon, râleur, mais curieux de littérature, parcourant à la hâte les textes qu'il est censé composer, dont les liasses s'étalent en désordre dans son atelier, marquées un peu partout par l'auréole de sa chope de bière ; lisant d'un œil d'abord distrait la tragédie d'un jeune homme inconnu au nom italien, son visage bougon s'éclaire peu à peu, il hoche la tête, glousse, finit par s'exalter et, frappant sa paume de son poing, par s'écrier, comme Goethe au sujet de Bonaparte : « Voilà un homme ! »

L'ombre de ce correcteur débordé, il est vrai, se manifeste de nouveau lorsque, entrant dans le salon de son rêve, il y surprend les invités assis, qui devant un guéridon, qui devant un secrétaire, qui au coin d'un bureau, occupés à écrire sans relâche, sans relever la tête de leur papier. Quand cela se produit, Polidori est tout d'abord soulagé, car le crissement affairé des plumes est, à tout prendre, préférable à la cacophonie des conversations. Mais à peine a-t-il éprouvé ce soulagement, à peine le spectacle du salon studieux lui a-t-il inspiré une pensée, il comprend que cette pensée, à l'instant même, est scrupuleusement notée par un des clercs camouflés en mondains, sa soudaine angoisse par un autre, que cette assemblée de dix, vingt personnes (il ne peut davantage les compter que les identifier) travaille sans répit à transcrire tout ce qui lui passe par la tête, en se partageant la tâche selon des modalités difficilement imaginables mais qui doivent aboutir à cette exhaustivité, cette précision naïvement recommandées par Ludwig Börne aux gens de lettres.

Il s'imagine alors traversant le salon, se postant derrière l'un des scribes zélés, regardant par-dessus son épaule. La main court avec diligence, la plume crisse sans que jamais une hésitation ou un remords suspende sa course. Le propriétaire de cette main peut être Byron, peut être Mary, peut être Teresa qui, pourtant, ne sait pas écrire.

Et s'il parvient à lire, que lira-t-il ? Ce qu'il sait bien qu'il vient de penser, c'est-à-dire ses hésitations sur ce qu'il va lire ? Ou bien quelque chose qui le surprendra, parce que le scribe qu'il observe n'est pas chargé de noter ce que Polidori se figure être sa ligne de pensée principale, celle que lui-même peut à la rigueur suivre, mais une pensée collatérale, adventice, informulée, peut-être accrochée fortuitement à un mot de la chaîne principale, détaillant tout ce que sous-entend ce mot, dressant par exemple, à propos d'un nom de personne, l'historique de ses relations avec cette personne.

Souvent Polidori rêve, à l'instar d'un professeur, de faire irruption dans le salon, de ramasser les copies. Il n'a jamais rien rêvé d'autre, après tout, que de ramasser au jour le jour la copie de son esprit, et que cette copie soit enfin fidèle. Et qu'a-t-il ramassé jusqu'à présent ? De risibles déchets, dont il se complaît à ruminer l'inventaire, sur le seuil du salon : une thèse de médecine, *Disputatio Medica Inauguralis de Oneirodynia* (félicitations du jury, s'il vous plaît !), puis des tragédies jamais achevées (citons, parmi tant d'autres, *Cajetan*, drame espagnol, et *Boadicea*, sur un sujet imité de l'antique), des cahiers laissés en plan, un récit dont, en plus, on l'a dépossédé, enfin quelques vers dont une ironie malveillante martèle en lui les plus mal venus : cette adresse flagorneuse (en français, par-dessus le marché) au fils de Madame de Breuss, Charles, qui a servi dans l'armée impériale :

« Jeune guerrier dans l'armée du premier des héros,
Dans la cause de la France dédaignant le repos,
Que la chute de vos ans soit tranquille et heureuse
Comme fut l'aube de vos jours éclatante et glorieuse. »

Voilà tout ce qu'il a accompli. Mais le reste, ce qui s'est édifié dans son cerveau, dont jamais le papier n'a retenu l'enchantement, le reste existe, noir sur blanc, il le sait, dans les archives du salon. Eux l'ont noté, tout au long de sa vie. Il faudrait mettre la main sur ces archives, trouver le chemin de l'entrepôt.

Autre effroi : que se passe-t-il dans le salon lorsqu'il n'y est pas ? Ses visites d'inspection, à la faveur de l'opium, sont maintenant fréquentes, mais elles n'ont commencé que depuis peu, elles ne durent que le temps d'une griserie pesante, et le projet de relever les copies, de s'approprier les archives, commande un doute non moins professoral, un doute de magister habitué à la paresse et à l'indiscipline des élèves. Sans doute ceux-là ne chahutent-ils pas en sa présence, comme le faisait l'autre fils de Madame de Breuss, le cadet, à qui il servait de répétiteur (il se rappelle avec horreur ce gros gamin sournois, aux oreilles décollées, qui, pour le provoquer, et sachant qu'il n'oserait jamais le dénoncer à sa mère, ouvrait sa culotte pendant les leçons et se masturbait avec rage, en gloussant). Mais ne font-ils pas mine de se mettre au travail, dès que son entrée est annoncée par quelque guetteur ? Quand il a tourné le dos, regagnant Londres, Teresa, son réduit, les rires, les sifflets doivent s'élever. Ils déchirent les feuillets, se moquent de lui, chargent, en guise de gage, le perdant d'un jeu qu'il imagine obscène d'assurer un service minimum, de manière que l'esprit de Polidori ne plonge pas complètement dans les ténèbres. Il faudrait être là, camper dans le salon, exercer sans relâche une surveillance tatillonne, faute de quoi les scribes n'alimentent plus la machine, les couloirs du cerveau ne sont plus arpentés que par une espèce de veilleur gâteux, traînant ses pieds chaussés de pantoufles de feutre, dormant à moitié, un homoncule tremblotant et malsain réduit à bredouiller toujours la même phrase (« Je ne suis pas cet homme, je ne suis pas cet homme, je ne suis pas cet homme... »), ou le même mot, le même nom qui est peut-être le sien, désormais (« Frankenstein, Frankenstein, Frankenstein... »), pour ne pas l'oublier, pour ne pas s'arrêter de parler, — tout à fait comme Polidori dans la maison vide, qui craint de s'endormir, de céder à l'opium, sachant qu'il y fera des cauchemars, et une fois dans le cauchemar, luttant pour ne pas s'éveiller, rester fidèle au poste, pour ne pas sonner, en quittant le salon, l'heure de la récréation des cancres et de sa déconfiture mentale.

VIII

Un jour, il tente une expérience. Il se tient sur le seuil, les greffiers déploient dans leur travail l'application ostentatoire de qui espère donner le change. N'osant entrer, il décide de sortir, de laisser passer un moment avant de revenir discrètement pour surprendre les hôtes du salon lorsqu'ils le croient absent. En s'éloignant, il fait craquer à dessein les semelles de ses souliers sur le parquet de l'antichambre dont le pourtour ovale est scandé par des demi-colonnes entre lesquelles le mur s'orne de fresques à la détrempe, des scènes mythologiques qu'il s'attarde à observer, l'une après l'autre, comme un visiteur au musée. Il s'avise alors qu'il ne connaît du château que le salon et, depuis quelques instants, cette antichambre. Peut-être une visite plus détaillée serait-elle instructive.

Outre la double porte vitrée qui donne sur le salon, l'antichambre en comporte deux autres en bois plein, plus petites et parfaitement symétriques. Pesant sur la poignée de celle de droite, il la pousse en vain, puis comprend qu'elle s'ouvre vers l'intérieur, la tire et s'engage dans une galerie étroite, mal éclairée, qu'il longe. Il débouche ensuite sur une grande pièce, munie d'une porte-fenêtre, mais lorsqu'il s'en approche avec l'intention d'écarter les persiennes, de regarder le parc au-dehors, il découvre qu'elles sont solidement clouées, tout comme les fenêtres de la maison où il se terre, à Londres. Il traverse d'autres pièces, suit d'autres couloirs, descend des escaliers. Il tire sans cesse des portes, vers lui.

La dernière ouvre sur le palier du premier étage, à deux pas de son réduit.

L'ayant refermée, il la reconnaît. Jamais il n'en a franchi le seuil, jamais même il ne l'a poussée. Depuis trois semaines au moins qu'il a trouvé refuge dans cette demeure abandonnée, il n'a pas eu la curiosité, ni peut-être le courage, de faire le tour du propriétaire, ni Teresa non plus, probablement. L'ayant vue de la rue (quand, la dernière fois?), il pourrait dire que c'est une maison de maître à deux étages, surmontée d'un clocheton prétentieux, mais tout ce qu'il connaît de sa distribution intérieure, c'est, dans l'ordre, la porte d'entrée si pesante, sa fissure, le boyau qui mène à l'escalier, l'escalier, le palier, une pièce sur la droite, enfin la penderie où Teresa et lui ont pris leurs quartiers — guidés par l'espoir que, plus leur logis sera exigu, plus ils y seront à l'abri.

L'effet de l'opium doit s'être atténué. Polidori a retrouvé assez de lucidité pour comprendre que le salon où s'écrivent sa vie et ses œuvres est de pure fantaisie et ne peut par conséquent se trouver caché dans la maison de Londres. Il se tient à présent dans le réduit familier, assis, les genoux relevés à hauteur du visage, sur la paillasse. Teresa n'est pas là. Son panier, pourtant, gît à terre, la provision d'eau a été renouvelée et une bouteille de laudanum placée en évidence à côté du broc. Tout est en évidence, d'ailleurs, dans cette pièce nue, et Polidori pense que jamais le spectacle de sa vie ne lui a été aussi évident, comme un objet palpable disposé devant lui.

Il était prévu que Teresa se rendît, ce jour-là, chez l'apothicaire éleveur de champignons vénéneux, mais la dimension inusitée du récipient étonne Polidori. D'habitude, l'empoisonneur remet à Teresa un petit flacon à chaque visite, et il y en a là cinq fois plus, à première vue. Cette prodigalité peut s'expliquer par la perspective d'une absence, ou bien son fournisseur veut donner des idées au jeune homme en lui procurant une dose largement mortelle. Il éclate de rire : et si c'était un cadeau d'anniversaire ? Il n'est pas certain de la date, mais il s'est rappelé récemment qu'il aurait vingt-cinq ans dans trois jours. L'événement, en tout cas, mérite d'être fêté. Il s'accorde un gobelet de vingt-cinq gouttes.

Puis, il décide de reprendre sa visite, comptant sur le stupéfiant pour l'aider à retrouver le salon. Une inquiétude l'agite : tant qu'il ne l'avait pas localisé dans la maison, tant qu'il lui apparaissait en rêve sans qu'il ait jamais eu conscience d'un déplacement avant de se trouver sur le seuil, presque toutes ses visions d'opium l'y transportaient. Maintenant que s'est imposée l'idée d'un chemin y conduisant à partir du réduit, il pressent que ce chemin sera plus difficile à retrouver, qu'il ne pourra jamais plus, peut-être, surveiller les scribes affectés à transcrire ou dicter ses pensées. Il se lève tout de même. À l'infatigable mollesse de ses muscles, il sent que la drogue commence à se répandre dans son organisme. Il sort de la penderie.

Il lui faut revenir sur ses pas, mais aussi se résoudre à ce que le souvenir de son expédition ne soit pas fiable. D'un détail, cependant, il mettrait sa main à couper : entre le salon et son réduit, il n'a cessé de tirer des portes. Entre le réduit et le salon, toute porte poussée sera par conséquent un signe encourageant. Il pousse donc des portes. Promenée à bout de bras, sa bougie éveille des ombres conventionnellement fantastiques sur les murs tachés d'humidité. Il ne reconnaît rien. Avait-il une bougie, à l'aller? Il ne se le rappelle pas.

Il se sent étonnamment lucide, vif même. Connaissant les effets de l'opium, il attend à tout moment qu'un angle, d'obtus, se fasse de plus en plus aigu et l'enserre comme une pince, que le plancher s'affaisse ou que les murs se rapprochent. Il guette ces signes extérieurs, confiant dans les altérations du milieu physique pour le renseigner sur son degré d'intoxication. Tout reste en place. Voulant s'assurer que la maison n'entretient pas, devant lui, une spécieuse apparence d'ordre, tout en sapant, coupant des ponts, modifiant la topographie dès qu'il est passé, il regagne le palier, sans encombre, puis repart un peu inquiet de cette bonace. Il pousse des portes, aucune ne lui résiste. C'est même étrange : voudrait-il en tirer, il n'en trouverait aucune qui s'y prête.

À un moment, il débouche dans une pièce aveugle dont les dimensions semblent indiquer qu'on la réservait à l'apparat. Comme un repère, il note l'absence totale de parquet, à la place duquel s'étend une surface de chaux rongée par de grandes flaques d'eau croupie. Dans les pièces qu'il occupe, les lattes sont disjointes, dégradées, certaines manquent, mais enfin il reste un parquet. Dans toutes celles qu'il a traversées aussi, s'il se souvient bien. S'agissait-il, ici, d'un parquet spécialement précieux, une œuvre d'art qu'on aurait emportée ou volée, la déclouant pièce par pièce pour la reconstituer ailleurs? À moins que ce déménagement ne s'explique pas par la valeur propre du parquet, mais par celle des documents qu'il dissimulait, qu'on a récupérés en le déclouant à la hâte. Cette éventualité l'effraie et lui fait reconsidérer le but d'une recherche où il s'est lancé au sortir d'un rêve, précipitamment, pour écourter sa prostration : dents serrées, tempes oppressées, mains tremblantes, et surtout les yeux qui oscillent comme des animaux affolés. Se rappelant cet état atrocement familier, il se demande comment il a pu s'y soustraire, quelle énergie l'a fait se dresser, marcher à travers des chambres vides, pousser des portes, gagner ce salon inconnu d'où il craint qu'on ait retiré des documents compromettants.

Quels documents ? Il ne sait plus, il tombe à genoux sur le sol dur, puis roule de côté, en plein dans la grande flaque d'eau. Il lui semble qu'il a fait une chute vertigineuse et se trouve au fond d'un puits, n'osant bouger de peur de se découvrir les os rompus. Sa joue droite repose dans la flaque, jusqu'à la commissure des lèvres. Il voudrait boire, n'y parvient pas. Il n'éprouve aucune douleur, seulement l'agacement de ne pouvoir bouger les yeux, bloqués comme ceux d'un automate qui se détraque, fixés en fin de course dans la position basse. Ils sont à présent immobilisés dans les coins inférieurs de ses orbites, attirés, pense Polidori, par la pesanteur de la terre, comme tous ses organes. Il est au fond, ses yeux même ne peuvent plus fixer que le fond : la surface de la flaque qui luit doucement dans l'ombre, le contour de sa joue, l'arête de son nez.

IX

Plus tard, c'est la nuit. Aucune lumière ne filtre plus à travers les persiennes clouées. Des bruits, rares, montent de la rue : le sabot d'un cheval, l'écho d'une voix. Polidori rampe très longtemps, dort très longtemps aussi, sûr de ne pas se réveiller, rampe de nouveau, puis entre dans le salon. Il en reconnaît le volume, mais les meubles ont disparu, les portes-fenêtres ont été aveuglées, le parquet décloué aussi. L'assemblée des scribes a déserté son office, ne laissant pour s'acquitter de la tâche qu'une employée subalterne, et même celle-ci s'est endormie. Dos au mur, jambes écartées, sa jupe de cotonnade grossière relevée jusqu'au ventre, Teresa ronfle doucement, le menton appuyé sur la poitrine. Les doigts de sa main droite baignent dans une flaque d'eau où vient s'écraser une goutte tombée du plafond. Polidori se demande d'où vient cette goutte et, en entendant une autre, il entend aussi l'orage qui se déchaîne au-dehors et qu'il n'a jusqu'alors pas remarqué. Comme si elle l'entendait aussi (alors qu'il dure sans doute depuis longtemps), Teresa grogne vaguement, fronce les ailes de son nez et sa tête penchée vient reposer sur son épaule gauche. Sans bruit, Polidori approche, s'accroupit près d'elle. La rage l'envahit : voilà donc ce qu'il advient de son esprit pendant son absence! On en a confié la responsabilité à cette miséreuse, cette dormeuse, cette illettrée! Jusqu'alors, il croyait ne dépendre d'elle que pour les détails de sa survie matérielle. Et voilà que lui incombe le soin de meubler son esprit, aussi désaffecté par sa faute que le salon où elle s'est endormie.

Polidori regarde la flaque d'eau qui s'agrandit près de la dormeuse, au rythme d'un égouttement régulier. Puis le plafond lézardé, les murs spongieux, ornés de taches plus claires là où devaient être suspendus des tableaux. Il reste un moment agenouillé près de Teresa. S'il la tuait, ne se rendrait-il pas seul maître du salon? Ne reprendrait-il pas le pouvoir dont il s'est laissé déposséder, comme de tout? Polidori se demande comment mettre à exécution ce projet raisonnable. Il importe à la fois qu'elle comprenne qu'il la tue et qu'elle ne puisse opposer trop de résistance, car il manque de vigueur physique. L'idéal serait une arme assurant de façon indiscutable sa supériorité et autorisant de ce fait une phase de menaces. Un rasoir, par exemple, qu'il pourrait manier avec négligence, en décrivant à loisir l'usage qu'il s'apprête à en faire devant sa victime d'abord incrédule, puis de plus en plus inquiète du tour que prend la plaisanterie jusqu'au moment où elle comprend que ce n'en est pas une : la lame effilée pèse sur sa gorge, pèse, incise, puis tranche. Malheureusement, son rasoir est resté dans sa trousse, sa trousse dans le réduit et il n'est pas question de s'aventurer à leur recherche. Il ne dispose d'aucun instrument contondant, chandelier, canne à pommeau de plomb, rien. Rien que ses mains nues et la perspective d'une strangulation que l'équilibre presque égal des forces obligera à pratiquer par surprise.

Il fait couler un peu la mèche de la bougie sur le sol et en fiche le bout dans la flaque de cire fondue puis, s'étant assuré qu'elles ne tremblent pas, exécute avec ses mains libres divers mouvements que reproduisent, sur le mur derrière Teresa, deux ombres gigantesques. Voulant les provoquer, il porte les mains à sa propre gorge, s'amuse un instant des tressautements de sa silhouette sur le mur. Il suffit pour en modifier l'échelle de s'éloigner ou de se rapprocher de la bougie. Tombant à genoux de manière que son ombre se projette sur le mur seulement, quittant le plafond où elle s'étendait, lorsqu'il était debout, jusqu'à le surplomber, il accentue la prise autour de son cou, les pouces enserrant la pomme d'Adam. Le sang bat à ses oreilles, sa vision se trouble, il s'arrête.

Teresa, réveillée, observe son manège avec une attention stupide. Il lui sourit gentiment et propose un jeu. La voix pâteuse, elle dit qu'elle l'a cherché partout, qu'elle s'inquiétait. Elle voulait...

Il l'interrompt. Le jeu d'abord.

À mi-voix, pour éviter que son souffle fasse trembler la flamme, il expose la règle. Elle doit imiter chacun de ses gestes.

Elle hoche la tête, en signe d'acquiescement.

Polidori fronce les sourcils et dit qu'il n'a pas hoché la tête, lui, mais remué les lèvres d'une certaine manière qu'il fallait reproduire aussitôt.

«Je comprends», dit humblement Teresa, ce qui lui vaut une bordée d'injures murmurées : non, elle n'a pas compris, si elle avait compris elle ne l'aurait pas dit, elle aurait répété, des lèvres, l'explication.

Il doit s'y reprendre trois fois avant d'obtenir qu'elle l'imite maladroitement, mais cette lenteur même lui assure qu'elle aura, tout à l'heure, autant de peine à sortir du jeu que maintenant à y entrer.

S'il en proclame brusquement l'interruption, elle la proclamera certainement à son tour, craignant une mise à l'épreuve. Sûr de sa docilité, Polidori ouvre la partie avec quelques exercices pour débutants, gestes de la main, mouvements de physionomie répertoriés et faciles à singer tels que plissements du front, froncements des sourcils, cillements appuyés, toutes manifestations que Teresa reproduit avec beaucoup d'application et un peu de retard. Au moins, c'est lui qui mène le jeu.

Plus difficile : remuant les lèvres sans émettre aucun son, il articule avec lenteur et précision : « Je vais te tuer » et Teresa, les yeux fixés sur sa bouche, en singe chaque mouvement, en silence aussi. Polidori aimerait savoir quels sons produiraient ces mimiques serviles si elle parlait à voix haute. Elle-même ne semble pas soucieuse d'en saisir le sens, elle a bien assez à faire pour ne manquer aucune des figures tracées par les lèvres de Polidori. Toujours sans parler, il articule : « Parle à voix haute ! », mais il sait bien qu'elle ne le comprendra pas, et en effet elle répète la formule de l'ordre sans l'exécuter — en la déformant certainement.

« Je vais te tuer », répète-t-il, en décomposant davantage encore :

Je (les lèvres s'avancent, en cul de poule)

vais (elles s'étirent comme pour un sourire)

te (elles s'avancent encore, mais la langue frappe durement les dents)

tu- (même mimique, la langue revient à l'assaut)

er (le sourire s'accentue).

Elle l'imite sans faute.

« Ah, tu vas me tuer ? » poursuit-il, et il ricane comme s'il venait de la démasquer, de surprendre une pensée qu'elle voulait taire. Teresa hésite un instant avant de s'appliquer à copier sa grimace dont peut-être elle pressent le sens : son tourmenteur réagit à ce qu'il lui a perfidement fait dire.

D'un geste rapide, Polidori porte de nouveau les mains à sa propre gorge et serre. Elle fait comme lui. Comment, à présent, la forcer à s'étrangler sans s'étrangler lui-même ? Elle est assez entraînée et sotte pour mourir à sa suite, s'il meurt, mais il ne veut pas mourir maintenant, et pas ainsi : il a encore des tâches à accomplir avant. Le tout est donc de l'induire en erreur, afin qu'elle serre plus fort et plus longtemps que lui. Relâchant imperceptiblement sa prise, il observe que l'infime décontraction de ses doigts n'a pas échappé à Teresa qui, comme lui, aspire l'air goulûment. Il comprend qu'elle fera exactement la même chose que lui, qu'elle y mettra la même force — elle est bonne élève, au fond — et imagine un corps à corps sans issue possible, chaque geste de l'agresseur provoquant le même geste de l'agressée, à une fraction de seconde d'intervalle.

Mais non. Justement, cette fraction de seconde joue en sa faveur. Quand on s'amuse à réaliser cette aberration dans une partie d'échecs, il s'ensuit une disposition dont seuls les blancs, en rompant soudain la symétrie, peuvent tirer parti.

Pour la première fois de sa vie, il a les blancs.

Il faut jouer serré. Il étend les mains de son cou à celui de Teresa, serre un peu, très peu, à la base des oreilles. Aussitôt, les mains de la jeune fille adoptent la même position sur son cou à lui, son visage ingrat exprime à la fois l'effroi d'être étranglée et celui de mal jouer. Polidori se demande alors ce qu'exprime son visage à lui, peut-être le même effroi, et, saisissant à pleines mains les deux oreilles, il cogne la tête de Teresa, aussi fort qu'il peut, contre le mur. Il rit en le faisant : il n'y a pas de mur derrière lui, toute la feinte était là : si elle avait réagi, elle n'aurait pu le frapper que dans le vide ! Et Byron, qui disait ne se sentir en sécurité que le dos au mur, l'imbécile !

Il cogne comme un sourd, il rit, il écrase le crâne contre le mur, c'est celui de Mary, de Byron, de Colburn... Autour de lui, les mains battent l'air, elle a lâché prise, les os craquent. Les bras affolés retombent, les doigts seuls agités d'un tremblement qui se calme tandis qu'il la laisse s'affaisser comme une poupée de chiffon, maculant le mur de taches sombres. Il rit.

Il se relève. Son rire est devenu hoquet à présent et, pour le contrôler, il occupe son esprit à établir une comparaison qui le satisfait. Ne ressemble-t-il pas au passager d'un navire découvrant, en pleine nuit, que la coque a été trouée par un iceberg et que l'équipage s'est enfui à bord des canots de sauvetage ? Seul, égaré, il longe les coursives dont le plancher s'incline de plus en plus, au point qu'il doit bientôt courir sur les murs latéraux. Il perçoit des craquements — la pression qui augmente, fait éclater le bois —, le grondement sourd de l'eau qui monte, envahit le navire naufragé, et comme un martèlement furibond, imbécile, en provenance de la salle des machines où il se précipite, descendant à la hâte les échelons d'un escalier métallique. Il a déjà de l'eau jusqu'aux chevilles, un tourbillon glacé qui monte insensiblement, lorsqu'il découvre qu'il n'est pas vraiment seul. On a abandonné avec lui le mousse simple d'esprit qui, saisi de folie, s'acharne avec une hache sur la chaudière. Ces martèlements, c'était lui, il frappe sans trêve, ivre d'une terreur hilare, bientôt tout va sauter. Mais non, le passager le maîtrise, lui enfonce la hache dans le crâne, fendant son sourire stupide dans le sens de la hauteur, inondant de sang la bave écumante de sa bouche, et le voilà seul à nouveau, pour de bon. Le martèlement n'a pas cessé, mais il sait bien que ce sont ses tempes qui le produisent. Il vient de conjurer un danger, l'explosion de la chaudière (pour ne rien dire de ceux que lui faisait courir le voisinage du fou), mais l'eau monte, entoure sa taille, mugit, il n'a échappé à l'explosion ou à la hache que pour mieux savourer la noyade. Inutile de lutter : il faudrait à la fois obturer le trou de la coque, écoper l'eau dont l'épave se gorge ainsi qu'une éponge, apaiser la chaudière affolée qui envoie de grands jets de vapeur incohérents, comme si l'âme stupide du mousse s'était réfugiée dans son ventre ouvert. L'équipage entier, s'il était resté, n'y saurait suffire. Chaque geste qu'il pourrait accomplir ne ferait que répartir les effets de la catastrophe : prendre un seau, le remplir d'eau à la surface qui bouillonne maintenant à hauteur de poitrine et le vider derrière son épaule, voilà tout ce qu'il peut faire. Absurde. Il faut mourir. Mais avant, laisser un témoignage, confier une bouteille à la mer. Monter, vite, dans la cabine du capitaine, profiter du bref répit que lui laisseront les eaux déchaînées pour rédiger ce message. Ainsi, quand on retrouvera l'épave, on saura ce qu'il est advenu du passager sacrifié. Si la chaloupe a triomphé de la tempête, les lâches qui l'ont abandonné poursuivent peut-être, à terre, une vie heureuse et respectée. Il faut qu'on sache leur crime, peut-être arrivera-t-il à les faire pendre, grâce à ce message posthume. Polidori sourit, son hoquet est passé. Ce n'est pas la première, fois qu'il s'apaise, trouve un sursis dans l'agencement d'une métaphore. Celle-ci tient debout, ses termes solides offrent l'apparence d'un refuge, le dernier avant la fin. Car il est arrivé au bout. Il ne lui reste plus qu'à sceller son destin en racontant son supplice, en dénonçant ses tourmenteurs : l'équipage du navire, les scribes du salon, Byron, Shelley, Colburn, Madame de Breuss, Mary. Mary surtout, Mary la première, le plus acharné et sournois des vampires qui, au long de sa vie, ont aspiré ses pensées, pillé son cerveau. Il faut dire toute la vérité sur *Frankenstein*, ce reflet figé, imposé, mensonger de son âme. Avant de disparaître, y mettre bon ordre, raconter le détail de l'imposture, les attaquer sur leur propre terrain, et sous le masque, puisqu'ils ont su discréditer son vrai visage, puisqu'il n'a plus de visage.

Monter, vite, dans la cabine du capitaine.

Là, il trouvera du papier, de l'encre, de quoi en finir aussi, une fois tracé le dernier mot de son réquisitoire.

Après quelques pas, laissant derrière lui le cadavre de Teresa que les eaux vont bientôt emporter, il se met à courir. À tirer des portes. Toute sa vie, il en a poussé, qui le faisaient descendre sans cesse plus bas, toujours plus bas, à fond de cale. Maintenant, l'urgence commande, le guide. Il court, tire vivement à lui les battants, coudes au corps, il gravit des escaliers, franchit des seuils, sans se soucier qu'ils soient ou non familiers, les coursives défilent, vite il tire les portes, traverse les pièces, ne regarde pas autour de lui, ne prend plus garde à rien, se dirige tout droit, monte, vite, sachant où il va, vers le placard, il tire la dernière porte.

Il entre. Il ne faut pas être surpris. La cabine du capitaine ne ressemble pas à une cabine de bateau, bien que sa forme — un triangle effilé — puisse se loger dans l'étrave, fendre les glaces, mais il ne faut pas s'en occuper. Ne pas s'occuper non plus de l'étrangeté du mobilier, de la moquette usée qui recouvre le sol, du lavabo dans l'angle, du téléphone sur la table de chevet ni du miroir qui surmonte la coiffeuse et d'où, quand il s'approche, le visage du capitaine vient à sa rencontre. C'est un vieil homme, presque, qui lui ressemble un peu. Il ne s'étonne pas, lui, d'être ici, n'ignore rien de l'usage du téléphone, ni du moteur diesel qui ronronne en bas, dans la rue, ni surtout de ce qu'il va maintenant écrire sur les feuilles blanches posées sur la coiffeuse, devant le miroir, devant lui donc. Il faut se laisser faire, obéir aux injonctions du capitaine, écrire sous sa dictée. Se fier à lui, il sait. S'asseoir devant la coiffeuse, sur le tabouret de skaï noir, comme il vient de le faire à la surface du miroir, en tirant les genoux de son pantalon pour garder le pli. Ils s'assoient, le capitaine lui sourit, sourit à sa propre image comme si elle lui était familière et qu'en même temps il célébrait des retrouvailles. Le miroir descend jusqu'au plateau de la coiffeuse, de sorte qu'il peut voir ses mains, l'une qui se pose, la paume sur la rame de papier, l'autre qui saisit fermement le stylo bille et trace les premiers mots :

Je suis...

Il lève les yeux, s'assure qu'on le suit, qu'il ne va pas trop vite. Il est facile d'imiter le capitaine, d'écrire avec lui, en reproduisant les mouvements de sa main. Confiance. Le capitaine sait ce qu'il faut écrire.

Je suis, écrit-il donc, *un homme fatigué, malade et qui a peur.*
J'entreprends ce soir de rédiger mes souvenirs, que je voudrais aussi brefs que possible, car le temps presse...

Il regarde sa montre-bracelet : bientôt midi.

... Minuit sonnera bientôt. Je pense pouvoir tenir jusqu'à demain matin, enfermé dans mon laboratoire,

70

défendu par les verrous d'une porte de chêne devant laquelle j'ai traîné des meubles pesants ; mais il est douteux que cette situation se prolonge. Je ne rêve même plus de m'échapper. Pour quoi dire, et à qui ? On m'enfermerait chez les fous ou, pire, on me confierait à la garde de mes proches. Et si d'aventure on me croyait, sans doute me pendrait-on.

Je me suis interrompu un moment pour regarder mon visage dans un miroir, détailler mes traits prématurément vieillis, dire à voix haute : « Cet homme, c'est moi. » J'ai reconnu mon timbre, mes inflexions, vu mes lèvres bouger pour former des syllabes que mon cerveau leur avait dictées. J'ai baissé les yeux sur le feuillet que je viens de noircir, reconnu aussi cette écriture fine et penchée que je considère encore comme ma propriété. Maintenant, je reprends la plume, avide de raconter, de faire savoir au monde quelle malheureuse créature a été Victor Frankenstein et de corriger les mensonges dont s'est rendue coupable à ce propos une romancière à succès.

Un mot encore, avant d'entrer vraiment dans ma dernière nuit. Je sais très bien que ce mémoire est inutile. Fatalement, il tombera entre les mains de mes tourmenteurs qui s'en divertiront : j'entends déjà le rire en cascade d'Elizabeth. Elle s'empressera sans doute d'en adresser une copie à la romancière dont je devrai bientôt reparler. Si odieuse que me soit cette perspective, je ne peux me leurrer. J'aimerais me figurer cette nuit que j'écris à quelqu'un, à une jeune femme aimante, à un homme juste et bon. Mais est-ce que je connais des jeunes femmes aimantes, est-ce que je connais des hommes justes et bons ? Est-ce que je connais encore des hommes ?

Encore une remarque liminaire, la dernière, pour faire justice d'un détail auquel je ne reviendrai pas. Je

ne m'appelle pas Frankenstein et je tairai mon nom
véritable. Ce pseudonyme d'ailleurs transparent, et qui
n'a pas trompé mes proches, doit sa fortune à une
transposition littéraire de ma vie dont, comme je l'ai
dit, j'aurai à redresser les erreurs innombrables. Je ne
suis pas cet homme, je ne porte pas son nom abhorré,
mais puisque c'est sous ce nom que je dois passer à
la postérité et qu'à cette postérité, sans illusion,
j'adresse ces lignes mort-nées comme on lancerait une
bouteille à la mer, je le garde sans autre forme de procès. Il est amer, seulement, de raconter sa vie sous la
forme d'un rectificatif qui ne sera jamais publié.

X

Il est vrai que je suis genevois de naissance, que mon enfance et mon adolescence ont été très tôt tournées vers les sciences. Mon père fut mon premier maître, comme mon grand-père avait été le sien, et ceci depuis des siècles. On parle, dans les archives de notre famille, d'un Frankenstein élève de Paracelse, en qui celui-ci voyait son successeur dans les détours de la connaissance alchimique. Le maître et le disciple auraient été sur le point, à l'époque, d'insuffler la vie à un homoncule, mais les documents sont si discrets sur cette affaire qu'il est difficile de débrouiller jusqu'où leurs espoirs se sont réalisés.

Je crois au destin des familles. Je crois que dans celles que le Créateur a honorées d'une sollicitude ou d'une vindicte particulières, il doit se trouver un jour un descendant pour achever ce que son ancêtre a commencé. On ignore presque toujours qui fut le premier. Chacun espère être le dernier, voir fleurir ce que le long labeur du temps a fait germer. Je me suis cru, moi aussi, ce maillon ultime qui justifie la chaîne et sans doute ne me suis-je pas trompé. Sans doute aussi la fin de notre famille, que je sais proche, donnera-t-elle le signal de la fin du monde, tout au moins de la race qui y règne à présent. Il est de plus médiocres accomplissements.

J'ai fait, on le sait, mes études à Ingoldstadt et j'ai progressé sans faiblir vers le but que m'assignait mon origine. La faculté de médecine, où mon père m'avait inscrit, dispensait un enseignement prudent et empirique. Mais, en fouillant dans les bibliothèques, en consultant d'un même zèle nos archives moisies et les publications les plus récentes, en confrontant, doutant, expérimentant sans relâche, j'ai pénétré les arcanes de l'anatomie, de la chimie, du galvanisme surtout. Mes maîtres, surpris par mon ardeur, ont d'abord placé en moi leurs espérances et j'ai été, à dix-neuf ans, le plus jeune diplômé qu'on ait vu à la Faculté. Puis ils se sont détournés de mes recherches en me voyant m'orienter vers les aspects les plus obscurs des disciplines dont ils professaient les théorèmes clairs et bien démontrés. Ceci, encore, pour les meilleurs d'entre eux. Les autres se contentaient de répéter des erreurs, d'entretenir des préjugés. Dans la pathologie des humeurs, ils distinguaient, selon l'école brownienne, les affections sthénique des asthéniques, prescrivaient en conséquence des remèdes fortifiants ou lénifiants, des grains de poivre ou du hopel-dopel, des saignées quand ils n'étaient pas sûrs, et ne s'inquiétaient guère des causes produisant ces effets malins. La plupart, je crois, associaient les noms de Galvani, de Volta ou de Priestley à des images d'inventions pittoresques : potences munies de paratonnerres ou appareils à faire tressauter les grenouilles mortes.

Malgré l'excentricité de mes recherches, je n'ai jamais inspiré la haine ni la crainte. On reconnaissait ma supériorité, on me tenait pour un original de commerce agréable, attribuant à mes fréquents voyages, à mes amitiés littéraires, mon goût pour l'étrange, l'interdit, l'inexpliqué. Car il est vrai que pour entrer dans les profondeurs de la science, je me suis initié aux mystères de la poésie. De l'une, je retournais à l'autre, et cet incessant va-et-vient entre les salles de dissection et la bohème littéraire, cette confrontation assidue des voies de l'imagination n'étaient pas les signes, comme le craignait parfois mon père, de l'indécision ni du dilettantisme. Le cher homme était d'un siècle où la poésie et les sciences s'ignoraient et où le chimiste cultivé qu'il était, l'ami de Lavater, croyait payer aux muses un tribut suffisant en lisant son Kotzebue, le soir, au coin du feu, pour se délasser du laboratoire.

Pour moi, dès que me pesait trop la torpeur de ma faculté, j'allais rejoindre Clerval, mon ami d'enfance, qui étudiait la théologie et les langues romanes. Il m'entraînait dans de longues promenades sur les berges du Danube et, en poursuivant avec lui des conversations exaltées, je participais de tout mon être à l'essor des peupliers — qui poussaient là plus vite que partout ailleurs, me semblait-il — et à l'effervescence de l'esprit nouveau. Dans les cénacles que fréquentait Clerval, de jeunes philosophes tissaient des liens subtils entre la pensée diurne et les rêves nocturnes, analysaient les éléments naturels à la lumière de l'intuition poétique. Je raillais parfois leur maigre bagage scientifique, mais j'aimais les entendre décrire l'univers comme un immense circuit cosmique, le monde inanimé comme le pendant de celui que nous portons dans nos cœurs et nos cerveaux, affirmer qu'on ne pouvait prétendre philosopher sans connaître les lois de la nature ni les connaître sans être un peu poète. J'en venais, comme beaucoup d'autres, à tenir le journal de mes rêves, assuré qu'il existait quelque part des secrets dont leurs fantaisies ouvraient la clé. L'émulation me poussa même à en tirer de brefs récits, à griffonner des poèmes dont on me fit compliment. Je regrette aujourd'hui de n'avoir pas persévéré dans *cette voie : n'importe laquelle, il est vrai, aurait été préférable à celle que j'ai suivie. Mais si je sentais bouillonner en moi l'inspiration, j'échouais à la canaliser. Il n'est pas difficile de s'asseoir à sa table devant une rame de papier blanc. Malheureusement, les pensées sont libres, nombreuses, rapides et se dispersent bientôt par mille chemins dont aucun ne figure sur la feuille. Il aurait fallu autant de rabatteurs pour les traquer, de braconniers pour poser des collets et quand, tout seul, j'en relevais un, il ne retenait plus qu'une carcasse morte. Ce qui vivait dans mon esprit agonisait sous ma plume maladroite.*

Plus j'étudiais l'anatomie, au contraire, plus il me semblait que, sous mon scalpel, les chairs mortes pourraient revivre, le sang circuler à nouveau dans les veines des cadavres. J'exagère à peine en faisant remonter ce rêve à une époque lointaine. Sans contour précis, il m'obsédait déjà. Je ne le confiais pas, bien sûr, à la faculté de médecine où mes condisciples haussaient les épaules quand on leur parlait de Mesmer. Mes amis poètes, en revanche, ouvraient des yeux émerveillés lorsque, pour leur complaire et me faire valoir, je me vantais d'avoir mené à bien des expériences encore imaginaires. Toutefois, comme ils ne les ouvraient pas moins grands devant des contes de mandragores, de golems, de gentilshommes privés de leur reflet, cet engouement d'étudiants en droit ou en histoire des religions ne me flattait que passagèrement.

Quand venait le printemps, Clerval organisait des randonnées auxquelles se joignait souvent son camarade Clemens, un garçon robuste et court sur pattes qui écrivait des vers, parfois aussi sa sœur Bettine, un feu follet ravissant. Mon engouement pour ses idées les plus audacieuses m'avait valu d'attirer ses regards, et un peu plus. La campagne est belle autour d'Ingoldstadt, les troupes françaises s'y montraient discrètes.

Nous partions tous les quatre à l'assaut des collines, sac au dos et, à la main, le bâton de pèlerin. Clemens, qui s'était mis en tête de recueillir des chansons populaires, s'attardait à chaque auberge de village pour soutirer aux ivrognes de l'endroit des rengaines qu'il soumettait ensuite à notre admiration. La plupart étaient ineptes et je ne peux me rappeler sans rire le jour où notre naïf ami, tout fier de sa trouvaille de terroir, nous chantonna gravement quelque chose qui ressemblait fort à une aria de Piccinni, compositeur qu'il méprisait tout en l'ignorant mais qui, par quelque miracle de diffusion rurale, devait avoir charmé les oreilles d'un cul-terreux mélomane.

Je me rappelle aussi un soir où, l'orage nous interdisant de coucher à la belle étoile, nous dûmes demander l'hospitalité à une abbaye de bénédictins. Quand, après un dîner copieusement arrosé, arriva l'heure du coucher, le frère hospitalier nous conduisit dans les cellules qu'on réservait aux hôtes de passage. Il s'agissait en fait d'une assez vaste salle, propre et aérée, coupée en deux par une cloison de bois épaisse mais qui au regard des murs de pierre de l'abbaye, larges d'un mètre au moins, faisait l'effet d'un rideau de papier. Cette cloison autorisait les accueillants bénédictins à héberger des femmes à l'occasion — puisqu'il n'était pas question que le dortoir fût mixte. En plaisantant, le frère hospitalier, qui avait beaucoup bu, nous conseilla à notre prochaine visite de prévoir un déguisement d'homme pour Bettine et rit grassement, clignant de l'œil. Puis, une fois les sexes répartis, il donna à chaque porte un double tour de clé et nous souhaita bonne nuit jusqu'aux matines.

Nous n'avons pas dormi une seconde, je crois bien. Assis tous trois le long de la cloison où nous collions nos bouches et nos oreilles, nous n'avons cessé de converser avec Bettine qui, seule dans sa cellule, pré-

tendait mourir de peur et, dédaigneuse de le prouver, éclatait toutes les deux phrases d'un rire joyeux. Nous avions déjà passé d'innombrables soirées ensemble, à discuter de poésie et de philosophie naturelle et, quand la nuit était bien avancée, que les spectres familiers se glissaient parmi nous dans les vapeurs du punch, à nous raconter des histoires de revenants. Mais la solennité du lieu, l'ivresse de la fatigue physique conjuguée à celle de l'alcool, l'étrangeté aussi de la situation firent de cette nuit-là un événement unique pour chacun d'entre nous.

Je ne saurais aujourd'hui me rappeler la teneur de ce colloque, ni ce que nous avons dit ni surtout les enchaînements imprévus qui nous faisaient glisser d'un trait d'imagination à un récit, d'une confidence à une obsession verbale. Je devais bientôt perdre de vue mes camarades, excepté Clerval; j'ignore si aujourd'hui ils sont encore en vie, si une image de moi subsiste dans leurs mémoires, mais il m'arrive souvent de repenser à eux, aux trois êtres capables de témoigner que cette nuit d'enchantement a bel et bien eu lieu, avec son abandon jamais paresseux, sa maîtrise capricieuse, son étonnement d'évidence. Les rêves de la nuit sont privés, m'écrivit plus tard Clerval, celui de la veille est partagé, et ce partage seul fonde l'idée d'une réalité. Avions-nous tous les quatre partagé un rêve nocturne? Nous étions en tout cas unis par cette ivresse, au moins par le souvenir commun de cette ivresse, les lacunes communes de ce souvenir. Car, ce que je ne me rappelle pas aujourd'hui, nous ne nous le rappelions pas davantage le matin même. Chaque phrase avait effacé celle qui la précédait et la dernière, lorsque retentit la cloche des matines, bascula dans le néant, entraînée par le poids des autres. Sitôt dit, tout tombait dans l'oubli. En pleine exaltation, des bouffées d'amertume désolaient mon cerveau lorsque, transporté par l'amorce d'un raisonnement lumineux ou d'un effet dramatique, je tâchais, non seulement de parler, de partager à l'instant même mon intuition, mais aussi de la retenir, de retenir mes paroles et celles de mes compagnons. La vague s'écrasait et, à peine avais-je eu le temps de regretter le paysage que j'avais entrevu lorsque j'étais porté sur sa crête, déjà je me retrouvais sur la crête de la vague suivante, entrevoyant un autre paysage tout aussi magnifique et aussi vite disparu. J'aurais voulu, pour me rappeler ces paysages, imprimer dans mon esprit telle pensée, tel mot auxquels je prêtais une valeur mnémotechnique, espérant qu'ils émergeraient dans mon souvenir le lendemain, rattachés encore par quelque fil ténu au tissu vivant de notre verbe. Et le lendemain, pensais-je, je serais sûr d'avoir rêvé, d'avoir prononcé en rêve ce mot échoué, seul vestige de la nuit. Pour conjurer cette déception, rapporter un butin de cette folle chasse aux paroles, nous nous faisions promettre les uns aux autres de ne pas oublier l'un de ces mots, brillant alors de tout son sens et que nous pourrions peut-être, tous les quatre, répéter, astiquer dans nos bouches jusqu'à ce qu'il retrouve sa brillance réelle. Qu'il survive en nous, cela prouverait au moins qu'il était vraiment advenu, qu'il avait été prononcé, entendu.

Et le lendemain, bien sûr, ces mots-sésames avaient dépouillé leur magie, nous rougissions de nous les remémorer à voix haute, comme si leur pauvreté racornie au soleil offensait l'éclat de la nuit. Nous ressemblions à des ivrognes honteux de se retrouver à jeûn. S'il nous arriva par la suite de citer ces mots entre nous, de nous les envoyer, c'était en contrebande, sertis dans des phrases anodines. Ils n'évoquaient pas cette nuit de printemps, mais notre conviction commune de l'avoir vécue et chacun ressentait parfois le besoin d'éprouver la conviction des autres pour raffermir la sienne.

Cette anecdote est décevante, je le reconnais, comme la faconde d'un bateleur annonçant un spectacle extraordinaire jusqu'à ce que l'on comprenne que le spectacle extraordinaire, c'est l'annonce et qu'on y assiste depuis une demi-heure, impatient. Disons que la réalité est décevante aussi et passons. Il est tard.

XI

Le capitaine s'arrête d'écrire. Ce n'est pas qu'il
hésite ; au contraire, il sait où il va, depuis des
semaines (parfois, il dirait volontiers une vie) qu'il
se répète mentalement les phrases du manuscrit. Il
lui suffit de noter sous sa propre dictée. Mais il
éprouve le besoin d'une pause. Un moment, il se
regarde dans la glace de la coiffeuse où s'est encadré le visage pâle de Polidori, la nuit de son suicide,
puis se lève, va à la fenêtre dont il relève le volet
métallique. Du troisième étage, où se trouve sa
chambre, il a vue sur la petite place, sur le pub qui
vient d'ouvrir. Un couple en sort, dont l'élégance
contraste avec l'allure prolétarienne des clients, des
gens du quartier, pour la plupart des commerçants
chinois. Le capitaine se demande quel motif a pu
inciter ces jeunes gens à se retrouver dans un éta-
blissement aussi éloigné de ce qu'il imagine être
leurs habitudes et sans doute leur lieu de résidence.
Peut-être un jeu, un autre, où il pourrait s'introduire,
lancer de faux indices, créer des courts-circuits... Il
sourit. La fille, qui, tout en marchant sur le bord du
trottoir, rejette sans cesse ses cheveux derrière
l'oreille, d'un geste gracieux, porte un pantalon bouf-
fant et un spencer blancs. Elle détonne d'autant plus

que, dans cette banlieue chinoise, les femmes ne sortent guère : seuls ou presque, des hommes s'affairent sur la place, claquent les portes des voitures, entrent au pub. C'est samedi. Par la liberté de son allure, sa richesse négligente, la fille rappelle un peu Brigitte au capitaine et, après avoir fait redescendre le volet, pour que la chambre reste éclairée seulement par la chiche clarté de l'applique murale, il se rapproche du lit, saisit le téléphone sur la table de chevet, forme le numéro, non de Brigitte, mais d'Ann.

Bien que la sonnerie la réveille, Ann n'en est ni surprise ni énervée, car elle fait irruption, très naturellement, dans un rêve où il est question du réveil téléphoné. Depuis plusieurs semaines, elle se fait réveiller tous les jours par ce service public. Elle n'a plus de réveil, on le lui a volé et elle ne l'a pas encore remplacé. Elle considère en tout cas qu'on le lui a volé. Si désagréable et surtout peu vraisemblable que cette hypothèse puisse paraître, concernant un objet sans valeur, acheté dans un supermarché, c'est la seule qui s'impose lorsque malgré des recherches attentives on ne parvient pas à retrouver son réveil — accessoire qu'on peut difficilement oublier chez des amis, comme un briquet ou des gants de laine rouge, et qu'elle est sûre de n'avoir jamais déplacé hors de son appartement. Rien d'autre n'a disparu : il faut bien admettre qu'un voleur s'est introduit chez elle par effraction ; à seule fin de dérober un réveille-matin. Depuis cet incident, elle appelle presque tous les soirs le service du réveil et tient même de petites conversations avec l'employé qui lui répond — toujours le même, un très jeune homme, d'après la voix. Si par hasard Ann demande à être réveillée à sept heures du matin, il s'informe de ce qu'elle va faire si tôt. À midi, il lui souhaite une bonne soirée. Ils bavardent un peu. Et, dans son rêve, elle en venait à considérer l'employé comme une sorte d'arbitre suprême, d'instance souveraine des sommeils londoniens, aux appels de qui elle devait être toujours disponible : ne pas débrancher l'appareil, ne pas mettre son répondeur, comme elle l'avait fait un jour, s'attirant un message de reproche du jeune homme : depuis deux mois qu'il faisait ce métier, pour gagner un peu d'argent pendant les vacances d'été, c'était la première fois qu'une abonnée, après avoir requis ses services, branchait un répondeur et l'empêchait d'accomplir une mission dont elle l'avait pourtant chargé.

À tâtons, Ann décroche l'appareil posé au pied du lit, mais ce n'est pas le réveil téléphoné. Ce n'est rien, pas même un souffle près de son oreille. Depuis qu'elle vit seule, elle a l'habitude des coups de fil anonymes, au milieu de la nuit — mais ce n'est pas le milieu de la nuit, le jour filtre à travers les persiennes. Elle n'a jamais eu droit, par chance, aux persécutions de satyres susurrant des horreurs, mais souvent, en revanche, à ce genre d'appels silencieux, émanant sans doute de jeunes gens amoureux d'elle, qui doivent téléphoner d'une cabine, la main recouvrant inutilement l'émetteur, crainte paranoïaque d'être trahis par leur respiration. Ils restent un long moment dans la cabine, bloc de lumière pauvre à un carrefour désert, recommencent parfois, espérant qu'elle finira par prononcer leur nom, sur le mode interrogatif, mais il n'en est pas question. D'ailleurs, elle ne saurait pas quel nom prononcer.

Elle murmure «Jim...» quand même, d'une voix endormie qui devrait donner envie de pleurer à son correspondant, puis entend le déclic de l'appareil qu'on raccroche, écoute trois, quatre fois la tonalité monotone. Le type n'a pas dû reposer le combiné sur la fourche, seulement appuyer sur l'une des deux languettes de métal qui, en haut du cadran, permettent d'interrompre la communication. Il reste dans la cabine une minute, interdit, se demandant peut-être qui est Jim, puis lâche l'écouteur qui, au bout de son fil, se balance doucement après qu'il a claqué la porte. Peut-être aussi que cela se passe très différemment.

Elle regarde sa montre. Midi passé. Elle se lève d'un bond, ouvre les volets, va prendre une douche.

Avant de raccrocher le combiné, le capitaine presse en effet l'index sur une des languettes métalliques. Il était beaucoup trop tôt pour téléphoner, pense-t-il (Jim lui est indifférent). Il se fixe une heure pour rappeler : sept heures et demie, et retourne à la table, à la glace de la coiffeuse, au manuscrit.

XII

J'achevai mes études en 1809 et regagnai la maison de mon père, à Genève, pour accomplir mon destin. J'avais été un brillant et fantasque étudiant en médecine. J'avais été poète et l'ami de poètes. Il me restait à être un Frankenstein. Comme il était prévu depuis notre enfance, j'épousai ma chère cousine Elizabeth et, sitôt passée notre lune de miel, je me mis au travail, seul. Dans une villa que nous possédions à quelques lieues de la ville, je fis installer un laboratoire où, sept ans durant, je vérifiai par l'expérience mes intuitions juvéniles. Je rêvais de distraire du cosmos, d'arracher à ce puits sans fond les flux et les influx nécessaires pour me rendre l'égal de ce dieu que les hommes ont inventé, faute de pouvoir s'expliquer la Nature. En me livrant à la dissection, puis à la résurrection galvanique de petits animaux, j'œuvrais en marge de son domaine, petit dieu de contrebande qui faisait marquer quelques secondes d'avance au cadran réglé par le grand horloger.

Au début de l'été 1816, mes expériences sur les mulots, les grenouilles et même sur un chien m'avaient donné tant de satisfaction que je me sentais prêt à franchir le pas vers la création à part entière : celle de l'Homme.

*Allais-je redonner la vie à des cadavres ou tenter,
entreprise plus folle encore, de créer de toutes pièces
— empruntées aux morgues et assemblées avec art —
le corps humain qui servirait de réceptacle aux flux de
vie venus des sphères ? J'hésitais. Les événements en
décidèrent pour moi.*

*Elizabeth, ma bien-aimée, dont le corps chaud et
épanoui, retrouvé chaque nuit, me donnait le courage
de me pencher chaque matin sur des cadavres décomposés, Elizabeth tomba malade. Un refroidissement
bénin, à la suite d'une promenade en forêt qu'un orage
soudain avait écourtée, lui fit garder le lit pendant
quelques jours, sans trop m'inquiéter. Puis des aggra-
vations sensibles, une rechute firent resurgir à la surface de mon esprit plusieurs signes menaçants
observés les années précédentes. J'étais médecin, je ne
pouvais me leurrer. L'état d'Elizabeth empirait chaque
jour. La phtisie se développait implacablement, torturait son corps amaigri : elle ne verrait pas l'automne.*

*Ce que fut alors mon désespoir, tout homme amou-
reux peut se le figurer. Dans mon laboratoire en
désordre, dans la chambre où Elizabeth cherchait vainement le sommeil et m'implorait de faire cesser ses
souffrances, je m'efforçais de cacher mes larmes et j'y
parvenais mal.*

*Une nuit où, affalé dans la grande bergère près de
son lit, je veillais mon amour, guettant la respiration
sifflante qui soulevait sa poitrine hier encore glorieuse,
l'évidence me terrassa. Comme on s'acharne contre un
mur, je butais sur mon impuissance à la guérir, à
enrayer le cours d'un procès biologique alors que tous
mes travaux, presque couronnés, visaient à sauter ce
mur. La sueur m'envahit, j'exultai presque, étonné
seulement de n'y avoir pas pensé plus tôt. La porte que
je m'apprêtais à ouvrir dans le mur de la vie, j'allais
en franchir le seuil, non plus seul mais, comme j'avais*

*déjà franchi celui du chalet de Chamonix où nous
avions passé notre lune de miel, en portant ma femme
dans mes bras. Elizabeth mourrait, mais j'allais la ressusciter. Et si j'échouais, je mourrais aussi. Mais je
n'échouerais pas. Jamais, pour exercer mon art, je
n'avais eu de motif plus puissant.*

*Il ne suffisait pas d'attendre. Il fallait hâter la mort
d'Elizabeth, afin que la maladie n'altérât pas son organisme de manière irréversible. Pour lui rendre la vie,
je devrais d'abord la tuer.*

*Cela pourra paraître monstrueux, mais une fois
clairement établi dans mon esprit, cet impératif me
choqua à peine. Il ne faut pas oublier que je n'avais
pas dormi pendant trois jours, que mes études
m'avaient conduit à ne plus m'étonner de rien et surtout que cette monstruosité était ma seule chance de
faire quelque chose, d'échapper à la prostration. Toute
réflexion, alors, s'effaçait au bénéfice de cette sugges-
tion puissante qui s'imposait à moi comme l'unique
recours.*

*Je secouai la tête plusieurs fois, violemment, comme
pour sortir d'un mauvais rêve, et descendis. Je demandai qu'on sellât mon cheval, galopai jusqu'au laboratoire où je composai une préparation mortelle, à base
d'opium, dont je remplis un petit flacon, puis je ren-
trai à bride abattue. La nuit était belle, claire. Mon
absence ne dura pas deux heures.*

*Je me rappelle ce retour nocturne, les portes de notre
demeure se refermant sur moi, mon pas sur les dalles
du vestibule et, sous les fenêtres, les grognements du
palefrenier tirant mon cheval vers l'écurie, le crépite-
ment des sabots sur le gravier. Toute la maisonnée
dormait, du sommeil inquiet qui étreint une famille
autour d'une mourante.*

*Ma fiole de poison à la main, je retournai dans la
chambre, repris ma place dans le fauteuil. Le velours*

en était mouillé, comme si j'avais renversé quelque chose ou soulagé ma vessie, sans m'en apercevoir. La chambre sentait mauvais. J'attirai à moi le plateau d'argent qui, posé sur la table de nuit, supportait un verre et une carafe d'eau. Je versai quelques gouttes de la fiole dans le verre, puis ajoutai de l'eau. Elizabeth changeait sans cesse de position, poussait de petits soupirs rauques dans son demi-sommeil.

Plus tard, elle se réveilla. Me voyant, à la lumière de la veilleuse, elle m'adressa un pauvre sourire. Je crois me souvenir qu'elle murmura quelque chose, que je ne retins pas. C'étaient pourtant ses dernières paroles.

Sa main tâtonna sur la table de nuit, je crus un instant que ses veines portaient des ombres sur le mur. Elle saisit le verre, le porta à ses lèvres. Comme hypnotisé, je la regardai le boire, jusqu'au bout, en renversant la tête en arrière. Je voyais chaque goutte de sueur sur son cou tendu. Puis elle se rendormit. Je restai dans le fauteuil, hébété, jusqu'à ce que l'aube passât à travers les volets, mais je ne saurais dire à quelle heure elle cessa de vivre. Du plat de la main, je coiffai la veilleuse dont la lueur pâle trembla et s'éteignit, puis, écartant légèrement les doigts de la même main, je fermai les yeux de ma bien-aimée.

Je quittai la pièce, gagnai l'écurie où, tant bien que mal, j'attelai la calèche que je conduisis jusqu'au porche de notre demeure. Je tremblais d'être vu, mais la maison dormait encore. Remontant dans la chambre, je m'assurai que le passage était libre et enveloppai Elizabeth, ainsi que d'un linceul, dans le drap taché du sang qu'elle avait craché la veille. Elle était légère comme un enfant mais, à la contraction de mes muscles, je sentais le poids et le froid de la mort alourdir de minute en minute son corps martyrisé.

Comme un colis, je la transportai à travers les couloirs déserts, puis la hissai sur le siège de la calèche découverte qui attendait devant la porte. J'éprouvai quelque difficulté à la caler près de moi, dans une position assez naturelle pour tromper des rencontres éventuelles, mais j'y parvins en attirant sa tête et son buste sur mes genoux. Un pan du drap, en tombant, découvrit son épaule nue sur laquelle je posai mes lèvres tremblantes. Elle avait dû se mordre pour supporter la douleur ; sa peau, en tout cas, portait des marques de dents.

Je restai une minute, étourdi, à baiser son épaule, inconscient du danger. Puis je me ressaisis, fouettai les deux chevaux et, pour la seconde fois en quelques heures, je repris la direction du pavillon de chasse où se trouvait mon laboratoire. Durant le trajet, Elizabeth, ballottée contre moi par les cahots de la route, retrouva dans la mort des gestes d'amante. La tête renversée sur mes genoux, un bras ballant au bord de la banquette, j'aurais pu la croire vivante, comme un enfant nerveux et endormi qu'on emporte roulé dans des couvertures pour qu'il ne prenne pas froid. Je crois avoir pleuré, tout en guidant l'attelage, pendant que le soleil montait comme une flèche au-dessus des montagnes, et mes larmes, tombant de mon visage sur le sien tout proche, me paraissaient couler de ses yeux morts et étonnés.

Arrivé au laboratoire, je transportai à nouveau Elizabeth, l'allongeai sur la table d'opération qui m'avait servi pour le chien et me mis au travail. Moins heureux qu'Orphée, je dus fixer les yeux morts, fouailler le corps inanimé de ma femme pour la ramener à la vie. Mes gestes ne furent pas seulement ceux d'un chirurgien, d'un chimiste et d'un galvaniste, mais surtout — c'est ce qui me donna le courage de poursuivre — ceux d'un amant. Par amour, je captai la foudre, domestiquai les esprits de l'éther pour les introduire dans ce tabernacle chéri.

Quand enfin la main d'Elizabeth s'éleva légèrement, comme pour protester contre la violence que je lui infligeais, je serrai les dents, partageant sa douleur et me rappelant les soubresauts identiques du chien martyrisé, mais mon exaltation était à son comble, plus intense qu'au sommet d'une étreinte amoureuse. Quand les coins de sa bouche se crispèrent, quand son cou s'étira, se tordit de droite à gauche comme celui d'une dormeuse qui s'efforce d'éloigner un spectre, je surpris, dans l'éclat métallique du bistouri qui m'avait servi à inciser sa peau, le reflet allongé de mon visage, animé d'une expression de triomphe telle qu'aucun homme avant moi n'a dû la mimer. S'il existe quelque part un paradis et un enfer, je peux me les représenter. Mon paradis serait la coagulation dans l'éternité de cet instant, et mon enfer l'instant qui lui a succédé, tous les instants qui devaient suivre. Ma jeunesse heureuse, tout entière tendue vers un idéal que je croyais encore impossible au moment même de le réaliser, m'a conduit d'une seule traite au sommet de ma trajectoire. Mais, le zénith atteint, la pente s'ouvrait aussitôt, que j'ai dû dévaler dans l'amertume, les larmes et le sang. J'aurais dû mourir au moment où Elizabeth, les yeux encore clos, revenait à la vie, où la science suprême me servait à retrouver l'amour suprême, avant de découvrir où me conduisaient et la science et l'amour. J'ai vécu.

XIII

Elizabeth battit des paupières deux fois, trois fois, très vite. Mon triomphe, aussitôt, fit place à l'inquiétude. J'étais expulsé du paradis. Qu'allait-elle dire, si elle pouvait parler? Que lui dirais-je, moi? Comment lui expliquer ce qui venait de se passer? Que se rappellerait-elle du royaume des morts? Je rêvai, je m'en souviens, qu'elle prononçât seulement mon nom, et, ivre d'amour, m'attirât vers elle au risque de rompre les centaines de fils enchevêtrés autour de son corps nu, pelote d'Ariane qui l'avait arrachée au labyrinthe où séjournent les larves. Une ouïe intérieure, au fond de moi, émit et perçut des modulations, le timbre et le son de ce « Victor... » que je n'entendrai jamais pour de bon, qui parfois revient hanter mes cauchemars. Je me penchai si près de son visage que nos nez se frôlèrent, si bien que nous reproduisîmes la prétendue coutume de salut esquimau qui nous amusait tant dans notre enfance et avait perduré entre nous comme un rite d'amoureuse puérilité.

Enfin, elle ouvrit les yeux et la sueur se glaça sur mon échine. Le noir de la pupille dilatée avait entièrement envahi l'iris, dont il ne subsistait plus qu'un infime cercle pervenche. Lorsque ses paupières furent entièrement soulevées, le cercle disparut. Elizabeth avait désormais les yeux noirs, entièrement noirs, et d'un noir qui n'appartenait pas à la terre, qu'aucune eau-forte ne pourrait approcher. La seule image qui me vient à l'esprit est celle d'un puits qui n'aurait pas de bord. Pas de margelle, pas de fût, rien qui puisse contenir sa noirceur, de sorte qu'il n'existe plus rien au monde que ce puits, que ce puits est le monde même et son engloutissement. Je reculai, éloignai mon visage de celui d'Elizabeth et, terrassé davantage encore par ce regard que par l'excès de fatigue et de tension nerveuse, je sentis se dénouer tous mes muscles crispés, mon corps se liquéfier et, très lentement, je me laissai glisser au pied de la table d'opération. J'ai appris, depuis ce jour, le bonheur inaliénable qu'on éprouve à se soustraire au monde en perdant connaissance.

Le capitaine ferme les yeux, longuement, puis les frotte. Quand il se lève, pour aller au téléphone, ses jambes sont engourdies. Tout en les étirant, il compose le numéro de Julian qui répond aussitôt.

« C'est moi, dit le capitaine. Je vous appelle pour vous signaler une petite rectification. Finalement, Elizabeth se contentera d'avoir les yeux noirs, c'est plus sobre.

— Ah bon ? »

Julian, au bout du fil, paraît déçu.

« C'est dommage, plaide-t-il. À la place des seins, je trouvais ça pittoresque. En plus, c'est authentique. Et j'aurai appris *Christabel* pour rien.

— Ça peut toujours servir, en société. Et puis, vous pourrez le recaser à Brighton, si le cœur vous en dit. Là, ce sera comme vous voudrez, ad libitum. C'est seulement dans le cours des préliminaires que j'ai peur que ça passe mal.

— Bien, admet Julian.

— Alors, achetez-vous des lunettes fumées, pour lundi. Le réalisme avant tout. »

Il raccroche, revient à la coiffeuse.

Quand je repris mes esprits, en sursaut, il faisait nuit et j'étais étendu dans mon lit. Un cri affreux vrilla mes oreilles jusqu'à ce que je comprenne que c'était moi qui le poussais. Je me tus et, d'un coup, me rappelai tout. Avec une sérénité surprenante, j'en conclus que je venais de faire un cauchemar. J'avais rêvé que je ressuscitais Elizabeth, qu'elle me regardait avec des yeux changés. Pure fantaisie : pourquoi l'aurais-je ressuscitée ? J'avais rêvé qu'elle était morte. Mais pourquoi donc serait-elle morte ? J'avais rêvé qu'elle était malade, j'avais rêvé que j'étais marié à une certaine Elizabeth, que je me nommais Victor Frankenstein, que je vivais en Suisse, que j'y poursuivais des recherches interdites... Je souris. En vérité, j'étais seulement dans mon lit, bien au chaud, et je m'apprêtais à me rouler en chien de fusil, les couvertures douillettement tirées autour de mon corps, lorsqu'un bruit de pas précipités me fit dresser la tête, reconnaître ma chambre, voir que la porte s'ouvrait et livrait passage à Luise, la vieille gouvernante qui, toute sa vie, avait servi notre famille. La famille Frankenstein dont, par conséquent, je devais me résigner à faire partie, avec toutes les conséquences affreuses que cette prémisse entraînait.

« Oh, monsieur Victor, hoqueta-t-elle en joignant ses mains potelées, les coudes relevés à hauteur des épaules en un geste dramatique, vous voilà réveillé... Vous avez fait un cauchemar. »

Je compris qu'elle faisait allusion à mon cri. Je savais de nouveau qui j'étais, que cette femme avait veillé sur mon enfance, que mon père habitait cette maison, mais je n'osais poursuivre cette remémoration plus avant.

« Comme vous allez être heureux, monsieur Victor, reprit Luise, sur un ton geignard contrastant avec la joie promise. Madame Elizabeth est sauvée, les médecins l'ont dit ! »

Elizabeth, ma femme, était sauvée, elle était donc bien condamnée, avant... Je ne pouvais davantage me réfugier dans l'amnésie protectrice.

« Et ses yeux, Luise, ses yeux ? » demandai-je à voix basse, sans oser regarder la vieille femme.

« Oh, monsieur Victor, comment le savez-vous ? Ils sont devenus noirs, noirs comme des escarboucles... »

Et elle entreprit de rapprocher ce phénomène, imputable à la maladie, d'autres non moins spectaculaires : les cheveux de sa sœur avaient blanchi en une heure, le jour de la mort de son père ; ceux de son père, d'ailleurs, étaient tous tombés d'un seul coup quand le vieux jacobin avait appris, à table, l'exécution de Robespierre, et il n'avait pu, même, manger sa soupe, à la fois parce que l'émotion l'étranglait et parce que des poignées entières de tignasse flottaient dans son assiette ; un garçon de son village s'était un jour réveillé avec un orteil supplémentaire au pied gauche : il s'était promené, la veille, sous un gibet, et sans doute avait-il marché sur une mandragore, née des larmes équivoques d'un pendu...

J'écoutai un moment cette litanie insane, hébété, puis je repoussai les couvertures et me levai, ignorant les cris de Luise qui disait que j'étais malade, que les médecins m'avaient ordonné le repos... De fait, la brusquerie de mon mouvement provoqua un élancement dans ma mâchoire et, une fois la douleur réveillée, elle ne disparut pas.

« Où est madame Elizabeth ? demandai-je.

« — Mais... dans sa chambre. Elle dort... il est tard...
demain... »

Je sortis dans le couloir, gagnai à pas de loup l'appartement où, la veille — à moins que ce ne fût bien auparavant — j'avais assassiné mon amour. Devant la porte, j'hésitai. La mâchoire m'élançait. J'entrai enfin dans la chambre, éclairée par un rayon de lune glissant de la fenêtre ouverte. L'odeur d'agonie et de sang séché avait fait place à celle qu'exhalait une brassée de roses fraîchement coupées et disposées dans un vase, sur la crédence. Une épine m'égratigna la joue tandis que j'approchais du grand lit à baldaquin où reposait calmement Elizabeth. Je m'assis de nouveau sur la méridienne, j'écoutai le souffle régulier de la dormeuse. Ainsi, elle était sauve. Je laissai passer un moment, sans pouvoir fixer mes pensées du côté de la joie ou de la terreur. Fermant les yeux, j'entendis alors la voix d'Elizabeth qui prononçait mon nom, comme j'avais rêvé qu'elle le fît en revenant à la vie. Je saisis dans la mienne sa main offerte, la paume vers le ciel, et me réjouis de sa fraîcheur : elle n'avait même plus de fièvre. Puis, je m'assis au bord du lit et, se redressant à demi, elle m'entoura de ses bras, m'attira à elle. Son mouvement, comme lorsqu'elle était morte, fit glisser le drap et je vis que, contrairement à son habitude, elle était nue. Même l'été, elle dormait en chemise. Ses seins s'écrasèrent contre ma poitrine. Dans le corps à corps qui suivit, Elizabeth montra une vivacité et une audace que je ne lui connaissais pas. Toute pudeur l'avait abandonnée et je découvris à ce moment un sentiment paradoxal. J'avais eu dans ma jeunesse des maîtresses fougueuses, expérimentées, dont les transports avaient accru l'intensité des miens. Lorsque je m'étais uni à Elizabeth, mon éducation puritaine m'avait poussé en revanche à me féliciter de sa pruderie : ce qu'on attend d'une bonne fortune ne convient pas à une épouse. Pourtant, après quelques mois de mariage, j'aurais aimé qu'elle s'abandonnât davantage, non seulement pour varier nos ébats, mais surtout parce que j'attendais d'un peu de libertinage une plus grande intimité entre nous, comme un secret commun, exquis à partager. Or, à présent qu'Elizabeth manifestait dans le commerce charnel cette liberté que j'avais appelée de mes vœux, elle m'apparaissait infiniment plus distante qu'autrefois. J'entrais dans sa chambre, elle s'offrait à moi sans préambule, me demandait de la prendre, criait, cambrait le dos, comme parcourue de décharges électriques; elle griffait ma nuque, m'enfonçait en elle, trempait les draps de nos sueurs intimes; au plus haut de l'extase, elle répétait mon nom et cette frénésie même, contre toute attente, me la dérobait. À l'instant du spasme, soudain excédé, j'écartai avec brutalité, en lui griffant la joue, le rideau de cheveux dénoués qui cachait son visage et, s'immobilisant d'un coup, arc-boutée au-dessus de moi, elle planta son regard dans le mien. Alors, je vis ses yeux noirs et, bouleversé, je m'arrachai à elle, roulai sur le côté. Comme l'émoi nous avait saisis au bord du lit, je tombai à terre et, plutôt que d'affronter encore ses yeux, restai étendu sur le tapis. Un filet d'eau, répandu le long de mes jambes, me renseigna sur le bruit qui avait ponctué ma chute : d'un coup de pied, j'avais emporté le vase de roses. Le visage tourné vers le sol, j'entendis le parquet craquer sous le poids d'Elizabeth qui descendait me rejoindre. Je sentis ses mains sur mon corps, plus froides que l'eau. Ses lèvres se posèrent sur mon épaule et, avec douceur, elle me força à me retourner. Elle se tenait près de moi, nue, à croupetons, et la lune parfaitement encadrée par la fenêtre ouverte derrière elle dessinait le contour de son corps plongé dans l'ombre, d'un halo sinueux de lumière laiteuse. Je savais qu'autour du noir de ses pupilles, il n'y avait plus rien, même plus un étroit cercle bleu. Et je ressentis cette fois comme une traîtrise la manière dont elle murmura mon nom, la plus proche pourtant que je devais jamais entendre de celle qui, chaque nuit, s'insinuait dans mon oreille intérieure au rythme sourd et tendre de mon pouls. Elle resta étendue avec moi sur le tapis, dans la flaque d'eau des roses. Toute la nuit, je veillai, couvant du regard ses paupières closes, ignorant encore que je serrais dans mes bras ce qu'on devait appeler le monstre de Frankenstein.

C'était un monstre bien charmant qu'Elizabeth et, les premiers temps, rien hormis ses yeux ne la distinguait de celle qu'elle avait été. Elle reprenait ses formes et ses couleurs, retrouvait le sourire rayonnant qui me l'avait fait aimer. La Faculté s'émerveillait de sa guérison miraculeuse qu'elle attribuait à une intervention divine, faute de mieux expliquer comment cette mourante avait pu non seulement se rendre dans un pavillon de campagne distant de plusieurs lieues, mais encore en revenir sauve pour organiser avec diligence le transport de son époux évanoui. On renonça vite à la traiter en convalescente et l'on dut s'en consoler en me dorlotant, moi, pour me remettre du choc et des névralgies consécutives à mon accident dentaire : j'avais si longtemps et violemment serré les mâchoires, le jour où j'avais ressuscité Elizabeth, que toutes les dents du fond de ma bouche s'étaient brisées sans même que je m'en rendisse compte.

Dans mon esprit, la nuit que je viens de décrire avait rejoint la mort et la résurrection d'Elizabeth pour composer un fragment de mémoire incertain que j'entretins un moment l'illusion de pouvoir abolir, comme le mauvais rêve auquel il ressemblait tant. Comment dire, maintenant, et sans trop anticiper, les sentiments étranges et contradictoires qui m'assaillaient quand j'étais auprès de ma femme ? Cette créature adorable, cette maîtresse passionnée avait vu le Styx et je ne l'y avais arrachée qu'en la recréant. J'avais beau tâcher de me dire que j'avais « guéri » Elizabeth, cet euphémisme rejoignait celui des gens qui, parlant d'un défunt, le disent parti en voyage. Quel que fût l'aveuglement auquel je m'entraînais, je ne pouvais ignorer au fond de moi-même qu'elle n'était plus une créature de Dieu, mais bien celle d'un homme. « Ce que nous créons, est-ce à nous ? » nous demandions-nous autrefois, à Ingoldstadt, quand les automates et les mandragores glissaient de nos esprits enfiévrés par la discussion vers une existence autonome et se retournaient parfois même contre nous. Lorsque Elizabeth était une femme comme les autres, pétrie et animée par le Créateur, je ne m'étais jamais inquiété de sa naturelle indépendance et sa possession me paraissait la chose la plus aisée du monde. Maintenant qu'elle était mienne de par son origine, quelle émanait de moi je tremblais quelle m'échappât. Peut-être Dieu, s'il existe, connaît-il ce sentiment que j'avais éprouvé si fort, la première nuit, en faisant l'amour avec Elizabeth ressuscitée : on aime et possède sans trop d'inquiétude ce qui n'est pas à soi. Mais dès lors qu'un être vous doit toute l'existence, il devient atrocement étranger. Nul n'est plus désarmé qu'un démiurge. C'est ainsi qu'Elizabeth, apparemment inchangée, m'épouvantait. Comment mon œuvre allait-elle me traiter ?

Mes pressentiments, l'intuition de notre seconde nuit de noces étaient fondés. Elizabeth était autre et ne tarda pas à le révéler. Nous faisions à présent chambre à part et, sans me l'avouer d'abord, j'évitais de me trouver seul avec elle, mais elle venait souvent me rejoindre la nuit. Je ne verrouillais pas ma porte, craignant qu'elle s'en attristât : je voulais encore me persuader que sa métamorphose n'existait que dans mon imagination, que ma gêne risquerait de bouleverser la sensible Elizabeth et je me sentais coupable de la lui laisser deviner. Mais, plus les jours passaient, plus cette hypothèse perdait de sa vraisemblance. Mon malaise n'échappait nullement à Elizabeth : il l'amusait, au contraire. En société, elle s'appliquait à ne différer en rien de celle que nous avions connue. Mon père m'avoua même un jour qu'il avait du mal à se la rappeler avec les yeux bleus. Elle profitait en revanche de nos tête-à-tête pour se laisser aller à une humeur bien différente. La jeune fille modeste et réservée, un peu courte d'esprit critique, faisait place à une rouée cruelle. Elle raillait les bruits de succion que produisait mon père en aspirant sa soupe, les ridicules bénins des convives assemblés autour de la table familiale. Elle évoquait des souvenirs communs et précieux pour les tourner en dérision. Je n'osais lui demander les raisons de ce changement : je ne les connaissais que trop. Une nuit, elle me révéla qu'elle n'ignorait rien de son incroyable résurrection, que ses yeux ne cillaient pas au souvenir de la mort où elle s'était engloutie quelques heures. C'était la première fois que nous en parlions.

« Ne crois pas que je t'en veuille, badina-t-elle, au contraire. Seulement, cela m'amuse de penser à la tête que tu as dû faire en me versant le poison.

— Comment le sais-tu ?

— Je sais beaucoup de choses, plus que toi en tout cas. Je sais ce qui s'est passé avant et après, mais aussi pendant.

— Quoi donc ?

— Ah, tu es trop curieux. Mais ne crains rien, tu le sauras un jour, comme tout le monde. »

À dater de ce jour, elle me parla souvent de sa renaissance, m'assurant que mon sentiment de triomphe au moment de réussir l'expérience n'était rien comparé à la joie de qui émerge des limbes pour une seconde fois. On se sentait désormais, à l'en croire, trempé comme un acier inentamable, plus fort et plus sage. Il était malheureux, ajoutait-elle en riant, que je ne pusse pratiquer l'opération sur moi-même et donner le souffle à un Frankenstein parfait qui remplacerait avantageusement le savant désemparé et l'amant épuisé que j'étais à présent. (Cette pointe sarcastique, faisant allusion aux exigences extravagantes de sa sensualité, que je ne pouvais combler toutes, était bien dans le ton de la nouvelle Elizabeth.)

Très vite, ce prosélytisme tourna à l'idée fixe. On l'observe du reste fréquemment chez les personnes affligées de quelque particularité curieuse, affirmant à qui veut les entendre qu'elle leur procure d'incomparables joies. J'avais à Ingoldstadt un ami tatoué des pieds à la tête qui menait campagne auprès de ses relations pour qu'elles l'imitassent. Le grand Beethoven, d'après mon ami Clerval qui avait bien connu son famulus Schindler, conseillait aux jeunes musiciens de se faire éclater les tympans pour mieux goûter les partitions. Certains, pour le flatter, prétendaient l'avoir fait et se promenaient avec un cornet acoustique.

En tout cas, le traitement qu'elle avait subi favorisait, selon Elizabeth, l'éclosion d'une personnalité infiniment supérieure, heureuse d'abandonner, ainsi qu'une chrysalide devenant papillon, la défroque usagée qui la comprimait autrefois — je me retenais de dire combien je regrettais cette défroque. Il fallait, plaidait-elle, faire profiter le monde de cette méthode miraculeuse dont elle parlait comme s'il s'était agi de quelque potion rajeunissante, eau de jouvence ou autre remède de bonne femme. J'objectais qu'il n'était pas question, pour un résultat incertain, de risquer une mise à mort. Elizabeth, alors, éclatait de rire et me traitait de sot.

XIV

Un mois à peine après la résurrection d'Elizabeth, un événement affreux nous jeta dans le désespoir. Mes frères Ernest et William, accompagnés de quelques amis, avaient décidé d'une promenade en forêt. Elizabeth, parfaitement rétablie, se joignit à la compagnie. J'aurais volontiers fait de même si je n'avais eu à faire en ville. Les promeneurs rentrèrent à la maison plus tard que prévu ; la nuit était déjà tombée. On me demanda si le petit William n'était pas de retour. Je ne l'avais pas vu. Il avait disparu au cours de l'excursion : sans doute s'était-il attardé dans les bois, cherchant des plantes pour son herbier. Les autres avaient espéré qu'il serait rentré directement. Un peu inquiets, nous retournâmes sur les lieux, munis de torches, pour chercher le cher petit. Enfin, vers cinq heures du matin, Ernest finit par retrouver dans un sous-bois le pauvre enfant que nous avions vu, dans l'après-midi, plein de vie et resplendissant de santé. Il gisait sur l'herbe, livide, inanimé, portant sur le cou les traces bleues des doigts de son meurtrier.

On le transporta à la maison. À la douleur qui se peignait sur nos visages, Elizabeth devina la terrible nouvelle. En pleurs, elle se pencha sur le petit cadavre, examina son cou et, se tordant les mains, s'écria :

« Ô, mon Dieu, j'ai assassiné mon enfant chéri ! » Puis elle s'évanouit et nous eûmes beaucoup de peine à la ranimer. Elle ne revint à elle que pour pleurer de plus belle. Comme je lui demandais la signification de son étrange oraison funèbre, elle nous dit comment, le même soir, William l'avait suppliée de lui laisser porter en médaillon une miniature de grande valeur qui lui venait de sa mère. Le bijou avait disparu et, assurément, on avait tué le malheureux enfant pour l'en dépouiller.

Bouleversé, je m'efforçai de calmer Elizabeth, qui ne cessait de pleurer et de s'accuser d'être la cause de l'horrible drame. Je l'emmenai dans son appartement, craignant de la voir défaillir encore et ajouter ainsi au désarroi de notre famille. Dans ma propre douleur, j'étais sincèrement touché de sa réaction, bien digne de l'âme généreuse et sensible de l'Elizabeth d'autrefois. Mais, dès que j'eus refermé la porte de la chambre derrière nous, elle se tourna vers moi et, souriant gaiement, sortit de son corsage la fameuse miniature qu'elle me tendit d'un air de défi. Abasourdi, je n'osai comprendre et balbutiai. Elizabeth ne se fit pas prier pour m'expliquer :

« Bien sûr, dit-elle, c'est moi qui l'ai étranglé. Et c'est toi qui vas le faire revivre. Mon petit beau-frère sera comme moi ! Je l'aime déjà, sais-tu ? »

C'est moi qui, à ce moment, pensai tuer Elizabeth.

« Allons, reprit-elle d'un ton espiègle, ne fais pas de folie. Je crierais et je dirais que j'ai trouvé la miniature dans tes vêtements. J'irais montrer ton laboratoire et je persuaderais tout le monde que tu voulais expérimenter quelque découverte sur William. C'est ce que tu vas faire, d'ailleurs. Et, en attendant, tu vas placer cette miniature parmi les effets de quelqu'un. Qui tu voudras. La petite Moritz, qui aime tant les bijoux, sera certainement ravie. »

Elizabeth sourit encore, avec une affreuse perversité. Mais l'emprise de son regard d'encre était si forte, j'étais si désemparé que, saisissant l'objet, je quittai la pièce et, comme dans un rêve — comme lorsque j'avais empoisonné Elizabeth, — je traversai les couloirs conduisant à la chambre de la jeune gouvernante allemande, Justine Moritz. Comme prévu, elle n'y était pas : elle devait veiller William en bas, avec les autres. J'étais si bien pris dans l'engrenage de ma propre création que j'observais maintenant mes gestes et mes pensées avec le détachement d'un étranger. Il me paraissait seulement curieux d'en être arrivé là.

Après cela, les événements se précipitèrent sans que je pusse réfléchir un instant. On enterra mon pauvre petit frère le lendemain et on découvrit juste après la miniature dans le tiroir de Justine Moritz, parmi des effets de lingerie affriolante dont on ne soupçonnait pas que cette fille effacée pût avoir l'usage. Tout favorisait mon dessein. La ville entière était passionnée par l'enquête, des foules se groupaient devant les bâtiments municipaux où s'engageait l'instruction. L'interrogatoire de Justine dura si tard dans la nuit que je pus me rendre au cimetière, m'introduire impunément dans notre caveau familial qui n'avait pas encore été rescellé et voler la dépouille de William que je remplaçai dans le petit cercueil par celle d'un chien déjà puant. Je remis tout en place et emportai le corps au laboratoire où je passai la nuit à lui rendre l'étincelle de vie que j'arrachai au cosmos.

William ouvrit sur le monde qu'il avait si brutalement quitté des yeux qui, de noisette, avaient viré au noir. Il ne s'étonna de rien, ni de mon laboratoire, ni de mon trouble, ni d'être gardé au secret. Quand sa meurtrière arriva, il lui fit fête. Prétextant le besoin de repos et de solitude, Elizabeth vint en effet s'installer dans le pavillon, pour prendre soin de William pendant que je retournais à Genève, afin que mon absence ne donnât prise à aucun soupçon. À chacune de mes brèves visites, je les retrouvais tous les deux plus intimes, s'entendant mieux que de leur vivant. Je m'en inquiétais, comme une mère qui jalouse la nourrice, craignant que son enfant préfère toujours celle-ci, mais que pouvais-je y faire ?

Le procès de Justine Moritz eut lieu une semaine après la découverte de la preuve qui l'accablait. Malgré ses émouvantes protestations d'innocence, la condamnation ne faisait pas de doute et ne surprit personne. La malheureuse fut pendue le lendemain du verdict.

Aussitôt Elizabeth et William — qui semblait ne rien ignorer de ce qui lui était arrivé — me pressèrent de récupérer le corps et de ressusciter Justine. Leur insistance, comme leur complicité, m'effrayait, mais je ne pouvais renoncer à rendre la vie, si douteuse que fût cette vie de contrebande, à une innocente que j'avais délibérément conduite à la potence. J'attendis le transfert du cadavre à la morgue, puis m'en emparai, en soudoyant le veilleur de nuit.

À la troisième expérience, le plus étrange s'instaura : c'était l'habitude. Je ressuscitais les morts comme on réduit une fracture. Je ne me brisais plus les dents. Justine, qui avait plongé dans le Styx sans comprendre le pourquoi d'une si intolérable injustice, revint à la vie sans poser de questions. Ses yeux, seulement, étaient devenus noirs. Tout naturellement, elle se joignit à la petite colonie que formaient déjà William et Elizabeth. L'enfant se laissait bercer dans les bras qui l'avaient froidement étouffé. Les deux femmes surveillaient ses jeux et bavardaient avec entrain, comme si l'une n'avait pas envoyé l'autre à l'échafaud. Tous trois, pourtant, n'ignoraient rien de leurs vies antérieures, ni des circonstances de leurs morts, qui semblaient au contraire leur fournir des motifs de gratitude réciproque, comme si Elizabeth, au fond, avait raison, comme si l'assassinat signifiait l'admission dans un club très fermé. Ainsi, dans ce coin abrité de la campagne suisse, se constituait clandestinement une société de spectres aux yeux d'encre dont seul, et plus amèrement à chacune de mes visites, je me sentais exclu.

Nous dûmes quitter plus tôt que prévu ce havre forestier où le soleil semblait chauffer les morts avec une tendresse particulière et faisait sentir son incongruité au vivant que j'étais resté.

Une petite rivière passait près du pavillon. William y canotait parfois, sous la surveillance de Justine. Sans y prendre garde, au fil de l'eau, ils sortirent un jour de notre propriété. Avant qu'ils eussent pu réparer leur imprudence, en pagayant ferme contre le courant, un paysan qui buvait de l'alcool de noix sur la berge reconnut la pendue qui venait de défrayer la chronique locale et l'enfant qu'elle avait étranglé. La rumeur se répandit vite, bien que sans contour certain. En trois jours, nous fûmes entourés d'une sourde hostilité. Le maire du village, un cultivateur cossu et pieux, nous rendit visite sans motif apparent, puis le garde champêtre se rappela à point nommé une sombre histoire de mur mitoyen et de pacage litigieux dont il vint m'entretenir en furetant de l'œil tout autour de lui.

Ces inspections restèrent vaines, car les trois morts vivants ne quittaient plus le sous-sol où se trouvait le laboratoire et où on n'accédait que par une trappe soigneusement cachée. Mais la situation devenait intenable. À la hâte, et le plus discrètement possible, je préparai notre départ. Contraint par Elizabeth, j'empaquetai dans des caisses ce qui, de mon matériel, me serait le plus nécessaire en exil. Justine et William partirent les premiers, dans une calèche couverte que William conduisait lui-même. Elizabeth et moi devions les rejoindre un peu plus tard. Il aurait été impensable, quelques semaines plus tôt, que cette jeune fille timide et ce gamin de douze ans voyageassent seuls, mais leur renaissance leur avait donné, comme à Elizabeth, une assurance qui m'affolait. William semblait beaucoup plus âgé et discourait avec l'aplomb d'un homme fait.

Nous regagnâmes Genève pour quelques jours pénibles. Beaucoup de nos amis possédant des villas dans les environs de la nôtre, les on-dit fumeux et contradictoires qui circulaient au village s'étaient répercutés en ville de sorte que, sans avoir rien de précis à nous reprocher, on nous considérait avec embarras. Mon père en fut affecté et je compris, à son attitude inquiète et malhabile, qu'il se demandait si quelque chose d'essentiel dans ma vie ne lui avait pas échappé.

Elizabeth reçut bientôt une lettre de Justine, qui nous donnait rendez-vous de l'autre côté du lac, dans un bourg nommé Sécheron. Nous pouvions encore partir sans qu'aucune autorité nous en empêchât. Quelques jours plus tard, c'eût été impossible, l'enquête ayant conduit à exhumer William et Justine et donc à découvrir la disparition de leurs corps. Mon père me bénit, ainsi qu'Elizabeth, mais un peu à contrecœur, je le sentis bien. Que se figurait-il sans rien oser me demander ? Et moi qu'aurais-je pu lui dire ? Je ne l'ai pas revu, et peut-être est-il mort sans avoir pu me donner d'accolade moins contrainte. Il a dû me pardonner, mais il ignorait ce qu'il y avait à pardonner.

Ayant mené à bien la partie genevoise, le capitaine s'interrompt à nouveau. Avec satisfaction, il soupèse la liasse de feuillets qu'il vient de recouvrir d'une écriture fine et régulière, sans une seule rature. Il les numéroté : trente-quatre déjà, il n'a pas chômé. Et pourtant, il n'en est, disons, qu'à la moitié. Il regarde sa montre : cinq heures et demie, presque. Il faut qu'il se hâte s'il veut qu'Ann découvre le manuscrit ce soir... Le capitaine, à ce propos, reprend le téléphone et, après avoir formé le numéro de la jeune fille, écoute avec irritation la voix enregistrée sur le répondeur. Message banal, neutre : « Je suis absente pour le moment, mais je vous rappellerai si vous laissez un message après le signal sonore. » Il s'en abstient — même si elle est là, elle ne veut peut-être pas répondre, ce système de filtrage est insupportable —, raccroche, appelle la réception, demande qu'on lui apporte un plateau de thé avec des pâtisseries chinoises. Il a faim. Et, en attendant, comme il n'a pas de temps à perdre, il se remet à écrire.

XV

Nous retrouvâmes Justine et William à l'hôtel d'Angleterre de Sécheron. Ils attendaient dans la salle
d'hôte, très à l'aise, en échangeant des remarques
concernant le temps avec des touristes anglais. À notre
arrivée, un orage d'une extrême violence commençait
à gronder. Les fenêtres de l'hôtel dominant le lac, nous
vîmes sa surface frissonner, la tempête éveiller des
vagues grises et puissantes, aux mouvements contradictoires. Un petit bateau à voile s'efforçait de rentrer
au port, luttant contre les courants, et nous suivîmes
avec anxiété les efforts du passager grâce à une paire
de jumelles appartenant à l'un des touristes anglais, et
qui passa de mains en mains. Le propriétaire des
jumelles portait des bagues, connaissait visiblement
la navigation mais étalait trop son savoir. C'était
un homme de mon âge, bien proportionné malgré
une tendance à l'embonpoint, et dont le visage avait
quelque chose d'oriental. Commentant avec compétence les initiatives du navigateur, il parlait très haut,
s'adressant à la fois à la cantonade et, en priorité, à
l'un de ses amis, un grand flandrin d'Anglais plus vrai
que nature, une pipe de merisier à la bouche, qui passait sans transition d'un flegme presque apathique à
une agitation exaspérante. Il écoutait le bellâtre orien-

tal sans rien dire, les yeux dans le vague et brusquement, sans motif précis, laissait tomber sa pipe, remuait les bras comme les pales d'un moulin, les ailes de son nez palpitaient et ses yeux lançaient des éclairs. Il y avait encore avec eux un garçon plus jeune, au visage pâle et inquiet, au regard sombre et — j'ai gardé le meilleur pour la fin —, encadrée par ces trois hommes, une jeune fille tout à fait ravissante, presque une enfant : elle n'avait pas plus de dix-huit ans et j'aimai aussitôt ses cheveux blond cendré, ses yeux gris, le modelé délicat de son visage. Malgré la différence des traits, la pureté qui émanait d'elle me rappelait l'Elizabeth d'autrefois.

Le navire tiré d'affaire, il s'en fallait de beaucoup que la tempête fût terminée. Je voulus demander des chevaux, mais on me répondit qu'un accident avait eu lieu sur la route de Plainpalais. Plusieurs arbres s'étaient abattus en travers, une voiture avait été gravement endommagée...

Tous ces détails sont-ils vraiment indispensables, surtout quand le temps presse ? se demande le capitaine. À ce moment, on frappe à la porte.

« Un instant », dit-il à voix haute, avant de terminer sa phrase :

... il fallait compter que la poste serait désorganisée au moins jusqu'à l'après-midi du lendemain. Nous devions donc passer la nuit à l'hôtel d'Angleterre.

Il se lève pour ouvrir la porte dont il a poussé le verrou et laisse entrer le réceptionniste, chargé du plateau de thé et de pâtisseries.

C'est un Chinois d'une vingtaine d'années, pâle, trapu, avec un brushing impeccable, un pantalon noir large du bas et très ajusté à la taille, une chemise blanche ouverte au grand col pointu. Comme il va s'en aller, le capitaine le retient. Il le charge d'une commission consistant, contre un bon pourboire, à porter un mot qu'il va écrire tout de suite et à le remettre en mains propres à Ann, dont il lui donne l'adresse, à Battersea. Si elle n'est pas là, il doit l'attendre et le rappeler, une fois sa mission accomplie. Le jeune homme accepte : son service prend fin à six heures.

Resté seul, le capitaine sirote son thé à petites gorgées et, résistant à l'envie de s'étendre quelques minutes sur le lit, s'engage dans la dernière grande scène de son récit.

Le dîner fut servi à la table d'hôte, où nous nous retrouvâmes tous les huit. Il s'avéra que les Anglais regagnaient les villas qu'ils avaient louées pour l'été tout près de Plainpalais, après une excursion de quinze jours à Chamonix. La conversation roula tout d'abord sur les beautés du pays, la majesté du mont Blanc et de la mer de Glace qui les avaient vivement impressionnés. Si anodin qu'il fût, ce sujet me mit mal à l'aise car, comme je crois l'avoir déjà dit, Elizabeth et moi avions passé notre lune de miel à Chamonix, sept ans plus tôt. Aussi m'était-il pénible d'entendre la nouvelle Elizabeth évoquer ces souvenirs que je n'aurais voulu partager qu'avec l'ancienne. Elle y mettait une malice diabolique, altérant certaines anecdotes, lançant des phrases à double sens qui me touchaient d'autant plus cruellement que William et Justine souriaient d'un air entendu, comme s'ils avaient été présents jusque dans notre chambre nuptiale. Je les sentais tous trois coalisés contre moi et, au risque d'en dire plus qu'il n'était raisonnable, je cherchais une occasion de les déconcerter à mon tour, en surenchérissant, en menaçant même de trahir le secret qui nous liait tous quatre aussi sûrement qu'un crime perpétré en commun. J'avais bu, aussi.

Pris d'un de ses accès d'agitation, le grand flandrin aux dents longues et à la chevelure flottante, qu'on appelait Percy, raconta que durant leur séjour au Montanvert, une avalanche avait fait plusieurs victimes et, du même coup, mis au jour un cadavre parfaitement conservé dans la glace, celui d'un homme immense vêtu de peaux de bêtes grossièrement taillées. Pendant une semaine, touristes et villageois avaient défilé devant le bloc de glace détaché de la moraine et contemplé la hideuse créature comme au travers d'une vitre. On ne parlait que de cela, à l'auberge du Montanvert, chacun avançait son explication. Pour l'un, la créature avait été surprise par une avalanche plusieurs siècles auparavant, peut-être au Moyen Âge : rien dans ce qui lui tenait lieu de vêtements n'évoquait une époque précise. Pour l'autre, qui avait lu des récits de voyages en Orient, c'était un cousin de cet abominable homme des neiges qu'on nomme yéti au Népal et dont les montagnards reconnaissent parfois avec terreur les empreintes immenses... La jeune fille, qui ne parlait guère, fit alors une remarque étrange : chacun, dit-elle, s'accordait à trouver la créature des glaces repoussante, et elle-même ne niait pas le profond malaise qu'elle avait éprouvé à sa vue. Mais cette incontestable hideur ne résultait pas d'une irrégularité de traits, ni d'une difformité quelconque. De stature colossale, le corps était bien découplé et chaque élément du visage, considéré isolément, aurait pu servir de modèle à un sculpteur. L'ensemble, seulement, péchait par la juxtaposition malheureuse de ces détails parfaits et, riant de sa propre audace, la jeune fille déclara qu'elle se figurait exactement ainsi une ébauche d'Adam, abandonnée par le Créateur à qui elle ne donnait pas satisfaction.

J'avais d'abord écouté cette anecdote avec un intérêt distrait, car j'aurais pu en citer au moins deux ou trois semblables. De telles découvertes ne sont pas rares dans nos montagnes et n'impressionnent guère que les touristes. J'avais même remarqué, en lisant les récits parus dans les gazettes, que les victimes des glaciers présentaient toujours quelque trait bizarre, sans doute amplifié par le chroniqueur en mal de copie : on avait récemment retrouvé les restes d'une femme à barbe et, l'an passé, ceux d'un Malais dont le costume de montagnard recouvrait d'admirables soieries exotiques. La description du dénommé Percy me troubla donc moins que l'interprétation risquée par la jeune fille. Mais avant que j'eusse pu obtenir des informations plus détaillées, j'eus la surprise d'entendre Elizabeth s'écrier : « Ah, nous sommes sauvés ! »

Justine et William la regardèrent avec stupeur. Leur trouble, et l'étrangeté de la remarque, n'échappèrent pas à nos commensaux qui s'enquirent du sens de ces paroles. Elizabeth marqua un temps de silence, s'assurant que l'assistance était suspendue à ses lèvres et, à la manière d'un héros de roman qui entreprend de faire le récit de sa vie, une nuit durant, à des compagnons de hasard, déclara solennellement que, le dernier acte de la tragédie étant à présent consommé, elle désirait la raconter tout entière. Mais elle exigea le secret de ses auditeurs. Dans le regard qu'échangèrent Justine et William, je pus lire une inquiétude commune, et je tirai une joie amère de penser qu'ils étaient à cet instant aussi pris de court que moi. Mais nous ne pouvions sans scandale faire taire Elizabeth qui, savourant au moins autant notre anxiété que la curiosité des Anglais, commença enfin.

Je crus défaillir lorsqu'elle annonça que le héros de son histoire n'était autre que son propre cousin, un médecin genevois nommé Victor Frankenstein — j'ai *déjà dit que ce n'était pas mon nom, mais il lui ressemble beaucoup. Elle évoqua brièvement la jeunesse de ce Frankenstein, à peu près comme je l'ai fait au début de ce mémoire — qui, en fait, se contente de reproduire ce que je me rappelle de son récit. Je m'aperçus à cette occasion qu'elle n'ignorait rien de certains détails de ma vie estudiantine dont pourtant je ne lui avais dit mot.*

Justine, William et moi étions catastrophés. Mais bizarrement, au bout de quelques minutes, les effets conjugués du vin dont l'Anglais aux allures d'Oriental avait demandé qu'on apportât encore quatre bouteilles (lui-même, pourtant, ne buvait que de l'eau gazeuse) et surtout du talent de conteuse d'Elizabeth nous firent prendre un plaisir enfantin à cette confession apocryphe, et oublier tout ce qu'elle comportait de risque. Je me surpris moi-même à interrompre bientôt la narratrice, non pour l'arrêter, comme il eût été raisonnable, mais pour ajouter un détail, faire rebondir un épisode. William et Justine n'étaient pas de reste non plus. J'aurais pu me croire revenu au temps heureux d'Ingoldstadt. En outre, ma collaboration au récit improvisé par Elizabeth me procurait un sentiment de complicité troublant. Troublant parce que cette complicité n'aurait pas été possible avec l'ancienne Elizabeth, dont la candeur ignorait toute idée de mystification, et parce qu'elle n'était pas possible non plus avec la nouvelle, que je savais hostile. Il m'arrive parfois de me rappeler cette nuit et de me figurer que, si j'avais mieux tenu mon rôle, un rapprochement réel aurait pu s'esquisser entre nous. Mais s'il s'était poursuivi, qu'aurait-il changé? Serais-je vraiment passé de leur côté?

Elizabeth, donc, raconta l'histoire de ma vie, en prenant soin d'entretenir un doute quant à l'identité des héros et des personnes présentes. Elle parlait comme s'il se fût agi de tiers, de personnages de fiction même, mais en laissant penser aux Anglais que chacune de ses phrases délivrait à ses compagnons un message privé, ironique peut-être. C'était d'ailleurs l'entière vérité.

Arrivée au moment crucial, elle battit la campagne. Au lieu de raconter sa maladie et sa résurrection, elle imagina que — comme l'idée, d'ailleurs, m'en était venue — mes expériences m'avaient fait insuffler la vie à un monstre hideux, fait de morceaux de cadavres minutieusement assemblés dans un vain souci de beauté qui, entre autres, m'avait poussé à gratifier ma créature d'une taille colossale.

À peine animé par mes soins, le monstre avait profité de mon évanouissement (son cousin Franken-stein avait l'évanouissement facile, précisa-t-elle) pour s'enfuir et disparaître dans les montagnes. Repoussé par les hommes, il concevait à l'endroit de son créa-teur une rancune tenace et se retournait contre lui en étranglant son jeune frère...

« Le misérable ! » s'écria William qui s'amusait comme un fou. Je lui aurais volontiers brisé la nuque.

Puis c'était le tour de son camarade d'études Henry Clerval et, serrant les poings, je me demandai si elle ne l'avait pas vraiment assassiné, et ne me l'avouait pas par ce biais détourné. Sous la menace de poursuivre ses crimes, le monstre exigeait de son créateur qu'il lui donnât une compagne à son image. À cette condi-tion, il promettait de s'exiler loin des hommes, dans quelque désert d'Amérique du Sud. Fou de douleur et de haine, conscient des risques qu'il courait en acceptant comme en refusant d'exaucer ce vœu, Fran-kenstein biaisait, pleurait beaucoup et j'éprouvai, je l'avoue, un plaisir morbide à compléter mon portrait de benêt sans volonté, tout juste bon à se lamenter après chaque massacre et à s'étonner de ce que l'altière

114

pureté des montagnes suisses n'inspirât pas à la créature de sentiments plus élevés. La jeune Anglaise alors parla de Rousseau et marqua beaucoup de pitié pour l'infortuné Victor, mais Elizabeth coupa ses effusions et continua en se faufilant elle-même dans son récit — tout en gardant l'incognito. Frankenstein, dit-elle, venait d'épouser sa cousine Elizabeth et, par crainte que le monstre ne s'attaquât à elle, finissait par accepter ses conditions. Faute de pouvoir créer cette nouvelle Ève à partir d'une côte du nouvel Adam, il se remettait à coudre des morceaux de cadavre, suturer des artères, transplanter des tissus...

Irrité par la brutalité avec laquelle Elizabeth avait interrompu la compatissante jeune fille qui aimait Rousseau et plaignait Victor, j'interrompis à mon tour la conteuse et, avec autorité, pris son relais. Afin de surveiller les progrès de Frankenstein dans la fabrication de sa femelle, le monstre, selon moi, rôdait autour de la villa où était établi le laboratoire. Un soir, imprudemment, il montrait son visage appuyé au carreau et le hideux désir répandu sur ses traits bouleversait tant Victor que, préférant mourir plutôt que de dédoubler cet être de cauchemar, il saisissait un hachoir et, comme un furieux, saccageait le travail en cours. Les chairs minutieusement suturées volaient aux quatre coins du laboratoire, le sang giclait, les bocaux se brisaient, un sein au mamelon grenu était même projeté à la figure du monstre qui se mettait à pousser des hurlements de douleur et de rage mêlées. Debout, tremblant au milieu du carnage, couvert de sang et de viscères, Frankenstein attendait que sa créature avançât vers lui et le mît en pièces à son tour. Il fermait les yeux mais, lorsqu'il les rouvrait, le monstre n'était plus là. Il entendait alors à l'étage supérieur un pas pesant et précipité, comprenait en un éclair qu'il venait de condamner Elizabeth. Le hachoir à la main, il s'élançait dans l'escalier, butait sur une marche, jurait, entendait comme en écho le cri affreux, poursuivait sa course jusqu'à l'appartement nuptial dont il trouvait la porte arrachée, les meubles renversés. En chemise, Elizabeth gisait en travers du lit défait. La fenêtre ouverte battait, il n'y avait plus que la morte dans la pièce.

J'avais improvisé ce funeste épisode sur le ton le plus réaliste et, m'étant échauffé à mesure que j'approchais du dénouement, je me rassis, à bout de souffle. Je me sentais apaisé, toutefois, d'avoir déchaîné en paroles tant de violence. À mon tour, je fermai les yeux et l'idée absurde me vint que ce mouvement réflexe me dénonçait comme le héros du récit que je venais de faire à la troisième personne. Elizabeth, sans doute, eut la même pensée.

« Pardonnez mon cousin, dit-elle, ce souvenir lui est si pénible... »

Je rouvris les yeux. Ils me regardaient tous.

« Votre cousin ? demanda la jeune fille. Mais alors ?

— Mon cousin, oui. Pourquoi le cacher plus longtemps ? Vous avez devant vous l'infortuné Victor Frankenstein. »

Un nouveau silence accueillit cette révélation. À la dérobée, Elizabeth cligna gaiement de l'œil à mon intention, exactement comme lorsqu'elle m'avait avoué le meurtre de William. L'effet de l'alcool se dissipant, je me demandai à nouveau où nous conduirait cette dangereuse plaisanterie et, ne sachant plus quelle contenance adopter, faute de m'évanouir je me réfugiai dans le rôle facile à tenir de l'homme accablé, incapable de réagir à ce qui se disait autour de lui.

« Qu'arriva-t-il ensuite ? demanda avidement le jeune homme à l'air sombre.

— Ensuite, répondit ma cousine avec solennité, ensuite l'homme que vous voyez n'a vécu que pour la vengeance. Retrouvant la trace du monstre, il l'a poursuivi à travers le monde, pour le tuer ou être tué par lui. Il ne voulait pas d'autre destin.

— Je comprends, murmura le jeune homme. (Et, j'ignore pourquoi, l'idée me traversa qu'en effet il comprenait, que lui seul comprenait.)

— Il a failli l'atteindre, aux abords du pôle Nord. Créateur et créature se sont retrouvés face à face, sur la banquise, mais un caprice de la Nature a interdit que se livrât alors cet ultime combat. Pardonnez-moi, cher Victor, dit-elle à mon intention, mais je crois qu'il vaut mieux en finir.

— Sans doute », approuvai-je dans un souffle, en me demandant comment elle projetait d'en finir. Je voulus reprendre le contrôle du récit, mais elle fut plus rapide que moi.

« Singulier spectacle assurément ! Victor tenait le monstre au bout de son épée quand, soudain, la glace se rompit. Leurs îlots dérivèrent de conserve plusieurs heures, sans qu'ils pussent se rejoindre. Victor montrait le poing, agitait son épée en direction de la créature qui ricanait et lui tirait la langue, hors d'atteinte. Elle faisait même des gestes obscènes », ajouta Elizabeth en me regardant avec compassion comme si ce détail avait été plus pénible que les autres.

« Enfin, un courant les sépara, continua-t-elle, sûre de ses effets. Il se passa trois jours avant qu'un baleinier ne recueillît Victor, sans connaissance, à moitié mort de froid et de faim. Dès qu'il retrouva la force de se tenir sur le pont, il ne le quitta plus jusqu'à Copenhague, scrutant nuit et jour l'immensité glacée dans l'espoir d'y repérer le monstre. En vain, hélas. »

Elizabeth se tut un instant, puis reprit avec un accent de tristesse émouvant :

« Victor, voici peu, a regagné la maison de ses pères, doublement désespéré. Sa femme, son frère, ses amis ont péri par la main de la hideuse créature et le sort l'a frustré de sa seule raison de vivre : la vengeance. Il croyait son ennemi mort dans les glaces du pôle, et voici qu'il le retrouve prisonnier de celles du Montanvert, à quelques lieues de son point de départ...

— Atroce ironie! commenta emphatiquement William.

— En effet. La boucle est bouclée, la mort a fait son œuvre, et quel but, désormais, lui donnera la force de vivre? Ah, Victor! — s'écria-t-elle en me prenant la main avec emphase et en enfonçant cruellement ses ongles dans ma paume — ah, si l'amour des tiens pouvait te rendre le courage! Si tu voulais, nous voyant vivre pour toi, tenter de vivre pour nous! Je ne veux pas d'autre récompense au sacrifice de ma jeunesse! »

Ces déclamations, comme on pense, me remplissaient de gêne. Le visage caché dans mes mains, statue vivante de l'affliction, je me savais objet de l'intérêt général et ne pouvais espérer qu'il se détournât de moi dans l'immédiat. Je devinais aussi que nos auditeurs brûlaient de poser des questions et n'osaient le faire, par respect pour ma douleur et aussi, je pense, parce qu'ils ne savaient pas très bien quelles questions appelait cette folle histoire. Sans doute se demandaient-ils si elle était vraie et, dans ce cas, ce qui avait pu nous pousser à la raconter ainsi à des inconnus. Et si, plus probablement, elle ne l'était pas, quels épisodes véridiques avaient pu nous l'inspirer. Quels liens, aussi, nous attachaient les uns aux autres, à quels conflits privés ils s'étaient involontairement mêlés en se faisant les complices silencieux d'un bavardage qui avait tous les aspects d'un règlement de comptes. Ces questions suspendues faisaient peser au-dessus de la table d'hôte un nuage d'embarras et de perplexité que la bienséance défendait de dissiper. La prudence aussi, peut-être. J'étais inquiet. Pourquoi Elizabeth avait-elle

transposé notre histoire dans des termes aussi extra-
vagants ? Et moi, pourquoi avais-je commis la folie
d'intervenir ? Pour l'illusion d'une complicité éphé-
mère avec Elizabeth ? Ou bien pour consommer en
paroles, et par procuration, un meurtre dont je n'osais
m'avouer que je rêvais ? Pendant que je parlais, j'avais
surpris un sourire ironique de ma femme : mon récit
de sa mort, l'acharnement avec lequel j'avais raconté
ce massacre l'amusaient visiblement. Et elle s'était
amusée ensuite, par réplique, à me montrer vaincu,
réduit à une prostration dont je devinais déjà qu'elle
serait mon lot dans la réalité. Mais pour le moment,
dans l'étroite limite de la fiction que nous avions tis-
sée, je pouvais encore réagir. J'écartai mes mains cris-
pées de mon visage, relevai la tête. Ils me regardaient
encore, tous.

« Rassure-toi mon amie, dis-je en me tournant vers
Elizabeth qui avait gardé une main posée sur la
mienne. Rassure-toi : je vivrai ! Je vivrai en portant le
deuil des êtres qui m'étaient chers, mais non de ma
vengeance. Les dieux ne me l'ont pas volée ! Vous
l'ignoriez tous, mais ce monstre dont la dépouille est
exposée au Montanvert, c'est moi qui l'ai tué.

— Oh, comme je suis heureuse ! » s'écria Elizabeth,
étouffant avec autorité les oh et les ah qui s'annon-
çaient autour de la table. La stupidité de sa remarque,
du reste, ne faisait que répondre à la mienne : je ne
vois pas en quoi le fait d'avoir tué moi-même l'assas-
sin de ma famille aurait pu me consoler de l'avoir per-
due, ni ce qui, dans cette affaire, aurait pu réjouir
Elizabeth. Mais c'est le propre de telles improvisations
que le hasard y fasse adopter des enjeux absurdes, et
cette surenchère m'indiqua la parade que préparait
Elizabeth. Elle répéta encore une fois combien elle
était heureuse et, d'un regard sans réplique, invita les
autres à manifester leur joie aussi.

« Ah, tant mieux, tant mieux ! braIlla le petit William, dont la voix muait déjà. Félicitations, Victor ! Beau coup d'épée ! Victor a tué le monstre, entendez-vous ? »

Il prit les Anglais à témoin et, comme cette brusque transition de la déréliction la plus profonde à une jovialité exagérée semblait les déconcerter, il glissa quelque chose à l'oreille de son voisin, le grand flandrin ébouriffé qui marqua d'abord de la surprise, puis hocha la tête d'un air compréhensif, enfin se pencha à son tour vers sa compagne, la jolie jeune fille. Il y eut un moment de silence, un chuchotement qui fit le tour de la table, puis de la gêne.

« Maintenant, Victor, me dit Elizabeth avec l'inflexion câline d'une gouvernante s'adressant à un enfant rétif, maintenant vous devez être très fatigué...

— Oui, renchérit William qui s'était levé et, passant derrière ma chaise, me prenait fermement par le bras — le petit monstre ! —, il est temps d'aller vous coucher. »

Je me dégageai brusquement.

« Cessez cette comédie, grommelai-je, elle n'amuse personne.

— Allons, cher Victor, il faut être raisonnable. Vous avez besoin de repos. »

Je renversai ma chaise en me levant et toisai William. Cet ennemi tout prêt à me malmener physiquement, ravi de me faire passer pour fou, c'était là mon petit frère, l'enfant doux et affectueux qui, trois semaines plus tôt, jouait encore à la balle ! J'entendis Justine chuchoter quelque chose et, à l'autre bout de la table, le bellâtre oriental déclarer que son ami Polly était médecin (mais le jeune homme sombre qu'il désignait ne fit pas un geste pour intervenir. Seul au milieu de cette agitation, il semblait perdu dans ses pensées et je lui en eus de la reconnaissance). « Non, ne vous inquiétez pas, répondit aussitôt Elizabeth,

tout ira bien. Ce n'est pas votre faute, vous ne pouviez pas savoir, pour l'histoire du sauvage dans la glace... »
William profita de mon égarement pour reprendre mon bras ; ce morveux de douze ans avait une poigne de reître. Le bellâtre aux allures d'Oriental s'approcha pour lui prêter main-forte. Je compris qu'il était inutile de résister. Quoi que je dise, et surtout si je disais la vérité, on le mettrait sur le compte de ma folie, par quoi Elizabeth avait eu le coup de génie d'expliquer toutes nos divagations. Au fond, c'était peut-être la meilleure solution pour éviter qu'elles n'entraînassent des conséquences fâcheuses.

Me soumettant, je fus agacé quand Elizabeth, qui me reconduisit à ma chambre après que j'eus quitté la salle avec un rictus d'imbécile parfaitement imité, continua la mascarade qu'elle venait d'instaurer.

Beau joueur, je la félicitai d'avoir gagné la partie, mais elle me répondit sur ce ton bénin de nurse patiente qui, sans témoins, n'avait plus de raison d'être, hormis le plaisir de m'humilier.

Je me mis au lit, furieux. J'imaginais la conversation, en bas, ma femme, mon frère et la doucereuse Justine expliquant comment, lors de mes accès, ils devaient acquiescer pour me complaire aux figures de ma démence, entrer dans mon jeu, incarner même les personnages de fantaisie qui peuplaient mon imagination malade. Je me figurais avec rage la compassion navrée des Anglais, William pérorant, Elizabeth surtout montrant le visage digne et douloureux de qui a beaucoup souffert, mais j'en venais en même temps à me demander s'ils n'avaient pas raison, si je n'étais pas bel et bien devenu fou à lier, et je me représentais alors le calvaire de leurs vies, consacrées à veiller sur un frère, un époux, un ami que rien ne pouvait faire démordre de sa hideuse lubie, qui jusqu'à sa mort les

*prendrait pour des ennemis, des morts vivants ligués
contre lui...*

*Plus tard, j'entendis Elizabeth remonter, et s'ouvrir
la porte de la chambre contiguë, qu'occupaient Justine
et William. Puis des murmures, des rires étouffés : ils
se moquaient de moi, certainement. Elizabeth me
rejoignit, se coucha à mon côté, s'endormit aussitôt.
La colère me tenait éveillé. Je me levai, allai à la fenêtre
dont j'entrouvris les volets. La pluie avait cessé, une
forte odeur de terre montait du jardin détrempé. Sur
la terrasse, on parlait à mi-voix, en anglais. Me penchant avec prudence, pour éviter d'être vu, je reconnus la jeune fille que ses compagnons appelaient
Mary. Elle se tenait debout, les mains appuyées à la
balustrade séparant la terrasse du jardin et regardait
devant elle. Sur le banc de pierre, juste en dessous de
mon poste d'observation, je devinai la forme sombre
d'un homme assis. De cette forme montaient à intervalles réguliers des bouffées de fumée, et l'odeur du
tabac fortement aromatisé me permit d'identifier le
grand ébouriffé. Tous deux, à présent, gardaient le
silence. J'attendais qu'une voix s'élevât à nouveau, ne
doutant pas qu'il serait question de moi. Mais, à supposer que c'eût été le cas, je surprenais la conversation
trop tard. La jeune fille se retourna, me laissant un
instant le loisir d'admirer son visage ovale, éclairé par
la lune, et s'adressa à son compagnon.*

« *Je monte me coucher à présent. Tarderez-vous ?*

— *Non, répondit l'autre, je vous rejoins bientôt. La
nuit est belle.*

— *Et moi ?* »

*Pour toute réponse, le jeune homme se contenta de
glousser avec gentillesse, comme si le souci d'être original lui interdisait de répondre simplement* « *vous
aussi* »*, mais il ne trouvait pas d'autre repartie, si bien
que son gloussement confessait la victoire verbale de*

Mary. Elle dut d'ailleurs le comprendre ainsi car je la vis sourire avant de se diriger vers la porte-fenêtre qui reliait à la terrasse la salle à manger où nous avions dîné. Avant d'entrer dans la maison, elle s'arrêta et, bien que le volet m'empêchât de la voir, je l'imaginai sur le seuil, les mains enserrant le mur d'embrasure.

« Venez vite, dit-elle. Venez, Percy.

— J'arrive », dit Percy, qui ne bougea pas.

Resté seul, il frappa sa pipe contre le mur, battit le briquet pour la rallumer. Je le surplombais si exactement qu'en me penchant à peine je vis le fourneau rougeoyant, puis recouvert du plat de la main, puis rougeoyant davantage, jusqu'à ce que Percy s'estimât satisfait de sa combustion et commençât d'en tirer paisiblement des bouffées longues et espacées. Le soin qu'il avait mis à effectuer cette opération me fit penser qu'il allait encore s'attarder un moment et, en prenant garde de ne pas réveiller Elizabeth, je traversai la chambre, ouvris la porte sans bruit et me postai sur le palier. De là, je commandais l'escalier. Une latte craqua, la lumière d'un bougeoir fit soudain danser les barreaux de la rampe, m'annonçant l'arrivée de Mary. Mon cœur battait. À cet instant, j'étais prêt à mourir pour lui parler. Depuis la mort d'Elizabeth, ma vie était devenue un cauchemar où chaque jour m'enfonçait davantage, et je ne pouvais me confier à personne. Seuls savaient — et sans doute en savaient-ils plus que moi — les ennemis aux yeux noirs qui revêtaient l'apparence de ma famille. Au moins une fois, il fallait tout raconter à un être humain — comme je le fais cette nuit en rédigeant ce mémoire, mais je crains qu'aucun être humain ne le lise jamais. Le pressentais-je ? Cette jeune fille, en tout cas, qui parlait de Rousseau avec tant de ferveur, m'apparaissait confusément comme ma dernière chance. Si une personne au monde devait savoir qui a été Victor Frankenstein, c'était elle, à coup sûr.

Le lumignon vacillant éveillait des éclairs dans les yeux morts des cervidés qui ornaient le mur, montés en trophées. Sur la pointe des pieds, je suivis Mary et, à peine eut-elle refermé la porte de sa chambre, je manœuvrai le loquet à mon tour.

Lorsqu'elle me vit, elle ouvrit la bouche, devant laquelle je plaquai fermement ma main. Il le fallait : lorsqu'une jeune fille, passé minuit, trouve dans sa chambre un homme hagard qu'on lui a présenté au dîner comme un fou, elle crie, obligatoirement.

« Je ne vous ferai pas de mal, soufflai-je à son oreille. Je vous en prie, ne criez pas. »

Puis je restai silencieux, la maintenant contre moi. J'avais obéi en la surprenant ainsi, à une impulsion irraisonnée, voulant tout lui dire sans nullement prévoir ce que je lui dirais, et maintenant qu'elle était en position de m'écouter — fût-ce contre son gré et pour un temps très bref : Percy allait bientôt remonter —, je ne savais quel mot prononcer. Quoi que je dise, elle ne me croirait pas, verrait dans mon histoire une nouvelle preuve de la démence que ma conduite attestait suffisamment.

Tout en pressant ma main sur sa bouche, je m'écartai assez pour pouvoir la regarder dans les yeux. Gris clair, ce qui me donna le fol espoir qu'elle ferait le pari de m'écouter, de me croire. Je lui parlai avec un calme sans doute exagéré :

« Vous n'avez rien à craindre. Je vais retirer ma main, maintenant, et vous choisirez. Si vous n'appelez pas, je vous raconterai mon histoire et je m'en irai en vous bénissant. Si vous appelez, je ne vous ferai rien. Je suis à votre merci, à vous de décider. »

Je trouvai le ton de mon exorde plein de noblesse et laissai tomber ma main avec une simplicité emphatique. Ou plutôt, je commençai ce geste car, à peine ma paume écartée de sa bouche, je compris qu'elle allait crier de toutes ses forces. Tout se passa très vite, alors. Le temps que le cri monte dans son gosier, que l'intention se transforme en son, je m'étais affolé et, oubliant ma promesse, j'avais étouffé ce son en serrant le cou de la jeune fille. Son corps, entre mes bras, devint mou et lourd. Mes forces me trahirent, je la laissai tomber sur le lit et m'accordai comme un répit le temps que les battements précipités de mon cœur retrouvent un rythme supportable. De ce délai dérisoire, il me semble que j'attendais un salut, une de ces échappées absurdes qu'on se prend à rêver dans les situations sans issue : que la foudre s'abatte sur l'hôtel et nous anéantisse tous, qu'il ne reste plus trace de mon forfait ni de ma victime ni d'Elizabeth ni de moi ni de personne, que tout s'arrête.

Un bruit de pas, dans le couloir, m'arracha à ma prostration. On venait : l'ébouriffé Percy, sans doute, et il n'y avait plus rien à faire. Hormis le cataclysme providentiel que j'appelais de mes vœux, rien ne pourrait l'empêcher d'ouvrir, de voir le cadavre de sa femme sur le lit et l'assassin debout devant elle, les mains tremblantes...

Les pas s'arrêtèrent devant la porte. Puis Elizabeth entra, considéra le spectacle avec un sourire railleur et dit :

« Joli coup. »

Nous transportâmes le cadavre dans notre chambre sans rencontrer, par chance, personne dans le couloir.

Le téléphone sonne.

« Le pli est remis, dit le Chinois.

— Bien », répond le capitaine, qui raccroche aussitôt.

La nuit est tombée, Ann va bientôt venir, si tout se passe bien. Il lui reste à peine une heure pour conclure.

Quelqu'un, dans le couloir, qui se rend sans doute aux toilettes.

XVI

J'entends des pas derrière la porte, des meubles qu'on remue. C'est l'aube, l'hallali approche ; il me faut poursuivre à la hâte, et sans entrer dans les détails.

Mary rejoignit au matin son imbécile d'Anglais poétique et dégingandé. S'était-il inquiété de son absence nocturne ? Comment avait-il accueilli ses yeux noirs quand elle avait poussé la porte de leur chambre ? Je l'ignore, car nous avons quitté l'hôtel d'Angleterre avant l'aube, puis, comme des évadés, traversé la France en trombe, embarqué à Calais. J'avais pris contact à Genève avec un ancien condisciple, un chirurgien appelé Robert Knox qui, après des études en Allemagne, était revenu se fixer à Édimbourg où il avait, paraît-il, une très belle clientèle. Il acceptait de nous accueillir et de faciliter notre installation.

Le temps, mais aussi le désir, me manquent pour dire ce qu'a été ma vie à Édimbourg. Je n'ai pas quitté cette ville brumeuse jusqu'à maintenant. J'y habite une belle demeure. Très vite, je me suis associé avec Knox et, jusqu'à la semaine dernière, nous dirigions ensemble le service de chirurgie de l'hôpital de la ville. J'ai été un médecin respecté, un professeur prestigieux. La beauté de ma femme nous a fait choyer par la *meilleure société; William, en grandissant, est devenu un brillant cavalier. Que dire de plus?*

Seulement ceci : que les êtres hybrides composant ma famille (je souffre d'employer ce mot sacré pour désigner des étrangers conspirant à ma perte) n'ont fait, au cours de ces années, qu'accroître leur emprise sur moi. J'ai dû obéir comme un esclave à Elizabeth, à Justine, à William, à d'autres bientôt et je crois bien qu'ils se seraient débarrassés de moi s'ils n'avaient eu encore besoin de mes dons et de mon industrie pour accomplir leur monstrueux dessein.

Si intégrés qu'ils fussent à la société des hommes, ils s'en trouvaient plus exclus que le dernier des voleurs. Celui-ci est mis au ban du monde auquel il appartient, tandis qu'eux étaient, dans ce monde qui leur souriait, comme des voyageurs que leur parfaite connaissance du pays, l'accueil chaleureux des indigènes n'empêchent pas de demeurer étrangers. Aussi, plutôt que de tenter d'être comme les autres, d'oublier ce qui les rendait différents, décidèrent-ils que les autres seraient comme eux, et d'abolir cette différence. Plutôt que de se conformer à un modèle, ils voulurent être ce modèle et c'est moi qu'ils chargèrent de transformer le monde comme je les avais transformés. La mort accidentelle de Knox (du moins m'a-t-on assuré qu'elle fut accidentelle, mais je n'y crois guère) leur permit d'accueillir dans leurs rangs un Knox ressuscité par mes soins. De son vivant, j'avais un peu compté sur l'appui de cet honnête praticien, même si je n'avais rien osé lui confier. Sa seconde vie faisait de lui un ennemi de plus.

Sous l'influence d'Elizabeth, il commença d'étendre notre activité hors du cercle de nos proches. Je trouvai un matin chez moi deux hommes patibulaires qui déposèrent dans l'antichambre de mon laboratoire un gros sac de toile en m'enjoignant de ne pas me pré-

occuper de sa provenance. Le docteur Knox, me dirent-ils, les avait assurés que je les paierais à la réception du colis. Entrouvrant le sac, j'y trouvai le cadavre d'une malheureuse femme nommée Tess Nicholson, qui, la veille encore, faisait commerce de ses maigres charmes et m'avait récemment consulté à l'hôpital des pauvres. Comme je menaçais les deux assassins (il ne faisait pas de doute qu'ils l'avaient tuée dans la nuit) d'appeler la police, Knox arriva et, avec un intolérable aplomb, m'ordonna de payer ses « amis ».

« Messieurs Burke et Hare travaillent pour notre compte, mon cher Victor. Comme la morgue ne nous fournit pas assez de matériel utilisable, il faut bien en chercher ailleurs. Le scandale, si vous le provoquez, ne peut que se retourner contre vous. »

Tremblant d'horreur et de rage, conscient d'être désormais un criminel organisé, je dus me résoudre à payer mes « employés ».

Je rendis le souffle à la malheureuse Tess, puis à d'autres. Les pourvoyeurs ne cessèrent, pendant plusieurs années, d'alimenter mon laboratoire. Je connus quelques échecs, certains dus à ma fatigue, d'autres à ma mauvaise volonté. Dans ces cas-là, les deux compères abandonnaient les cadavres mutilés dans quelque ruelle. On s'explique ainsi la vague de crimes crapuleux qui ensanglanta Édimbourg à cette époque. Mais ces déchets ne représentaient qu'une mince proportion de mon industrie et les body-snatchers que nous rémunérions de plus en plus grassement étranglèrent et poignardèrent en fait bien plus de pauvres gens qu'il n'en vint jamais à l'attention de la police. La plupart étaient, selon les termes de Knox, « réintroduits dans le circuit », c'est-à-dire rendus à leur existence antérieure après une brève disparition de laquelle ils fournissaient en général une explication plausible.

Au demeurant, Burke et Hare choisissaient plutôt leurs proies dans les bas-fonds de la ville, où les absences, les fugues et les anomalies sont monnaie courante. Seuls les yeux posaient quelquefois des problèmes.

Au fil du temps, contraint par l'afflux du matériel, je peuplais Édimbourg des produits de ma coupable entreprise. Les voleurs, les prostituées, les mendiants et même quelques notables, surpris par mes tueurs dans leurs équipées nocturnes, devenaient mes créatures, pour m'échapper aussitôt. Beaucoup fréquentaient ensuite notre maison, où Elizabeth les recevait, s'entretenait avec eux. On se taisait brusquement quand j'entrais dans la pièce. Je n'exerçais aucun pouvoir sur ce qui sortait de mes mains sanglantes. En transférant inlassablement dans des corps vidés de leurs âmes autochtones les âmes les plus perverses qui dérivent dans l'éther, je devenais le dieu impuissant et bafoué d'une population de fantômes qui, embrigadés par mes proches, se disséminaient, croissaient et multipliaient. Toutes mes tentatives de révolte furent vaines. On me fit bien comprendre que je n'étais qu'un artisan enchaîné à son établi, aussi insignifiant à tout prendre que les deux misérables voyous qui rabattaient pour moi de la chair humaine.

Je garde de ces années le souvenir d'un enfer auquel je me suis presque accoutumé. Quelques sursauts de désespoir, quelques projets d'évasion ou de suicide, mais surtout l'ivresse lourde, hébétée, d'un travail dont l'horreur m'était devenue familière. À peine si, dans cette cité froide et humide où j'étais condamné à vieillir, je regrettais les prés et les vallons, le ciel bleu du continent et de ma jeunesse.

Je n'essayais même plus de me confier à personne; l'aventure de Mary m'avait échaudé. Il y a quelques années déjà, Elizabeth m'a fait lire le fameux roman

Frankenstein, *entièrement calqué sur la fiction que nous avions tramée à l'auberge pour le bénéfice des touristes anglais. J'en ai éprouvé de la colère, mais qu'aurais-je éprouvé si elle avait dit la vérité, telle que j'ai tâché de la résumer cette nuit, telle que j'aurais voulu la lui dire, cette autre nuit, à Sécheron ? Elle a fini par la connaître, du reste, mais trop tard, et par Elizabeth avec qui elle reste en relations épistolaires : je pense même que celle-ci, et William aussi, l'ont conseillée dans la rédaction de son roman. Elle était, elle est toujours de leur côté, et il est normal qu'elle ait usé de son talent pour brouiller les pistes, dissimuler sous une fantaisie littéraire la chronique d'une conquête où elle se trouve en première ligne. Quand elle trouvera mon manuscrit, après ma mort, je suis convaincu qu'Elizabeth le lui fera lire et, puisqu'elle l'a à présent sous les yeux, c'est à elle que je m'adresse. Ou plutôt à la jeune fille innocente, aux yeux gris et doux, qui aurait pu m'écouter. Cela vous fait bien rire, n'est-ce pas, Mrs Shelley ?*

D'excitation, Ann rit toute seule, dans le taxi. Le chauffeur est chinois, de Malaisie sans doute ou de Singapour. Tout en observant sa nuque grêle qui, à l'occasion, pivote vers la droite ou la gauche — comme s'il tenait à garder immobiles les traits de son visage, prunelles comprises, et jugeait moins compromettant de mouvoir la tête tout entière, aussi mécaniquement qu'une tourelle de char d'assaut —, Ann suppute les chances qu'il soit aussi à la solde du capitaine Walton. Elle l'a trouvé en maraude juste en bas de chez elle, prêt à la cueillir dès la sortie de l'immeuble. Elle se reproche de l'avoir hélé. En ne lui faisant pas signe, elle aurait été fixée : aurait-il doucement longé le trottoir qu'elle arpentait, proposé ses services ? Oui, sans aucun doute. Il ne peut s'agir d'une coïncidence. C'est un Chinois, déjà, qui lui a apporté le billet, tout à l'heure, qui l'attendait devant sa porte. Au fait, elle n'a pas pensé à lui demander comment il était entré dans l'immeuble, malgré le code. Mais il s'est éclipsé si vite...

Sans être à proprement parler dans ses habitudes (à la connaissance d'Ann tout au moins, mais elle le connaît peu, il faudrait demander à Brigitte), tous ces mystères sont bien dans la manière du capitaine Walton, dont elle a reconnu non seulement l'écriture nette, contrastant avec le paraphe illisible, mais encore le goût d'intriguer à bon compte. À bon compte, n'empêche qu'elle est bel et bien intriguée, qu'elle n'a pas pensé une seconde à refuser d'exécuter la consigne du billet : attendre un appel, à dix heures précises, dans une cabine téléphonique située à l'angle de St. Dunstan Road et East Appold Street, deux rues dont elle n'a jamais entendu parler.

Sa propre docilité, malgré tout, l'étonne. Elle a même respecté l'ordre de n'en parler à personne. Venant d'un autre que de Walton l'injonction pourrait faire craindre un traquenard. Avec lui, il faut seulement s'attendre à une puérilité, un canular sans doute amusant, peut-être une mise en scène pour lui souhaiter un bon anniversaire. Elle a fêté ses vingt-quatre ans la veille, il a pu le savoir par Brigitte. Elle a songé à appeler celle-ci, ne serait-ce que pour savoir s'il lui a déjà fait des coups de ce genre. Mais elle a pensé que Brigitte ne lui dirait rien, si elle était dans la confidence d'une surprise ; donc, autant faire scrupuleusement ce qu'on lui demande, ne pas gâcher leur plaisir.

Elle imagine volontiers, du train où vont les choses, un dîner chinois en son honneur, avec toutes les jeunes femmes de Mecklemburgh Gardens et le capitaine rayonnant en bout de table (en uniforme, pourquoi pas ? Il doit bien en avoir un), fier d'avoir disposé artistement ces petites touches d'atmosphère asiatique, genre fumerie d'opium clandestine, dont il raffole. C'est la première chose qui l'a frappée, en entrant dans son bureau : cette profusion de bouddhas, d'ivoires, de jades, tout ce folklore colonial ; et lui-même, d'ailleurs, ressemble un peu à un Chinois avec sa politesse cérémonieuse, ses pommettes saillantes, ses yeux légèrement bridés, son âge indéfinissable. Il a vécu en Asie, longtemps, mais à l'en croire il a vécu partout longtemps — ce qui, si l'on additionne les longs séjours qu'il est censé avoir faits à Hong Kong, Manille, Brasilia, Vienne, Le Cap, Novossibirsk, Santiago du Chili ou les îles Kerguelen, rend son âge encore plus indéfinissable et oblige à mettre certains propos sur le compte au moins de l'exagération. Ann le soupçonne de se couper délibérément, d'en faire trop pour égarer davantage encore ses interlocuteurs : cette générosité d'imagination est chez lui une forme de la civilité. Elle se rappelle, la première fois qu'elle lui a rendu visite, avoir entendu la secrétaire demander une communication téléphonique avec Melbourne pour le compte du capitaine Walton (par la suite, elle l'a souvent entendu se donner lui-même ce grade, mais elle ignore dans quelle armée, quelle marine sans doute, il a pu servir ; sans savoir pourquoi, elle l'imagine marin). Et lorsqu'il l'a accueillie, d'un sourire, d'un geste de la main l'invitant à s'asseoir, il tenait le combiné coincé entre l'épaule et sa joue lisse, imberbe, conversait avec quelque homme d'affaires australien à qui, avant de raccrocher, il a demandé si ses tee-shirts étaient secs. En bavardant avec lui, ensuite, Ann brûlait de lui demander à quoi rimait une telle question, dans quel but il s'efforçait de lui faire croire qu'on blanchissait et séchait son linge à Melbourne. Pourquoi des tee-shirts aussi ? Impossible de l'imaginer autrement qu'en costume de flanelle grise à fines rayures et strictement cravaté. Et comment, à l'autre bout du fil, le correspondant réagissait-il à cette incidente saugrenue ? Le capitaine Robert Walton est exactement le genre d'homme à interrompre et peut-être compromettre une discussion sérieuse pour le plaisir de dérouter une jeune fille qui vient d'entrer dans son bureau colonial, en faisant étalage d'un cosmopolitisme et d'une décontraction vestimentaire également extravagants, sans se figurer un instant qu'elle va le croire. C'est pour de tels traits, en retour, pour le caractère à la fois tordu et désintéressé de ses fabulations, qu'Ann a commencé à éprouver de la sympathie à son endroit, qu'elle se laisse à présent conduire par un chauffeur chinois au lieu d'un rendez-vous laborieusement mystérieux. Elle s'étire sur la banquette, il pleut. Elle s'amuse bien.

À mesure que j'avais la main de plus en plus sûre, et que les scories de mes opérations devenaient rarissimes, Knox progressait aussi et, d'assistant et mauvais génie, passait maître et bourreau. Lorsque, il y a un mois de cela, il parvint à réaliser lui-même une de ces résurrections dont je me croyais seul capable, j'eus la faiblesse de craindre pour mes jours. Puisque je n'étais plus utile et qu'une de mes créatures pouvait désormais donner le jour à d'autres, reprendre ma tâche maudite sans, de surcroît, s'embarrasser de mes problèmes de conscience, il n'y avait plus de raison de me laisser en vie. Je sentais qu'autour de moi, Knox et Elizabeth — qui me trompaient d'ailleurs ouvertement — complotaient. Si, à l'heure qu'il est, je ne suis pas encore mort, je le dois sans doute au scandale qui vient d'éclater et qui a détourné de moi les préoccupations de mes tourmenteurs.

Depuis plusieurs années, je n'avais enregistré presque aucun échec dans mes opérations, mais Knox, qui était novice, en manquait la plupart. De sorte que la série de crimes des années précédentes, qu'on croyait close, sinon élucidée, recommença. Burke et Hare durent, en maugréant, reprendre la partie de leur métier qui leur plaisait le moins : se débarrasser des cadavres. Il y a huit jours, Burke s'est fait arrêter stupidement, et la colère gronde dans la rue. On exige le nom de son employeur et Knox soupçonne le scélérat d'avoir avoué. Hier, Elizabeth, affolée, m'a laissé entendre que, si Knox était menacé, il importait de lui trouver d'urgence un successeur qui comme lui sache pratiquer les effarantes opérations indispensables au déroulement de leur projet et, comme lui, soit du côté des créatures. Je n'ignore pas ce que signifient ces paroles. Knox risque la corde, comme Burke qu'on vient de condamner, et sa dernière opération, s'il en a le temps, me sera réservée. Il faut bien que quelqu'un continue l'œuvre qui est devenue la sienne. Il faut bien, non seulement que je meure, mais encore que je renaisse dans leur camp, pour les servir.

Hier, le 8 décembre 1828, je me suis donc enfermé dans mon laboratoire, j'ai verrouillé toutes les issues et passé la nuit à écrire ceci pour personne. Ou pour vous, Mrs Shelley, ce qui revient au même. J'entends des bruits dans le corridor. Knox sera sans doute arrêté ce matin, mais ils trouveront bien le moyen de forcer ma retraite, de m'assassiner et de m'opérer avant qu'il ne se rende. J'attends.

Le capitaine repose le stylo, sa main est tout engourdie mais le travail est accompli, il attend. Dans le miroir, il s'adresse un sourire satisfait. Frankenstein peut mourir, l'épave où survit encore Polidori peut sombrer, il va pouvoir quitter la chambre d'angle, le jeu continue. Il attend.

XVII

À travers le rideau de pluie, si serré qu'elle n'arrive pas à lire les noms de rues sur les plaques d'angle, elle aperçoit plusieurs enseignes en caractères chinois, des néons imitant la forme de pagodes qui rompent l'alignement monotone et grisâtre des cottages semi-détachés. Ils ont pourtant évité le centre de la ville, laissé derrière eux les quartiers asiatiques. Sans avoir vraiment pris garde à l'itinéraire, Ann se rend compte qu'ils ont suivi les berges de la rivière et se trouvent maintenant en banlieue. La chaleur, à l'intérieur de la voiture, commence à l'endormir. Elle baisse une vitre, mais la pluie la gifle, elle la remonte précipitamment. Elle s'est couchée trop tard hier soir, elle est fatiguée. Dix heures moins le quart. Elle espère être encore loin du lieu de rendez-vous, pouvoir somnoler un moment dans ce taxi, protégée de la pluie, guidée par ce Chinois silencieux qui, de temps à autre, actionne sa nuque pivotante. Brusquement, alors que ce détail de son attitude vient de traverser une nouvelle fois son esprit, elle s'aperçoit que le taxi est arrêté, au point mort. Le moteur diesel ronronne et le chauffeur a tourné son visage vers elle. Elle croit d'abord que ses épaules n'ont pas bougé et que sa nuque, par conséquent, supporte une rotation de 180 degrés ; mais non, pour autant qu'elle puisse en juger à travers la vitre, il se tient de trois quarts. En voyant son visage pour la première fois, elle découvre avec surprise qu'il n'est pas du tout chinois. Elle déraisonne.

Le capitaine finit de rédiger la note d'introduction, la place en tête du manuscrit qu'il tasse avec soin, la tranche contre le bord de la coiffeuse, et range dans une chemise. Il éteint la lumière, lève le volet métallique de la fenêtre, regarde.

« On est arrivé », répète le chauffeur.

Ann ne l'a pas entendu le dire la première fois, mais elle est certaine qu'il le répète et lui sait gré de n'avoir pas élevé la voix, seulement fait glisser de quelques centimètres la vitre de séparation pour mieux se faire entendre. Elle fouille dans son sac, règle le prix de la course dont le montant lui confirme qu'elle a dû s'endormir. Elle ne se sent pas très en forme pour affronter des cotillons, même chinois, ni des rires. Elle pense vaguement à Jim.

Soit par hasard, soit parce qu'il est informé de son but par une autre source, le chauffeur s'est arrêté exactement à la hauteur de la cabine téléphonique dont la lumière jaune éclaire le carrefour. Ann pourrait presque tirer la poignée de la porte sans descendre de voiture. Elle descend quand même, entend derrière elle le régime du moteur qui monte et s'aperçoit alors qu'il y a quelqu'un dans la cabine. Un garçon d'une vingtaine d'années, le crâne rasé, patibulaire, qui parle d'une voix aiguë dans le combiné, assis par terre, invisible du dehors. Il lève les yeux vers elle, maugrée, elle referme la porte et reprend sa place dans le taxi qui n'a pas encore démarré. Le chauffeur coupe le contact mais ne fait aucun commentaire. Revenu à sa position de conduite, chinois de nouveau, il ne se retourne pas vers sa passagère. Ann n'ose rien lui dire, pas même le remercier de bien vouloir attendre, ils restent tous deux silencieux dans la voiture. Au bout d'un moment, le faux Chinois remet le contact, mais sans faire mine de démarrer, seulement pour actionner les essuie-glaces dont les tampons de caoutchouc usés produisent un crissement régulier, sur deux notes, assez apaisant en définitive, d'autant qu'il couvre les lambeaux de phrases proférés par le skinhead et qui s'échappent quelquefois de la cabine.

La porte s'ouvre enfin, le type sort et, relevant le col de sa veste de cuir, s'éloigne en courant. Ann se sent rassurée de voir qu'il ne reste pas dans les parages. Elle murmure une phrase de remerciement à l'intention du chauffeur qui ne semble pas l'entendre et entre dans la cabine. Dix heures moins deux. Négligeant de raccrocher, le skinhead a laissé pendre l'écouteur, on entend faiblement la tonalité ; Ann craint qu'il n'ait détérioré l'appareil. Elle replace le combiné sur sa fourche, se réjouit d'entendre le déclic, puis la tonalité et se dispose à attendre. Le taxi ne démarre toujours pas : elle voit à présent le chauffeur de profil, sa présence la gêne. Le fait qu'il ne soit pas chinois rend moins évident aux yeux d'Ann qu'il tienne un rôle dans la surprise organisée par Walton et son manège silencieux, dès lors, devient inexplicable, presque inquiétant. Et que peut-il penser, lui, à la voir debout dans une cabine de banlieue, ne téléphonant pas ? Il est vrai qu'il regarde toujours droit devant lui et ne peut la voir, à moins de faire glisser discrètement ses prunelles dans sa direction. Impossible de donner le change en décrochant l'appareil et en feignant de parler, on ne pourrait plus l'appeler. En désespoir de cause, elle s'enhardit à cogner de l'index replié contre la vitre de la cabine pour attirer son attention. Il tourne la tête vers elle et elle esquisse un geste censé signifier qu'il peut partir, qu'elle n'a plus besoin de lui. Mais, de peur de se montrer insultante en le congédiant sèchement alors qu'il s'est en somme montré serviable, elle se contente d'un battement de main indécis qui peut aussi bien le convier à la rejoindre dans la cabine. Le chauffeur, cependant, comprend son intention et s'éloigne. Mais il stoppe un peu plus loin, de l'autre côté du carrefour, juste avant d'être caché par l'immeuble d'angle, à la manière d'un serviteur loyal qui ne veut pas importuner son maître, ni non plus que celui-ci, lorsqu'il aura de nouveau besoin de ses services, ne sache pas où le trouver. À travers les vitres de la cabine, les feux arrière du taxi restent visibles, rares lumières à trouer l'obscurité avec l'enseigne clignotante et quelques fenêtres d'un hôtel probablement chinois, le Cheng Hotel, un immeuble d'angle avançant sur le carrefour une pointe si aiguë, comme l'étrave d'un navire, qu'on se demande qui peut bien loger dans les pièces ainsi biseautées.

Dix heures deux. Ann décide d'attendre encore cinq minutes, ensuite elle s'en ira. Elle espère que personne ne réclamera l'usage de la cabine, mais le quartier semble désert. Bizarre pour un samedi soir. La perspective d'une farce lui paraît de plus en plus improbable, bien qu'elle n'en voie pas d'autres à lui substituer, et son malaise augmente. Peut-être l'épie-t-on, d'une fenêtre obscure.

Le capitaine, en effet, l'épie.

Il continue à pleuvoir. Ann a trop chaud. Quelle idée, aussi, de mettre un tailleur de cuir en plein été ! Et un collant ! Elle s'est habillée en prévision d'une fête, et c'est tout ce qu'elle a trouvé de passable dans son armoire. En plus, l'élastique lui serre le ventre. Elle passe les deux mains sous sa jupe et, s'assurant que personne ne peut la voir, fait promptement glisser le collant le long de ses jambes, le roule en boule et le laisse tomber sur le sol de la cabine en plein dans la flaque qui dégoutte sous elle. Inutile de le garder, une maille est filée. Sous le verre de sa montre, une légère buée. Elle craint que l'eau n'ait endommagé le mécanisme mais la grande aiguille progresse normalement et, au moment exact où les cinq minutes de grâce sont écoulées, elle entend sonner le téléphone.

Elle décroche.

« Ça fait dix minutes que j'attends, dit-elle avec aigreur.

— Sept seulement », répond une voix inconnue, sans doute voilée par un mouchoir ou un bas.

Ann vérifie à terre que son collant est toujours là.

« Mais vous n'aurez pas attendu en vain, reprend la voix. Vous voyez l'hôtel à votre droite, là où c'est éclairé ? »

Certainement, son correspondant la voit. Lorsqu'on se tient face à l'appareil, dans la cabine, on a l'enseigne de l'hôtel Cheng devant soi. Pour la trouver à main droite, il faut être, comme elle, appuyé de biais contre le téléphone. Elle pivote d'un quart de cercle, sur les talons.

« Il est devant moi, corrige-t-elle avec une mauvaise foi que l'inconnu ne relève pas.

— Bien. Quand j'aurai raccroché, le premier, vous sortirez de la cabine et vous entrerez dans cet hôtel. À la réception, vous direz que vous êtes une amie de Monsieur Polidori. J'épelle : P.O.L.I.D.O.R.I., c'est un nom d'origine italienne. Vous direz qu'il vous a chargée de récupérer ses papiers. On vous donnera la clé de la chambre, ils sont au courant. Vous prendrez les papiers en question, et vous rentrerez chez vous. Ce sera tout pour ce soir, à bientôt. »

Le capitaine raccroche et quitte la pièce. À lui de faire le mort, maintenant.

Ann entend le déclic, raccroche à son tour, sort de la cabine et, d'un pas rapide, se dirige vers l'hôtel. À la réception, à demi dissimulée derrière une plante verte qui s'anémie sur le comptoir, une grosse femme incline avec précaution une bouilloire électrique sur une tasse contenant un sachet de thé. Elle au moins est indiscutablement chinoise. Elle tressaille en entendant le grelot de la porte qui se referme, relève le bec de la bouilloire. Ann exécute fidèlement les consignes de son interlocuteur anonyme et, comme celui-ci l'a annoncé, la Chinoise ne montre pas de surprise. Seulement, au lieu de prendre la clé sur le tableau recouvrant le mur derrière son fauteuil, elle la sort d'un panier d'osier où s'amoncellent des accessoires de couture et où bouge, sous une pièce de tissu, quelque chose qui pourrait être un volatile. Certaine que le mystère va maintenant se dissiper, Ann gravit un escalier mal éclairé, tapissé d'une moquette couleur d'usure, s'oriente sans mal dans le couloir du troisième étage, ouvre la porte 306, tâtonne pour trouver l'interrupteur et, lorsque le plafonnier s'allume en deux ou trois saccades asthmatiques, s'aperçoit qu'elle est dans une de ces pièces d'angle dont elle a joué à se représenter la configuration du dehors. Large de quatre mètres au plus à sa base, où s'ouvre la porte, la chambre s'effile de telle manière que la moitié de sa surface au moins est inutilisable. Le long des deux murs qui se rejoignent pour former un angle extrêmement aigu, on a disposé, vers la base du triangle, les quelques meubles indispensables : un lit à une place flanqué d'une table de nuit d'un côté et, de l'autre, près du lavabo maculé de rouille, une coiffeuse que surmonte un miroir terni. Une fenêtre troue chacun des deux murs dans la partie rétrécie et, en écartant les rideaux, Ann s'aperçoit que l'une d'entre elles est aveuglée avec du ciment. L'autre donne sur le carrefour et a vue sur la cabine téléphonique, à travers le G lumineux de l'enseigne, dernière lettre du mot Cheng. Une chemise de carton toilée se trouve placée en évidence sur la coiffeuse. Ann l'ouvre. Elle contient une épaisse liasse de feuillets manuscrits, recouverts de l'écriture aisément identifiable du capitaine Walton. Elle pense tout d'abord qu'il a composé en secret un roman sentimental comme ceux qu'elle et Brigitte fabriquent pour sa collection, et qu'il lui en offre la primeur. C'est gentil mais si c'est cela la surprise, la mise en scène dont il l'a entourée se justifie mal.

Encore intriguée, mais déjà prête à être déçue, elle se laisse tomber sur le tabouret revêtu de skaï noir et lit les premières lignes du manuscrit.

Le mardi 8 septembre 1821 furent découverts à Londres, dans une maison abandonnée, les cadavres de deux jeunes gens qu'on identifia par la suite comme

Teresa Hobster, une pauvre fille qui vendait son corps à Soho, et John William Polidori...

Ann tique. L'affaire prend un tour morbide qui lui déplaît. Il ne s'agit apparemment ni d'un dîner d'anniversaire, ni d'un roman sentimental, d'où toute violence est bannie.

... docteur en médecine de l'université d'Édimbourg radié depuis deux ans du corps médical et poursuivi en justice pour dettes de jeu. Tous deux avaient disparu depuis un mois. Il fut établi par le coroner que Teresa Hobster était morte étranglée et Polidori empoisonné par une dose massive de laudanum. On jugea probable, bien que nullement prouvé, que l'un avait assassiné l'autre avant de se donner la mort. L'affaire fut classée. Parmi les maigres effets appartenant aux défunts et retrouvés dans la maison, un texte manuscrit de la main de Polidori fut conservé quelque temps dans les archives de la police. Lorsqu'en 1827 sa famille, au vu de l'inventaire, réclama ce manuscrit, on s'aperçut qu'il avait disparu. Vous avez entre les mains une copie intégrale de ce document. Emportez-la, prenez-en connaissance et surtout tenez-la en lieu sûr, sans en parler à quiconque, jusqu'à ce qu'on vous fasse signe.

Cet avertissement liminaire laisse Ann perplexe. La nature de la plaisanterie lui échappe, pour ne rien dire de sa drôlerie. Elle referme la chemise, reportant à plus tard de poursuivre sa lecture et, la prenant sous le bras, quitte la pièce sans oublier d'éteindre la lumière. Drôle de soirée.

« Vous avez trouvé ce que vous cherchiez ? demande la Chinoise de la réception.

— Sans problème. Dites-moi, il y a longtemps que Monsieur Polidori habite ici ?

— Oh, il n'habite pas, il vient seulement de temps à autre. Mais il paie pour l'année. Il est parti tout à l'heure. Resté toute la journée sans sortir, j'ai même cru qu'il était malade. Vous savez, ça arrive dans l'hôtellerie, des gens comme ça, qui prennent une chambre et qui ne bougent pas, longtemps. Ça doit être le cafard. Moi, j'ai toujours un peu peur, on ne sait jamais ce qu'ils peuvent faire. Une fois, un monsieur très correct est resté comme ça, tout seul, pendant une semaine, il ne voulait pas qu'on fasse la chambre et quand il est parti, eh bien il avait fait ses besoins partout, c'était dégoûtant. Toute la journée à nettoyer. On a peur aussi que des gens se suicident, ou qu'ils se cachent. Des voleurs ou des assassins, allez savoir ; on demande l'identité, mais ils ont de faux papiers. Mais Monsieur Polidori, aucun problème.

— Vous pourriez me le décrire ? demande Ann, qui regrette aussitôt sa question en voyant se figer, soupçonneuse, l'attention de la matrone.

— Mais vous le connaissez, non ?

— Oui, bien sûr, seulement... Seulement vous comprenez, la dernière fois que je l'ai vu, il parlait de raser sa barbe et je voulais savoir...

— Sa barbe ? »

Ann comprend qu'elle a encore gaffé. Le capitaine Walton ne porte bien sûr pas de barbe et s'il fréquente l'hôtel depuis longtemps...

« Oh, dit-elle, je suppose que quand il me voit, il en met une fausse. Il est très farceur. »

Elle sort sans attendre la réponse.

XVIII

Le taxi stationne devant la porte de l'hôtel. La pluie n'a pas cessé. Ann pense d'abord s'éloigner à pied mais, presque machinalement, elle ouvre la portière, s'affale sur la banquette arrière et le chauffeur démarre sans même lui demander sa destination. Durant le trajet, elle s'efforce en vain de lire quelques pages du manuscrit, à la faveur des réverbères ou des arrêts aux feux rouges, et ne réussit qu'à s'irriter les yeux. Elle veut allumer une cigarette. Sans se retourner, le chauffeur cogne de l'index replié contre la vitre de séparation puis, le dépliant, désigne une pancarte placée au-dessus du compteur et priant les voyageurs de ne pas fumer. Ann brise nerveusement la cigarette entre ses doigts.

Lorsqu'elle descend du taxi, devant son immeuble, la pluie s'est arrêtée, laissant dans l'air une fraîcheur agréable.

En montant au quatrième étage, où se trouve son appartement, elle se regarde dans la glace de l'ascenseur, sous une lumière qui lui donne l'air d'une noyée même quand elle a bonne mine, ce qui n'est pas le cas. Les traits tirés, les cheveux emmêlés, elle craint que Jim ne la surprenne devant sa porte, non parce que cela s'est déjà produit mais parce qu'elle l'a rêvé à presque chacun de ses voyages en ascenseur et que, tel qu'elle le connaît, si cela doit un jour arriver, ce sera précisément dans un moment comme celui-ci, où elle n'aspire qu'à être seule. Il est vrai que le code commandant la porte d'entrée de l'immeuble a été changé trois semaines plus tôt et que Jim ne connaît pas le nouveau. Mais le jeune Chinois à Ray-Ban est bien entré, tout à l'heure...

Tout en se déshabillant, elle prépare du café qu'elle emporte dans la chambre. Là, elle enfile un peignoir en éponge qui a été blanc mais qu'un passage malheureux dans une machine à laver a tiré vers le rose violacé, s'allonge sur le lit et, tout en tournant machinalement la cuiller dans la tasse qu'elle n'a pourtant pas sucrée, ouvre de nouveau la chemise en carton.

Elle relit d'abord le premier feuillet, sans mieux comprendre pourquoi, au terme d'un jeu de piste absurde, le capitaine Walton (si c'est lui, mais ce ne peut être que lui, c'est bien son écriture) lui communique en grand secret, après l'avoir recopié, le manuscrit d'un médecin mort en 1821, ni pourquoi il prend une chambre dans un hôtel miteux de la périphérie sous le nom de ce médecin.

Elle tourne la page et fronce vite les sourcils. Continue. Sa perplexité augmente à mesure qu'elle progresse. L'auteur du manuscrit, qu'il soit le nommé Polidori ou Walton, se présente comme un homme au bout du rouleau ce qui, dans le premier cas, s'explique aisément par l'imminence de son suicide. Mais il dit avoir quarante ans, ce qui ne colle ni avec Walton, plus âgé, ni avec Polidori, plus jeune apparemment. Il est aussi question d'un laboratoire, d'ennemis invisibles et, à la seconde page, voici que ce n'est plus Polidori ni Walton, mais Victor Frankenstein qui tient la plume. Ann n'y comprend rien.

Ce nom évoque pour elle des images confuses : le visage de l'acteur Boris Karloff, bien sûr, avec ces espèces de boulons dans le cou — des électrodes, sans doute —, sa frange de cheveux graisseux, ses paupières lourdes, sa bouche comme une plaie ; une image en noir et blanc, sortie de films américains d'avant-guerre, Jim adorait ça, il l'avait même emmenée en voir un à une rétrospective du National Film Theatre, mais elle n'est pas sûre d'avoir vu alors le vrai Boris Karloff : tant d'acteurs, après lui, ont copié son maquillage, sa démarche pesante, revêtu sa peau de bête... Ann se rappelle aussi une comédie musicale où cet être de cauchemar faisait une apparition parodique, s'emparant d'un micro et chantant avec des mines de crooner pâmé une mélodie de Cole Porter. Contrairement à beaucoup de spectateurs, elle savait toutefois que le nom de Frankenstein n'est pas celui de ce monstre familier, éternisé par une interprétation célèbre, des centaines de films et de bandes dessinées, mais celui de son créateur, un savant fou auquel elle ne prête en revanche aucun visage cinématographique. Elle sait aussi qu'avant de devenir un mythe populaire, *Frankenstein* est un roman, écrit au siècle dernier par Mary Shelley, la femme du poète.

Elle comprend vite qu'il lui faudrait connaître ce livre pour mesurer en quoi le texte du nommé Polidori, fictivement attribué à Frankenstein lui-même, s'écarte de la version officielle. Elle se promet de combler sans tarder cette lacune littéraire et, un peu irritée par ce tissu de clins d'œil dont la plupart lui échappent, poursuit quand même sa lecture. Tout le début lui paraît fastidieux, elle feuillette sans enthousiasme, ne s'attardant qu'à l'épisode de la nuit passée à l'abbaye par le narrateur et ses compagnons d'université. Il lui rappelle des expériences semblables, des séances de cadavres exquis, des improvisations verbales, à la campagne, avec des amis de Jim. De l'excitation collective, des fous rires complices, leurs mémoires le lendemain ne gardaient pas de traces plus précises que Frankenstein de sa nuit à l'abbaye : seulement des lambeaux d'anecdotes rendus à leur absurdité par le reflux des vagues verbales qui les avaient portés et les laissaient échoués sur le rivage de la veille, le souvenir exalté d'une merveille vécue en commun et dont il ne restait que des mots de passe caducs. Ann comprend bien cette nostalgie, et qu'on ne veuille jamais se séparer complètement des êtres avec qui on a vécu de tels instants. Mais il n'y a plus à présent de mots de passe possibles avec Jim, ni avec ses amis...

Le téléphone sonne : c'est Brigitte qui, comme à son habitude, n'attend pas de « allô », ne s'excuse pas d'appeler si tard, mais lui dit de venir chez elle où on s'amuse bien : tout le monde se creuse la tête pour améliorer l'intrigue défaillante de *Vanessa, le soleil et les nuits*. Ann hésite, mais elle veut terminer la lecture du manuscrit et puis, si elle vient, elle ne pourra s'empêcher de trahir le secret, de demander à Brigitte si elle est au courant de la dernière folie de leur employeur et si elle y est pour quelque chose. Elle préfère dire qu'elle est fatiguée et promet, avant de raccrocher, de passer la voir le lendemain.

La suite du manuscrit ne la divertit pas davantage. Encore une fois, la référence indispensable à son intelligence lui fait défaut. Hormis le passage des touristes anglais, qui lui plaît bien mais tourne court, ce ne sont que morts et résurrections identiques, répétitives, transbahutages de cadavres, cavalcades dans des couloirs, portes poussées, private-jokes dont elle est exclue. Monotonie. Convention mal exploitée du récit rédigé en une nuit, dans l'urgence. Déception : Ann attend en vain l'irruption d'un monstre conforme à la tradition du cinéma et arrive à la fin encore plus perplexe qu'au premier feuillet. Fatiguée aussi. Elle pose la chemise au pied du lit, branche le répondeur qu'elle n'a pas consulté en rentrant, mais tant pis, et s'endort.

XIX

Elle se réveille tard. Comme les librairies et les bibliothèques sont fermées le dimanche, elle téléphone à des amis susceptibles de posséder un exemplaire de *Frankenstein*. Mais on ne répond pas ou bien on n'a pas le livre, on s'étonne poliment de cette soudaine curiosité pour un roman désuet. Elle se promet de fréquenter à l'avenir des personnes plus cultivées.

Elle sort. Dans la rue, le soleil brille, un jeune homme plutôt beau l'aborde, qu'elle rembarre avec gentillesse. Une autre fois peut-être ; c'est ça, répond-elle. Traversant l'Albert Bridge, elle marche sans se presser jusque chez Brigitte, qui habite Chelsea. En chemin, elle s'arrête à la boulangerie française où elle achète des croissants qui lui donnent des idées de vacances. Pourquoi ne pas partir quelques jours en France, dans le Midi ? — sur la Riviera, comme disait son père sur le ton de dévotion envieuse qui lui servait à évoquer le monde des riches tel que le représentent les magazines du week-end. Là-bas, elle pourrait s'installer chaque matin à la terrasse d'un café, elle s'en rappelle un en particulier, situé sur une petite place, un peu semblable à celui de Catane où elle retrouvait Jim. Il y aurait des balancelles revêtues de tissu à fleurs, elle prendrait un café crème avec des croissants puis, plus tard, changerait de place, choisirait une chaise plus haute et, assise devant un guéridon en faux marbre, travaillerait quelques heures, au soleil. En une semaine, dix jours, elle aurait terminé *L'exquise inconstante*, qu'elle doit rendre le mois prochain. Le seul problème serait la frappe. Elle se voit mal tapant à la machine à la terrasse d'un café français : le bruit qui troublerait la quiétude de la sieste, les dragueurs à chemises ouvertes qui se pencheraient sur son épaule en lui demandant ce qu'elle écrit de beau. Et rédiger à la main pour taper ensuite, à son retour, serait une perte de temps et une entorse aux principes qu'elle s'est fixés en commençant à travailler pour le capitaine Walton. Il lui suffit d'écrire un roman sentimental tous les trois mois pour avoir de quoi vivre comme elle l'entend. Mais l'intérêt de l'opération, c'est d'en boucler un en un mois, de manière à ce qu'il reste deux mois de libres : le respect de ce programme impose, une fois le plan établi, de taper le texte directement à la machine. Mieux vaut donc terminer le livre à Londres, en s'imposant une discipline stricte (c'est-à-dire en passant des heures à élaborer avec Brigitte des plannings compliqués, mordant considérablement sur le temps qu'ils servent en principe à gérer), et partir en vacances ensuite.

Les règles de la collection, énoncées dans une petite brochure à usage interne qui s'éloigne rarement de sa machine à écrire, définissent des livres rigoureusement identiques, sous réserve de menues altérations telles que les noms des héros, certaines péripéties et la localisation temporelle et géographique. S'il abandonne les noms et le détail de l'intrigue au libre arbitre de ses auteurs, le capitaine

Walton se réserve de choisir l'époque et le lieu, à l'aide de tableaux synoptiques retraçant l'histoire du monde depuis deux siècles ainsi que d'un planisphère affiché dans son bureau et constellé de petits drapeaux figurant la réquisition des territoires au service de la collection. Ainsi Ann, pour son troisième roman, s'est-elle vu confier le début du XIXe siècle, la France et l'Italie. L'exquise inconstante, qui s'appelle Bernadette, est donc la fleur la plus précieuse de la meilleure société parisienne au temps de la Restauration. Calèches, crinolines, promenades au Bois. Au premier chapitre, ses parents la fiancent d'autorité à un garçon aussi aristocratique qu'elle, mais très ennuyeux, Amédée des Ormes. La virginité de Bernadette ne fait pas de doute, car tous les romans édités par le capitaine Walton se recommandent par une extrême chasteté. C'est du reste la particularité la plus difficile, et la plus divertissante en même temps du travail, d'obliger à imaginer des intrigues passionnées dont le sexe est une fois pour toutes exclu. L'usage — et la brochure — veulent que les romans se terminent par un mariage, dont on peut à la rigueur penser qu'il est consommé ; toutefois ces dépravations n'interviennent que dans la demi-page blanche suivant la dernière phrase du douzième et dernier chapitre, et sans doute aussi dans les imaginations enfiévrées par la frustration des fameuses lectrices dont Walton prétend connaître les goûts et les exigences, qu'il impose à son équipe de respecter à la lettre. Dans la brochure qu'il lui a confiée à la signature du premier contrat, il est cependant prévu, tout au moins toléré, qu'au chapitre 6 une circonstance imprévue et romanesque contraigne les héros à une intimité d'où peut résulter que ceux-ci « échangent des baisers à leur insu ». En découvrant ce paragraphe, Ann avait souri et demandé à son employeur comment selon lui deux personnes pouvaient échanger des baisers à leur insu.

« Ah, mais c'est à vous de faire un effort d'imagination ! avait-il répondu. Moi, je n'oblige personne à mettre du sexe dans mes romans ; cette clause m'a été, je ne dirais pas imposée, mais presque, par notre amie Brigitte, et je dois reconnaître que nos lectrices en ont l'air satisfaites. Mais elle est facultative, c'est même la seule, et vous pouvez très bien vous en dispenser. Il n'y a que le baiser final auquel je tienne absolument. Devant l'autel, ou au moins tout près, et sur la bouche ! Si vous supprimez en revanche celui du chapitre 6, j'imagine que nos lectrices, qui s'y sont habituées, seront déçues, mais une fois de temps à autre, ça ne peut pas faire de mal, elles ne se jetteront qu'avec plus d'appétit sur notre prochaine publication. »

Ann dit qu'elle ne réprouvait nullement les baisers sur la bouche, même au chapitre 6, mais qu'à sa connaissance il s'agissait d'un acte délibéré, au moins de la part d'un des protagonistes.

« Pas de viol, je vous prie ! protesta le capitaine. C'est dégoûtant. En outre, les actes délibérés, vous savez... Il y en a beaucoup moins qu'on ne pense. Rien ne dit, après tout, que nous ne sommes pas en train d'échanger un baiser à notre insu, vous et moi... »

À la suite de cet entretien, Ann avait étudié avec soin les chapitres 6 de quelques livres de la collection, dont Wallon lui avait fait cadeau en la reconduisant. Les auteurs, le plus souvent, tournaient la difficulté en traduisant « à l'insu » par « sous la contrainte », recourant sans vergogne à la situation éprouvée des fugitifs qui, pour n'être pas reconnus par leurs poursuivants, dissimulent leurs visages en faisant mine de s'embrasser. Dans certains livres, les plus osés, ce baiser commandé par la prudence dégénérait en « french kiss » dans les formes : les lèvres jointes s'ouvraient, les langues se cherchaient, une délicieuse chaleur embrasait la poitrine de la jeune fille du point de vue de qui était invariablement racontée l'histoire. Plus imaginative, Brigitte avait une fois situé à la cour du tsar Nicolas II une partie de colin-maillard au cours de laquelle Henry de Bucy et Aniouchka Niébolsine, les yeux bandés, se palpaient mutuellement, chacun croyant avoir affaire à un camarade de son sexe, et finissaient par s'embrasser à pleine bouche, comme l'autorise ce qu'on sait des mœurs slaves et de la diplomatie française (c'était du vivant de Brejnev, qui léchouillait encore tous les chefs d'État passant à sa portée).

Dans le cas de Bernadette, l'exquise inconstante, Ann, arrivée au seuil du chapitre 6, compte user d'un procédé encore inédit dans les annales de la collection : l'hypnose. Au début du récit, Bernadette, « s'échappant d'un bal où Amédée lui a languissamment marché sur les pieds, rencontre un très beau jeune homme appelé Gérard, qui s'avère poète et fou amoureux d'elle. Ils s'enfuient ensemble en Italie, où ils mènent la vie de bohème dans une insouciante et chaste pauvreté. Le chapitre 3 transpose dans les termes conventionnels et anachroniques de la collection le séjour d'Ann avec Jim, à Catane, un an plus tôt. Toutefois, comme elle garde un souvenir pénible de la fin de cette période, où leur couple s'est effiloché, le récit prend une tournure très différente avec l'irruption d'un troisième personnage, un ami du poète Gérard. Ce Tim Bishop, boxeur de classe internationale doublé d'un dandy fastueux, vient rendre visite aux amoureux, les éclabousse d'un luxe insolent, inquiète et attire à la fois l'innocente héroïne.

Le chapitre 6, devant lequel Ann renâcle, prévoit qu'il entraîne le couple dans une séance d'hypnose, grâce à quoi le baiser s'échange entre Tim et Bernadette.

Quand, quinze jours auparavant, elle a montré ce synopsis au capitaine Walton, Ann craignait qu'il réclamât des modifications. La cohabitation presque maritale entre Bernadette et le poète Gérard rompt en effet avec les règles de la collection, même en prévoyant des chambres séparées et des chemises de nuit boutonnées jusqu'au cou. Le capitaine, pourtant, ponctua sa lecture de petits signes de tête approbateurs, dit « très bien, ça, très bien », contre toute attente, lorsqu'il en arriva à la brève description de Tim Bishop, le boxeur dandy qu'avait inspiré à Ann son admiration (héritée de Jim) pour Miles Davis : un héros félin, arrogant, luxueux, une diva capricieuse et prédatrice. Voyant que tout se passait bien, elle suggéra même que Tim Bishop fût noir mais le capitaine qui, visiblement, ne pensait pas à Miles Davis et ne devait d'ailleurs pas très bien savoir qui c'était, dit que non, tout de même pas, que c'était très bien comme ça. Très bien, vraiment très bien, répéta-t-il plusieurs fois d'un air songeur. Il trouva aussi excellente l'idée de l'hypnose et se lança du coup dans une dissertation pédante sur la vogue du mesmérisme à la fin du XVIIIᵉ siècle.

XX

Ann trouve Brigitte au saut du lit, soignant sa migraine, et son appartement en sous-sol conforme comme souvent à l'idée que se fait le prolétariat d'un lendemain d'orgie chez les riches. Des mégots tachés de rouge à lèvres jonchent la moquette crème, des lampes encore allumées n'ont pas dû être éteintes de la nuit, la grande pièce joliment démeublée sent le tabac froid, les parfums mélangés, le renfermé, la mise en scène, avec ses tableaux posés par terre et retournés contre le mur, le châssis seul offert au regard du visiteur. En revenant de la salle de bains où elle a ouvert tout grands les robinets de la baignoire, déclenchant des bruits cataclysmiques dans les canalisations vétustes, Brigitte marche sur des feuilles dactylographiées tachées par divers liquides, dit : « Ah, les cochons ! » et commence à ramasser le manuscrit épars de *Vanessa, le soleil et les nuits*. À croupetons, pieds nus, elle en lit à voix haute quelques phrases, rit en se passant la main dans les cheveux. Le matin, le relief de sa cicatrice s'accentue. Ann, gênée, préfère détourner le regard en allant aux fenêtres-soupirail dont elle tire les stores, écarte les battants, soulagée d'aérer la pièce. Brigitte est un ancien mannequin à qui un accident de voiture a laissé une cicatrice très visible sur la joue droite, à la suite de quoi elle a porté une longue mèche à la Veronica Lake, puis renoncé à son métier et reconverti ses talents dans la confection en série de romans sentimentaux pour le compte du capitaine Walton. Ann l'aime beaucoup, admire que son accident ne l'ait pas aigrie. Elle aime aussi sa manière presque désuète d'être toujours dans le coup, à la mode. Jim disait d'elle en riant qu'elle faisait « swinging London ».

Ayant rassemblé son manuscrit, Brigitte regagne la salle de bains, tourne les robinets sans mettre fin pour autant au vacarme — on dirait que quelqu'un cure les tuyaux avec une batterie de crochets métalliques — et, une fois dans son bain, pousse des grognements d'aise. Ann s'assure que personne n'a utilisé comme cendrier une cafetière électrique identique à la sienne, mais posée à même la moquette de la grande pièce, et se met en devoir de faire le café. Brigitte crie qu'il n'y a plus de filtres, mais Ann en confectionne un avec du coton hydrophile trouvé dans l'armoire de toilette.

Puis, elle jette un coup d'œil dans la cuisine. Découragée par l'amoncellement de vaisselle sale qui déborde de l'évier, elle s'empare d'un verre à dents où elle verse le café, qu'elle apporte à Brigitte.

Celle-ci en boit une gorgée, fait la grimace et, rejetant la tête en arrière, s'immerge entièrement au fond de la baignoire. Ses cheveux tournoient dans le remous, elle les masse, puis revient à la surface en soufflant.

« Brigitte... dit Ann.

— Oui ?

— Tu n'as pas lu *Frankenstein*, par hasard ?

— *Frankenstein*, le roman ?

— De Mary Shelley, oui.

158

— C'est drôle que tu me demandes ça. Regarde par terre, là, près de la corbeille à linge, il doit y être. »

Ann se baisse, soulève une serviette humide et ramasse le volume dont la couverture verte représente un personnage hideux, couturé de cicatrices, mais très différent du monstre à la Boris Karloff. Sous le titre, composé en grosses lettres gothiques, on lit :

ou *Le Prométhée moderne*
le texte de 1818

et, tout en bas, le nom de l'auteur, Mary Wollstone-craft Shelley, surmontant la mention, en petits caractères romains : édition complète, établie et commentée par James Rieger.

« Je l'ai remarqué tout à l'heure, en entrant dans la salle de bains, dit Brigitte. Ce doit être quelqu'un qui l'a oublié hier soir, il y avait pas mal de monde. En tout cas, c'est la première fois que je le vois. Pourquoi t'intéresses-tu à ce bouquin ?

— Quelqu'un m'en a parlé, répond Ann prudemment. Je peux le prendre ?

— Vas-y. Si on me le demande, je dirai que c'est toi qui l'as. »

Assise sur la cuvette des toilettes, Ann feuillette le livre, une édition de poche universitaire, truffée de notes en bas de chaque page. Elle remarque des annotations au crayon, des passages marqués d'un trait. Brigitte, fermant les yeux pour éviter que le shampooing ne les pique, se frictionne le crâne, les bras levés dans une pose consciemment gracieuse.

En arrivant chez elle, Ann pensait tout raconter à son amie. Mais il est clair à présent que celle-ci ne lui apprendra rien. Brigitte connaît le capitaine mieux qu'elle, ce n'est pas pour rien qu'une édition de *Frankenstein* traîne dans sa salle de bains. Mieux vaut donc jouer le jeu, tâcher de la faire parler sans se découvrir pour autant.

« Tu sais, finit-elle par lâcher sur le ton d'une personne qui s'est tortillée dix minutes sur son siège avant de se décider, tu sais, c'est le capitaine qui m'a conseillé de le lire.

— De lire quoi ? dit Brigitte, absorbée par son shampooing.

— *Frankenstein.*

— Ah bon ? Il te conseille des lectures, maintenant ? Fais attention. »

Elle plonge de nouveau la tête dans l'eau, secoue ses cheveux pour les rincer. Revenant à la surface, elle poursuit en riant :

« S'il te propose des bonbons, refuse. C'est un vieux vicieux. »

Du haut de quelques années de plus et d'une expérience supposée plus étendue, Brigitte la traite volontiers en petite sœur innocente, lui représente un univers de satyres prêts à sauter sur elle.

« C'est dégueulasse, répond sèchement Ann, de se rincer les cheveux dans l'eau du bain. On ne t'a jamais dit ça ?

— Si, mais la douche éclabousse partout, alors je m'en sers le moins possible.

— Tu l'as vu récemment ?

— Frankenstein ?

— Walton.

— Non, il doit être en voyage. Il n'était pas là vendredi, ni toi non plus d'ailleurs. C'est suspect. Vous étiez ensemble, avoue ? »

Tous les vendredis se tient à Mecklemburgh Gardens, dans le bureau plein de chinoiseries du capitaine Walton, une réunion à laquelle participent les auteurs de sa collection. Ce rite hebdomadaire remplit une fonction purement mondaine : on prend le thé, on mange des scones aux raisins secs en échangeant des nouvelles de ses héroïnes dont on parle comme de personnes réelles, malheureusement empêchées d'assister à la réunion. Lors de sa première visite, cornaquée par Brigitte, Ann, qui avait feuilleté chez elle un des romans sentimentaux que son amie avait écrits, s'était beaucoup étonnée de voir les auteurs. Brigitte ne lui avait rien dit et, au vu des livres, elle imaginait une assemblée de demoiselles idéalistes, peut-être de très vieux couples incestueux, et attribuait au snobisme inventif de son amie le choix d'un gagne-pain et d'un milieu aussi éloignés de ceux qu'a priori elle pouvait briguer et fréquenter. Or, elle s'était retrouvée en compagnie d'une demi-douzaine de jeunes femmes dont quatre au moins étaient jolies et les deux autres élégantes, toutes d'allure moderne, le genre à travailler dans la mode, le cinéma ou les relations publiques. Elle s'était sentie intimidée par leur aisance, leur désinvolture, et même par leurs pseudonymes qu'elles déclamaient aussi souvent que possible et qui sonnaient comme les noms de guerre de courtisanes de la Belle Époque. Elle ne connaissait pas encore le capitaine Walton, ce petit homme tiré à quatre épingles, dans un registre d'élégance ministérielle un peu surannée, qui participait avec beaucoup de sérieux à une conversation portant sur le sort qui attendait Priscilla Darryl-Kenna (l'héritière des cristaux Darryl-Kenna) dans la principauté d'opérette où son fiancé, Enguerrand de Lastours, révélait contre toute attente qu'il était possédé par le démon du jeu. Laura Fitzlowins, la responsable littéraire du destin de cette jeune patricienne, manquant de documentation sur les jeux de casino, le capitaine s'était alors lancé dans un cours illustré d'anecdotes vécues, pleines de bancos pharamineux, de triches mémorables, d'amis très chers qui se faisaient sauter la cervelle en smoking par des nuits d'été parfumées. Dès cette première rencontre, Ann avait découvert les ressources imaginatives de celui qui allait devenir son employeur. Elle était retournée le voir avec Brigitte, lui soumettant un synopsis auquel son amie avait étroitement collaboré, en marraine attentive, et avait bientôt écrit pour lui son premier roman sentimental. C'était il y a six mois. Depuis, elle assiste régulièrement aux thés du vendredi, s'est liée d'amitié avec les autres jeunes femmes constituant la cour du capitaine Walton et lui rend visite de temps à autre, à lui personnellement. Quand elle passe dans le quartier, elle monte au premier étage du 18, Mecklemburgh Gardens, échange quelques mots avec la secrétaire qui l'introduit sans tarder dans le confortable bureau de gentilhomme campagnard nostalgique des colonies d'Extrême-Orient où le capitaine est ordinairement occupé à passer des coups de téléphone portant sur le repassage de ses tee-shirts à Melbourne (des tee-shirts!), sur des transactions boursières à Reykjavik ou sur le temps qu'il fait à Java-Est, sujets dont il l'entretient ensuite avec abondance de détails. Il la fait parler aussi, sans vraiment la questionner, sans jouer à fond non plus le rôle, pour lequel il a pourtant des dispositions, du bon oncle gâteau à qui sa nièce délurée vient raconter ses petites histoires. Non, il reste discret, affable, attentionné et réussit à inspirer confiance sans cesser d'inquiéter un peu. Ann pense qu'il aurait pu être confesseur ou psychanalyste, une sorte d'abbé de cour dont il a la bienveillance précieuse, la curiosité, le charme disert. Pas militaire en tout cas, en dépit de ce grade auquel il semble tenir. Ou bien si, mais alors le capitaine Walton pourrait bien être un de ces officiers séculiers, éminences grises de l'état-major, qui, à l'abri d'une activité civile aussi inoffensive qu'une maison de romans à l'eau de rose, tirent les ficelles, détiennent des secrets d'État qu'ils livrent à l'Est, par goût de la duplicité plus que par conviction idéologique.

Parfois, elle se reproche de se laisser aller à de demi-confidences avec lui, mais elle revient. Et Brigitte, qui l'en raille, lui rend pourtant de semblables visites. Ann s'est presque inquiétée le jour où elle s'est surprise en flagrant délit de mensonge : racontant sa journée au téléphone à Brigitte, elle a passé sous silence un thé pris avec Walton à Mecklemburgh Gardens. Aucune raison de dissimuler cela ; elle l'a pourtant dissimulé, inventant une course pour combler le trou de son emploi du temps. Et qu'est-ce qui lui prouve que Brigitte ne ment pas aussi ? Elle s'imagine la rencontrant sur le seuil de la porte, ou dans l'antichambre où se tient la secrétaire, et chacune disant : « Je passais par là, je suis juste venue dire bonjour... », ce qui serait la stricte vérité, mais pourquoi alors, dans leurs voix, cette nuance d'embarras, d'excuse ?

En outre, et sans tenir compte du charme insidieux qu'il exerce sur elles, il y a tout de même quelque chose de suspect dans l'industrie du capitaine Walton. Ann ne connaît pas grand-chose au milieu paralittéraire spécialisé dans la confection de romans de gare. Bien qu'elle manque de points de comparaison, sa surprise, lors de sa première visite, ne peut être imputée à la seule naïveté. D'où vient que ces jeunes femmes visiblement aisées gravitent, chaque vendredi, autour d'un officier affable et souriant qui leur verse le thé et des forfaits confortables en échange d'une copie dont rien ne prouve, a priori, qu'elles ont la compétence requise pour la fournir ? Car elles sont très bien payées. Ann connaît vaguement un type, un ami de Jim, qui gagne sa vie en usinant à la chaîne des romans d'espionnage : le malheureux, qui ne manque pas de talent, travaille comme un baudet et, après dix ans de cet esclavage lumpen-littéraire, touche par livre quatre ou cinq fois moins d'argent qu'elles.

« Que veux-tu ? dit Brigitte quand elle lui confie le résultat de ses enquêtes comparatives, nous sommes des putes de luxe. Le métier ne change pas, mais nous sommes plus belles, installées dans un meilleur quartier par un maquereau plus cossu, c'est toute la différence. »

Ann pense qu'économiquement le raisonnement ne tient pas debout, que si une pute de luxe vit mieux qu'une autre, c'est parce que le client paye plus cher, alors que ses livres se vendent au même prix que ceux de l'ami de Jim. Mais, bon, ils sont publiés régulièrement, on les trouve sur les tourniquets des drugstores et des gares, elle a même, une fois, voyagé en hovercraft en face d'une dame qui lisait *L'amour est un oiseau rebelle* et éprouvé à cette occasion une légère émotion. Elle a déjà touché deux chèques conséquents, en touchera un troisième à la remise de *L'exquise inconstante*, tout est dans l'ordre, que demander de plus ? C'est bizarre, voilà tout.

XXI

« Tu veux me passer mon peignoir, s'il te plaît ? »
dit Brigitte en se redressant. Elle vient de se rincer
les cheveux, avec la douche cette fois-ci. Ann se
lève, ferme à demi la porte de la salle de bains
pour atteindre le crochet auquel est suspendu le
peignoir demandé. À ce moment, le téléphone sonne
et elle interrompt son geste.

« Tu veux que je décroche ? Le téléphone, je veux
dire... »

Avant que Brigitte ait eu le temps de répondre, la
sonnerie s'arrête. Dans la pièce d'à côté, Ann entend
une voix masculine qui dit « allô ? » en étouffant un
bâillement.

« Il y a quelqu'un ? balbutie-t-elle sottement.

— Hé ! crie Brigitte, toujours debout dans la baignoire. Ne te gêne pas ! Oui, ajoute-t-elle d'une voix
normale, un type, je ne sais pas si tu le connais.

— Je ne crois pas, dit le type en s'avançant, tout
nu, maigre et bouclé, dans l'encadrement de la porte,
le récepteur du téléphone dans une main, le combiné
dans l'autre. C'est pour vous. »

Il se prend les pieds dans les fils qu'il a tirés depuis
la chambre, s'appuie contre le chambranle pour ne

165

pas perdre l'équilibre. Ann laisse tomber le bras levé vers le peignoir, saisit le récepteur qu'il lui tend.

« Ne parlez à personne du manuscrit. »

C'est absurde, pense-t-elle, on dirait la voix de l'employé du réveil. Sa manière abrupte, aussi, de raccrocher juste après la dernière syllabe. S'adressant à la tonalité, elle dit entre ses dents :

« Je ne suis pas idiote. »

Puis, à ses compagnons, en dépit de la contradiction :

« C'était une erreur. »

Elle est sûre, vraiment, que c'était l'employé du réveil.

« Vous vous appelez bien Ann, pourtant ? » dit le type en se frottant la barbe ; et, sans attendre de réponse, il ajoute :

« Moi, c'est Allan. »

Tous deux regardent Brigitte qui ouvre la bouche pour dire quelque chose, puis la referme. Ann se sent soudain ridicule, tout habillée entre ces deux nudistes. Elle tend son peignoir à Brigitte qui l'enfile en se servant du col comme d'une serviette pour s'essuyer les cheveux.

« J'ai apporté des croissants français, dit Ann. Et je vais refaire du café. »

En sortant de la salle de bains, elle emporte le téléphone et frôle le garçon qui, comme une grande nouvelle, annonce que lui, pendant ce temps, va mettre ses lunettes.

« Je n'y vois pratiquement rien sans », précise-t-il.

Ann s'agenouille, forme le numéro du réveil, tombe sur une voix de femme, inconnue. Forcément, le service fonctionne même de jour, mais les employés observent un roulement. En plus, on est dimanche. Le garçon a dû l'appeler de chez lui, et l'idée que cette voix a un domicile, quelque part, la trouble. Elle rappellera ce soir.

Ensuite, ils s'accroupissent tous les trois sur la moquette du salon, Brigitte toujours drapée dans son peignoir, Allan en pantalon de velours informe et tee-shirt orné d'une bestiole de dessin animé. Il porte ses lunettes sur le bout de son long nez. En revenant de la chambre où il s'est habillé, il est passé par la salle de bains pour se raser avec la lame jetable ordinairement vouée aux aisselles de Brigitte — pour les jambes, elle se les fait épiler. Il s'est emparé de l'édition de *Frankenstein* qu'Ann a laissée tomber en voulant se précipiter vers le téléphone.

« Qui est-ce qui lit ça ? demande-t-il en mordant dans son croissant.

— Ann, dit Brigitte.

— Bonne lecture. En plus, sans vouloir être pédant, c'est de loin la meilleure édition possible, il y a toutes les variantes, les textes annexes, c'est important pour un livre comme ça.

— Je n'ai pas encore commencé, avoue Ann.

— Tu t'intéresses à Frankenstein, toi aussi ? demande Brigitte à Allan. C'est incroyable, depuis hier soir tout le monde me parle de ce bouquin ; c'est la mode ou quoi ?

— Si on veut, dit Allan. La mode de l'été, la mode Frankenstein, avec la peau de bête, les électrodes et tout... »

Il se lève et marche à travers la pièce en imitant le dandinement massif des monstres de l'écran. Les coins de sa bouche s'affaissent, ses paupières s'alourdissent, lui donnant un air à la fois sanguinaire et inexpressif.

« Et la mode Frankenstein en version féminine ? » demande Ann, se croyant très futée. (Va-t-il parler d'Elizabeth ?)

Allan ne réagit pas. Soit il s'y attendait, soit il joue bien, soit, dernière hypothèse, il n'est pas au courant. Il continue à gesticuler, battant le vide de ses bras, maladroitement, comme si la fureur le privait de coordination motrice, puis s'abat lourdement à terre. D'une détente souple, il se relève et reprend sa place devant le plateau du petit déjeuner, manquant renverser la cafetière.

« Tu devrais voir ses bandes vidéo, dit Brigitte à Ann. Il a fait plusieurs vidéos de grimaces, c'est son grand truc. Il y en a une qui dure presque une heure, il bouge à peine les traits du visage et pourtant ça change sans arrêt. Ça fait très peur.

— J'aime faire peur, confesse Allan d'un air débonnaire.

— C'est pour ça, demande Ann, que vous vous intéressez à Frankenstein ?

— Pas directement à Frankenstein, mais à Shelley. Je devais faire ma thèse sur lui.

— Une thèse de quoi ? s'informe Brigitte. Tu ne m'en as jamais parlé.

— De littérature, mais c'était il y a longtemps. J'ai laissé tomber. »

Il lève les bras au ciel puis, mimant la chute de la thèse, les abaisse.

« Et vous faites quoi, maintenant, à part des vidéos de grimaces ? »

Ann s'en veut d'avoir posé cette question. Elle envie l'aisance de Brigitte de se lier avec les gens sans passer par l'interrogatoire obligé sur les professions, les lieux de résidence, toutes conventions dont elle affecte de ne pas se soucier.

« Ce que je fais maintenant ? répète Allan, qui semble réfléchir à la question. Pas grand-chose. Le mort.

— Le mort ?

— Enfin, le week-end prochain, je fais le mort. Le mois dernier, j'étais l'assassin, ça me change. »

De l'étonnement de Brigitte, Ann déduit que même si elle vient de passer la nuit avec Allan, elle ne le connaît pas beaucoup mieux qu'elle, à moins qu'elle joue la comédie. À moins aussi qu'Allan n'ait dit cela que pour le plaisir de les déconcerter ; ça semble être son genre, le chien fou un peu crispant. Il doit facilement aborder les filles dans la rue, en leur racontant des bobards.

« Oui, explique-t-il après avoir joui de son effet. Je vais dans un hôtel à Brighton avec toute une bande de petits copains et d'autres gens que je ne connais pas mais qui, eux, ont payé pour ça. Assez cher, même. Pendant le week-end, il y a un crime, généralement suivi d'un ou deux autres ; les gens qui ont payé mènent l'enquête, on leur donne des indices et le dimanche le détective explique tout. Qui a tué, pourquoi et comment. Ça s'appelle une murder party, ça marche très bien, l'hôtel refuse du monde plusieurs mois à l'avance.

— Comme c'est excitant ! s'exclame Brigitte avec un émerveillement parodique.

— Je crois que j'ai lu un article là-dessus dans un magazine, dit Ann.

— Ça ne m'étonnerait pas. À chaque fois, il y a au moins un journaliste qui vient faire un reportage. Les gens de l'hôtel sont ravis, c'est une bonne publicité.

— Et toi, demande Brigitte, tu sais qui est l'assassin ?

— Oui, surtout quand c'est moi. Mais cette fois je serai le premier mort, un travail de tout repos. Je tombe de ma chaise pendant le dîner du vendredi soir, une ambulance arrive, on m'emporte sur un brancard et je suis libre jusqu'au dimanche à midi où je reparais pour saluer et signer des autographes d'un air modeste (il mime la modestie, pas très convaincant). Le tout, c'est qu'on ne me voie pas.

— Où vas-tu, alors ?

— Je ne sais pas encore ce que je vais faire ce coup-ci, c'est la première fois que je meurs. Peut-être rentrer à Londres, peut-être aller me promener sur la côte, s'il fait beau. Ou bien je resterai dans ma chambre, installé devant la glace à répéter de nouvelles grimaces. Ou à relire *Frankenstein*, je verrai. Voulez-vous venir avec moi ?

— Pas ce week-end, dit Brigitte. Il faut que je finisse *Vanessa*. Mais une autre fois oui, j'aimerais bien. De préférence à l'automne. Brighton l'été, c'est l'enfer. »

Allan se tourne vers Ann.

« Et vous ?

— Pourquoi non ?

— Et *L'exquise inconstante* ? rappelle Brigitte.

— L'exquise inconstante peut attendre, dit Allan avec force. Vraiment, vous devriez venir. »

Ils échangent leurs numéros de téléphone sous l'œil goguenard de Brigitte. Elle ne semble pas tenir particulièrement à Allan et la perspective d'une idylle entre ses deux amis l'amuse plutôt, pense Ann. Brigitte est prêteuse sentimentalement, cela fait partie aussi de son personnage : cette libération sexuelle qu'Ann, pour sa part, juge démodée (en fait, cela satisfait l'amour-propre d'Ann de se dire que son amie dans le coup a toujours quelques trains de retard). Ensuite, ils parlent de *Vanessa, le soleil et les nuits*, que Brigitte compte donc achever durant le week-end et remettre au début de la semaine à Walton, si toutefois celui-ci est enfin rentré de voyage, puis de *L'exquise inconstante*. Ann et Brigitte mélangent à plaisir leurs deux intrigues en les résumant à

Allan qui s'esclaffe de bon cœur, elles ménagent entre leurs personnages respectifs des rencontres qui font tourner l'affaire à la partouze. En gros, il connaît déjà l'histoire de Vanessa dont, comme l'a dit Brigitte au téléphone, ses invités ont déjà discuté la veille au soir. Celle de Bernadette, nouvelle pour lui, l'intéresse beaucoup. Si un jour, plaisante-t-il, Ann parvient à vendre les droits de son roman au cinéma, il connaît l'acteur idéal pour incarner Tim Bishop, le boxeur dandy : un de ses amis qui est trompettiste de jazz et comédien à l'occasion : on l'a vu dans deux films d'avant-garde et une dramatique TV. Mais c'est surtout un très bon trompettiste.

« C'est amusant, dit Ann, j'avais justement pensé à quelqu'un comme Miles Davis. »

Brigitte dit qu'elle aime mieux David Bowie mais Allan s'écrie que pas du tout, que Miles est une bien meilleure idée.

« Vous savez, ajoute-t-il, à quoi votre histoire me fait un peu penser ? À Lord Byron et aux Shelley.

— Encore ! gémit Brigitte (et pense Ann).

— Je m'entends. Mais, toutes proportions gardées, Byron était à son époque quelqu'un du genre de Miles Davis : une grande star. Luxe, voitures de sport, éclat feutré, caprices de diva, scandales, tout ça...

— Je te signale, fait observer Brigitte, que nous en avons des dizaines comme ça en magasin. Le genre beau ténébreux, c'est une figure obligée et pas spécialement originale.

— Quand même... En plus, il y a la boxe, à laquelle Byron affectait de s'intéresser davantage qu'à la poésie. Et puis tout ce jeu triangulaire entre l'exquise inconstante, le poète nunuche et le grand prédateur qui menace le ménage... Écoutez, je vais vous raconter l'histoire de l'été 1816 au bord du lac de Genève.

— Bonne idée, glousse Ann.

— Vous la connaissez déjà ?

— Un peu. On m'en a parlé à l'école. »

À moins d'une coïncidence invraisemblable, il faut qu'Allan ait lu le manuscrit. Et Brigitte, là-dedans ?

« Moi, je ne la connais pas, proteste celle-ci. Raconte !

— Voilà. Ça se passe donc en 1816. Percy Bysshe Shelley, le poète du même nom, venait d'enlever à sa famille la toute jeune Mary Godwin dont il connaissait bien le père, un philosophe ronchon. Ils voyageaient tous deux en Europe, vivant d'amour et d'eau fraîche, tout comme Gérard et Bernadette, et courant les routes, très clochards célestes. Après avoir traversé la France, ils arrivent en Suisse, s'extasient sur les montagnes, citent Rousseau en pleurant, font un bras d'honneur au buste de Voltaire à Ferney et s'installent pour l'été au bord du lac de Genève dans une petite maison appelée Montalègre. Simple, mais convenable.

— Tu es drôlement renseigné, dit Brigitte.

— Qu'est-ce que tu crois ? J'ai quand même commencé une thèse là-dessus. Un beau matin, arrive Lord Byron, en grande pompe. Débarquement de rock-star, qui perturbe le train-train de la villégiature et contraste vivement avec le côté love and peace et riz complet des Shelley. Ah, j'oubliais de dire que Percy et Mary se déplaçaient avec le bébé qu'ils venaient de faire et avec la demi-sœur de Mary, nommée Claire.

— On l'oublie toujours, celle-là », observe Brigitte de manière plutôt sibylline.

Allan fronce les sourcils, les défronce, affermit ses lunettes sur la pointe de son nez et continue.

« Il faut savoir que Shelley avait la manie d'enlever les femmes par deux. La première fois qu'il s'est marié, la sœur de sa femme Harriett les a suivis, et Claire a fait pareil. Les voisins imaginaient des débauches terribles, qui n'advenaient probablement pas, seulement Shelley croyait aux communautés. Toujours est-il que Claire, sans doute jalouse du beau poète de Mary, n'a rien trouvé de mieux pour s'affirmer que d'essayer de séduire le plus célèbre poète d'Angleterre, j'ai nommé Lord Byron. Cela s'est passé à Londres avant le départ, elle a fait toute une comédie avec rendez-vous masqués pour s'offrir à lui, mais au bout de deux jours Byron s'est lassé et a laissé tomber Claire. Le voyant débarquer un peu plus tard à Genève, elle s'est arrangée pour rapprocher la coterie Byron du couple Shelley. À la grande épouvante de Byron, mais il a vite sympathisé avec Shelley. Il s'est installé tout près, dans une somptueuse villa et tous ces gens ont passé l'été ensemble à faire du bateau et de la poésie.

— Et alors ? demande Brigitte. Mary a couché avec Byron ?

— Non. Je ne pense même pas qu'il y ait eu de chapitre 6, avec baisers à l'insu des protagonistes. Seulement la situation était bizarre. Mary adorait et admirait Shelley, qui était totalement inconnu. D'un autre côté, elle se trouvait tous les jours en présence d'un poète qui était un des hommes les plus célèbres de la terre et, naturellement, ça la troublait. En même temps, malgré leur différence de caractère et de notoriété, Shelley et Byron s'admiraient réciproquement, Byron parce qu'il avait bon goût, Shelley parce qu'il avait l'admiration facile et aucune tendance à la jalousie. Entre les deux, Mary ne devait pas se sentir très à l'aise.

— C'est tout à fait *L'exquise inconstante*, en effet, raille Brigitte.

— Chaque soir, poursuit Allan, tout le monde se

retrouvait chez Byron, sur la terrasse de la villa Diodati. Il faut savoir aussi que l'été 1816 a été le plus pourri du siècle, il a plu sans arrêt. Pour se distraire, on jouait au backgammon, qui s'appelait alors le trictrac, et on lisait des histoires de fantômes traduites de l'allemand. C'était plutôt une spécialité allemande, à l'époque. Un soir, Byron a proposé que chacun en écrive une pour le divertissement de la compagnie. Ils se sont mis au travail tous les quatre...

— C'est-à-dire, demande Ann : Byron, les Shelley et Claire ?

— Non, pas Claire ; elle était déjà hors du coup. Comme Byron ne la supportait pas, elle restait à Montalègre à pleurer et à se demander si elle devait lui dire qu'elle était enceinte. Le quatrième était le médecin de Byron qui lui faisait aussi office de secrétaire, un certain Polidori. »

De surprise, Ann, qui rangeait les tasses vides sur le plateau, en laisse tomber une.

« Qu'est-ce qui t'arrive ? » demande Brigitte.

Ann s'excuse, court à la cuisine chercher une éponge en demandant qu'on l'attende pour la suite de l'histoire. Elle s'appuie au rebord de l'évier, tâche de réfléchir un instant, puis revient dans la grande pièce et entreprend de faire disparaître les taches de café trop sucré qui souillent la moquette. Allan continue son cours d'histoire littéraire.

« Seule Mary a vraiment tenu le pari. Shelley a commencé une histoire, mais s'est vite aperçu que la prose le gênait aux entournures. Il écrivait d'abord en vers et traduisait ensuite, bref, il a laissé tomber. Il s'est produit entre Byron et Polidori une histoire compliquée dont je ne me rappelle plus les détails mais, si ça vous intéresse, je crois que c'est très bien expliqué dans le commentaire critique de ce profes-

174

seur américain. En gros, Byron a esquissé une histoire de vampire qu'il a abandonnée, que Polidori a reprise et publiée en faisant croire qu'elle était de Byron, qui l'a désavouée, bref c'est très embrouillé et ça n'intéresse que les historiens. Mary, elle, a été la plus longue à s'y mettre, mais une nuit, elle a fait un cauchemar qui, mélangé aux conversations sur le galvanisme, les morts vivants et tout ce genre de choses, a fini par donner le roman *Frankenstein*. Elle avait dix-neuf ans. Voilà l'histoire. »

Allan ramasse le livre qui traîne à ses pieds, le feuillette.

« Et Polidori, demande Ann, qu'est-il devenu ?

— Pas grand-chose. Il s'est suicidé quelques années après. Presque tous ces gens sont morts jeunes, d'ailleurs. Shelley s'est noyé en 1822, Byron a attrapé le typhus à Missolonghi en 24 ou 25. Mary seule a survécu jusqu'aux années 50, en soignant dévotement la légende de Percy. Elle a encore écrit une quantité de romans et d'essais, mais rien d'aussi fort que *Frankenstein*. C'est un très beau livre, vous savez. »

Là-dessus, il regarde sa montre et déclare qu'il lui faut partir.

En enfilant sa veste de tweed, trop chaude pour la saison, il rappelle à Ann sa promesse de l'accompagner à Brighton le week-end prochain. Ann rit et précise qu'elle n'a rien promis. Quand elle s'en va à son tour, un quart d'heure plus tard, Brigitte lui assure en clignant de l'œil qu'elle a fait une touche et qu'elle n'aura pas à s'en plaindre si elle donne suite : Allan est un bon coup.

XXII

Elle rentre chez elle vers quatre heures, un peu
démoralisée par le désœuvrement dominical qui
s'épanche dans les rues. Comme tous les après-midi
depuis le début du mois d'août, de gros nuages
cachent le soleil, l'orage ne va pas tarder.

Au moment où elle va entrer dans l'ascenseur, la
gardienne de l'immeuble sort de la cage vitrée où elle
passe la journée à contrôler une sorte de tableau de
bord qui ressemble à celui d'un avion. Quelques
mois plus tôt, Ann a refusé de participer aux frais
d'installation d'un circuit de télévision intérieur
réclamé par des locataires qu'obsède la sécurité. Le
circuit a quand même été placé, ses charges aug-
mentées d'office et la gardienne lui a tenu rigueur de
son opposition pendant un bon moment.

« Il y a un monsieur qui est venu vous voir, dit-elle.
Il a tapé à la vitre, mais il n'avait pas le code, alors
je ne l'ai pas laissé entrer. J'ai bien fait, je suppose.

— De toute façon, je n'étais pas là.

— C'est ce que je lui ai dit, mais il m'a répondu
qu'il avait votre clé. Ça m'étonnait, aussi. »

Ann sent trembler sa lèvre inférieure et la mord.
Ce ne peut être que Jim. Mais, comme si elle lisait
dans ses pensées, la gardienne, qui connaît Jim de

176

vue (il passait toutes les nuits chez Ann, avant), ajoute :

« Ce n'était pas votre ami. Vous savez, celui qui venait souvent.

— Non, bien sûr, dit Ann, bêtement. Comment était-il ? »

La gardienne décrit un petit brun bien habillé, mais mal rasé, l'air très agité. Peut-être italien. Ann lui fait promettre de n'ouvrir à aucun inconnu qui prétendrait détenir sa clé. L'autre, en déclarant qu'elle connaît son métier, prend un air offusqué et vindicatif qui poursuit Ann jusque dans l'ascenseur. Elle tourne le dos à l'angle où elle sait que se niche la caméra, puis longe le couloir au pas de course et referme la porte de son studio comme sur un agresseur qui l'aurait talonnée.

Elle passe le reste de l'après-midi et la soirée allongée sur son lit, un paquet de biscuits à portée de la main, à lire *Frankenstein*. D'abord, elle met un disque pour accompagner sa lecture, mais elle s'aperçoit qu'il ne convient pas, et en cherche vainement un autre plus adapté. D'habitude, et si incongrues qu'elles soient a priori, les associations fortuites entre des livres et des morceaux de musique s'imposent pour elle seule avec une évidence définitive. Par exemple, *Dix petits nègres* d'Agatha Christie et les danses du *Prince Igor* : l'une des mélodies épouse même le rythme de la comptine qui scande les meurtres perpétrés par le magistrat fou dans son île, au large du Devon. Mais là, non. Elle referme le couvercle de la platine.

Dès la première page, le livre la surprend. Le narrateur, en effet, s'appelle Robert Walton, et il est capitaine d'un navire qui croise dans le Grand Nord. Si c'est la clé de l'énigme, il faut avouer qu'elle tourne court. Il n'y a vraiment pas, selon Ann, de quoi s'exciter comme un fou parce qu'on se trouve porter le même nom, d'ailleurs banal, et le même grade qu'un personnage de roman. Pas de quoi non plus en tirer une autre version de ce roman (où, par-dessus le marché, ce personnage n'est même pas mentionné). Du reste, même dans *Frankenstein*, le capitaine Walton disparaît assez vite. Au début, il est donc dans le Grand Nord, s'ennuie un peu à bord et écrit à sa sœur en parlant de ses matelots, en se plaignant de la solitude, rien de bien intéressant. Il faut attendre la quatrième lettre pour qu'au large d'Arkhangelsk il recueille un naufragé à la dérive sur un bout de banquise qui se rétrécit dangereusement. Au bout de quelques jours, le rescapé va mieux et, sans se départir d'une mélancolie farouche (c'est apparemment un homme qui a eu des malheurs), se lie d'amitié avec le brave Walton à qui il raconte sa vie (et Walton, à son tour, la raconte à sa sœur). L'histoire proprement dite commence ici : ce sont les souvenirs de Victor Frankenstein, pieusement recueillis par le capitaine Robert Walton, dont le rôle s'arrête donc là. Évidemment, pense Ann, si le capitaine Walton (le vrai, celui de Mecklemburgh Gardens) s'était appelé Raskolnikov ou Philip Marlowe, elle se serait peut-être trouvée embarquée dans une histoire de plus grande envergure. Bon. Elle poursuit.

Passé ce préambule, la jeunesse de Frankenstein ressemble d'assez près à celle relatée par le manuscrit, qu'Ann consulte fréquemment pour comparer. Tout aussi verbeuse, elle ne comporte cependant pas de développement sur la vie étudiante, ni de nuit magique dans une abbaye. La cousine Elizabeth est là, et le petit frère William. En revanche, le roman de Mary Shelley s'écarte du manuscrit (bien sûr, c'est le manuscrit qui s'en écarte, mais l'ordre de ses lectures trouble le raisonnement d'Ann) au moment crucial de la création du monstre. Au lieu de ressusciter une Elizabeth différente, Frankenstein donne le souffle à une créature fabriquée ex nihilo et conforme en gros à la tradition vulgarisée par le cinéma. Bafoué par les hommes qui s'effraient de sa laideur, le monstre devient méchant, tue le petit William, puis Elizabeth, puis l'ami Clerval pour se venger de son créateur qui refuse de lui donner une compagne et Frankenstein, fou de douleur, finit par le poursuivre jusque dans le Grand Nord où, après l'avoir manqué de peu, il est recueilli par le capitaine Walton qui reparaît au dernier chapitre pour tirer, à l'intention de sa sœur, la morale de toute cette sombre affaire. En fait, c'est presque exactement l'histoire que, dans le manuscrit, Frankenstein et Elizabeth racontent à Mary Shelley.

S'il faut comparer, Ann pense qu'elle préfère le vrai *Frankenstein* à la version Polidori-Walton. Allan avait raison : le livre de cette fille de dix-neuf ans est splendide. Un peu daté, bien sûr, avec ses attendrissements, ses sermons moralisateurs, ses effusions panthéistes, mais toujours émouvant. Même s'il est ridicule de voir le pauvre monstre pleurer à chaudes larmes en lisant Rousseau et Gibbon, sa douleur d'être au monde, rejeté de tous, la désolation poignante des dernières pages donnent au récit un poids d'humanité absent du texte pédant et rempli de clins d'œil qu'elle a lu la veille. Mais bon, l'étude comparée des mérites littéraires ne mène pas loin ; l'ordre du jour impose des questions de nature plus policière. Ann prend une feuille de papier et écrit en gros, à gauche :

QUI ?

et à droite :

POURQUOI ?

Puis elle noircit minutieusement les lettres majuscules, les points d'interrogation qui deviennent énormes. Enfin, sous la colonne QUI ?, elle note trois noms :

Victor Frankenstein
John William Polidori
Capitaine Robert Walton

Soit : un personnage de roman (doublé d'un narrateur, dans les deux versions de ce roman), un personnage réel, mais mort depuis un siècle et demi, enfin un personnage vivant, qu'elle connaît, mais qui a inexplicablement disparu depuis quelques jours, et qui est aussi un personnage de roman, le confident du premier.

Selon toute vraisemblance, le manuscrit est l'œuvre du troisième qui l'a écrit ou, si on l'en croit, recopié, dans la chambre d'hôtel où Ann l'a trouvé. Déjà, il est bizarre que le capitaine Walton (le vrai), si soucieux de son confort, s'enferme dans un hôtel pouilleux pour y écrire une seconde version de l'histoire de Frankenstein. Mais il est encore plus bizarre qu'il l'attribue, non pas à Frankenstein, non pas à son homonyme, dont il aurait après tout pu développer le rôle effacé, mais à un personnage obscur, périphérique de l'histoire littéraire, ce John William Polidori dont une notice biographique, incluse dans l'inestimable introduction du professeur James Rieger (de l'université de Rochester, auteur par ailleurs de : *Le révolté : les hérésies de P. B. Shelley*), résume en ces termes la brève existence :

Issu d'une famille lettrée, il grandit dans le milieu des expatriés italiens de Soho. Son père, Gaetano Poli-

dori, avait été le secrétaire du poète Alfieri et sa sœur devait plus tard donner naissance à Christina, Dante Gabriel et William Michael Rossetti — qui lui-même devait en 1876 publier les journaux de son oncle.

Ses prétentions littéraires, sa jalousie à l'égard de Byron et Shelley, ses sautes d'humeur, ses « éternelles absurdités et tracasseries *(en français dans le texte)* », comme l'écrivit Byron dans son propre journal, furent une source de soucis constants durant l'été 1816. De tempérament à la fois agressif et timoré, il provoqua un jour Shelley en duel, bien qu'il sût (et peut-être parce qu'il savait) que le poète réprouvait toute violence. Byron proposa alors de prendre la place de Shelley et l'incident en resta là. Deux ans plus tard, après un voyage en Allemagne, le jeune médecin retourna à Londres où il mit fin à ses jours en 1821, laissant deux volumes de vers médiocres, des pièces de théâtre inachevées et le récit Le Vampire. *Publié en 1819 et issu du célèbre pari de la villa Diodati ce récit fut pendant quelque temps attribué à Byron par la rumeur publique, malgré l'affirmation du poète selon laquelle « j'ai une dent personnelle contre les vampires et le peu de connaissance que j'ai de leurs mœurs ne m'aurait certainement jamais poussé à leur consacrer un conte, surtout aussi mauvais ». Il est prouvé* (ajoute plus loin James Rieger) *que « le pauvre Polidori », et non Byron, fut l'interlocuteur de Mary dans la conversation scientifique qui inspira à celle-ci son fameux cauchemar et, par suite, le roman Frankenstein.*

Au bas de la feuille, Ann note le nom de William Michael Rossetti, éditeur du *Journal* de Polidori, référence qui pourra lui servir si elle décide de poursuivre ses recherches. À peine les mots tracés, elle se redresse et sourit pour elle-même. Il faut qu'elle devienne folle pour penser à poursuivre des recherches à partir d'un tel canular ! Elle a mieux à faire : terminer par exemple *L'exquise inconstante* qui ne sera certes pas un chef-d'œuvre de prose narrative mais lui rapportera de quoi vivre à son aise jusqu'à l'hiver — c'est-à-dire, pense-t-elle avec amertume, de quoi payer à sa gardienne des circuits de surveillance qui lui donnent la chair de poule.

Elle va s'asseoir devant la table de bridge sur laquelle sont disposés la machine à écrire et, dans une chemise, les cinq premiers chapitres dont elle relit quelques pages. Aussitôt dégoûtée, elle décide qu'il est de toute façon trop tard pour se remettre au travail et que, tant qu'à perdre la soirée, autant la consacrer à une énigme absurde, mais divertissante. Demain, elle ira voir le vrai capitaine Walton et lui demandera le sens de tout cela, en montrant bien qu'il ne lui aurait pas été trop difficile, si elle avait insisté, de trouver seule la clé. Elle étalera ses indices, ses déductions, fera parade d'un talent de détective qui pourra lui être utile, après tout, le week-end prochain. Elle ira certainement à Brighton avec Allan, il lui plaît. Elle songe à lui téléphoner tout de suite, pour accepter et aussi pour lui demander l'explication, à lui. Aucun doute, il est au courant. Et Brigitte, peut-être pas. Ann a bien senti, cet après-midi, que le jeu se déplaçait, se déroulait en fait entre Allan et elle, par-dessus la tête de Brigitte qui ne comprenait pas pourquoi tout le monde s'excitait ainsi sur *Frankenstein*. Ou alors elle jouait aussi, mais sans se découvrir, en ménageant ses pièces, cela ne lui ressemble pas. Finalement, Ann ne téléphone ni à l'un ni à l'autre.

Elle appelle, en revanche, le service du réveil et, en entendant la voix du jeune homme qu'elle connaît, elle est tout à fait sûre que c'était lui, ce matin. Inutile de finasser, elle lui demande. Le jeune homme paraît très étonné. Évidemment non, il ne se serait pas permis de l'appeler comme ça ; en plus, il ne travaille pas le jour. Manifestement, il la prend pour une folle, ou bien il joue la comédie, lui aussi. Bien sûr, il n'est pas très vraisemblable que pour les besoins d'une farce, ou d'une chasse au trésor, ou Dieu sait quoi, on réquisitionne le service du réveil, mais après tout, pourquoi pas ? Elle est tellement sûre de reconnaître sa voix, ses dénégations paraissent tellement sincères et ahuries qu'elles doivent être feintes. Peut-être Brigitte lui a-t-elle demandé, la veille, de rappeler dimanche matin chez elle et de demander Ann ; il aurait accepté, c'est un garçon serviable. L'idée lui vient alors d'un coup de boomerang.

« Écoutez, dit-elle au jeune homme, faites quelque chose pour moi. Appelez le 354 60 23 (c'est le numéro de Brigitte), maintenant, et dites juste une phrase.

— Ça n'est pas très légal, mais enfin, pour vous... Quelle phrase ? »

Ann réfléchit. Il faut montrer à Brigitte qu'elle domine le jeu et qu'elle est capable de le faire dérailler, si elle veut.

« Juste ça : "La fille au manuscrit va vous doubler ; faites attention." Puis vous raccrochez, tout de suite. »

Le jeune homme se marre, au bout du fil.

« Dites donc, c'est de l'espionnage, votre truc...

— C'est ça, oui. »

Ensuite, Ann revient à ses notes, raye, sous la question QUI ?, l'énumération verticale et, fermement, écrit : Robert Walton = J.W. Polidori = Victor Frankenstein, puis entoure d'un cercle le nom de Polidori et surmonte le tout d'un nouveau point d'interrogation. Ça ne l'avance guère.

Les mobiles, alors ? POURQUOI ?

Pour Frankenstein, il faut le croire sur parole, puisqu'il est quand même le narrateur. Il veut simplement raconter sa vie et, comme il le précise, redresser les erreurs de la version officielle — dont il précise aussi qu'il est l'inspirateur.

Du coup, on peut assez facilement déduire le mobile de Polidori. Aigri par l'échec de ses propres œuvres et par le succès de Mary, à qui il a somme toute donné l'idée de son best-seller (puisqu'il a évoqué une histoire de ce genre avec elle), il rédige à son tour sa version de l'histoire, à seule fin de s'identifier à Frankenstein, de dénigrer Mary, de la transformer en zombi et d'insinuer qu'elle n'est pas le véritable auteur de son roman. C'est atrocement compliqué, mais ça se tient.

Reste le capitaine Walton, à qui elle voit mal quel autre but prêter que le plaisir de la déconcerter en jouant sur une homonymie forcément fortuite. À moins qu'il ne soit le descendant du Walton du roman. Mais non (elle rit d'avoir pu un instant y penser sérieusement), les héros de fiction n'ont pas de descendance. Ou alors, il a existé au début du siècle un vrai capitaine Walton, que Mary Shelley connaissait et qu'elle a casé dans son roman, c'est à la rigueur envisageable. Mais, de toute façon, pourquoi ce Walton-là ne joue-t-il aucun rôle dans le manuscrit ? Pourquoi, alors qu'il est évidemment au départ de toute l'histoire, sa trace se perd-elle et passe-t-il tout de suite le relais à ce sinistre Polidori ? Et Brigitte, dans tout ça, et Allan, et elle-même ? Pourquoi elle ? Qu'attend-on qu'elle fasse ?

XXIII

Le téléphone la réveille tôt, le lendemain matin. C'est Brigitte qui lui propose d'aller jouer au squash avec elle. Encore ensommeillée, Ann décline l'invitation en disant qu'elle compte se rendre au British Museum pour y effectuer des recherches. « Des recherches ? hurle Brigitte, mais pourquoi fais-tu des recherches ? C'est l'autre, avec sa thèse, qui t'a donné ces idées ? » Ann jure que non : elle veut simplement se documenter pour son roman.

« Un roman ? Tu écris un roman ? Tu es folle ?

— Eh bien, oui. Toi aussi, non ?

— Ah, dit Brigitte, rassurée. Tu m'as fait peur, je croyais que tu parlais d'un vrai roman avec de la psychologie fine et des monologues intérieurs. Cela dit, tu es folle aussi si tu commences à te documenter pour *L'exquise inconstante*.

— Tu sais comment on vivait en Italie au début du siècle dernier ?

— Non, ni à Saint-Pétersbourg en 1880, enfin pas très bien. Mais tu n'as qu'à demander au capitaine, lui sait tout ça.

— S'il n'est pas encore en voyage.

— Possible, admet Brigitte. Il doit être en Italie, en 1820, pour te ramasser ta documentation. »

Elle insiste ensuite un moment pour qu'Ann sacrifie ses recherches au squash puis, de guerre lasse, propose de passer la prendre, puisqu'elle est en voiture, et de la déposer au British Museum. Ann se rendort en se demandant si, tout compte fait, il ne serait pas plus amusant d'aller jouer au squash. Toute l'histoire du week-end, l'hôtel chinois, le manuscrit, lui paraissent lointains, irréels. Quand même, elle aimerait bien savoir comment Brigitte a pris l'appel du réveilleur — s'il l'a bien appelée.

Brigitte la réveille de nouveau en sonnant à sa porte — elle connaît le code de l'entrée. Une scène presque semblable à celle de la veille se déroule, en plus court toutefois car Ann se contente d'une douche. Brigitte va et vient de la salle de bains à la grande pièce, pousse des cris parce que Ann l'éclabousse, se regarde dans la glace embuée qui surmonte le lavabo, feuillette le manuscrit de *L'exquise inconstante* dont elle déclame à haute voix le passage qu'Ann a relu la veille avec irritation. Pas un mot du réveil. Elle n'était peut-être pas chez elle, hier soir. Ou bien elle a ses raisons pour se taire. Soudain, Ann pense au manuscrit *Frankenstein* et craint que son amie le remarque. Elle se rappelle l'avoir laissé au pied de son lit. Quand elle sort de la douche, plus précipitamment qu'à l'ordinaire, la chemise cartonnée est toujours là, Brigitte n'y a pas touché. Son propre soulagement trouble Ann.

En voiture, Brigitte bavarde avec entrain, dit incidemment qu'elle a passé la soirée chez elle à travailler, mais ne mentionne aucun appel suspect, puis dépose Ann devant le British Museum et démarre en lui adressant un signe d'amitié moqueur.

À la bibliothèque, Ann tâtonne d'abord dans les catalogues. Deux tiroirs et demi sont bourrés de fiches portant les références de livres consacrés à

Shelley ; Mary, sa femme, n'a droit qu'à un demi-tiroir, mais tout de même c'est décourageant. Elle se rabat sur Walton, en trouve quatre prénommés Robert (dont deux juristes, d'après les titres de leurs nombreuses publications), mais aucun capitaine. Tant pis. Reste Polidori (John William), dont le récit *Le Vampire* fait l'objet de plusieurs éditions. Elle note la référence, ainsi que celle du *Journal* publié par les soins de William Michael Rossetti puis, une fois ses fiches expédiées dans les sous-sols par un système de pneumatiques, s'assoit à la place qu'on lui a attribuée pour attendre les ouvrages demandés.

En tirant la langue, un monsieur âgé, portant guêtres, prend des notes d'après un gros livre. Comparant l'épaisseur des pages déjà tournées et celle de la liasse de feuillets déjà noircis par ses soins, Ann en vient à penser qu'il le recopie en entier et s'étonne, car un panneau à l'entrée de chaque rangée informe qu'un service de photocopie est à la disposition des usagers. D'autres scribes s'affairent studieusement autour d'elle : des étudiants prolongés, mal vêtus, dont un est secoué de tics et deux autres albinos. Deux sur huit personnes, c'est statistiquement anormal, estime-t-elle. Loin de la déprimer cependant, cet entourage ingrat lui donne conscience de détonner de façon flatteuse. Non seulement parce qu'elle est jeune et jolie, mais parce qu'au lieu de poursuivre une tâche régulière et aride, elle se trouve dans une situation exceptionnelle, romanesque même, accomplissant à l'insu de tous une recherche importante, peut-être pas sans danger.

Les livres qu'elle a demandés tombent enfin sur la table.

Le Vampire fait partie d'une anthologie de contes gothiques, augmentée d'une copieuse introduction où elle ne trouve pas plus à glaner que dans celle du professeur Rieger. Le récit proprement dit n'a qu'une vingtaine de pages, pas vraiment enthousiasmantes. Il y est question d'un grand seigneur maléfique, Lord Ruthven, qui se conduit de façon attendue, comme tous les vampires de la tradition. Le préfacier, du reste, reconnaît que l'auteur manque d'imagination, ne concède à son récit qu'un intérêt historique et souligne, à ce propos, que la figure de Lord Ruthven s'inspire directement de celle de Lord Byron (à qui *Le Vampire* fut d'ailleurs attribué, mais il le désavoua). C'est tout. Quant au mince volume du *Journal*, plutôt que d'en recoller la couverture en lambeaux, on s'est contenté de l'entourer d'une ficelle qu'Ann, maintenant, dénoue. Introduction, d'abord, de William Michael Rossetti, le neveu, qui présente le document comme utile à l'histoire littéraire et tente de réhabiliter la mémoire de son oncle, lequel, connu surtout par les notations acides de Byron dans son propre journal, passe injustement pour un individu hargneux et sans éclat, alors qu'il a été, à dix-neuf ans, le plus jeune diplômé en médecine de l'université d'Édimbourg, que les fragments conservés de ses tragédies ne manquent pas de mérite, sans parler de son immortel *Vampire*... Bon.

À la page 32, toutefois, le neveu Rossetti en vient à la mort tragique de son héros et annonce sobrement qu'il va se contenter de reproduire le rapport du coroner, complète Ann mentalement, en levant les yeux vers la page suivante, avec l'espoir d'y trouver mentionné le nom du capitaine Walton.

Mais les pages 33-34 et 35-36 manquent, découpées à un centimètre de la brochure, sans doute par une règle trop prestement retirée, car la section, régulière en haut, se transforme vers le bas en frange dentelée.

Ann hésite entre enrager et jubiler. En écartant

l'hypothèse d'une coïncidence, si on se met à mutiler les ouvrages du British Museum pour l'empêcher d'accéder à un document, c'est que le document en question contient une piste sérieuse, que son intuition était bonne : d'une manière ou d'une autre, le capitaine Walton a trempé dans la mort suspecte de Polidori. Peu importe s'il n'existe que dans un roman, ou bien 168 ans plus tard (elle a fait rapidement le calcul), il y est pour quelque chose, c'est certain.

Par acquit de conscience, elle feuillette le livre, page après page, pour s'assurer qu'aucune autre n'a été arrachée, donc qu'aucune autre ne présentait d'intérêt. À moins, bien sûr, que le mystérieux vandale n'ait tablé sur une réaction de ce genre et, malicieusement, laissé à sa portée des pièces à conviction décisives. Elle se force à lire au moins en diagonale le *Journal* qui, malgré les affirmations de Rossetti, lui paraît d'un ennui accablant : joué au trictrac, visité la maison de Rousseau, dîné chez Madame de T... Le capitaine Walton n'apparaît nulle part.

Elle rend ensuite le livre au guichet central et quitte la bibliothèque. Chez trois bouquinistes proches du Musée, elle demande les mémoires et journaux de Polidori, espérant, non pas les trouver, mais entendre par exemple un libraire grogner : « Mais qu'est-ce qu'ils ont tous avec ce Polidori ? Vous êtes la seconde qui m'en parle depuis ce matin. » Peine perdue, tous lui disent que c'est épuisé depuis longtemps mais qu'elle n'aura pas de mal à le trouver au British.

Le ciel se couvrant, elle rentre chez elle au début de l'après-midi, en bus. Elle se sent fatiguée et décide de s'accorder une brève sieste. Elle ne débranche pas le répondeur, n'écoute pas les messages qu'on a pu laisser pendant son absence.

XXIV

Elle se réveille en sueur, mal à l'aise. À cause de
la chaleur, de la promesse d'orage qui barre le ciel
lourd. La fenêtre qu'elle a laissée ouverte bat violemment, les papiers disposés sur la table de bridge
jonchent la moquette, en désordre. En plus, elle a
fait un cauchemar, directement issu de sa visite au
British Museum. On l'accusait d'avoir déchiré les
pages du livre, le vieux copiste à guêtres assis à côté
d'elle le matin la poursuivait avec insistance en bran-
dissant une fiche illisible et Brigitte l'accompagnait.
L'esprit encore brumeux, Ann pense qu'elle aurait dû
signaler la disparition des deux pages : le lecteur suivant, s'il y a un lecteur suivant avant des années et
s'il s'en aperçoit, le fera peut-être, peut-être recher-
chera-t-on aux archives la fiche du dernier emprunt,
on la retrouvera, on remontera jusqu'à elle...
Elle fait la grimace, se lève, ôte son tee-shirt
trempé et, en pantalon, ramasse les feuillets disper-
sés par le vent. Puis elle repousse le battant de la
fenêtre, appuie ses seins nus contre la vitre, respire
longuement. C'est une chance, pense-t-elle, de
n'avoir aucun vis-à-vis, seulement un chantier, en
face. Le ciel est mauve, avec des traînées noirâtres.
Elle revient vers le milieu de la pièce en titubant

légèrement, se laisse tomber à terre, près du lit, là où traîne encore la chemise cartonnée contenant le manuscrit. Sans entrain, elle la saisit, l'ouvre.

À la place des feuillets manuscrits, il n'y a plus qu'une rame de papier machine blanc.

Ann reste un moment hébétée. La première idée qui lui vient enfin, c'est qu'elle a rêvé, que toute cette histoire de manuscrit, de Frankenstein, de Polidori, de visite à l'hôtel chinois, à la pièce d'angle, fait partie de sa sieste agitée, au même titre que la conspiration entre Brigitte et le vieux copiste à guêtres pour lui faire restituer les pages qu'elle n'a pas arrachées. L'été à Londres lui réussit mal.

Puis, en laissant errer son regard dans la pièce, elle remarque l'édition de poche de *Frankenstein*. Et, dans sa mémoire récente, des informations qui n'ont aucune raison de s'y trouver sur Mary Shelley. Donc, on lui a bien volé le manuscrit.

La femme de ménage. Elle vient une fois par semaine, pas le lundi. Et, à supposer qu'elle soit venue ce lundi-ci — parfois, elle change de jour sans prévenir, elle a la clé —, pourquoi aurait-elle volé le manuscrit ? Jeté à la poubelle, alors ? Non, elle range toujours tout avec un soin maniaque, et puis il y a la rame de papier machine, d'épaisseur identique.

Brigitte.

Brigitte, bien sûr, qui a eu tout le temps de procéder à la substitution pendant qu'elle prenait sa douche. Ce ne peut être qu'elle. Mais pourquoi ? L'hypothèse de la farce impromptue ne tient pas debout, il s'agit forcément d'un plan calculé : Brigitte est venue avec le papier blanc dans son grand sac de sport, sous le linge et les raquettes. À moins... Ann examine le paquet de papier machine posé sur sa table. Mais elle ne se rappelle plus quelle épaisseur il restait la veille, si le tas a diminué : impossible donc de décider si le vol a été prémédité ou improvisé.

Ann débranche le répondeur et forme le numéro de son amie sur le cadran. Par suite d'encombrements sur la ligne, répond une voix synthétique, sa demande ne peut aboutir et elle est priée de rappeler ultérieurement. Elle rappelle ultérieurement, c'est-à-dire aussitôt, pour obtenir la même réponse.

Le ciel s'assombrit. Dehors, des pigeons volent en rond, très vite, se croisent comme des autos tamponneuses qui s'écartent les unes des autres à la dernière seconde, virant d'un coup d'aile pour éviter la collision. Il y a quelque chose d'affolé dans les figures qu'ils tracent. L'approche de l'orage, sans doute. Il en éclate presque tous les soirs en ce moment, qui ne lavent rien, n'allègent pas l'air. Elle ouvre de nouveau la fenêtre en grand, se penche pour observer la rue déserte. Elle habite un quartier calme, trop calme, hérissé d'immeubles de construction récente où se trouvent beaucoup de bureaux et, à neuf heures moins le quart, la sortie des bureaux a eu lieu depuis longtemps. Un jogger passe, qui se dirige à petites foulées vers le parc. Juste en dessous de chez elle, presque à l'aplomb de sa fenêtre, une Triumph bleue se gare, en épi. Le conducteur coupe le contact. Plus aucun bruit dans la rue, excepté les cris stridents des oiseaux. Elle attend que quelqu'un descende de la voiture, fasse claquer la portière, puis résonner le trottoir sous ses pas, mais personne ne descend. De son poste d'observation, elle ne voit que le toit de la voiture. Elle attend encore, pense qu'elle devient idiote, revient au téléphone, près du lit, compose encore le numéro de Brigitte. De nouveau, la voix synthétique. Elle raccroche, puis retourne à la fenêtre. Il faudrait quand même qu'elle écoute son répondeur.

La voiture n'a pas bougé. Peut-être le conducteur l'a-t-il quittée pendant qu'Ann était au téléphone. Il aurait fallu pour cela qu'il ferme la porte très doucement, sans quoi elle l'aurait entendu : les sons montent très bien, de la rue, et elle a prêté l'oreille, éprouvé même la tentation de se déplacer près de la fenêtre avec le combiné, mais c'était vraiment trop ridicule, elle ne l'a pas fait. Elle le regrette, maintenant. Elle pense descendre au rez-de-chaussée : la voiture étant garée juste en face de l'entrée de l'immeuble, elle verrait à travers la porte vitrée, sans s'exposer, s'il y a quelqu'un à l'intérieur. Mais, le temps qu'elle sorte et prenne l'ascenseur, s'il n'y a plus personne, ça ne voudra rien dire. Si elle entretenait de meilleures relations avec la gardienne, elle pourrait lui téléphoner pour lui demander s'il y a quelqu'un dans une Triumph bleue stationnée juste devant l'immeuble, visible de sa cage, mais cette solution est exclue : l'autre la croirait folle et n'aurait pas fini de le lui faire sentir, ensuite.

Ann s'aperçoit qu'elle tremble. Plutôt que de s'éloigner de la fenêtre pour aller chercher dans le placard une chemise propre, elle attire le tee-shirt humide qui traîne près d'elle sur la moquette et l'enfile. Les pointes de ses seins se dressent, excitées.

Elle regarde alternativement la rue, où personne ne passe, et le téléphone, espérant et craignant à la fois qu'il sonne. Le répondeur est trop loin pour qu'elle l'interroge tout de suite. En revanche, elle essaye encore d'appeler Brigitte, sans s'éloigner cette fois de la fenêtre et, en entendant la voix synthétique, se rend compte qu'elle éprouve du soulagement. Elle aurait peur d'entendre son amie, n'oserait pas lui demander pourquoi elle a volé le manuscrit, pourquoi toutes ces singeries. Si absurde que ce soit, elle doit s'avouer qu'elle pense à Brigitte comme à une ennemie.

Un couple âgé passe dans la rue, lentement. Elle pourrait les héler, leur demander s'il y a quelqu'un dans la voiture en trouvant un prétexte plausible, mais lequel ? Le temps d'en chercher un, le couple a dépassé l'angle de l'immeuble.

Il faut qu'elle parle à quelqu'un. À qui ? Elle se rend compte qu'elle ne connaît pas tellement de monde, en fait. Brigitte ne répond pas et, de toute manière, elle n'a pas envie de lui parler. Jim, pas question, ni personne qu'elle a rencontré par lui. Sinon, des amis plus ou moins proches, des types avec qui elle a couché, généralement peu de temps, d'anciennes copines de collège.

Elle décide d'appeler un ami, Tom, avec qui elle a eu une liaison l'hiver dernier, au moment de la mort de son père. Depuis, ils ne se voient guère, mais se téléphonent parfois ; il l'aime bien. Et puis, il ne connaît pas Brigitte, ni Walton ni personne de cette clique, il n'a rien à voir avec tout ça.

Ann est contente d'entendre sa voix, calme et bien timbrée, évocatrice d'émissions culturelles tardives à la BBC. Lui aussi semble content qu'elle l'appelle, n'attend pas qu'elle invoque un motif précis pour l'avoir fait. Bavarder, simplement, prendre un rendez-vous de principe pour dîner un soir, cela suffit. Ils bavardent donc. Ann se sent rassurée, mais inquiète en même temps : bavarder avec Tom est si rassurant que justement il devient impossible de lui expliquer qu'elle est en train de tourner en rond dans son studio à guetter une voiture dont elle ne sait pas si le conducteur est descendu ou non. Sans parler du manuscrit, de Frankenstein, de la trahison de Brigitte, mais elle n'a pas l'intention d'en parler. Tout en surveillant du coin de l'œil la voiture, elle finit quand même par avouer qu'elle a un coup de cafard, espérant que Tom proposera de passer la voir ou de l'emmener dîner. Il saisit l'intention, paraît sincèrement désolé : il a ce soir un dîner d'affaires impossible à décommander, il s'apprête d'ailleurs à partir mais, si elle veut, il peut passer la voir après.

Ann sait que Tom est très attiré par elle, que leur rupture, dont elle a pris l'initiative, l'a attristé. Si elle lui propose de passer la nuit avec elle, il acceptera. Sottement, elle ne veut pourtant pas avoir l'air de tenir trop à sa visite et répond qu'elle ne sait pas, qu'elle va sans doute sortir aussi mais qu'il peut toujours essayer de la rappeler plus tard dans la soirée. Avec un petit rire gentil, Tom promet de le faire et raccroche.

Elle est seule à nouveau.

La voiture est toujours en bas.

Un bruit de klaxon, mais très loin, du côté d'Albert Road. D'un coup, Ann sent la peur, écartée le temps de la communication, qui revient plus forte, plus compacte. Elle se lève, marche un moment dans le studio qui bascule dans l'ombre, sans allumer les lumières. Elle se verse un verre de gin, qu'elle avale cul sec. Elle grimace, se tortille sous la brûlure de l'alcool, qu'elle supporte mal. Puis elle se précipite vers le téléphone, forme à nouveau le numéro de Tom. Son index tremble, elle va lui demander d'annuler son dîner, quoi qu'il lui en coûte, de venir tout de suite. Elle insistera, en pleurant s'il le faut, jusqu'à ce qu'il accepte. Il viendra.

Une voix de femme âgée. Faux numéro.

Elle s'excuse, recommence.

« Vous êtes bien chez Thomas Ellison, répond la voix de Tom, encore plus calme et radiophonique que d'habitude, sur fond du saxophone de Gato Barbieri. Je suis malheureusement absent pour le moment, mais je vous rappellerai si vous voulez bien, après le bip, confier votre message à ce répondeur. »

Ann raccroche avant le bip, coupant Gato Barbieri en plein orgasme, puis réfléchit que souvent les usagers d'un répondeur, elle la première, le branchent même quand ils sont chez eux et prennent la communication, en interrompant le message, s'ils désirent parler au correspondant dont ils ont reconnu la voix ou qui vient de se nommer. Elle refait le numéro, écoute de nouveau la bande, puis dit que c'est elle et qu'il faut absolument qu'il décroche s'il est encore là, même s'il est pressé, c'est urgent, mais apparemment il a dû déjà partir. Ann déteste Gato Barbieri.

Rageusement, sentant la panique approcher, elle boit un second verre de gin, en fermant les yeux comme si le liquide risquait de les piquer. Il faudrait qu'elle sorte, qu'elle aille faire un tour. Mais elle sait très bien qu'elle a peur de sortir, peur de la voiture qui attend devant l'immeuble. Elle cherche de nouveau qui appeler, reprend la liste mentale qu'elle a déjà dressée un quart d'heure plus tôt, élimine encore Brigitte, Jim, Allan, la clique Walton... « Je dois me calmer », dit-elle à voix haute, en serrant les poings et le son de sa voix dans le silence de la pièce l'effraie. Elle répète la même phrase, plus bas, en gagnant la salle de bains où elle tourne les robinets de la baignoire. Pendant que le bain coule, elle reste debout dans la petite entrée, ne sachant que faire. Elle colle son oreille à la porte, s'enhardit à l'entrouvrir avec précaution, pour voir s'il n'y a personne dans le couloir. Elle faisait souvent cela, dans les premiers temps de sa séparation avec Jim : ouvrir la porte, juste pour s'assurer qu'il n'était pas derrière, attendant qu'elle ouvre.

Personne, non, pas d'autre bruit que l'infime et

éternel bourdonnement qui semble émaner des plafonniers régulièrement espacés.

Elle retourne dans la salle de bains où règne une chaleur de sauna. Les robinets fonctionnant mal, elle les fait toujours couler en deux temps : eau chaude d'abord, froide ensuite. La baignoire, à présent, est remplie d'eau brûlante, une buée opaque recouvre le miroir au-dessus du lavabo. Elle se déshabille avec des gestes désordonnés, revient dans le studio pour prendre le téléphone et le répondeur qu'elle apporte dans la salle de bains et pose sur le carrelage, à portée de la main. Elle entre dans l'eau trop chaude, la fait couler, froide, par la douche dont elle immerge la tige et le pommeau de manière qu'elle se répande en silence, provoquant juste un remous. Le sang bat à ses oreilles, elle a été stupide de boire.

Elle laisse un peu sécher son bras sur le rebord de la baignoire, et appuie ensuite sur la touche de rembobinage du répondeur. Puis, lecture.

Premier message : « Mission accomplie, j'ai appelé le numéro que vous m'aviez dit. Dites donc, vous ne jouez pas par hasard à un jeu de rôles, genre *Donjons et Dragons* ? »

C'est le type du réveil, il a dû laisser le message dans la matinée, ou pendant la nuit. Ann se demande ce que c'est au juste qu'un jeu de rôles. Elle a vaguement entendu parler de *Donjons et Dragons*, cette saga inspirée de Tolkien que des cadres banlieusards passent des mois à revivre en se répartissant les rôles, les attributs, les pouvoirs...

Second message. Brigitte : « Ça a marché, tes recherches ? Je te rappelle demain, salut. » Logiquement, l'appel doit dater de l'après-midi.

Troisième message. Encore le type du réveil, qui dit seulement :

« Vous feriez bien de vous méfier aussi. » Et raccroche.

Ann crispe les mâchoires. Fébrilement, elle rembobine, réécoute les messages pour comparer la voix du jeune homme rigolard qui se prête gentiment à ses plaisanteries et celle, menaçante, qui lui dit de se méfier. Aucun doute, c'est bien la même.

Elle a peur pour de bon, n'ose pas appeler le service du réveil pour demander des explications. D'ailleurs, elle sait bien que le type ne reconnaîtrait avoir passé que le premier coup de fil — et encore, ce n'est pas sûr. Prévenir la police, alors ? Pour dire quoi ? Faire écouter son répondeur ?

Elle tressaille, en relevant les yeux. Le lavabo et donc le miroir se trouvent sur sa droite, elle ne peut les voir de face, mais il lui semble qu'on a tracé des lettres sur la buée du miroir. Et la buée ne s'est formée que depuis quelques minutes ; elle se dissipe, même, à mesure que l'eau froide s'écoule dans le bain. Mais elle voit nettement les bâtons, de côté. Encore nettement, pas pour longtemps.

Si elle ne sort pas du bain tout de suite pour regarder ça de plus près, le message va disparaître.

Et si elle sort, si elle découvre qu'effectivement il y a un message, un mot, une menace, alors cela voudra dire qu'elle n'est pas seule dans le studio.

Ann n'ose plus bouger. Ses doigts se tordent sur le rebord de la baignoire, prêts à prendre appui, à l'aider à se redresser, à sortir de l'eau pour se déplacer d'un pas, latéralement, et vérifier.

Le téléphone gît sur le carrelage, à portée de main. Et la boîte noire, bonasse, du répondeur.

La porte de la salle de bains, entrouverte sur l'entrée obscure. On devine la plinthe, plus pâle, au fond. Et, comme la patère est tombée, une serviette sèche à cheval sur la porte, c'est même pour ça qu'on ne peut la fermer — mais elle ne l'aurait de toute manière pas fermée, à cause de la chaleur.

Sur le miroir, de biais, elle ne distingue plus les lettres, presque plus. La buée s'en va. Elle va encore rater l'occasion, n'être jamais sûre.

Elle éclabousse le carrelage, en se levant.

Plus de vapeur, la surface du miroir est nette.

Debout, nue, elle écoute le cliquètement des canalisations, provenant des alentours du chauffe-eau, cette grosse bonbonne blanche fixée au plafond, où on doit pouvoir mettre des cadavres, ou n'importe quoi. Elle n'a pourtant pas vidé la baignoire, il n'y a pas de raison d'entendre ces bruits.

Elle regarde sa propre image, son visage inquiet, les gouttes de sueur sur son front, ses seins, comme au sauna ; elle peut voir aussi la porte de la salle de bains, derrière elle, et la serviette verte qui y est suspendue.

La serviette verte sèche donc le long de la porte et, bien entendu, en y prêtant attention, elle peut difficilement ne pas se figurer que cette serviette bouge, se plisse, que sans doute une main de l'autre côté va la tirer, la faire glisser, et qu'en même temps, dans le même mouvement, la porte s'ouvrira sur le couloir vide. Et il y aura quelqu'un derrière.

Elle tend le bras pour pousser le reflet de la porte, bien encadré dans le miroir, pèse sur sa surface. Les cliquètements reprennent de plus belle, la mettant en garde, elle se retourne et c'est elle, alors, qui tire la serviette de son côté, personne ne la retient, elle l'enroule autour d'elle, pousse la porte, inspecte l'entrée et regagne en tremblant la grande pièce sombre.

Elle est recroquevillée sur le lit, à présent, se demandant quels gestes elle a dû effectuer pour se trouver là, pour que le téléphone et le répondeur soient de nouveau à leur place, la lampe de chevet allumée et c'est comme si ce moment de sa vie — depuis qu'elle a tendu la main vers la serviette — avait disparu de sa mémoire.

Elle boit encore un verre de gin, écoute. Une traînée de reggae confus passe en bas, dans la rue, échappée de l'énorme lecteur de cassettes que doit trimballer un Jamaïcain en survêtement. Elle essaye de saisir les paroles, comme si elles pouvaient lui adresser un message, mais la musique, au lieu de décroître progressivement, s'arrête d'un coup.

Silence.

Elle attend.

Reprend du gin.

Arrivera-t-elle à tenir comme ça jusqu'au matin ?

Elle attend.

On sonne à la porte.

Elle déteste cette sonnerie, deux petits coups bien espacés, à la fois grêles et solennels.

« Tom ? » dit-elle d'une voix faible.

Mais elle sait que ce ne peut pas être Tom. Même s'il est venu sans prendre la peine de téléphoner, il ne connaît pas le code. À moins que quelqu'un de l'immeuble soit entré ou sorti en même temps que lui.

« Tom ? » répète-t-elle quand même.

Nouvel appel de sonnette.

Elle comprend qu'elle a parlé d'une voix si basse qu'on ne peut l'entendre du couloir et se lève. On frappe à la porte, maintenant, de l'index replié.

« Ouvrez ! » dit une voix qu'elle ne connaît pas.

Elle balbutie :

« Qui êtes-vous ?

— Vous ne me connaissez pas, mais c'est très important. Il faut que je vous parle. Ouvrez-moi.

— Je vais appeler la police.

— Non, parce que j'aurai enfoncé la porte avant. »

Ann fait deux pas, à reculons, vers la grande pièce. La moquette étouffe le bruit, l'autre peut encore la croire dans l'entrée.

« Revenez ! » dit-il avec autorité.

Elle s'immobilise.

« Écoutez, reprend la voix, de toute manière je vais entrer. Alors autant éviter des dégâts, ouvrez-moi gentiment, je ne vous veux pas de mal. Je vous jure que c'est important. »

Ann comprend qu'il va vraiment enfoncer la porte et qu'elle n'aura pas le temps d'appeler la police. Elle a si peur qu'elle obéit, approche de la porte et tourne la clé. Pour que cela cesse.

« Il faut partir, dit le type en entrant. Habillez-vous !

— Vous êtes fou. »

Il la prend par le bras, l'entraîne dans la grande pièce et, la laissant debout, tombe pesamment assis sur le lit. Dans le mouvement, la serviette dont s'était entourée Ann tombe et elle ne fait pas un geste pour la ramasser, ni l'homme non plus. Il semble terriblement las.

« Écoutez, dit-il. Vous êtes en danger. Je suppose que vous vous en êtes un peu aperçue ces derniers jours. Tout ce que je veux faire, c'est vous mettre en sûreté. Alors habillez-vous, on s'en va.

— Où ? murmure Ann.

— En sûreté, je vous ai dit. Dépêchez-vous. »

Il tend la main vers la bouteille de gin dont il boit une longue gorgée, au goulot.

« Vous en voulez ? »

Ann fait non de la tête. Les larmes lui brouillent la vue. Le type se lève, il est à peine plus grand qu'elle, la trentaine, un peu rondouillard avec un beau visage romain qui s'empâte. Il prend Ann par les épaules en la regardant dans les yeux, qu'elle est obligée de rouvrir, et dit, beaucoup plus doucement :

« Il faut que vous me fassiez confiance. Vous avez raison d'avoir peur, mais pas de moi. Je suis de votre bord, dans cette histoire. »

Ann baisse la tête, elle pleure silencieusement, tout son corps tremble. Le type lui relève le menton, toujours très doucement. Il a de beaux yeux verts.

« Maintenant, vous allez vous habiller et puis nous partirons. C'est d'accord ? »

Ann fait oui de la tête, surtout pour pouvoir la baisser. L'homme laisse retomber ses bras. D'un pas traînant, elle se dirige vers la salle de bains et, au passage, prend à son tour une gorgée de gin, à la bouteille, comme lui. Elle enfile un jean et le même tee-shirt humide, avec des gestes mécaniques. Le miroir lui renvoie son visage décomposé dont elle se détourne. Au moment où elle met ses escarpins, le téléphone sonne et elle perd l'équilibre en voulant se ruer dans la grande pièce pour répondre. Mais le type a déjà décroché.

« Non, dit-il, elle n'est pas là pour le moment. »

Ann se tient debout devant lui, résignée. Elle n'a même pas un geste pour s'emparer du combiné.

« Plus tard ce soir, sans doute, répond le type d'une voix égale, puis : un ami », ajoute-t-il, et il raccroche.

Sur la table de bridge, il ramasse une paire de lunettes noires et la lui tend.

« N'oubliez pas de mettre ça, surtout. »

XXV

Dans l'ascenseur, sous la lumière lugubre du plafonnier, le type sourit à Ann, d'un sourire fatigué d'aventurier. Il porte un jean, lui aussi, mais un de ces horribles jeans à pli bien net que fabriquent certaines boutiques de prêt-à-porter. Sa chemise s'ouvre largement sur une poitrine velue où brille un pendentif de mauvais goût, une lame de rasoir en or pour faux camé de luxe. De sa poche pectorale, il sort une paire de Ray-Ban et la chausse.

« Vous ne portez pas de verres de contact, non plus, dit-il à Ann. Ce n'est pas très prudent. »

Elle ne répond pas.

Ils traversent le hall sans allumer la lumière, passant devant la cage inoccupée de la gardienne. L'homme guide Ann en la tenant légèrement par le coude et elle pense qu'ils ne marcheraient pas autrement s'il la menaçait d'un revolver dissimulé sous un imperméable ou un journal. Il la fait monter dans la Triumph bleue et démarre, puis s'engage sur les quais. Ann reste silencieuse, lui aussi. Il conduit vite, avec précision. Au bout d'un moment, il demande :

« Vous n'avez parlé à personne de la disparition du manuscrit ? »

Ann secoue la tête et bien que, fixant la route, il n'ait pu voir sa dénégation muette, il commente :

« C'est déjà ça. »

« Je m'appelle Julian », ajoute-t-il un peu plus tard.

Le silence retombe. Ils roulent ainsi pendant un bon quart d'heure, traversant successivement des quartiers d'entrepôts déserts, près de la rivière, et des rues animées. Ann, pelotonnée dans le siège baquet, regarde par la fenêtre ouverte pour essayer de repérer l'itinéraire, mais en vain. Elle connaît mal Londres, ne fréquente au fond que quelques quartiers. Quand la vitesse le permet, elle observe intensément les passagers des voitures qu'ils croisent ou doublent. S'ils pouvaient la remarquer, se rappeler ses traits, son expression affolée ! Mais elle n'ose, par un signe ou une mimique, attirer leur attention ; leurs visages butés s'enfoncent dans la nuit, ils ne gardent aucun souvenir d'elle. Elle esquisse le geste d'ôter ses lunettes noires mais le type, d'une main ferme, l'en empêche.

« Vous êtes folle ou quoi ? »

Plus tard, à un feu rouge près duquel stationne un policier, elle a la tentation de descendre, très vite, de l'appeler au secours, mais le feu devient vert et la voiture démarre avant qu'elle s'y décide.

Ils gagnent ainsi la banlieue et, jusqu'à la dernière minute, Ann ne reconnaît pas le trajet conduisant à l'hôtel Cheng devant lequel ils s'arrêtent. La cabine téléphonique, au carrefour, diffuse toujours sa lumière jaune mais, sans doute parce qu'il ne pleut pas, des passants flânent dans la rue, pour la plupart des Chinois en manches de chemise. L'air chaud sent la pâtisserie mise à la poubelle.

Passive, Ann se laisse conduire comme à l'échafaud. Il n'y a plus rien à faire, un piège dont elle ignore tout s'est refermé sur elle, on l'a enlevée en plein Londres et elle a manqué sa dernière chance d'évasion. En gravissant les marches qui mènent à la réception, puis — après que son ravisseur a décroché la clé derrière le comptoir déserté — celles de l'escalier étroit, elle ne serait pas étonnée qu'il la tue une fois arrivés sur le palier. À peine esquisse-t-elle un mouvement de recul, réprimé par la main qui soutient son coude, lorsque le type ouvre la porte de la chambre d'angle où elle a trouvé le manuscrit, deux jours plus tôt. Il lui demande alors si elle a faim. Elle secoue encore la tête. Il dit qu'il revient à l'instant. Restée seule, debout, les bras ballants, elle ne songe même pas à quitter la pièce dont la porte est pourtant ouverte.

Puis le type est de retour, portant deux verres et une petite bouteille en terre cuite qu'il dépose sur la coiffeuse.

« Wu-Chiao-Pi, dit-il, un alcool chinois. Très bon. »

Il remplit les deux verres d'un liquide ambré, lui en tend un. Quand il boit, elle l'imite mécaniquement, sans sentir la saveur de l'alcool. Elle ne pense même pas qu'il vaut mieux ne plus boire, garder ce qui lui reste de lucidité : s'il lui disait de se jeter par la fenêtre, elle le ferait sans doute.

Le jeune homme au visage de Romain remplit de nouveau les verres, s'assoit sur le tabouret de skaï noir, l'invite du geste à l'imiter sur le lit puis, tout en réchauffant le breuvage dans sa main, dit :

« Maintenant, il faut m'écouter. »

Ann approuve mollement.

« Ce que je vais vous dire va vous paraître absurde. Vous allez penser que je suis fou. Mais vous n'avez qu'une seule solution, c'est de me croire. C'est une question de vie ou de mort, je ne pourrai pas longtemps vous protéger malgré vous. »

Ann porte son verre à ses lèvres, mais il tend la main et le lui retire.

« Ça suffit, maintenant, vous allez être soûle. Vous avez lu le manuscrit ?

— Oui. »

Elle recule de plus en plus vers l'angle où s'encastre la tête biseautée du lit, recroquevillée, les bras enserrant les genoux.

« Bon, dit le jeune homme, c'est maintenant que vous devez me croire. Tout ce qui est raconté dans ce manuscrit est vrai. »

Il marque un temps de silence, observe Ann pour juger de l'effet de ses paroles dont visiblement elle ne saisit pas les implications.

« Et alors ? » demande-t-elle faiblement, davantage parce qu'elle sent qu'il attend une question que par curiosité.

« Et alors cela signifie que, comme on peut le comprendre entre les lignes, il s'est produit en Suisse, en 1816, une invasion. Je pourrais vous dire de Martiens, d'extraterrestres, n'importe quoi, je n'en sais rien : en tout cas des intelligences de l'extérieur. Ces... je ne sais pas comment dire... ces êtres ont profité de l'expérience de Frankenstein, qui a essayé de ressusciter sa femme, pour s'introduire sur Terre. Elizabeth a été le premier être humain ainsi... remplacé et, si vous avez lu le manuscrit, vous savez comment, en quelques années, ses pareils se sont multipliés, pas seulement en Suisse, mais en Angleterre, un peu partout en Europe et dans le monde. Il y a exactement cent soixante-huit ans que ce processus est commencé. Vous imaginez à quel stade en est la colonisation aujourd'hui... »

Un moment, il reste méditatif, boit une gorgée d'alcool chinois. Ann le regarde sans comprendre, plus attentive au mouvement de déglutition qu'au sens de ses paroles. Elle entend un bruit de pas étouffé dans le couloir et il doit l'entendre aussi car il attend pour poursuivre qu'il se soit éteint. Une porte claque.

« Vous allez me dire : si c'était vrai, ça se saurait. Justement pas. À la première génération, oui, les conquérants savaient qu'ils venaient de l'extérieur. Mais, dès la seconde, ils se sont crus terriens et maintenant, alors que... je ne sais pas, on ne peut pas chiffrer, disons 99 % des populations de la Terre sont d'origine extérieure, personne ne voit la différence. Si, quelques-uns seulement : de génération en génération, on transmet le secret à des gens qui occupent des postes clés de la politique, de l'économie ou de la science, ou qui ont des chances de les occuper. Ceux-là savent, et décident de tout. Sinon, il y a osmose parfaite, depuis près de cent cinquante ans, entre le colonisateur et le colonisé.

— Vous voulez dire, articule péniblement Ann, que je suis une Martienne ? Enfin... quelqu'un d'autre ?

— Non, et c'est justement pour cela que vous êtes ici. »

Ann tâtonne, sans changer de position, et attrape le flacon d'alcool posé près du lit. Elle boit un peu au goulot, l'autre la laisse faire.

« Écoutez... dit-il.

— Arrêtez de dire tout le temps écoutez ! J'écoute. »

Ann n'a pas bégayé en prononçant cette phrase. Elle en éprouve une absurde fierté. Le jeune homme sourit à demi, de travers.

« Vous allez déjà mieux. En tout cas, vous avez moins peur de moi. Non, reprend-il, vous n'êtes pas... comme eux. Moi non plus. Et d'ailleurs, vous le savez très bien. »

Il la prend par le bras et, la forçant à se lever, l'attire devant le miroir de la coiffeuse où il se tient debout à côté d'elle. Lentement, il ôte ses lunettes noires puis, d'un geste attentif, celles d'Ann. Il regarde leurs reflets.

« Notre qualité d'autochtones est inscrite dans nos yeux. Le bleu des vôtres est très beau. Cela dit, vous êtes folle de ne pas porter de verres de contact, n'importe qui peut vous arracher ces lunettes. Moi, dans la clandestinité, j'ai l'habitude, mais vous... je me demande comment vous n'avez jamais eu d'ennuis.

— D'ennuis ? demande Ann.

— Eh bien, oui. Vous n'avez jamais remarqué, peut-être, que vous aviez les yeux bleus ?

— Mais, balbutie Ann, plein de gens ont les yeux bleus... »

Le jeune homme la regarde sans avoir l'air de comprendre.

« Plein de gens ?

— Mais... oui. »

Il réfléchit.

« Je commence à croire que vous êtes vraiment folle. Écoutez, montrez-moi dans la rue quelqu'un dont les yeux ne sont pas noirs, et je vous offre du champagne, si nous sortons vivants de ce guêpier. »

Ann vacille. C'est absurde : bien sûr, elle a raison, un tas de gens ont les yeux marron, verts, bleus, jaunes, noirs aussi, c'est une évidence, mais le type la regarde comme si, le voyant en chemise échancrée, elle lui assurait qu'il porte une cravate à pois. Il est évident pour lui que tout le monde a les yeux noirs, sauf quelques clandestins qui se cachent toute leur vie derrière des lunettes teintées et des verres de contact, courant constamment le risque d'être démasqués. S'ils sortaient dans la rue, si elle lui montrait des yeux bleus ou verts, il nierait, jurerait qu'ils sont noirs, c'est certain. C'est un fou. On ne peut rien faire contre un fou, rien lui prouver, et elle est entre ses mains.

D'ailleurs, il ne tient plus compte de son interruption et, sans cesser d'observer leurs images dans la glace, continue.

« Nous sommes très peu nombreux, maintenant en Europe. Ou plutôt, nous ignorons combien nous sommes. Nous savons que notre race va s'éteindre bientôt, que nous sommes peut-être les derniers et nous tâchons de nous regrouper, clandestinement, de poursuivre les rites anciens. Le capitaine Walton, que vous avez connu, dirigeait un de ces réseaux, dont je fais moi-même partie. Je suppose que vous ne vous en êtes jamais aperçue, mais la collection pour laquelle vous écriviez vos petits bouquins était un bulletin de liaison. Il apportait des corrections à vos textes, très peu, juste pour qu'ils contiennent un sens et, un peu partout dans le monde, les nôtres les décodaient, y trouvaient des instructions. Petit à petit, en vous connaissant, le capitaine s'est aperçu, malgré vos lunettes noires, que vous étiez comme nous une d'autrefois, une fille aux yeux clairs. C'est pourquoi il a voulu vous communiquer le manuscrit où est écrite la vérité. »

Ann voudrait dire qu'elle ne porte presque jamais de lunettes noires, qu'elle n'en a jamais porté, en tout cas, en présence de Walton, mais elle sait que c'est inutile, il ne la croira pas, il écarte tout ce qui pourrait menacer son délire. Elle renonce et demande :

« Mais c'est lui qui l'a écrit, non ?

— Pas écrit, recopié. Vous imaginez bien qu'on ne peut imprimer ni diffuser un tel texte, ce serait trop dangereux. Certains d'entre nous le copient pour le faire circuler sous le manteau. On en glisse des extraits en contrebande par divers canaux, vos ro-

mans, par exemple. Dans *L'amour est un oiseau rebelle*, il y en a un petit bout, si je me souviens bien.

— Mais qui l'a vraiment écrit, alors ?

— John William Polidori, le premier apôtre de
notre cause. Tenez, voici son portrait. »

Il désigne le miroir de la coiffeuse où ils se reflètent et, pesant des deux mains sur sa surface, le fait
basculer pour révéler un tableau très laid, dans le
style de l'imagerie pieuse, représentant un jeune
homme aux cheveux bouclés, le regard perdu dans
le lointain, une main sur la poitrine et l'autre posée
sur une pile de livres reliés.

« Nos réunions se déroulent toujours devant son
image vénérée, dit avec dévotion le ravisseur d'Ann.
Comprenez — ajoute-t-il sur un ton plus naturel :
Frankenstein, qui d'ailleurs ne s'appelait pas Frankenstein, n'a jamais rédigé ces mémoires. En
revanche, la rencontre qui s'y trouve rapportée, entre
la coterie de Byron et le savant entouré de ses morts
vivants, a bel et bien eu lieu. Polidori, qui y assistait,
a saisi avec une intuition géniale la vérité que dissimulait l'histoire racontée par Elizabeth, histoire que
Mary Shelley a vulgarisée dans son fameux roman.
Il ne faut pas oublier que, comme nous l'apprend le
manuscrit, Mary a été opérée par Frankenstein,
qu'elle faisait donc partie des premiers envahisseurs
pour le compte de qui elle a travaillé avec zèle en
écrivant la version officielle, évidemment fausse,
d'événements dont on a vite brouillé la trace en
détruisant les archives, assassinant les témoins, de
sorte qu'on ne connaît même pas, en effet, le vrai
nom de celui qui s'est fait appeler Frankenstein à
l'auberge, et dont Mary comme Polidori ont repris le
pseudonyme. Mais Polidori a été en quelque sorte le
seul témoin humain conscient de l'invasion. Le succès de la version apocryphe de Mary a été tel qu'il l'a

empêché de faire connaître la vérité et d'aider ainsi les hommes à enrayer la progression du fléau, alors que peut-être il était encore temps. On a refusé de publier ses écrits, on l'a discrédité, bâillonné, car déjà les nouveaux maîtres de la Terre avaient pris en main l'information, les éditions, les gazettes. Il a vu et compris ce qui se passait, assisté impuissant à cette conquête invisible et, de désespoir, il s'est suicidé. Mais, avant cela, il a écrit ce qu'il savait, en l'attribuant fictivement à Frankenstein. Par bonheur, le manuscrit a échappé à la police des nouveaux maîtres. Depuis plus de cent soixante ans, il circule clandestinement parmi ceux d'autrefois. Sans lui, nous serions peut-être encore dans l'ignorance, nous nous croirions hommes parmi les hommes, sans savoir, malgré nos yeux clairs, que ceux qui se disent nos semblables sont des étrangers et, pour la plupart, ne le savent pas eux-mêmes. Nous lui devons tout, conclut Julian avec emphase : notre lucidité et notre souffrance. Notre condition de parias, qui est le gage de notre humanité. Que son nom survive et triomphe un jour ! »

Il s'incline devant le hideux tableau. Silence. Puis un bruit de chasse d'eau, quelque part dans l'hôtel.

« Et moi, dans tout ça ? » demande Ann, qui est revenue s'asseoir sur le lit pendant le long discours de Julian.

« Vous ? »

Il la regarde avec perplexité, se reverse un verre d'alcool. Un vaisseau a éclaté dans son œil droit.

« Vous. Notre capitaine vous a reconnue. Il avait du génie pour cela. Vous savez, je crois vraiment qu'il était l'héritier parmi nous de la pensée de Polidori.

— Pourquoi "était" ? demande Ann.

— Je voudrais espérer, mais je doute... Quoi qu'il

en soit, il vous a contactée, il a recopié le manuscrit pour vous, pour que vous sachiez la vérité et qu'en connaissance de cause vous puissiez choisir. Nous rejoindre, si vous le désiriez. Lutter à nos côtés, pour survivre. Malheureusement, vous n'avez plus le choix, maintenant. Vous êtes avec nous ou vous êtes morte. Je suis désolé.

— Mais pourquoi ?

— Pourquoi ? »

Julian commence d'arpenter la pièce triangulaire, effilée, en donnant tous les signes d'un désespoir farouche. Le jean moule ses fesses dodues.

« Pourquoi ? répète-t-il. Parce que notre réseau a été démantelé, voilà pourquoi. Parce que depuis des mois ils soupçonnaient notre capitaine et qu'ils ont infiltré un de leurs agents dans son équipe. Votre amie Brigitte, avec ses verres de contact. »

Brigitte, évidemment, n'en porte pas, mais Ann renonce encore.

« Le capitaine se doutait de quelque chose, il a passé trois jours ici, dans cette chambre, à méditer. Quand il m'a fait appeler, avant-hier, pour vous confier à moi, pour que je veille sur vous, il savait déjà. Il m'a dit, je m'en souviens : "Vous ne me verrez plus longtemps." Le lendemain, il avait disparu. On ne l'a plus revu, ils ont dû l'arrêter. Et aujourd'hui Brigitte a volé le manuscrit chez vous. Ils savaient qu'il existait, mais jusqu'à ce jour il n'était pas tombé entre leurs mains. Voilà, c'est fait maintenant. »

Il se rassoit, reprend son verre qu'il brise entre ses doigts d'un geste théâtral avant de murmurer, comme pour lui seul :

« La curée approche. »

Il reste un moment ainsi, le visage enfoui dans ses

mains puis, les écartant, fixe sur Ann un regard plus calme. Amer, mais résolu.

« Pardonnez-moi, dit-il, je suis bouleversé. Je vais vous laisser, il faut que vous dormiez maintenant. »

Il se lève, fait un pas vers la porte. Ann, affolée, s'accroche à son bras quand il passe devant elle.

« Je voudrais rentrer chez moi. »

Il serre les poings.

« Petite idiote ! Vous n'avez donc rien compris ! Ils doivent déjà y être, chez vous. Brigitte vous a dénoncée. Comprenez ça, vous êtes avec nous, maintenant.

— Mais, crie Ann, folle de rage — elle n'a plus rien à perdre —, mais qu'est-ce que je risque, s'ils me prennent ? »

Il ouvre la porte et, d'une voix sourde, dit avant de sortir :

« Pire que la mort. »

Puis, de l'extérieur, il donne un tour de clé.

XXVI

Les heures qui suivent sont atroces. Ann ne comprend rien, sinon qu'elle est tombée entre les mains d'un fou. Incapable de raisonner, elle se raccroche seulement à l'espoir que Tom, tombant au téléphone sur un inconnu, pourra s'être inquiété et lancé à sa recherche. La minceur de cet espoir l'effraie. Elle se reproche d'avoir affecté la désinvolture à la fin de leur conversation, d'avoir dit qu'elle sortirait probablement, qu'il pouvait toujours la rappeler mais qu'elle ne serait sans doute pas chez elle. Tom, si c'est bien lui, risque d'avoir pris pour un amant l'homme qui lui a répondu et, par discrétion, d'avoir renoncé à venir. À l'heure qu'il est, il s'endort, un peu en colère contre ses caprices, déçu au mieux d'avoir manqué une occasion de la revoir. Il ne peut soupçonner la vérité. Si elle n'est pas là, pense-t-il, c'est qu'elle a une bonne raison. Bien sûr, il peut lui être « arrivé quelque chose », comme on dit. Bien sûr, elle peut avoir été enlevée par un fou dangereux et il se peut même que, fugitivement, Tom envisage cette possibilité, se figure du même coup Ann en train d'espérer de toutes ses forces qu'il l'envisage, qu'il se dise : « Quand même, ce n'est pas normal. » Le pire, là-dedans, c'est d'avoir la statistique contre elle.

Absente de chez elle, il y a au maximum une chance sur mille pour qu'elle ait été enlevée. N'importe quelle personne sensée doit en principe écarter l'éventualité de cette chance — si on ne le faisait pas tout le temps, on ne pourrait pas vivre, on imaginerait sans arrêt ceux qu'on aime écrasés, dépecés, emmurés. Mais en même temps, n'importe quelle personne sensible devrait à chaque instant ne se préoccuper que de cette chance improbable, simplement parce que si d'aventure elle advient, ce sera son improbabilité qui, plus que tout, épouvantera l'amie traquée, séquestrée, appelant au secours et sûre de n'être pas entendue.

Ann se rappelle une des histoires favorites de Jim. À l'époque, trois ou quatre ans plus tôt, le sujet de conversation à la mode dans le milieu qu'elle fréquentait concernait les prisons de Bangkok où l'on enferme les gens qui se font pincer avec de l'héroïne — pas les gros trafiquants, bien entendu, seulement les petits amateurs stupides, les junkies qui croient pouvoir faire fortune en revendant en Europe le contenu en poudre de talons de chaussures, d'ours en peluche ou d'anus distendus. Ces prisons épouvantables existent depuis longtemps, seulement, cette année-là, on leur avait consacré pas mal de reportages, si bien que parmi les babas qu'Ann voyait à l'époque, chacun prétendait avoir failli y passer, racontait ses affres à la douane, son deal avec le flic thaï, comment il avait échappé de justesse à cent cinquante ans de mort lente et comment un de ses copains, lui, y était resté, à qui il fallait envoyer des sous pour qu'au moins il puisse acheter de la poudre aux matons corrompus, voire se payer une overdose libératrice. Un soir qu'on parlait de cela depuis des heures, avec une indolence farouche, Jim, qui n'était qu'une vague connaissance d'un ami et qu'Ann n'avait pas l'habitude de voir dans la société où elle évoluait alors, Jim donc avait raconté l'histoire beaucoup moins connue du Transsibérien.

Aux gens qui prennent le Transsibérien, avait-il expliqué, il est strictement défendu de descendre en route, de s'arrêter par exemple à une gare en comptant reprendre le train suivant. Zones militaires, etc. Or, dans certaines stations perdues, il est avéré qu'on vend des champignons hallucinogènes particulièrement efficaces, ceux-là mêmes qui ont servi à décimer plusieurs peuplades locales, une sorte de peyotl amélioré. (Jim, d'autres fois et devant des publics différents, raconta l'histoire en modifiant l'appât : des tapis très rares et très bon marché, des lingots d'or...) Si bien que parfois, des curieux, des imprudents se risquent à braver l'interdiction. Le train s'arrête pour cinq minutes dans une petite station au cœur de la Sibérie. Froid de canard, pas de ville, seulement des baraquements : une zone sinistre, boueuse, qui semble dépeuplée. Sans se faire remarquer, l'aventurier descend, le train repart, il reste seul. Son sac à la main, il quitte la station, c'est-à-dire le quai de planches pourries, traîne entre palissades et barbelés en se demandant s'il a vraiment eu une bonne idée, si faute de trouver un gîte, il ne va pas simplement mourir de froid. Il rencontre alors un homme aux allures de hooligan dégénéré qui, estimant d'un coup d'œil la situation, lui dit qu'il ne peut pas se promener comme ça, qu'il va se faire ramasser par la police, et alors, catastrophe. Le voyageur reprend confiance dans la générosité éternelle de l'âme slave, même sous des espèces aussi patibulaires, lorsque le zonard, dévoilant en un rictus ses chicots noirâtres, s'offre à l'héberger jusqu'au prochain train. Cela laisse tout le temps de parler affaires, se dit le chercheur de champignons. À la suite de son hôte, il pénètre dans une affreuse cambuse, chauffée par un poêle fumeux, où se trouvent réunis d'autres naturels encore moins engageants. On l'accueille avec beaucoup de transports, tout en lui disant qu'il est fou d'avoir fait une chose pareille, que s'il tombe entre les mains de la police, c'en est fait de lui. Il ne s'en tirera pas avec une grosse amende, oh que non ! (tous rigolent comme des bossus), non, on ne le reverra jamais. Même si on l'attend à l'arrivée à Vladivostok, on s'apercevra de son absence et ce sera tout, on ne saura jamais, on ne cherchera jamais à savoir où il a disparu. On vérifiera qu'il est bien parti de Moscou et on classera l'affaire, il n'avait qu'à ne pas descendre. On lui explique tout cela, en continuant de rigoler et, plus on le félicite d'avoir, grâce à cette rencontre providentielle, évité de servir aux menus divertissements de flics sadiques et désœuvrés, plus le soupçon taraude le voyageur qu'il vaudrait peut-être mieux aller trouver les flics en question, fuir au plus vite cette baraque de planches mal jointes, ces joyeux drilles édentés dont le cercle à présent se referme autour de lui, qui par plaisanterie commencent à lui pincer la joue, à lui donner des pichenettes, des bourrades, à lui montrer comment font les flics jusqu'au moment où ils l'assomment et il se réveille plus tard, dans le noir. Il est nu sur le sol de terre battue, tremble de froid et de peur. En étendant le bras, il comprend qu'on l'a enfermé dans une sorte de cagibi, un appentis peut-être, et que c'est fini. Ensuite, la porte s'ouvrira de temps à autre, les bouseux hilares viendront le cogner, lui marcher dessus en discutant le bout de gras, le sodomiser, bref s'amuser un peu, on n'a pas tant d'occasions pour ça en Sibérie. Ils le lui ont dit, personne ne saura où il est descendu, personne ne viendra jamais le secourir, il est à leur merci. Ils doivent traîner, quand un train est attendu, aux alentours de la station, dans l'espoir qu'un imbécile enfreindra l'interdiction, descendra et celui-là, inévitablement, il est pour eux. On en fait toutes sortes d'usages, jusqu'à ce qu'il crève, et on attend le suivant. On le mange, peut-être. Bien sûr, il ne se dit pas tout cela si raisonnablement, mais à la façon d'un homme qui reprend connaissance dans une boîte étroite où il ne voit rien, ne peut se mouvoir et met quelque temps à comprendre qu'on l'a enterré vivant, que tout le rêve de sa vie menait à cela, à cette réalité, que c'est cela, définitivement, la réalité, et pas autre chose. Jamais il n'a éprouvé si fort le sentiment de l'évidence, de l'absolue certitude, il faut de telles circonstances pour que les neurones qui les commandent se libèrent dans le cerveau, soudain et pour la première fois lucide. Et Ann comprend à présent ce que Jim n'a fait qu'esquisser, tout occupé qu'il était à donner une allure de vraisemblance à son histoire en espérant se l'entendre bientôt raconter comme vraie par quelque routard (ce qui ne tarda pas) : dans le cagibi où ses tourmenteurs viennent la piétiner, la violer, tirer d'elle tout ce que le sadisme d'un rustique assuré de l'impunité peut tirer d'une personne sans défense, la victime doit ruminer précisément tous les arguments dont la somme réduit à néant les chances qu'on soupçonne ce qui lui arrive. Et maintenant, si l'on part de la vraisemblance, il est exclu qu'au moment où Tom ou un autre pense à elle, Ann soit enfermée dans une chambre d'hôtel par un fou — encore plus exclu, par suite, que Tom ou un autre le pense. Mais si en revanche on part du fait qu'elle l'est, c'est la vraisemblance qui devient monstrueuse.

Ann, terrorisée, appelle Tom au secours, rêve de se glisser dans ses pensées pour y actionner une sonnette d'alarme, insister, le tirer à elle par un bout de cerveau crédule, tout en sachant qu'il ne peut l'entendre, qu'il ne peut venir à son secours parce qu'il fait tous ces raisonnements justes qui écartent la vérité. À force de les refaire pour son compte, d'y chercher vainement une faille, elle s'endort.

Quand elle se réveille, sa montre est arrêtée. Le jour filtre par le mince interstice entre le store métallique et le châssis de la fenêtre qui n'est pas condamnée. Il doit faire beau. Ann a la bouche pâteuse, des élancements à l'arrière du crâne. Ses vêtements collent à sa peau, d'où émane une odeur aigre.

Elle se lève, vérifie que la porte est toujours fermée et, en examinant la fenêtre, constate que l'espagnolette manque, ainsi que le cordon commandant le store de l'intérieur. Elle se demande si on a pris cette précaution pendant son sommeil ou si c'était pareil avant. Elle boit un peu d'eau au robinet du lavabo; malgré quoi sa gorge reste sèche.

Elle tambourine à la porte, mais presque timidement, comme si elle souhaitait seulement s'acquitter d'un gage. Personne ne vient. Elle retourne s'asseoir sur le lit, pour réfléchir. Personne ne doit la chercher. On ne s'inquiétera pas d'elle avant trois ou quatre jours, et encore : en mettant les choses au mieux. L'invraisemblable discours de Julian, la veille, lui revient en mémoire. Son histoire d'invasion martienne, de réseaux de résistance, de clandestins aux yeux clairs : l'élucubration de fou typique. Une fois posée une prémisse absurde, on récupère et interprète tout en fonction de celle-ci, d'autant plus facilement ici que, selon le postulat, le complot est invisible, se confond avec la marche du monde. Typique aussi, pense-t-elle, le délire sur la race pure, la vraie population de la Terre et les étrangers qui manœuvrent tout, en sous-main. Plusieurs fois, dans des pubs, des squares, au Speaker's Corner, elle a entendu déblatérer des illuminés qui lui paraissaient alors pittoresques : ils tenaient exactement ce genre de discours, expliquaient les désordres de la planète par des conspirations de jésuites, de francs-maçons, de séides de Kadhafi. C'étaient la même paranoïa, le même racisme sous-jacent, mais ceux de Julian reposent sur un système un peu mieux élaboré, enrichi de textes sacrés, de traditions occultes, de toute une interprétation de l'Histoire. Qui sait ? Si elle avait écouté jusqu'au bout les quelques monomanes de comptoir qu'elle a rencontrés, peut-être auraient-ils étayé leur déni de réalité d'explications aussi cohérentes ? La différence, c'est qu'elle est maintenant séquestrée par l'un d'eux, soumise et intégrée à son délire. Et aussi que Julian n'est certainement pas seul. Il doit faire partie d'une sorte de secte qui depuis plusieurs jours, des mois peut-être, tente de l'attirer, de la convertir de gré ou de force. Oui, une secte de néo-nazis obsédés par la pureté de la race, tirant leur argumentation imparable et tordue d'un récit apocryphe fabriqué un siècle et demi plus tôt par un médecin suicidaire et sans doute assassin ; un syndicat du crime présidé par le capitaine Walton.

Le capitaine Walton. Ce petit homme courtois, ce vieux garçon attendrissant avec son officine romanesque, sa volière de jeunes femmes snobs, ses blanchisseries de tee-shirts à Melbourne... Cela paraît impossible.

Pourtant, tous les jours, on lit des histoires semblables. La femme de l'éventreur du Yorkshire croyait impossible aussi que son mari, le plus doux des hommes, père de famille modèle, voisin exemplaire, fût en même temps un monstre assoiffé de sang. Les gens dont les frères, les amis, les enfants rejoignaient la famille de Charles Manson les trouvaient peut-être tout à fait normaux quand ils les voyaient à l'extérieur. Il y avait, là aussi, d'anciens mannequins, de sympathiques marginaux vêtus de jeans effrangés (à pattes d'éléphant, en ce temps-là), de chemises multicolores et de foulards indiens, des gens qui devaient faire des fêtes, fumer de l'herbe, échanger des adresses de restaurants... Le capitaine Walton, à présent, lui apparaît comme une sorte de Manson londonien, civilisé, disert, de commerce agréable, en réalité un guru maléfique, régnant sur cette tribu de jeunes femmes bien vêtues qui viennent prendre le thé, chaque vendredi, dans le bureau plein de chinoiseries de Mecklemburgh Gardens. Toutes fascinées par lui, dévouées corps et âme à la cause qu'il a dû leur dévoiler petit à petit, en les persuadant qu'elles sont des élues. Toutes folles à lier.

Et Brigitte, là-dedans ? Brigitte, sa meilleure amie depuis des années ? Brigitte, la fille la plus équilibrée, la plus saine qu'elle connaisse, avec ce que ces vertus impliquent d'un peu borné ? Quel rôle joue-t-elle ?

Julian l'accuse d'être un agent double, travaillant pour le compte des Martiens à la perte du réseau où elle se serait introduite. Il faut bien, à moins de croire aux Martiens, trouver dans la réalité une équivalence à ses élucubrations. Alors, Brigitte membre de la police, infiltrée dans l'organisation criminelle que dirige Walton ? Mais pourquoi, alors, y aurait-elle attiré Ann sans rien lui dire ? Pour qu'elle serve d'appât ? Ça ne tient pas debout, mais rien ne tient debout. À la rigueur, si, l'hypothèse d'un revirement de dernière minute. Brigitte ferait partie de la secte et, dans un sursaut de lucidité, l'aurait trahie. Là, c'est plus cohérent, le puzzle s'assemble. Brigitte a commencé à travailler pour Walton quelques mois après son accident. On peut imaginer qu'il a profité de son désarroi, de sa carrière de mannequin brisée pour la convertir, lui faire miroiter une cause à servir, un sens à sa vie, ce genre de salades. Brigitte, ensuite, aurait servi de rabatteur, sans penser à mal, par affection sincère pour Ann, parce qu'elle la jugeait digne de rallier leurs rangs. Elle aussi a su saisir le moment opportun, six mois plus tôt, quand Ann venait de rompre avec Jim, cherchait du travail... Alors, elle l'a présentée à son guru chez qui, le temps d'écrire deux livres absurdes, elle a subi une période probatoire, été observée, choisie enfin. Oui, ça se tient, même si, après deux ans de cette folie militante, soigneusement cachée à tous, la rébellion soudaine de Brigitte s'explique mal.

Maintenant, une idée encore plus odieuse que toutes les autres prend corps dans l'esprit d'Ann. Toutes les filles de Mecklemburgh Gardens, y compris Brigitte, ont dû subir les mêmes épreuves : le vol du réveille-matin, les appels du réveil téléphoné, l'histoire du manuscrit qui commence comme un jeu de société, une chasse au trésor, et vire au cauchemar, la séquestration. Comme elle, elles se sont révoltées, ont trépigné, tenté de s'évader, d'échapper à toute cette folie. Et pourtant, finalement elles ont rejoint la secte. Elles ont lutté en vain ; on les a rendues folles. Et Ann, maintenant, va connaître le même sort. Quand elle quittera l'hôtel, si elle le quitte un jour, ce sera persuadée que des extraterrestres ont envahi la Terre, qu'elle est une des dernières Terriennes authentiques, que tout le monde sauf elle a les yeux noirs, qu'il faut lutter dans l'ombre, abritée par des verres de contact colorés, pour préserver son identité, participer aux activités du réseau. Et le pire c'est qu'elle y prendra plaisir, qu'elle sera heureuse ainsi. Elle retrouvera les autres filles, Laura Fitzlowins ou Sabrina Clos-Vougeot qui lui souriront, lui raconteront les mois où, à son insu, comme une fête, on a préparé son initiation, se réjouiront qu'elle soit maintenant des leurs. Et Ann se réjouira aussi, attirera d'autres filles, des garçons aussi dans ce cauchemar qui lui paraîtra un salut, une évidence, la seule manière de vivre. Elle sera folle. Et si elle ne le devient pas, on la tuera. On tue les irréductibles, Julian l'a dit clairement : vous êtes avec nous, à présent, ou vous êtes morte.

Bientôt, elle sera morte.

Ou folle.

Ann ferme les yeux, longtemps, espérant les rouvrir chez elle, se réveiller hors d'atteinte, mais lorsqu'elle arrête de contempler ses phosphènes, elle est toujours dans la pièce d'angle. L'horrible portrait de Polidori lui fait face. Elle marche jusqu'à la coiffeuse, pèse des deux mains sur la toile pour qu'elle bascule, que le miroir revienne à sa place. Elle aime mieux encore se voir elle que lui, bien qu'elle craigne de mesurer sur son visage les progrès de la folie, d'y surprendre bientôt cette expression de sérénité vide qu'on voit aux crétins des sectes hindouistes qui défilent dans la rue en agitant tambourins et clochettes et en psalmodiant leurs hymnes à Krishna. Mais il doit y avoir un ressort secret, qu'elle ne sait pas déclencher : le portrait refuse de bouger. Elle s'acharne, égratigne la toile de ses ongles. En entrant, Julian la surprend accroupie sur la coiffeuse, poussant de toutes ses forces le ciel orageux devant lequel pose emphatiquement le prophète.

« Je vous ai apporté du thé, dit-il en posant le plateau à terre, près du lit. Descendez de là. »

Elle obéit. Il est habillé comme la veille, avec en

plus une veste de treillis fatiguée, contrastant comiquement avec son jean grotesque.

« Je veux sortir, dit Ann.

— Pas pour le moment. Ce serait trop dangereux, et pour vous et pour nous. À peine dehors vous iriez à la police nous dénoncer et ils vous opéreraient.

— Vous me séquestrez, alors ?

— Nous vous protégeons.

— Je voudrais prendre une douche, au moins. Me changer.

— C'est possible. La douche est au fond du couloir, vous irez tout à l'heure. Pour les vêtements, je peux aller en acheter, si vous me donnez vos mesures.

— Parce que vous, vous ne risquez rien en sortant ? »

En remettant ses Ray-Ban, il refait son sourire de héros fourbu. Ironique et prêt à tout, très série B.

« J'ai l'habitude du risque. »

Une heure plus tard, il revient chargé de paquets d'où il sort un tee-shirt et des sous-vêtements, mais aussi une robe légère, très courte, qu'il étale sur le lit. Ann doit reconnaître qu'il n'a pas trop mauvais goût.

Ensuite, il la guide jusqu'à la salle de bains, retire la clé et reste devant la porte pendant qu'elle se douche, puis la reconduit dans sa chambre. Ils ne croisent personne dans le couloir mal éclairé. Avant de partir, Julian dépose sur la tablette du lavabo une brosse à dents, un flacon de lotion gingivale fabriquée à Hong Kong et recommande à Ann de frapper à la porte si elle a besoin de quelque chose.

La robe enfilée, les dents brossées, Ann se sent plus lucide. Son mal de tête est passé et elle estime avec satisfaction qu'elle est encore loin de basculer dans la folie. Posément, elle examine la situation. D'un côté, on finira quand même par s'inquiéter à son sujet. Tom, par exemple, à moins qu'il ne décide de bouder pour se venger du lapin qu'elle lui a posé, mais ce n'est pas son genre. Sinon, des amis qui lui téléphoneront en vain, la gardienne de l'immeuble, même. Mais cela peut prendre du temps.

D'un autre côté, il semble clair que la secte est aux abois. Traduits en termes réels, les discours de Julian sur la curée imminente, l'ennemi omniprésent qui s'apprête à écraser le dernier carré de vrais Terriens, ne peuvent signifier qu'une chose : la police est sur leurs traces, a probablement arrêté Walton, sur la dénonciation de Brigitte. Que celle-ci ait trahi la secte depuis le début ou viré de bord récemment, peu importe, elle cherchera de toute façon à la tirer d'affaire. Elle doit connaître l'hôtel chinois, où débarquera bientôt un bataillon de flics, en tenue de combat.

En revanche, et c'est beaucoup moins rassurant, la dispersion de la secte laisse apparemment Julian seul maître de son destin, soldat perdu et livré à lui-même qui risque, quand la police arrivera, de se lancer dans un baroud d'honneur, du genre vous ne m'aurez jamais vivant, où elle, Ann, jouera le rôle d'otage. Avec sa dégaine de guérillero urbain pour feuilleton télévisé, c'est à craindre.

Comble de malchance, il revient, vers la fin de la journée, avec un plateau d'œufs au bacon, de biscuits et de thé, s'assoit de nouveau sur le tabouret de skaï noir en prenant son air de guerrier fatigué, mais décidé à aller jusqu'au bout, et annonce qu'apparemment ça se tasse. Ils ont eu le capitaine Walton, c'est sûr, mais le réseau se réorganise. Ann demande si cette amélioration de la situation permettra de la délivrer bientôt, mais Julian répond que c'est impossible pour le moment et s'en va. Il lui laisse un paquet de biscuits fourrés à la figue et une bouteille d'eau minérale remplie d'eau du robinet.

Elle passe ensuite une nuit horrible. Les paroles de Julian réduisent ses espoirs à néant; surtout, les beaux raisonnements optimistes qu'elle a échafaudés dans la journée ne tiennent pas le coup face à l'obscurité. Comme un barbu se demandant s'il vaut mieux dormir la barbe au-dessus ou au-dessous des couvertures, elle allume et éteint alternativement la lumière, incapable de choisir entre la peur du noir et celle qui émane de la pièce sous la clarté jaune du plafonnier, avec son papier à fleurs décollé par endroits, son angle aigu qui attire l'œil comme un gouffre et surtout le portrait de Polidori qu'elle passe des heures à fixer avec une répulsion fascinée. Tard dans la nuit, elle a si peur qu'elle se précipite vers la porte, la martèle de ses poings en criant. Presque aussitôt, Julian apparaît, sa veste de treillis sur les épaules. Ann saisit la bouteille d'eau minérale qui, par chance, est en verre, et tente de l'assommer avec une fureur absurde et inefficace : elle n'a même pas pensé à se poster derrière la porte pour le surprendre et, de toute façon, celle-ci s'ouvre vers le couloir, ce qui rend l'embuscade encore plus malaisée. Julian la maîtrise et, sans se mettre en colère, demande seulement ce qu'elle veut. Balbutiant, le visage brouillé par les larmes, Ann supplie d'une voix suraiguë qu'il veuille bien faire disparaître le portrait. Il s'exécute et ressort sans aucun commentaire. Le reste de la nuit est pire encore. Ann imagine maintenant le portrait derrière la glace, renversé, et Polidori qui la regarde la tête en bas. Dans cette pièce, elle en est certaine, des dizaines de personnes sont devenues folles sous ce regard. D'épuisement, elle dort par àcoups, fait des cauchemars. Le lendemain, elle n'a plus conscience du temps, elle pourrait être là depuis une heure ou douze ans, aucune différence, elle y est et y sera toujours. Pendant son sommeil, on a baissé le store de la fenêtre, l'interstice de lumière a disparu, s'il a jamais existé, et elle doit laisser constamment l'électricité allumée, de sorte que l'alternance entre le jour et la nuit lui échappe. Seules les visites de Julian avec son plateau découpent le temps, et les trajets jusqu'à la salle de bains, sous sa conduite. Ann y va pour prendre sa douche et aussi pour déféquer, la chambre n'étant équipée que d'un lavabo où elle peut à la rigueur pisser en s'asseyant dessus à califourchon. Le lavabo est placé exactement en face de la coiffeuse et, derrière le miroir, Ann cherche la place des yeux de Polidori, renversés à hauteur de son sexe où il doit plonger des regards pleins de convoitise. Rien d'étonnant, pense-t-elle, si pour se venger les pensionnaires de l'hôtel en conchient soigneusement les chambres. Cette idée la fait rire d'un rire hystérique pendant une bonne heure, ou peut-être seulement cinq minutes et, lorsqu'elle s'en aperçoit, son rire se transforme en hoquet de panique : elle devient folle, la tactique de la secte opère.

Elle reste longtemps recroquevillée par terre, dans l'angle aigu de la chambre, si aigu qu'enserrée par les plinthes, elle s'y sent emprisonnée comme dans un étau qui va se refermer, les murs se rapprocheront, bientôt la chambre ne sera plus qu'un trait, une ligne droite et elle aura disparu dedans, comme ces voitures qu'on met à la casse, autour desquelles se referment les mâchoires de métal si puissantes que l'espace où se trouve le tacot s'amenuise jusqu'à n'exister plus. La chambre n'existera plus, il n'y aura plus qu'un trait et dans ce trait il y aura Ann. Elle surveille les murs, inquiète de les voir se déplacer et, en même temps, se rappelle mot pour mot le discours de Julian. Si c'était vrai ? Ce ne serait pas plus horrible que sa situation et elle devine que si, ne serait-ce qu'un instant, elle y croit, mais vraiment, en y adhérant de tout son être, alors que les murs s'écarteront, l'angle s'élargira, jusqu'à devenir encore une ligne droite, mais étirée derrière elle, elle sera à l'extérieur.

Si c'était vrai ?

Elle s'est toujours sentie différente des autres, étrangère, en porte à faux. Ça, c'est vrai.

Non !

Elle s'entend crier. Non, il ne faut pas commencer à penser ainsi. C'est justement ce qu'ils attendent. Ils choisissent à dessein des gens comme elle, parce qu'il est facile de les persuader, de leur dire : « Regardez votre vie, tout ce que vous avez vécu jusqu'à présent. Vous sentez bien, vous avez toujours senti que vous êtes différente, en dehors ? Vous savez que vous n'êtes pas tout à fait pareille ? Eh bien, il y a une raison, et la voici. Voici pourquoi vous devez nous rejoindre ; nous sommes comme vous, nous resterons entre nous, nous ne vous ferons pas de mal... »

Non.

Elle doit souvent crier, sans s'en rendre compte. Elle entend alors des pas précipités dans le couloir ; Julian arrive, il monte la garde, tout près. Il la relève, la porte sur le lit, lui passe sur le front un gant de toilette humide, prononce à mi-voix des paroles d'apaisement.

Plus tard, elle se rappelle une lecture d'adolescence : *Les trois mousquetaires*, un roman historique français. Et l'épisode où la méchante Anglaise, Milady de Winter (à qui elle s'identifiait à mort) est emprisonnée sous la garde d'un puritain incorruptible appelé Felton — ou Fenton. Milady, qui est belle, parvient à s'échapper en séduisant ce Felton. Elle se figure que cela pourrait marcher avec Julian. C'est un fanatique lui aussi, le genre d'homme tout d'une pièce qu'on doit pouvoir retourner comme un gant. D'abord, il faut feindre de le croire, entrer dans son jeu.

Quand il apporte le plateau du repas, elle tâche, en dissimulant sa nervosité, d'engager la conversation. Demande des nouvelles du réseau.

« Rien de nouveau, répond-il. Ils ne nous ont pas encore trouvés, c'est tout ce qu'on peut dire.

— Il y a beaucoup... des nôtres, dans l'hôtel ? »

Julian la regarde avec étonnement. Elle comprend que le « des nôtres » a du mal à passer et se mord les lèvres. Prématuré. Milady jouait plus fin. Il ne relève pas, cependant, répond simplement à la question :

« Tous. Ce sont des Chinois. On ne peut pas être vraiment sûr, mais il est probable que l'invasion a pénétré plus lentement hors d'Europe : en Asie, en Afrique, en Amérique du Sud. Au début du siècle, ils ont colonisé en masse, mais c'était plus difficile qu'ici : ils ont naturellement les yeux noirs, là-bas. Un peu partout dans le monde, il reste des peuplades entières encore humaines. C'est sur elles que nous comptons pour le grand soulèvement. Mais c'est long, pour les reconnaître et leur faire prendre conscience. Et puis les autres vont plus vite que nous. Beaucoup plus vite. »

Il reste un moment méditatif, perdu dans ses pensées. Ann pense qu'elle s'est un peu trop hâtée d'assimiler son délire à un quelconque néo-nazisme. Ses paroles donnent au messianisme de la secte des couleurs tiers-mondistes : bientôt il va lui présenter le colonel Kadhafi comme l'homologue oriental du capitaine Walton. Sur le planisphère, dans le bureau de celui-ci, les petits drapeaux multicolores doivent représenter les réserves encore humaines dispersées à la surface de la Terre, que les romans de la collection prétendent quadriller exhaustivement en portant aux quatre vents la parole camouflée de Polidori.

Ann s'approche de Julian, pose la main sur son bras.

« Je vous crois », articule-t-elle avec conviction.

Il se dégage sans brusquerie, reste quelques secondes debout en face d'elle, à scruter son visage comme s'il pouvait lire ses pensées. Elle croit alors la partie gagnée mais, toujours doucement, avec l'accent d'un homme pour qui rien n'a plus d'importance, il laisse tomber :

« Ne vous fatiguez pas. »

Puis il se dirige vers la porte, qu'il referme derrière lui.

C'est raté.

XXVII

Du temps passe. Ann n'a même plus peur, elle a dépassé cette limite et se sent seulement découragée. Prostrée sur le lit, ou dans l'angle menaçant de la pièce, elle regarde ses mains, ses membres, palpe son propre corps en se disant que tout est fini, qu'elle va vieillir peu à peu, rester toute sa vie, mourir dans cette chambre d'hôtel en pleine banlieue de Londres, en entendant les bruits du dehors, tout proches. On enquêtera, puis on laissera tomber. Environ deux cents personnes par an sont portées disparues en Angleterre, elle l'a lu dans un magazine.

C'est fini.

Julian ne vient plus la voir, soit parce qu'il connaît l'histoire de Felton et préfère ne pas s'exposer à la tentation, soit parce que la feinte puérile et blasphématoire d'Ann l'a dégoûté, soit enfin parce qu'il a à faire ailleurs, peu importe. À sa place, la grosse Chinoise qu'elle a vue à la réception le premier jour lui apporte le plateau et la conduit à la douche. Ann, dans ces moments, se sent trop faible pour tenter une évasion violente. Il lui semble qu'elle va de plus en plus souvent à la douche, ou bien le temps s'est mis à passer plus vite, à force de demi-sommeils comateux. À ce train, ce sera bientôt fini.

C'est fini.

XXVIII

Dans le bac de la douche, plein de traînées de rouille et de longs cheveux noirs, des insectes morts, trop gros pour passer à travers la grille, ralentissent l'évacuation de l'eau. Ann se savonne en marmonnant comme une vieille femme lorsqu'elle remarque, sur le mur du fond, une sorte de fenêtre ou plutôt de passe-plats, un carré de bois amovible d'une quarantaine de centimètres de côté. Un petit loquet le commande, qu'elle fait jouer.

Devant elle, un trou noir. Elle y avance la main. Touche le mur, à peine distant de la longueur de son bras. En haut et en bas, en revanche, aucune résistance. Seulement, le long de la paroi qui lui fait face, un contact métallique.

Des échelons.

Une bouche d'aération, pense-t-elle, qui doit traverser l'immeuble dans le sens de la hauteur.

Ann déglutit avec peine, s'efforçant de ne pas trembler. La douche continue à couler, le remous du tuyau engorgé fait tournoyer les cafards crevés autour de ses chevilles. Elle se penche à nouveau, regarde vers le haut. Aucune lumière n'indique une issue vers les toits, mieux vaut descendre.

Elle a laissé ses vêtements dans sa chambre, traversé le couloir drapée dans une serviette de bain qui pend à présent au crochet fixé sur la porte. Elle pourrait reporter sa tentative de fuite mais si, la prochaine fois, elle se rend à la douche habillée, cela risque d'éveiller les soupçons de la Chinoise. En outre, elle n'arrive pas à se rappeler avoir déjà vu l'entrée de la bouche et son esprit fatigué en vient presque à croire qu'elle n'existe que tout de suite, qu'elle aura disparu quand elle reviendra si elle laisse passer sa chance. Et puis il peut se produire un événement à la suite duquel elle ne retournerait plus à la salle de bains. Non, c'est maintenant ou jamais.

Par chance, elle a pris l'habitude de rester longtemps sous la douche. La Chinoise ne s'impatientera donc pas avant quelques minutes — bien qu'Ann ne se rappelle pas depuis combien de temps elle y est, à se savonner sans penser à rien. Il faut faire vite.

Le bruit de l'eau mitraillant le bac de la douche la couvre. Elle décroche la grande serviette qu'elle jette sur ses épaules, comme un sportif après l'épreuve et, prenant appui sur la tablette de bois où reposent le savon et le flacon de shampooing, elle passe le buste, puis lance une jambe dans le conduit obscur. Elle sent le contact tiède d'un échelon sous son pied, balance tout le corps et, avant de commencer à descendre, essaye puérilement de refermer le battant de bois comme s'il pouvait protéger sa fuite. Ce faisant, elle le tire trop fort et, en heurtant le chambranle, il produit un bruit sec qui lui paraît assourdissant. Prête à pleurer, Ann se mord les lèvres au sang. Puis, en hâte, elle descend, échelon après échelon. Sa chambre et donc la douche se trouvent au troisième étage. En tâtonnant dans l'obscurité, elle sent bientôt sous ses doigts le cadre d'une autre fenêtre, derrière laquelle un ruissellement indique qu'au second quelqu'un doit se laver aussi. Elle continue la descente, craignant à chaque instant qu'un rai de lumière éclaire le conduit, révélant la Chinoise penchée sur sa fuite, appelant déjà. Encore un passe-plats : premier étage, donc.

Encore un.

Un autre.

Ann tremble. Et si elle était condamnée à descendre sans fin, une porte après l'autre, une douche après l'autre, un étage après l'autre, des dizaines d'étages alors qu'elle sait très bien qu'il n'y en a que trois, une infinité d'étages, une descente éternelle ? Et si elle devenait vraiment folle ?

Du pied, elle touche une surface ferme.

Elle y est.

Tendant les mains, elle comprend que le conduit s'élargit, qu'elle a bel et bien atteint le sous-sol. Elle avance à tâtons, longeant un mur de ciment très chaud. La sueur dégouline sur sa peau. Enfin, le mur fait un coude, en même temps que le sol s'exhausse d'une marche contre laquelle elle bute, se blessant cruellement les orteils. Retenant à grand-peine un cri de douleur, elle sautille sur une jambe, puis continue. Le couloir cimenté devient moins obscur, un halo de lumière annonce le coude suivant. Juste avant d'entrer dans le champ de cette lumière, d'ailleurs faible, elle s'immobilise, aux aguets. Depuis qu'elle a quitté le conduit, il fait terriblement chaud et, autour d'elle, un bourdonnement incessant de machines provoque dans l'espace de menues trépidations. Elle doit être à proximité d'une chaudière, ou d'un groupe électrogène.

Le regard précautionneux qu'elle jette en direction de la lumière confirme son intuition : de grosses machines d'allure bonasse, pas très modernes, ronronnent sous un plafond bas d'où descend une ampoule nue, de faible voltage. Une goutte d'eau, régulièrement, se détache de quelque part et vient tomber avec un clapot irritant dans une flaque, ou bien un seau, une boîte de conserve disposée à cet effet.

Personne, en tout cas.

À pas de loup, Ann traverse la salle des machines, s'arrête à l'abri d'un angle mort. Du coin de la serviette qui entoure toujours ses épaules, elle éponge son visage et ses seins. Puis, longeant le mur derrière la plus imposante des machines (une machine à laver : à travers le hublot, on voit les vêtements se tordre avec une furieuse lenteur), elle découvre au-dessus de sa tête un soupirail en demi-lune garni de barreaux et d'une vitre en verre dépoli derrière laquelle c'est le noir. Ann n'a pas idée de l'heure, mais comprend qu'il fait nuit. Elle entend passer une voiture, puis des voix, celles d'un homme et d'une femme, qui s'amplifient puis décroissent, accompagnées d'un seul bruit de pas. Des chaussures à talons hauts.

Devant elle, dans la pénombre, s'amorce une volée de marches qu'elle gravit.

Une porte.

Elle hésite puis, avec d'infinies précautions — de celles qui déclenchent les catastrophes) pense-t-elle —, tourne le loquet qui ne résiste pas. Tire la porte à elle, vers l'intérieur. L'air du dehors l'enivre, un air de nuit d'été, portant une odeur de poubelles bien mûres.

Elle se trouve dans l'étroit passage qui, en contre-bas de la rue, ceint l'immeuble comme une douve qu'enjambent les marches conduisant à la réception. À gauche et à droite, d'autres marches, symétriques, montent jusqu'à hauteur du trottoir, deux mètres plus haut à peu près.

C'est la dernière étape ; après, elle sera dans la rue et il ne lui restera plus qu'à s'éloigner le plus vite possible de l'hôtel. Évidemment, vêtue en tout et pour tout d'une serviette de bain, elle ne passera pas inaperçue. Le tout est de trouver vite, très vite un taxi ou un policier à qui elle confiera son sort.

Soudain, une voix au-dessus d'elle.

Julian.

Il doit se tenir sur les marches du pont.

« Va surveiller la rue, derrière, dit-il, essoufflé. Moi je descends voir à la cave. »

Ann voudrait hurler, mord le sang qui sèche sur ses lèvres. Ils la traquent, elle ne s'en sortira pas. Derrière la petite grille qui, le long du trottoir, garde le soubassement, elle voit passer déjà, comme des compas, les jambes moulées dans le jean à pli. Julian descend vers sa cachette, dans quelques secondes il la découvrira.

Elle regarde autour d'elle, égarée. Dans l'amas de poubelles, un carton de supermarché contient des bouteilles vides. Ses doigts se referment sur un goulot de plastique fendillé.

Julian, en face d'elle, sur la dernière marche de l'escalier gauche.

« Sage, dit-il, sage... »

Il avance.

Ann recule d'un pas, éprouve du talon l'amorce de l'escalier de droite, derrière elle. Au moment où Julian s'élance, prêt à la ceinturer, elle shoote, de son pied blessé, dans la pyramide de sacs à ordures qui s'effondre lentement, barrant pour un instant le passage à son poursuivant, fonce dans l'escalier, pousse la barrière grillagée. Un taxi vient de s'arrêter devant l'entrée de l'hôtel, le passager, une jambe dehors, va descendre. Elle le repousse sur la banquette en montant, crie de démarrer et le chauffeur obéit, la voiture s'arrache au moment où Julian pose la main sur la portière. Son visage déformé par la colère s'écrase un instant contre la vitre, ce n'est plus qu'une silhouette gesticulant sur la chaussée, masquée par les gaz d'échappement du taxi.

Ann hoquette, les cheveux dans les yeux, le dos secoué de frissons. Elle a perdu la serviette, dans sa fuite, elle est nue, la banquette de skaï colle à ses cuisses. Un bras entoure ses épaules, une voix murmure à son oreille : « Là, là... c'est fini » et, d'un geste brusque, elle tourne la tête vers le passager du taxi.

Allan.

XXIX

« Quelle heure est-il ? demande-t-elle.
— Bientôt quatre heures, répond une voix proche.
— Quel jour ?
— Jeudi. »
Elle se retourne dans le lit, tire le drap sur sa tête.
Quatre heures du matin ou de l'après-midi ? Elle se
rendort.

Elle se réveille dans sa chambre. Son regard par-
court lentement l'espace qui l'entoure, vérifiant la
place de chaque objet, la machine à écrire sur la
table, le couvre-lit repoussé qui traîne sur la
moquette, le vieux fauteuil de cuir, la pile de disques
en désordre près de la platine, le cube garni de photos à son chevet, près du réveil qui indique trois
heures à présent. Il fait nuit. La fenêtre fermée à l'espagnolette, un souffle d'air tiède entre dans la pièce.
Elle a soif, veut se lever pour aller chercher un verre
d'eau à la cuisine. Alors elle s'aperçoit qu'elle a
négligé un détail de son inventaire. Entre les bras du
fauteuil, il y a quelqu'un, Allan, qui la regarde en
souriant à demi et, comme elle pose un pied à terre,
se lève et lui dit de rester couchée. Il disparaît dans

la cuisine, revient avec le verre d'eau qu'elle boit avidement, la tête renversée loin en arrière. Elle sait qu'il n'est pas empoisonné.

« Il ne faut pas bouger, dit-il, tu as encore de la fièvre. »

Ann repose le verre sur la table de chevet, près du cube de photos, se redresse, bien calée par les oreillers, se frotte les yeux. Elle sait qu'il s'est passé quelque chose, sans parvenir à se le rappeler. Son pied droit l'élance douloureusement. Allan la regarde, toujours avec son demi-sourire amical. Elle pense qu'elle a confiance en lui.

Plus tard, elle veut se lever à nouveau.

« Ça tourne », gémit-elle.

Plus tard encore, elle est tout à fait réveillée. L'aube commence à éclairer la grande baie vitrée.

« Il va faire beau, observe Allan. C'est vendredi. »

Il apporte le petit déjeuner, sur un plateau. Du café, cette fois. Il y a plusieurs jours qu'Ann n'en a pas pris, seulement du thé. Et un grand verre de jus d'orange, et des toasts qu'il beurre et recouvre de confiture de rhubarbe. Puis il lui fait couler un bain, où elle reste au moins une heure. Elle entend qu'il met de la musique, un disque de Bryan Ferry dont elle fredonne une chanson, *Tokyo Joe*. Elle se rappelle que, vers le milieu, le disque est rayé, appréhende le moment où la même phrase va se répéter sans cesse, ponctuée par un craquement désagréable. Elle ne passe jamais ce disque en prenant son bain, à cause de cela, et c'est dommage : il est parfait, sinon, pour inaugurer une matinée d'été.

Le craquement ne se produit qu'une fois. Aussitôt, Allan déplace le bras de la platine jusqu'au sillon suivant. Elle soupire de soulagement et de plaisir, pense que c'est un garçon sur qui on peut compter.

En revenant dans la grande pièce à présent inondée de soleil levant, elle ne remet pas son peignoir. Cela ne la gêne pas de circuler nue devant Allan. Elle se demande s'ils ont déjà fait l'amour ensemble mais il y a un grand blanc dans ses souvenirs récents et elle conclut que non, mais que cela ne tardera pas.

« Ça va mieux maintenant ? » s'informe Allan.

Ann hésite à lui demander ce qu'il sait et se le demande elle-même, sans trouver de réponse.

« Tu ne crois pas, demande-t-elle, qu'il faudrait aller trouver la police ?

— Non, dit calmement Allan. C'est ennuyeux et ça fait perdre du temps. Tu viens avec moi à Brighton ?

— Si tu veux. »

XXX

Ils partent en début d'après-midi, dans la voiture d'Allan, une Aronde comme on n'en voit plus même en France depuis quinze ans. En la trouvant garée juste devant la porte, évocatrice de souvenirs confus mais désagréables, Ann a un geste d'hésitation, un deuxième de recul, mais son troisième geste est d'ouvrir la portière et, bravement, de prendre place sur la banquette au côté d'Allan, qui cale deux fois avant d'arriver à faire démarrer le véhicule. Elle pense qu'il y a quelque chose de très convenu dans son personnage d'ébouriffé charmeur et maladroit, mais n'en éprouve aucun agacement, au contraire.

Ils parlent beaucoup, durant le voyage, comme s'ils se connaissaient depuis longtemps. Allan explique avec force détails le principe de la murder party à laquelle ils se rendent. Il refuse cependant de dévoiler à Ann la clé des énigmes qui vont se succéder durant leur séjour à l'hôtel car son plaisir, assure-t-il, en serait gâché. Il espère bien qu'elle jouera comme tout le monde au détective amateur et viendra l'informer des progrès de son enquête dans la chambre où il a finalement décidé de rester enfermé après sa mort. Tout au plus la guidera-t-il en lui disant si elle est loin du compte ou si au contraire elle brûle.

Tout en l'écoutant, Ann réfléchit. Depuis son réveil, des bribes de son incroyable aventure lui reviennent et elle commence à reconstituer le déroulement des derniers jours. Paresseusement, elle se répète qu'elle devrait peut-être prévenir la police. Mais à la lumière du jour, dans cette voiture qui traverse sans hâte une campagne paisible, entre des prairies vertes semées de barrières blanches, le souvenir du cauchemar, tout en se précisant au point qu'elle peut bientôt s'en rappeler la chronologie, devient de plus en plus irréel. Cette sensation, du reste, lui est familière, bien qu'elle ne l'ait pas éprouvée depuis presque un an et, en la retournant en tous sens, elle n'évoque plus du tout pour elle ce lambeau de passé très récent, mais tout un pan de passé déjà ancien, surgi brusquement, par surprise, à la faveur d'un hasard encore incompréhensible et qui, maintenant, commence à s'estomper, à reprendre sa place normale, loin derrière elle, dans le vaste territoire qu'elle a rayé d'une croix et vers lequel elle ne se retourne plus. Au temps où elle prenait souvent de l'acide, elle a vécu des épisodes comparables, aussi convaincants, en proie à des accès de terreur hideuse qui pouvaient durer toute une nuit, en temps réel, mais qui, dans le temps relatif de sa perception, se dilataient jusqu'à envahir sa vie entière. Elle marchait alors dans la ville, s'enfermait un temps infini dans des placards, une fois elle a même pris un ascenseur où elle a cru rester des années, hébétée, sûre qu'il n'existait pas d'autre réalité que celle-là : les parois de métal couvertes de graffiti, l'autre passager qui, inexplicablement, se conduisait comme un groom (alors que l'ascenseur reliait à la surface de la ville une station de métro située à une profondeur inusitée), le visage patibulaire de ce passager qui actionnait les boutons de commande avec une affectation suspecte de compétence professionnelle, prêt en vérité à bondir sur elle... Alors elle tâchait de se raisonner, de se dire que si elle voyait cela, si le temps lui paraissait suspendu, le monde aboli au-delà de cette cage hermétiquement close, figée dans un surplace éternel, c'était seulement parce qu'elle avait absorbé un toxique. Dans quelques heures, l'effet devait se dissiper, le monde redevenir normal. Mais le cauchemar s'imposait parfois avec tant de force que la question se déplaçait : tiendrait-elle jusque-là ? Arriverait-elle vivante à l'issue du tunnel ? D'autres fois, elle se persuadait que cette issue n'existait pas, qu'elle resterait toujours dans l'ascenseur ou le placard — et finalement, elle en sortait toujours, du moins elle en était toujours sortie. Et plus tard, après avoir dormi quinze heures d'affilée, récupéré de la tension nerveuse, le souvenir du cauchemar subsistait, mais dépouillé de son caractère d'évidence, d'irrévocabilité. Elle examinait, incrédule, le placard où elle devait bien admettre qu'elle avait passé une nuit, sans même oser crier. Elle reprenait l'ascenseur du métro, tout était normal.

Et là, c'est pareil. Plus continu, plus cohérent seulement. Ann sait qu'elle n'a ni rêvé ni absorbé de drogue, elle est certaine d'avoir été séquestrée, de s'être évadée, d'avoir été attirée dans un complot ou une crise de folie auxquels, de plus, l'homme qui conduit à ses côtés n'est peut-être pas étranger, même s'il y tient le beau rôle du sauveteur de la dernière heure, mais elle n'a pas peur de lui, c'est fini. Elle se sent détendue, reposée, calme. Elle rejette la tête en arrière, tendant le cou, la nuque appuyée sur le siège, la voiture file dans la campagne, toutes fenêtres ouvertes ; elle écarte sans cesse ses cheveux rendus fous par le vent. Allan passe tranquillement les vitesses en parlant de crimes fictifs avec insouciance, tout est rentré dans l'ordre.

Ils arrivent à Brighton pour l'heure du thé. L'hôtel étend son imposante façade blanche sur le front de mer, à une centaine de mètres de la jetée où une foule adolescente se presse autour des machines à sous et des jeux d'arcades. Des familles en tenues de vacances — shorts, sandales, filets à crevettes — arpentent la promenade qui longe la plage, s'arrêtent devant les triporteurs des marchands ambulants qui vendent des glaces en cornet. Des ballons s'élèvent dans l'air chaud, les formes tremblent un peu, grâce aussi aux vapeurs d'essence. Pas mal de gens circulent avec d'énormes magnétophones à cassettes qu'ils font brailler cacophoniquement. En se garant dans le parking de l'hôtel, qu'une haie touffue sépare de la promenade, Allan observe que Brigitte avait raison : Brighton est vraiment impossible au mois d'août. Sur le gravier crissant, ils s'acheminent vers le monumental péristyle pavoisé de lampions qu'on doit allumer la nuit. Ann pense à Brigitte : elle l'appellera tout à l'heure.

« Tu l'as vue, ces derniers jours ?

— Non, répond Allan. Téléphoné seulement. Elle travaille d'arrache-pied pour terminer son bouquin d'ici lundi. »

On leur remet une clé à la réception, ainsi qu'une enveloppe. Ann ne commente pas le fait, apparemment évident pour Allan, qu'ils vont partager la même chambre. Dans l'ascenseur, il lui donne l'enveloppe, qu'elle ouvre. Elle contient une feuille de papier à en-tête de l'hôtel, sur laquelle un bref texte dactylographié dit qu'à partir de maintenant il ne faut plus prononcer les mots de « murder party » ni, autant que possible, les garder présents à l'esprit. Le dîner qui aura lieu le soir même réunira, comme chaque année à cette date, les anciens élèves de Prince College (et Victoria School, pour les dames).

Une fois refermée derrière eux la porte de la chambre, qui donne sur la mer, Allan prend Ann dans ses bras. Un peu plus tard, ils se déshabillent et font l'amour. Allan n'ôte ses lunettes qu'au moment de jouir — à point nommé, pour le goût d'Ann —, lui explique ensuite en riant qu'elles l'aident à se retenir dans les cas d'extrême excitation, et c'en est un. Ann rit aussi, lui remet ses lunettes sur le nez et il bande derechef.

XXXI

Pour descendre dîner, Ann met un tailleur très léger, mais habillé, Allan une cravate trop large et un blazer dont la poche pectorale s'orne des armes fantaisistes de Prince College. Dans le hall, une dame d'une cinquantaine d'années qui ressemble à Margaret Thatcher s'approche d'eux, l'air très agité, écourte les présentations que tente de faire Allan (si bien qu'Ann ne comprend pas son nom), et dit qu'il y a un pépin : la fille de Doris doit être opérée d'urgence de l'appendicite, en conséquence de quoi Doris ne pourra tenir son rôle, elle vient de téléphoner pour l'annoncer. Allan réfléchit un instant, puis dit que ce n'est pas très grave : son amie Ann pourra la remplacer, il suffit de la mettre un peu au courant. Margaret Thatcher regarde Ann de haut en bas, comme pour la jauger ; l'examen doit lui sembler concluant car elle demande à la jeune fille si cela ne l'ennuie pas. Ann assure que non et Margaret — qui se prénomme effectivement Margaret — lui prend les deux mains dans les siennes pour la remercier. Interrompant ces effusions, Allan entraîne Ann dans un recoin du hall immense où de profonds fauteuils réunis autour de tables basses forment une série de petits salons confortables.

« C'est très simple, dit-il. Moi, je suis Jeremy Ballister, professeur de littérature à Prince College. Doris
était censée jouer le rôle de ma femme, tu la rem-
places. C'est une femme au foyer, donc tu n'as pas à
connaître mes anciens étudiants, tu te contentes de
leur demander en minaudant s'ils ont gardé un bon
souvenir de mes cours, des bêtises de ce genre. Le tout
est qu'au cours du dîner, où nous serons à la même
table, on se rende bien compte que ça ne va pas entre
nous, que le ménage bat de l'aile. Tu me rembarres
de temps à autre, tu prends l'air excédé quand je dis
quelque chose, c'est facile.

— C'est moi qui te tue, alors ?

— Non, ce n'est pas toi. Il s'agit seulement d'une
première piste sur laquelle on lance les gens ; ils ne
la suivront pas longtemps, d'ailleurs. C'est trop facile
et ils sont plus futés que ça, tu t'en apercevras.

— Et quand tu meurs, qu'est-ce que je fais ?
D'abord, comment meurs-tu ?

— Sobrement. Le grand-guignol est réservé au
second meurtre, demain. Moi, je suis empoisonné au
curare. Je boirai un verre de liqueur de menthe et
d'un seul coup je m'effondrerai en serrant mon verre
jusqu'à le briser.

— Tu vas te couper, prédit Ann.

— Je suis entraîné. À ce moment, tu cries, tu t'af-
foles et, ensuite, une fois ma mort annoncée, tu joues
la veuve éplorée. Mais dans le registre hystérique,
excessif, de manière à ce qu'on doute de ta sincérité.
C'est à peu près tout. Le type qui fait le flic respec-
tera ta douleur et ne t'interrogera pas ce soir. »

Ils gagnent ensuite la grande salle à manger (gravures de chasse, cheminée à rôtir un troupeau) où
les convives sont assemblés par tables de six. Ann

248

examine l'assemblée, plus hétérogène qu'elle n'aurait cru. Elle se figurait des bataillons de vieilles demoiselles genre Agatha Christie ; or, si quelques personnes présentent ce profil, beaucoup sont jeunes, formant des couples appartenant visiblement à la petite bourgeoisie. Ils prennent place devant des assiettes surmontées de cartons à leurs noms et Ann s'aperçoit avec un léger malaise que Mrs Ballister, dont elle reprend le rôle au pied levé, se prénomme Bernadette, comme l'héroïne de *L'exquise inconstante*. Avant même que le service commence, Allan, qui a jeté un coup d'œil discret aux autres cartons, se met à appeler chacun par son nom et à s'informer de ce qu'il est devenu depuis le bon temps du collège. Les différences d'âge, a priori, rendent peu vraisemblable qu'un vieux couple du Texas, venu spécialement de Houston pour la circonstance, ait usé ses fonds de culotte sous l'autorité professorale de Jeremy-Allan, mais le vieux couple en question entre dans le jeu avec aplomb et, à son voisin de table qui s'étonne, le mari explique qu'Abigail et lui ont cinq ans plus tôt pris une année sabbatique pour vivre, sur leurs vieux jours, dans l'atmosphère typique d'un collège anglais, en qualité d'étudiants libres. Du regard, Abigail approuve cet effort de réalisme et Allan, rassuré de leur côté, entreprend d'établir la même complicité scolaire avec l'autre couple d'anciens élèves, un type d'une trentaine d'années pourvu d'une moustache féroce et d'une voix de fausset qui s'appelle Edward et qu'il appelle tout de suite Ted, et une petite femme rousse d'allure décidée, Joséphine, qui devient aussitôt Jo. Ann pense qu'à chaque table un compère doit, comme Allan, se charger de faire naître le contact, de veiller à ce que les mots tabous de « murder party » ne soient pas prononcés. Au bout de quelques minutes, la conversation va bon train, on échange des souvenirs d'études, de dortoirs, de punitions bénignes, de farces au recteur. Ann note avec surprise que les Texans se montrent les plus inventifs, débordants d'anecdotes, jamais pris de court et, en les entendant raconter, en se renvoyant la balle, comment Bill, le mari, à soixante ans passés, faisait le mur pour aller rejoindre Abigail à Victoria School, elle se demande s'ils ne font pas par hasard partie des compères, comme Allan et elle. Mais non, quatre à la même table, ce serait tout de même trop.

À moins que toute la murder party ne soit qu'une comédie jouée pour elle, dirigée contre elle, tous les convives des acteurs et elle la seule à ne pas connaître son rôle, à ne pas savoir... Pour chasser cette pensée, elle en rajoute, se rappelant les directives d'Allan, se glisse docilement dans l'esquisse d'emploi qu'il lui a attribuée. À chacune de ses boutades, elle lève les yeux au ciel, tapote à sec sur la nappe. Quand il se réjouit avec excès d'avoir identifié, en la personne du moustachu Ted, le cancre qui, rituellement, inaugurait ses cours en faisant brûler derrière le radiateur des morceaux de caoutchouc dégageant une odeur pestilentielle, elle soupire d'un air si exaspéré que le brave Bill, étonné, lui demande ce qui ne va pas, à quoi elle répond très sèchement que tout va bien, merci. Allan l'ignore avec ostentation, se tourne sans cesse vers la petite Jo, ravie d'être ainsi élue par le meneur de jeu. Quand il renverse son verre, Ann proteste aigrement contre sa maladresse, prenant les convives à témoin de ce qu'il cochonne toujours tout et elle, ensuite, doit laver son linge, sale à peine mis. Allan, à son tour, lève les yeux au ciel. Cet étalage soudain de mésentente conjugale, prenant prétexte de riens, ruine l'harmonie du dîner. Les autres dissimulent leur gêne en renchérissant dans la gaieté forcée. Ann comprend qu'ils se demandent tous si cette scène de ménage est vraie ou bien jouée pour les besoins de l'histoire, auquel cas il faudrait s'attendre à du grabuge du côté des Ballister. Eux non plus ne peuvent ignorer que l'assemblée comporte des acteurs, dont Allan et Ann font certainement partie, et se félicitent sans doute d'avoir été placés par le hasard à une table aussi importante stratégiquement. Peut-être attendent-ils déjà que l'un ou l'autre meure.

Viennent enfin les desserts et les liqueurs. Allan, tout en riant d'une histoire drôle que lui raconte Bill, se sert de l'alcool de menthe, porte le verre à ses lèvres. Les doigts d'Ann agrippent le bord de la nappe. Allan fait une légère grimace, les coins de sa bouche descendent, se crispent, il écarquille les yeux tandis qu'Ann pense qu'on pourrait très bien avoir empoisonné la liqueur pour de bon. Comme prévu, il brise le verre dans sa main, puis rejette le buste en arrière, le cou tendu, cherchant à respirer. La chaise bascule, il tombe à la renverse, Ann crie, coupant net le joyeux tumulte de la salle à manger et l'instant d'après, Bill s'est levé, tout le monde accourt autour de leur table, les flashes des appareils photo crépitent, la murder party est engagée.

XXXII

Ann ne regagne la chambre qu'un peu avant minuit. Allongé sur le lit, nu, Allan l'attend.

Ann allume une cigarette et fait son rapport. Après que l'ambulance, arrivée sur les chapeaux de roue, sirènes hurlantes, est repartie avec le cadavre sur un brancard, et pendant qu'Allan regagnait sa chambre par un escalier de service, un gros homme qui s'est présenté comme le superintendant Breathwaite a entrepris d'interroger tous les convives présents au moment du drame. Mis à part les photos que prenaient à tour de bras quelques personnes soucieuses de garder des souvenirs du week-end, tout s'est déroulé de manière assez réaliste. Le superintendant a pieusement recueilli dans un mouchoir les débris du verre, interdit à tout le monde de quitter la salle à manger, tapoté l'épaule d'Ann qui restait prostrée, la tête entre les mains, laissant de temps à autre échapper un gémissement déchirant. Ensuite, comme il fallait tout de même que les serveurs débarrassent les tables, la société s'est repliée vers le bar où le superintendant a fait la tournée des petits groupes, posé des questions, pris des notes sur son carnet. Ann a entendu Ted et Jo insinuer que le ménage Ballister s'entendait mal — tout en précisant

hypocritement qu'ils ne voulaient porter aucun pré-
judice à la malheureuse veuve — et la nouvelle a
couru à travers le bar. Petit à petit, elle a repéré les
limiers les plus acharnés : Ted et Jo donc, mais aussi
une vieille demoiselle conforme, elle, à l'idée que se
faisait Ann du public attiré par de tels divertisse-
ments, enfin un tandem de lycéennes boutonneuses
et dodues, des jumelles à qui leurs parents ont offert
cet excitant week-end pour leur anniversaire. Elle a
apprécié que, malgré les soupçons pesant déjà sur sa
personne, Bill et Abigail l'entourent jusqu'à la fin de
la soirée de paroles de réconfort, de tasses de thé, de
mouchoirs en papier qu'elle a eu grand-peine à
humecter de larmes. Ils l'ont même raccompagnée,
sinon jusqu'à sa chambre, du moins jusqu'à l'ascenseur et, dans le hall, tous trois se sont arrêtés devant
un grand panneau où l'on avait fixé avec des
punaises les premiers indices mis au jour par l'enquête : des bulletins scolaires portant des apprécia-
tions peu amènes sur certains élèves et signés
Jeremy Ballister, directeur des études de langue
anglaise, une photo de classe où le même Ballister
(Allan dans sa tenue d'universitaire décontracté,
tweed et velours côtelé) pose au milieu de ses élèves,
et encore deux ou trois pièces à conviction d'origine
également scolaire.

« Très bien, conclut Allan à la fin du rapport. Tu
as tenu ton rôle à merveille. C'est un bon entraînement. »

Puis il attire Ann sur le lit et ils font de nouveau
l'amour, mieux que dans l'après-midi car ils commencent à se connaître. Ann s'étonne de la rapidité
avec laquelle se développe leur intimité. La lumière
éteinte, il continue longtemps à la caresser, puis finit
par s'endormir.

En dépit ou à cause de l'agitation de la soirée, Ann

ne trouve pas tout de suite le sommeil. Elle se lève et reste un moment à regarder le bord de mer par la fenêtre. Le ciel sans étoiles annonce un temps nuageux pour le lendemain, le vent pousse une boule de papier journal qui progresse par saccades sur le trottoir de la promenade. Un trio de promeneurs attardés passe sous ses fenêtres. L'un d'entre eux se déplace en sautillant autour des deux autres et commence même à chanter un air d'opéra italien, assez fort pour qu'Ann l'entende encore après que les noctambules ont disparu de son champ de vision. Presque à l'aplomb de la fenêtre d'angle, elle remarque une terrasse qui donne sur la mer et qu'une haie plus épaisse que celle du parking doit protéger, le jour, du tumulte fatigant de la promenade. Espérant que cinquante personnes dans l'hôtel n'auront pas la même idée qu'elle, Ann se promet d'aller y prendre un bain de soleil, le lendemain, même s'il n'y a pas de soleil. L'ameublement de cette terrasse (une table, un fauteuil de jardin, deux chaises longues seulement) évoque davantage un lieu de retraite privé qu'un espace d'usage communautaire. On dirait une crique sauvage enclavée au milieu d'un ruban de plages publiques jonchées de matelas pneumatiques, de cabines de bain, de maîtres nageurs intempestifs. Ann pense qu'il doit s'agir d'une terrasse particulière, réservée au propriétaire ou au gérant de l'hôtel, qu'Allan connaît sans doute et qui acceptera de lui ouvrir son domaine.

Elle regagne le lit en travers duquel Allan dort, allongé sur le ventre, les bras en croix. Les rayons de la lune, surgie de derrière un nuage, portent sur son dos maigre, marquant d'une ombre dentelée la saillie des vertèbres. Assise sur le lit, dos au mur, les genoux serrés entre les bras, elle le regarde dormir et l'idée la traverse qu'elle tombe amoureuse de lui. Elle se raisonne : on se croit facilement amoureuse d'un homme ainsi abandonné, d'un dos éclairé par la lune, du pressentiment heureux qu'il va se passer quelque chose, demain. Ce qui est sûr, en revanche, c'est qu'elle se sent en sécurité avec lui, que sa présence repousse les spectres ou plutôt les apprivoise. Se dépliant, elle s'allonge contre Allan, presque sur lui, ferme les yeux et s'endort.

XXXIII

Ils se réveillent tard tous les deux, en même temps.
On ne sert plus de petits déjeuners dans les chambres. Allan conseille à Ann de se dépêcher si elle ne
veut pas manquer les événements de la matinée :
interrogatoires, suspicions, nouveaux indices, mais
pas de crime avant cinq heures, consent-il à préciser. Tout en la savonnant sous la douche, il lui fait
la leçon : le superintendant et sans doute une flopée
d'apprentis détectives vont la questionner au sujet
d'une représentation de théâtre amateur qui a eu lieu
deux ans plus tôt à Prince College. Bernadette et
Jeremy Ballister y ont joué des rôles. À la faveur des
répétitions, le couple s'est lié d'amitié avec un ancien
élève nommé Gordon Castleton, inquiétant personnage dont l'arrivée à l'hôtel est prévue pour l'après-
midi, et la rumeur accuse Bernadette d'avoir eu une
liaison avec lui. Elle doit, si on lui en parle, le nier
avec emportement, trop d'emportement pour être
crue. Tout son rôle, du reste, repose sur des excès
calculés, censés éveiller les soupçons.

En descendant, Ann plaque de nouveau sur son
visage l'expression mise au point la veille de la veuve
éplorée mais suspecte. Elle subit avec succès l'interrogatoire du superintendant Breathwaite, en pré-

sence des détectives les plus assidus. À la fin, le gros homme qui joue avec une malice débonnaire le rôle du policier lui adresse un clin d'œil, à la dérobée. Il doit savoir qu'elle remplace au pied levé la nommée Doris et la félicite discrètement de son assurance. En dépit de cet hommage professionnel, Ann commence à se lasser des sanglots étouffés que la bienséance l'oblige à émettre à intervalles réguliers. Fidèles, Bill et Abigail continuent à l'entourer d'attentions délicates.

Au déjeuner, chacun s'efforce de paraître maussade et accablé, mais beaucoup cachent mal l'excitation joyeuse où les met l'enquête. Les lycéennes, en particulier, font des pieds et des mains pour être à la même table que la suspecte numéro un et l'observent avec attention. La vieille demoiselle, un peu plus loin, leur jette un regard attendri par cette naïveté de novices : la force des présomptions pesant sur Bernadette blanchit visiblement celle-ci aux yeux d'une détective aguerrie.

Ensuite, les interrogatoires reprennent, toujours menés par Breathwaite qui prend son rôle à cœur. Comme prévu, Ann nie toute liaison extraconjugale, affirme que Gordon n'est qu'un excellent ami. Vers cinq heures, elle parvient à s'éclipser et, après une brève visite à Allan, quitte l'hôtel pour acheter des cigarettes et les tablettes de chocolat Cadbury Fruit and Nuts réclamées par le reclus. Quelques paires d'yeux la suivent tandis que, traversant le hall, elle se dirige vers la grande porte à tambour. Bien qu'aucune consigne n'ait été formulée en ce sens par le très laxiste superintendant, les impératifs de l'enquête que chacun mène pour son compte interdisent de s'éloigner du théâtre des événements, de peur d'en manquer quelque rebondissement. Pourtant, après s'être un peu promenée sur le front de mer dépeuplé par un léger crachin, après avoir introduit quelques pièces dans les machines à sous disposées sous une verrière le long de la jetée et autour desquelles semble s'être réfugiée toute la population estivale de Brighton, Ann, en poussant la porte d'un bureau de tabac qui fait également office de marchand de journaux, reconnaît les deux jumelles boutonneuses occupées à inspecter un tourniquet de livres. S'approchant, elle repère plusieurs ouvrages de la collection du capitaine Walton, dont *L'amour est un oiseau rebelle*. Elle hésite à en recommander l'emplette aux lycéennes qui répondent assez à l'image cynique qu'elle s'est forgée de ses lectrices, mais se contente de leur adresser un signe de tête et va au comptoir demander cigarettes et chocolat. Au moment de payer, la voix étrangement basse, masculine, d'une des jumelles parvient à ses oreilles et elle tressaille. Ou elle a mal entendu, ou la gamine vient de demander au marchand s'il n'aurait pas *Frankenstein*.

« L'histoire du monstre ? s'enquiert le buraliste. Non, ça m'étonnerait. Tout est sur le tourniquet. »

En lui rendant la monnaie, il fait à Ann un sourire d'adulte complice.

« Elles lisent de drôles de choses, à leur âge, comment-t-il. Ça doit être le feuilleton à la télé qui leur met ces idées dans la tête. »

Oubliant de ramasser les pièces, Ann court vers la porte que les deux adolescentes franchissent, mettant en branle un grelot qui n'a curieusement pas fonctionné, elle en est sûre, lorsqu'elle-même est entrée.

« Qu'est-ce que vous avez demandé ? »

Celle qui a parlé tout à l'heure s'arrête, dévisage Ann en se dandinant d'un pied sur l'autre. Sa sœur l'imite, on dirait des duettistes de music-hall parodiant la maladresse.

« Ben... *Frankenstein*, de Mary... Shelley, dit la première en dépliant un bout de papier froissé sur lequel elle a dû écrire le nom de l'auteur.

— Ça ne vous dit rien ? glisse la seconde d'un ton sournois, comme si elle portait une botte secrète.

— Mais... pourquoi ? » balbutie Ann, se rendant compte que son trouble accentue le sourire de triomphe malveillant qui s'épanouit symétriquement sur les faces de lune des gamines.

« Vraiment, ça ne vous dit rien ? » insiste la seconde.

Et elle pousse sa sœur du coude. Puis toutes deux pouffent de rire et prennent leurs jambes à leur cou. Une dizaine de mètres plus loin, elles se retournent, regardent Ann interdite, pouffent à nouveau et repartent en courant.

Ann sent des gouttes de pluie tomber sur elle. Ça recommence. Un moment, elle reste pétrifiée, son paquet à la main. La pluie redouble. Autour d'elle, des gens courent s'abriter sous les kiosques, ramassent des serviettes, des matelas pneumatiques sur la plage, avec des gestes de détresse. Ils sont fous, pense distraitement Ann, d'être revenus sur le sable pour une éclaircie d'à peine dix minutes. Elle se renfonce sous le store du marchand de tabac, qui délimite sur le trottoir une mince bande protégée autour de laquelle, à présent, le macadam ruisselle. D'autres passants la rejoignent, décidés à attendre la fin de l'averse sous cet abri de fortune.

Voyant que, malgré les prédictions de ses voisins, la pluie ne cesse pas, Ann préfère s'élancer à découvert et, au pas de course, regagner l'hôtel. Trempée jusqu'aux os, elle s'engouffre dans le tambour de la porte, s'ébroue dans le hall sous les regards niais et excités des deux gamines assises sur une banquette devant un plateau de thé et de pâtisseries danoises. Elle décide de les ignorer et, tâchant d'écarter sa robe de sa peau en la tirant entre le pouce et l'index, marche vers le tableau aux indices, près de l'ascenseur. Un document nouveau s'y trouve placardé : une double feuille ronéotée, le programme de la représentation à Prince College, en juin 1982, de *Frankenstein ou le démon de la Suisse*, drame en quatre actes de Richard Brinsley Peake d'après le roman de Mary Shelley, dont la distribution suit :

Frankenstein	Jeremy Ballister
Elizabeth	Bernadette Ballister
La créature	Gordon Castleton
Justine	Helen Winterfield
William	Thaddeus Winterfield, Jr.
Capitaine Robert Walton	Marcel Numeraere

Les portes de l'ascenseur s'ouvrent alors et il s'en échappe une dizaine de personnes très agitées, dont Bill et Abigail qui s'approchent d'Ann et le superintendant Breathwaite qui, en passant devant elle, lui adresse à nouveau son clin d'œil complice.

« C'est affreux, dit Bill. Il vient d'y avoir un second meurtre.

— Oui, confirme Abigail, on vient de retrouver Thaddeus étranglé dans le jardin d'hiver. »

Ann ne sait pas qui est Thaddeus, mais elle devine, à la précipitation soudaine des événements, qu'elle ne le saura jamais, que faute de temps, d'une pause propice à l'explication méthodique que les détectives de romans policiers ménagent vers la fin du livre, tous ces détails resteront obscurs : le petit Thaddeus (où a-t-elle pris qu'il était petit ?), la représentation de *Frankenstein* où Allan et elle doivent tenir leurs rôles, sous pseudonymes, le retour par voie d'affiche du capitaine Walton... Tout s'accélère, le mouvement l'entraîne, elle a du mal à réfléchir comme a du mal à respirer un homme à qui on plonge sans répit la tête dans une baignoire. Elle sait seulement qu'il va se passer quelque chose, tout de suite, et en effet, derrière elle, comme si son cerveau la commandait, l'agitation redouble, couverte soudain par la voix de stentor du superintendant :

« Ah, vous voici enfin, Mr Gordon Castleton ! »

Ann se retourne, égarée et, dans l'intervalle entre deux dos, voit Julian autour de qui fait cercle la foule rassemblée dans le hall. Il porte cette fois un élégant costume d'été blanc cassé et vient de poser à ses pieds un sac de voyage. Satisfait de son entrée de théâtre, il avance d'un pas et, feignant l'étonnement, dit en détachant bien ses mots :

« Me voici, en effet. Mais pourquoi ce tumulte ?

— J'aurais quelques questions à vous poser, Mr Castleton », dit le superintendant avec une bonhomie menaçante.

Frémissement de curiosité dans l'assistance. Clouée au sol, Ann regarde. Son menton tremble, elle tord ses mains derrière son dos, froissant le sac en papier contenant les cigarettes et le chocolat. Abigail lui jette un coup d'œil inquiet, sans doute pas feint : elle semble vraiment hors d'elle-même. Julian toise le public, les narines frémissantes, l'air railleur et arrogant. Soudain, le regard qu'il promène sur chacun croise celui d'Ann et se fixe. Il sourit. Le magnétisme qu'il exerce est tel que, voyant son inspection s'interrompre, tous suivent la direction de ses yeux verts et se tournent vers Ann.

Tout le monde la regarde, maintenant, comme si on orientait sur elle un projecteur. Elle recule d'un pas, les yeux baissés sur le sol, laisse tomber le sac en papier. Autour d'elle, une sorte de bruissement, un frottement désordonné : cinquante paires de chaussures avancent, rétrécissant le cercle qui l'entoure. À la périphérie de son champ de vision, elle devine les jambes rouges d'une des jumelles qui se pousse au premier rang, pour la curée.

Relevant les yeux, elle cherche du regard le gros Breathwaite, comme s'il était vraiment un policier à qui elle pourrait demander assistance. Le superintendant lui adresse seulement son petit signe de tête approbateur, comme pour lui dire de continuer, qu'elle joue bien son rôle.

Le rôle de la victime.

Derrière elle, l'ascenseur.

Personne pour l'arrêter.

Elle fait volte-face, se précipite dans la cabine béante. Au hasard, appuie sur un bouton. La porte métallique est lente à se refermer, elle le sait. Ils ont tout leur temps pour entrer à sa suite.

Mais ils ne bougent pas. Ils font cercle autour de l'ascenseur, comme étonnés de la violence de sa réaction. Au fond, près du comptoir de la réception, Breathwaite fronce les sourcils. Se rend-il compte que quelque chose cloche, que cet épisode n'est pas prévu au programme ? Et elle, Ann, ne délire-t-elle pas, ne répond-elle pas à un simple jeu par une crise d'hystérie ?

Bill, le vieux Texan, fait un pas en avant.

« Bernadette... »

Elle recule jusqu'au fond de la cabine, dont la porte ne se referme toujours pas. Elle a dû presser le bouton qui la bloquait. Tendant la main, elle appuie de toutes ses forces sur celui qui porte le numéro deux.

« Bernadette, ma chère... », répète Bill.

Les deux battants de métal s'ébranlent, coulissent

enfin, rétrécissent lentement l'écran sur lequel s'imprime le spectacle du hall en émoi, se rejoignent. La cabine semble descendre d'un centimètre pour prendre son élan, puis s'élève. Ann ne comprend plus rien, ravale ses larmes. Tout se passe, depuis son séjour à l'hôtel chinois et son sauvetage par Allan, comme dans ces films d'épouvante où, après une scène horrifique longuement développée, un bouquet de feu d'artifice, l'héroïne, choquée, éprouvée, peut se croire sauve ; alors vient généralement une scène calme, lente, c'est fini, tout le monde respire, mais les spectateurs, dans la salle, savent bien, et l'héroïne devrait savoir aussi, on voudrait le lui souffler, que si le mot FIN n'est pas apparu après la scène-choc, si la caméra s'attarde complaisamment sur le retour à la normale, si la musique se fait guillerette, ce n'est pas pour rien ; une dernière image va révéler que le monstre est toujours vivant, indestructible, réfugié par exemple dans les canalisations de la baignoire où l'héroïne se prélasse en fermant les yeux pour se détendre après toutes ces abominations, et il va lui sauter dessus, clouant les spectateurs à leurs fauteuils dans un dernier ricanement. C'est cela qui l'attend, cette dernière image, c'est cela qui va se passer, inévitablement. Depuis le début, le cauchemar n'a cessé de revenir, toujours plus convaincant, plus proche, pour reculer à la dernière minute, différant chaque fois son issue atroce, la torturant plus longuement, s'assurant de sa prise. Ann voudrait, pour lui échapper, rester dans l'ascenseur, appuyer sur un autre bouton, vite, dès que les portes menaceront de s'écarter. Là elle sera en sécurité, hors d'atteinte.

Voilà où elle a toujours voulu être. Hors d'atteinte.

C'est raté : s'ils veulent vraiment s'emparer d'elle,

les sectateurs de Polidori, réunis en congrès extra-ordinaire à l'hôtel, trouveront bien le moyen d'inter-cepter la cabine. Il ne faut pas, surtout pas, s'y laisser acculer. Elle sort au second étage, où se trouve sa chambre, inspecte du regard le couloir désert, spa-cieux.

Elle retire une de ses chaussures, la coince entre les battants de la porte de l'ascenseur qui se refer-ment : un peu de temps de gagné de ce côté, très peu.

Elle longe le couloir, se penche sur la cage d'esca-lier, sans y voir personne. Étrange, elle attendait une meute gravissant les marches quatre à quatre, les mains griffeuses, tendues vers elle, pour la saisir.

Où aller à présent ? Dans sa chambre ? C'est se jeter dans la gueule du loup, Allan est forcément complice. Mais elle ne peut demander secours à per-sonne dans l'hôtel. Ni, bien sûr, aux clients de la murder party, ni non plus aux autres pensionnaires : on leur a déjà fait le coup, les brancards, les caval-cades dans les couloirs, les cadavres maquillés... Ils souriraient, hausseraient les sourcils. On peut impu-nément assassiner n'importe qui, dans cet hôtel, au moins gagner un temps précieux sur la police. Elle pourrait agoniser dans un couloir, un poignard planté dans le ventre, les femmes de chambre lui jet-teraient un regard distrait, au passage, un peu irrité par ce gaspillage de sauce tomate et ces divertisse-ments puérils de nantis qui leur laissent les tapis à nettoyer.

Un pied nu, l'autre chaussé, grelottant dans sa robe trempée, Ann clopine jusqu'à hauteur de la chambre.

La gueule du loup, murmure-t-elle.

La gueule du loup.

Un jeu.

Un jeu, répète-t-elle. Ce n'est qu'un jeu, le tout est

d'être à la hauteur. J'ai de l'entraînement, maintenant.

Elle frappe à la porte.

Un bruit de pas légers, Allan doit marcher pieds
nus. D'ailleurs il est nu lorsqu'il lui ouvre : ce type
passe son temps à poil.

« Toi, tu as pris une douche, observe-t-il en s'effa-
çant pour la laisser passer. Ça tombe bien, la fille de
la blanchisserie vient de rapporter ta robe. »

Ann n'a jamais donné de robe à la blanchisserie de
l'hôtel. Bien sûr. Elle reconnaît, étalée sur le lit sous
une enveloppe de plastique, celle que Julian lui a
achetée à l'hôtel chinois.

Un jeu.

Ne pas crier.

« Tu devrais te changer, dit la voix d'Allan derrière
elle. Tu vas prendre froid. »

Elle reste debout, immobile. Il s'approche d'elle,
passe les mains sous sa robe mouillée, pour l'aider
à la faire glisser par-dessus sa tête. Il dégrafe son
soutien-gorge, presse ses seins dans ses paumes. Ann
ne résiste pas. Il n'y a plus rien à faire, elle ne serre
même pas les dents. La dernière image a déjà eu lieu,
mais le jeu continue, O.K. Allan se baisse pour ôter
son slip et son unique chaussure, elle passe docilement d'une jambe sur l'autre pour faciliter l'opération. Elle attend, avec de la curiosité maintenant.
Observant qu'Allan bande, elle pense que ce spectacle devrait la rassurer : ça ne se simule pas, en
principe. Mais ça n'a plus d'importance.

Elle lève les bras, à présent, pour qu'il lui passe la
robe de l'hôtel chinois, comme à la victime résignée
d'un sacrifice.

Tout en s'habillant lui-même, en titubant pour
enfoncer les pieds dans ses mocassins dont il
déforme l'empeigne déjà maltraitée, il l'entraîne vers

la fenêtre et, du doigt, lui désigne la petite terrasse qu'elle a remarquée la veille. Il fait presque nuit. Comme il n'y a personne sur la promenade battue par la pluie, elle semble plus isolée encore, protégée par une toiture légère dont l'avancée n'empêche pas de voir une des chaises longues, ni la table sur laquelle on a posé un chandelier dont les cinq bougies agitent sur le sol dallé les ombres des arbres qui viennent battre la balustrade. Deux formes blanches, électriques, attirent le regard : ce sont les jambes de pantalon d'un homme, qui s'étirent sur le reposoir de la chaise longue, puis se croisent. De son poste, Ann ne peut en voir plus, mais elle devine que cet homme est Julian. Elle va bientôt devoir descendre sur la terrasse. Elle est très calme.

« Villa Diodati », annonce Allan sur le ton d'un jeune marié présentant à l'épousée sa demeure ancestrale.

« Le sort de la planète est entre tes mains », ajoute-t-il.

À ce moment, on frappe à la porte de communication qui ouvre sur la chambre voisine.

« Ah, dit Allan, c'est le capitaine, nous allons pouvoir commencer pour de bon. »

Il fait coulisser le verrou pour ouvrir la porte derrière laquelle se tient bien entendu le capitaine Walton, vêtu d'un pantalon de toile légère et, à défaut de tee-shirt, d'une chemisette à manches courtes d'où s'échappent des bras fluets d'adolescent. Son sourire est enfantin, exprime une surexcitation bienveillante.

Allan la prend doucement par les épaules et lui fait franchir le seuil de la porte, pour entrer dans la chambre voisine. Sans rien dire, le capitaine les précède. Ann sent la moquette sous ses pieds nus, fibre par fibre. Elle marche avec lenteur et légèreté.

Le capitaine se dirige vers un grand placard à deux battants, au fond de la pièce. Au lieu de les tirer à lui pour ouvrir, il les pousse vers l'intérieur et Ann se rend compte qu'il ne s'agit pas d'un placard mais d'un escalier dérobé. Elle a deviné, déjà, qu'il descend jusqu'à la petite terrasse — à travers l'épaisseur du mur, ou Dieu sait comment.

Toujours sans violence — mais elle n'oppose aucune résistance —, les deux hommes la poussent à l'intérieur du placard, elle se tient maintenant sur une plate-forme rectangulaire, en haut de l'escalier étroit dont la lumière de la chambre éclaire les premières marches, derrière une rangée de cintres qui ne portent aucun vêtement.

Leurs gestes s'harmonisent parfaitement, on se croirait déjà au théâtre. Ils repoussent chacun un battant du placard; l'interstice de lumière où s'encadrent leurs visages penchés vers elle, toujours excités et bienveillants en même temps, se réduit peu à peu — comme entre les portes de l'ascenseur tout à l'heure. Ils la regardent tous les deux et, au moment de refermer, comme un metteur en scène dirait « moteur » avant une prise, le capitaine, clignant de l'œil, chuchote :

« Maintenant, bravoure ! »

XXXIV

Dans les derniers jours de l'été 1815, l'éruption soudaine, à l'est de l'île de Java, d'un volcan qu'on croyait éteint à l'intérieur des terres, étendit jusqu'aux côtes des océans de lave en fusion, emportant les habitations et décimant les peuplades. La violence et la durée du cataclysme firent penser que le feu déchaîné allait envahir et brûler les trois autres éléments, pétrifiant la terre qui entourait le foyer sur toute la largeur de l'île, recouvrant les flots d'une nappe incandescente le long du littoral, calcinant jusqu'à l'air. Pendant plusieurs semaines, le ciel ne fut plus qu'un nuage opaque, épais, d'un tissu qu'on aurait dit plus serré que celui de l'atmosphère, une rugueuse étoffe noirâtre semée d'accrocs, de déchirures, tendue par la colère des dieux au-dessus de l'île, dissimulant aux survivants le soleil, la lune, les étoiles, au point de leur faire douter que l'alternance des jours et des nuits se poursuivît derrière ce rideau. Conquêtes éphémères, comme presque toutes les conquêtes : petit à petit, les territoires livrés au feu recouvrèrent leur indépendance élémentaire. Les flots, d'abord, s'éteignirent, ou plutôt, conformément aux lois un instant violées de la nature, finirent par éteindre les flammes. De la tempête de feu auréolant les côtes, il ne resta bientôt plus que des blocs de lave solidifiée, posés comme des cailloux sur la mer; des rochers, des récifs dont la masse incroyablement compacte emprisonnait des embarcations entières, avec leurs équipages de cadavres pétrifiés, saisis dans leurs brèves agonies au moment où ils tentaient de s'éloigner du rivage, de la terre en folie, ignorant qu'il n'y avait plus alors ni rivage ni large, ni terre ni mer, seulement une étendue d'effroi en fusion vouée à devenir, en incorporant leurs vies, une étendue de désolation figée. Plusieurs de ces rochers devinrent par la suite des lieux de culte où l'on consomma, pour apaiser les esprits, des sacrifices humains, abandonnant les victimes égorgées des hommes aux pieds des victimes statufiées des dieux. Sous l'action du vent et du sel, ces sacrifiés se transformèrent vite en squelettes, puis en poussière, alors que les minéraux humains ne subirent qu'une lente érosion; il fallut plus d'un siècle pour émousser leurs formes atrocement réalistes et faire attribuer à un caprice de la nature leur ressemblance avec des suppliciés. Ces cultes persistèrent plus longtemps en mer que sur la terre, sans doute parce que la victoire du feu sur les eaux — fût-elle de courte durée et ramenée en définitive à un triomphe du solide — frappe davantage l'imagination que sa victoire sur les campagnes. Pourtant, des villages entiers, avec leurs habitants surpris dans des tâches quotidiennes, restèrent sertis dans la carapace de lave refroidie qui recouvre désormais toute la partie est de l'île. Mais, en quelques années, de nouveaux villages, de nouvelles cultures et des vies identiques se superposèrent à cette croûte de villages, de cultures, de vies mortes, à d'autres croûtes sans doute, car la tradition fait état de catastrophes semblables dans le passé, et les autochtones n'ignorent pas qu'ils trottent, s'agitent, font la sieste, les récoltes, la guerre et l'amour à la surface d'une terre qui doit son embonpoint, ses graisses fertiles, à des strates successives quoique difficiles à dénombrer d'holocaustes empilés. Mais voici le fait le plus étrange : on aurait pu se figurer que la conquête du ciel serait la plus précaire, qu'il suffirait de quelques jours à l'air mouvant, ductile, pour répartir, digérer, annihiler le monstrueux nuage de cendres qui s'était porté à son assaut. Et, de fait, on observa des chutes de pierres d'origine volcanique, des pluies noirâtres, diverses manifestations prouvant que la purge suivait son cours. Mais la digestion du cataclysme par le ciel mit en œuvre un mécanisme plus subtil, un circuit plus étendu que ne l'imaginaient les indigènes. Quand le couvercle qui les recouvrait se fut retiré, quand les astres à nouveau furent visibles, quand on se fut assuré que ni leur disposition ni leurs mouvements n'avaient changé, alors on put croire la bataille gagnée et non transportée sur un autre terrain. C'est pourtant ce qui se produisit. Durant tout l'hiver — notre hiver —, les vents charrièrent les scories de l'éruption, la poussière et la cendre répandues dans l'atmosphère dérivèrent avec autant d'ordre et une aussi faible déperdition de troupes que les oiseaux migrateurs quelques mois plus tôt — et presque en sens inverse. Il en résulta qu'au printemps 1816 un immense nuage noir surplomba l'Europe, filtrant les rayons du soleil, provoquant une chute de la température telle que cette année devait être enregistrée par la suite comme la plus froide du siècle dans l'hémisphère Nord. En reniflant et serrant leurs cache-nez, les météorologistes ne tardèrent pas à déterminer la cause du phénomène — d'autant que, dans leurs milieux, la spectaculaire éruption javanaise avait fait grand bruit et que le déplacement de ses résidus dans l'atmosphère les avait, au cours de l'hiver, mobilisés bien plus que les événements politiques auxquels le profane prêtait davantage d'attention. Ainsi, pour le villageois javanais, l'été 1815 fut-il la saison de la colère des dieux. Son homologue européen ne remarqua que la chute de l'Empire, et la cendre des villes brûlées, la fumée des armes ne lui laissèrent pas le loisir de suivre dans leur parcours céleste les cendres d'un volcan dont il ignorait jusqu'à l'existence. Et quand ces fumées et ces cendres-là s'appesantirent sur sa tête, il ne prêta guère l'oreille aux explications des météorologistes mais se figura — sans même y prendre garde, sans effectuer de raisonnement conscient — que cet obscurcissement général du ciel, l'âcreté de l'air qu'il respirait, sa saleté provenaient d'un brasier entretenu sur place, celui qui venait de s'éteindre et dans l'âtre duquel on s'affairait à tenir des congrès, à restaurer des monarchies, à fourbir des espoirs nouveaux ou à croire venue la fin de l'Histoire. Personne, en 1816, ne s'étonnait que l'obscurité succédât au sanglant bouquet du feu d'artifice, que disparût le soleil vaincu à Waterloo et personne, ou presque, ne savait que cette obscurité, cette longue éclipse étaient importées, résultaient d'un autre feu d'artifice, aux antipodes, où la fureur des hommes n'était pour rien.

Comme Ann dans son placard, Mary ignore tout du cataclysme javanais et se dit seulement que ce n'est pas la peine d'être venue à la montagne pour, quand on se passe un linge sur le visage, le retirer maculé de traînées grises, avec des particules d'un noir luisant. Les bergers, les alpinistes ressemblent à des ramoneurs. En général, du reste, elle est de moins en moins sûre que ce séjour estival soit une très bonne idée.

C'est le soir, surtout, que ces doutes lui viennent, quand elle reste seule (ou avec Claire, ce qui est pire) et que l'orage éclate. Elle aime les orages pourtant, se rappelle les délicieuses terreurs qu'ils lui procuraient, couverture tirée sur la tête, quand elle était petite fille — il n'y a pas si longtemps : elle est si jeune.

Tout de suite, à demi étendue sur une chaise longue qu'elle a traînée sur le pas de la porte, cette jeune fille blonde, menue, vêtue d'une robe de chambre d'homme (mais très voyante, pour un homme : c'est un cadeau d'Albé) porte alternativement ses magnifiques yeux gris sur le déluge, les grosses gouttes de poix fondue qui s'abattent à la surface charbonneuse du lac de Genève, cachant comme un rideau les chaînes de montagnes qu'on découvre normalement de la véranda, et sur une liasse de feuillets en désordre, placée devant elle sur une écritoire, en travers des bras de la chaise longue.

Elle devine le lac plus qu'elle ne le voit, et le verger qui, derrière la balustrade de la petite terrasse où elle se tient, descend en pente douce vers la plage de galets, le ponton. Il ne sert à rien, pense-t-elle, de guetter le retour de Percy, qui apparaîtra à ses côtés, d'un coup, sans qu'elle l'ait vu ou entendu approcher. Autant se concentrer sur sa lettre à Emily ; elle y attache de l'importance.

Cependant, des images qu'elle tâche en vain de repousser s'interposent entre ses yeux et les feuillets qu'elle tient à présent à deux mains, comme un orateur se préparant à lire un discours ponctué de citations grecques et latines — Albé, hier encore, l'a plaisantée sur sa pédanterie. Ces images, toutes, associent la personne de Percy (Percy est une personne, se dit-elle, et bien que le renseignement n'ait rien de très nouveau, l'allitération la trouble : elle devrait commencer ainsi sa lettre à Emily, pour lui expliquer, lui dire d'entrée de jeu, afin d'éviter tout malentendu, que Percy est une personne, le répéter au besoin à deux ou trois reprises, l'en persuader ; au fond, ce n'est pas du tout évident), ces images, donc, associent la personne de Percy à l'élément aquatique. Il ne sait pas nager, c'est un elfe plutôt qu'un ondin ; pourtant, il aime l'eau. Depuis qu'Albé et lui ont loué le bateau, ils se promènent sur le lac presque tous les après-midi, affrontent les tempêtes. En général, depuis quelques semaines, la pluie tombe assez tard. Tout au long de la journée, les nuages obscurcissent le ciel, s'épaississent, et l'orage éclate en fin d'après-midi. Chaque soir, les deux navigateurs reviennent trempés, ravis des dangers qu'ils ont courus, en chantant à tue-tête des rengaines aux paroles incompréhensibles dont Albé affirme que ce sont des chants albanais. L'Albanie, où il a voyagé autrefois, et où le pacha de Janina lui a fait compliment de ses mains et de ses oreilles — les plus délicates qu'il ait jamais vues — revient souvent dans sa conversation. Il loue son climat, les mœurs douces et libérales de ses habitants (pour choquer Claire, il se vante d'y avoir possédé des enfants impubères), tire gloriole du grade de colonel qu'on lui a attribué dans l'armée albanaise, décrit son grand uniforme et c'est même pour cette raison que Percy et Mary l'ont surnommé Albé. L. B., ce sont ses initiales aussi.

Un ondin incapable de nager, se répète-t-elle. Et elle ? Elle sait nager, elle a appris dès la petite enfance, cela faisait partie des nombreux principes éducatifs de son père, que Percy, après en avoir fait si grand cas, raille souvent, à présent — mais à sa manière, sans y mettre jamais le cynisme d'Albé; il est même étrange, lorsqu'on songe à la personne de Percy, de se représenter son absence totale de malignité; c'est comme si un sens lui faisait défaut: il ne sait pas être méchant de même qu'il ne sait pas nager, il ne peut effectuer les gestes et les opérations nécessaires, sa vie serait-elle en péril. N'empêche, il fait du mal.

Mary, donc, sait nager, mais n'aime pas tellement l'eau. Elle la craint, moins pour elle-même que pour Percy. Chaque jour à la même heure — à cette heure-ci précisément — elle l'imagine noyé, basculant par-dessus bord, emporté par une lame et se laissant couler sans bouger. Ces craintes amusent Percy. En y réfléchissant bien, n'est-ce pas une forme de méchanceté, la seule qui lui soit accessible, d'en sourire ainsi? De prendre plaisir, même, à l'effrayer. Percy, qui ne supporterait pas de faire mal, aime faire peur. Il sait qu'elle a peur et, en la taquinant, lui demande si à Douvres elle avait peur aussi.

Toujours Douvres, toujours ce souvenir. C'était deux ans plus tôt, quelques jours à peine après qu'il l'avait enlevée de la maison du vieux Godwin. La première fois qu'ils quittaient l'Angleterre ensemble (Claire, déjà, les accompagnait). Des journées de diligence, de sacs qui fermaient mal, d'auberges pouilleuses, de bonheur fou. À Douvres, ils avaient attendu le bateau pour Calais. C'était l'été, l'été anglais — brusquement, ce soir, elle le regrette. La plage n'était qu'une étroite bande de galets, à laquelle ils avaient accédé en enjambant une barrière blanche, fraîchement repeinte, qui bornait une prairie verte et qui avait taché la robe de Mary. Elle l'avait ôtée pour la rincer dans la mer, faire partir les deux larges traînées blanches et, sur la demande de Percy qui souriait comme un enfant, s'était entièrement dévêtue, puis baignée. Tout de suite, étendue sur la chaise longue, l'écritoire ouverte devant elle, elle se rappelle très précisément la sensation de froid, exquise, au moment d'entrer dans l'eau. Le contact des galets sous ses pieds, leurs pointes aiguës, le frisson lorsqu'elle s'était immergée jusqu'au ventre et le regard alors qu'elle avait porté à son sexe. Sa toison de blonde, peu fournie, se gonflait comme une éponge, semblait s'éloigner d'elle. Les seins ensuite, et les aisselles. Ses cheveux dénoués flottaient sur ses épaules, elle se moquait de les mouiller. Entrée dans l'eau, nageant, elle s'était retournée vers Percy qui, dévêtu aussi, fendait les petites vague pour venir la rejoindre. Comme il était plus grand qu'elle, il avait encore pied là où elle se trouvait et ils avaient fait l'amour, lui la portant, debout, aussi fermement campé que possible dans le sable qui fuyait entre ses orteils, sous ses talons, qui avait fui si vite et si bien qu'ils s'étaient retrouvés au large, sans s'en apercevoir. C'est seulement après le spasme qu'en ouvrant les yeux elle avait mesuré la distance parcourue, compris que Percy n'avait plus pied, que sa seule amarre n'était plus la terre mais l'intérieur d'elle et, à présent que son sexe était vidé, qu'elle avait senti dans son ventre un jet de chaleur saccadé, vu des filets blanchâtres, ténus et gluants comme des fils de la Vierge, se mêler à l'écume autour d'eux, à présent que le sexe de Percy allait se retirer d'elle, plus rien ne le retenait, il allait couler, se noyer. Lui-même ne semblait pas encore s'en être rendu compte, ou bien cette perspective ne le dérangeait pas. Elle craignit que ses forces à elle ne lui permettent pas de la ramener au bord, et surtout qu'il s'affole, que comme toutes les personnes qui ne savent pas nager, il s'agite en vain, s'accroche à elle, entrave ses mouvements. En pareil cas, lui avait-on dit, la seule solution est d'assommer le baigneur en difficulté, ou de lui plonger la tête sous l'eau : il est plus facile de haler un corps inanimé qu'un diable qui se débat et dont les gestes incohérents compromettent le sauvetage. Un instant, elle s'était imaginée en train de frapper de toutes ses forces Percy souriant aux anges, les yeux mi-clos, inconscient du danger. Elle s'était imaginé le regard qu'il lui jetterait, l'idée folle qui traverserait son esprit avant de boire la tasse : Mary, avec qui il venait de faire l'amour, voulait le tuer, elle avait toujours voulu le tuer ; elle l'avait suivi, avait feint de l'aimer pour arriver à ce moment, pouvoir l'assassiner impunément au moment où il s'y attendrait le moins — à supposer qu'il pût exister un moment où il s'y attendrait le plus. Épouvantée à l'idée qu'une telle pensée, dictée par une évidence mal interprétée, pourrait naître, même très vite, très passagèrement, dans l'esprit de Percy, elle s'était sentie soudain vidée de toute force. Elle avait fermé les yeux, une violente douleur vrillait ses tempes ; un éblouissement, derrière son front, au-dessus des sourcils, brûlait son cerveau, le sang battait dans ses oreilles, elle entendait un cri très long, sur une note curieusement tenue, qui sortait de sa bouche et en même temps — puisqu'elle l'entendait — lui restituait l'univers des sons depuis un moment aboli. Derrière son cri, qui ne s'arrêtait toujours pas, il y avait, doux et distinct, beaucoup plus tard, le clapot des vaguelettes sur les galets, et les vaguelettes roulaient contre son flanc nu, les galets blessaient un peu son dos. Cris de mouettes. Elle avait ouvert les yeux sur le disque solaire, aussi proche qu'un autre œil. Les avait refermés, ouverts de nouveau : elle était sur la plage ; Percy, penché sur elle, lui massait les épaules en la regardant avec l'air de ne pas savoir quoi faire, d'être désarçonné par la situation, réduit à effectuer ce geste inutile et maladroit. Elle s'était évanouie dans l'eau, dans ses bras, lui avait-il dit un peu plus tard. De plaisir, pensait-il, et elle ne l'avait pas détrompé ; d'ailleurs, c'était peut-être vrai, peut-être tout cela lui était-il passé par la tête au moment de jouir.

« Mais comment m'as-tu ramenée à la plage ?

— Je t'ai portée. Ce n'était pas facile, tu tremblais, tu t'accrochais à mes épaules, j'avais du mal à garder la tête hors de l'eau.

— Mais alors, tu as nagé ?

— Je ne sais pas. Je suppose, oui. »

Était-ce lui qui avait nagé ? Un instant, ce n'était plus lui. Un autre, un étranger, la soutenait. Il n'a plus nagé, en tout cas, par la suite. Il ne sait pas, il n'a jamais su. Seulement, quand Mary s'inquiète pour lui, il lui raconte Douvres, d'une manière toujours différente. Faut-il raconter Douvres à Emily ? se demande Mary. Et comment ?

Elle pousse un soupir, découragée et, comme s'il fallait assigner à ce soupir un motif, un objet qui le justifie, reprend la lettre interrompue.

Ma chérie,

Comme j'ai des milliers de choses à vous raconter, et que je ne sais trop par laquelle commencer ma lettre, je pourrais vous demander pardon de vous avoir laissée si longtemps sans nouvelles : presque deux ans. Je pourrais m'excuser quelques pages durant, cela retarderait d'autant le moment d'entamer mon récit. Du reste, je m'en tiens à cette politique depuis quelques jours. Chaque soir, comme celui-ci, je m'installe devant le mignon bureau que Percy m'a fait monter du village pour que je puisse travailler à mon aise sur la terrasse (mais vous savez à peine qui est Percy, ni sur quelle terrasse je me trouve), je place sur mon écritoire une feuille de papier blanc et j'hésite. Cette feuille sera-t-elle la première de la lettre que je vous dois ou la première du second chapitre de mon roman ? Je vous imagine déjà secouant la tête : la petite Mary écrit un roman ! Rassurez-vous, il n'est pas très avancé, mais j'y songe sans cesse. J'en connais les personnages, l'intrigue, le plan est dressé, il ne me reste plus qu'à travailler.

Pour la lettre, c'est une autre affaire. En vérité, si j'arrivais à vous écrire la lettre que votre attention mérite, le roman serait presque fait. Vous devez croire, ma chérie, que les voyages et la poésie m'ont tourné la tête, et vous n'aurez pas tort, certainement. Ce soir, en tout cas, j'ai pris une décision héroïque : je laisse de côté le roman et je commence à recouvrir la première, déjà la seconde feuille de ma lettre.

Depuis près d'un mois, nous séjournons ici, dans une villa appelée Montalègre. C'est au bord du lac de Genève et vous ne pouvez vous figurer le ravissant spectacle qui s'étend devant mes yeux, au point que je suis tentée d'abandonner ma lettre et de regarder le soleil décliner dans l'azur, disparaître...

Mary a fini de relire la première page. Elle fait la grimace et la déchire. Puis elle prend la seconde.

... derrière les collines dorées. Comme, trois jours de suite, j'ai cédé à la tentation, je me suis juré aujourd'hui d'être ferme et, même lorsqu'il ne fera plus assez jour pour écrire, de demander qu'on m'apporte une bougie. Cela attire les moustiques mais, pour l'amour de vous, je me résigne à être couverte de petits bou-

*tons rouges qui font crier Percy comme si c'était sa
peau qu'on piquait sans relâche et qu'il fallait ensuite
badigeonner de vinaigre. Chaque soir, il me soigne
comme s'il disait la messe et pour rien au monde il ne
laisserait notre médecin, le docteur Polidori (je dis
notre médecin, mais ce n'est pas le nôtre, même s'il
aimerait bien être le mien), s'acquitter de ce sacerdoce.
Lorsqu'il m'embrasse, il fait la grimace, la bouche
pleine de vinaigre. Il m'embrasse beaucoup.*

*Comme il m'est difficile, ma chérie, de vous imagi-
ner à Londres, au coin du feu peut-être, ou bien à la
fenêtre, occupée à lire cette lettre qui n'en finit pas de
commencer ! Certainement, vous vous impatientez,
vous froissez l'épaisse liasse, vous feuilletez en cherchant ce que je vous annonce de si extraordinaire et
dont je ne cesse de différer la révélation. Vous sautez
toutes les pages qui suivent, où je continue à parler de
moustiques, de la vue de notre terrasse, du temps merveilleux qu'il fait, de mes enfantillages. Eh bien non,
vous ne les sauterez pas, parce qu'il n'y aura rien à
sauter, je commence à présent, je vous en avertis.*

La seconde page s'arrête là, et Mary la déchire
aussi. Elle regarde ensuite les petits morceaux de
papier épars autour de la chaise longue. Un souffle
de vent, lentement, en pousse quelques-uns jusqu'à
l'extrémité de la terrasse, puis ils disparaissent dans
le verger invisible, noyé de pluie noirâtre. Sur la terrasse même, on n'y voit plus guère et, le voudrait-
elle, Mary ne pourrait se remettre à écrire sans la
lumière d'une bougie. La nuit est presque tombée à
présent. Percy et Albé devraient être rentrés. Peut-
être, pense-t-elle avec aigreur, sont-ils allés directement à Diodati, sans prendre la peine de passer la
chercher. Un éclair déchire le ciel, aussitôt le tonnerre gronde dans les montagnes. Bruissement de

feuilles secouées par le vent. Silence, puis un cri d'enfant à l'intérieur de la maison. William a dû se réveiller. Il a faim. Bruit de pas, trotte-menu, dans le couloir, derrière elle. C'est Claire qui va s'en occuper, tant mieux, et peu importe qu'elle considère Mary comme une mauvaise mère, qu'elle le lui fasse sentir avec son air de dignité navrée. Elle n'a pas envie de voir son fils tout de suite, pas envie de voir Claire, envie de rien.

Tout à l'heure, au début de l'après-midi, quand elle a pris place sur la terrasse après le départ de Percy, elle avait envie d'écrire pour de bon à Emily. Et, à présent que l'entreprise lui paraît une fois de plus vouée à l'échec, sa nécessité lui paraît plus aiguë que lorsqu'elle a tracé les premiers mots, anodins, mensongers par habitude plus que par conviction. Elle ne doit aucun compte, pourtant, à cette amie d'enfance et, si elle voulait vraiment entretenir une correspondance régulière, il serait plus indiqué de l'adresser par exemple à son père ou à l'une de ses sœurs — elle ne leur a pas donné de nouvelles depuis près d'un an; elle ne saurait plus, maintenant. Si Emily bénéficie seule de ce privilège (au train où cela va, elle ne le saura d'ailleurs jamais), si elle représente aux yeux de Mary la correspondante idéale, c'est moins pour les affinités qui l'unissent à cette jeune fille sans mérite particulier que pour tout ce qui les sépare désormais et permet à Mary de mesurer la distance parcourue depuis sa fuite. Emily a un an de plus qu'elle. Du temps où elles étaient gamines, elle impressionnait Mary par son aplomb et sa désinvolture. C'était le genre de boute-en-train familial qui ne cesse de faire des farces, de pouffer, de répondre aux adultes avec une insolence si gaie qu'on ne peut lui en tenir rigueur. À côté d'elle, Mary semblait timide, presque effacée. Elle se figurait volontiers, à quinze ans, qu'Emily était vouée à un destin romanesque cependant qu'elle-même épouserait quelque honnête homme, un peu terne, et Emily d'ailleurs encourageait leur foi dans cette répartition des rôles. C'est Mary pourtant, et non Emily qui, un soir de printemps, a été enlevée par un jeune poète plus beau que tous les héros des romans qu'elles lisaient, c'est elle qui, sans être mariée, mène avec lui une vie de relais de poste, d'abris de fortune, voyage en Europe, passe toutes ses soirées en compagnie du célèbre et scandaleux Lord Byron — dont Emily, deux ans plus tôt, lui a parlé à peu près comme d'un séduisant brigand, en tirant prestige du fait qu'une amie de sa mère l'avait rencontré chez Lady Caroline Lamb, sa maîtresse d'alors. Mary, depuis, a eu le loisir de comprendre que les insolences, les excentricités d'Emily sont de celles qu'on tolère et même apprécie dans les familles, parce qu'on sait qu'elles ne franchiront jamais certaines limites, qu'elles sont en fait une garantie de vie paisible, agrémentée de ce brin de fantaisie qui satisfait tout le monde sans inquiéter personne. En quelques jours, Mary et Emily n'ont pas vraiment inversé les rôles, seulement le départ de Mary a fait voler en éclats la pièce rassurante où ces rôles prenaient leur sens. Emily est restée la tête folle des goûters d'anniversaire, Mary a dit adieu aux goûters et aux anniversaires et, sans perdre son sérieux, son humeur méditative, farouche parfois, a quitté pour toujours le monde où Emily est restée. C'est pourquoi Emily incarne maintenant à ses yeux ce monde révolu et, le temps ayant du même coup ramené à l'insignifiance les différences de caractère entre les deux jeunes filles, il semble à Mary qu'en écrivant à Emily, c'est à une Mary abolie qu'elle dresse, ou voudrait dresser, le tableau de ce qu'elle est devenue, et qu'elle ne comprend pas.

Dans son principe, cette distorsion n'est pas nouvelle pour elle. Souvent, adolescente, elle s'est figuré celle qu'elle serait plus tard. Des journées entières, enfermée dans sa chambre, elle imaginait la vie d'une vieille femme malade, pauvre, dont le mari, les enfants étaient morts, et cette malheureuse vieille, plus malheureuse encore que sa tante Sarah-Jane, c'était elle, c'était la petite Mary, quarante ans plus tard. Elle avait froid, dans sa maison de torchis où elle n'avait pas assez d'argent pour se chauffer, elle n'y voyait plus guère, entendait mal, ses jambes lui pesaient, elle ne portait plus les yeux sur son corps qu'avec dégoût. Alors, pour se désennuyer, pour aviver aussi, méchamment, la conscience qu'elle avait de son malheur et de sa déchéance physique, elle se rappelait l'adolescente vive et gracieuse qu'elle avait été, la petite Mary qui, quarante ans plus tôt, s'inquiétait de son sort futur. Comme elle n'avait plus personne à qui écrire, comme plus personne ne lui écrivait, la vieille Mary en venait à écrire à la jeune, pour lui raconter ce qui l'attendait, la consoler de devoir un jour en arriver là ou bien, charitablement, pour lui mentir, lui représenter la vieillesse heureuse qu'elle se serait souhaitée — mais comme elle-même se la représentait mal, elle n'était pas du tout convaincue. À quinze ans, la petite Mary avait rempli ainsi un grand cahier de correspondance avec la vieille, chacune donnant à l'autre des nouvelles de l'âge qu'elle traversait. « Te rappelles-tu, écrivait la vieille, attendrie et quelque peu gâteuse, le jeu de croquet qu'on t'avait offert pour Saint-Nicolas ? » La jeune Mary savait très bien qu'on ne lui avait pas offert de jeu de croquet pour Saint-Nicolas, seulement des livres de Rousseau, mais, ne voulant pas

282

blesser la vieille en lui révélant les défaillances de sa mémoire, elle répondait en décrivant le jeu, les maillets légers et précis, les boules de couleurs différentes et les arceaux qu'on accrochait régulièrement au moment de frapper le coup, d'où d'interminables disputes dont le souvenir faisait hocher doucement la tête à la vieille. Pour varier le jeu, et en cachette de sa correspondante principale, elle imaginait même plusieurs vieilles Mary : une grande dame vivant dans un luxe qu'elle avait d'ailleurs quelque peine à décrire (elle reprenait les récits empruntés par Emily à l'amie de sa mère, celle qui connaissait Lady Caroline Lamb), une femme de lettres célèbre, comme l'avait été sa propre mère, et même un jour une Mary morte en couches à l'âge de 23 ans et qui lui écrivait du Paradis, mais c'était toujours la vieille sourde, sale et radoteuse, qui l'inspirait le plus et lui adressait les lettres les plus vraies, au point que la grande dame, la femme de lettres et la jeune morte faisaient à la jeune Mary l'effet d'inventions de l'impotente, improvisées pour ne pas la peiner.

Ce qui la surprend le plus, à présent, c'est qu'il s'est à peine écoulé deux ans depuis l'époque où elle entretenait ces puériles correspondances imaginaires, qu'elle a suffisamment changé et vécu pour pouvoir s'adresser à une Mary antérieure en faisant état de deux ans de vie réelle, de modifications incroyables dans sa manière d'être, de penser, de ressentir, dans ce qui lui paraît ou non aller de soi. Jamais, à 16 ans, elle ne s'est figuré qu'une Mary de 18 pourrait être à ce point éloignée d'elle, de ses aspirations d'adolescente, et si elle fait l'effort de se mettre à la place de cette Mary passée, Mary à 16 ans, elle voit qu'elle n'avait alors aucune peine à imaginer une Mary septuagénaire et impotente, ou bien morte, ou même à la rigueur heureuse, mais que la Mary réelle, celle qui vit à présent à Monta-lègre et attend sur la terrasse le retour de Percy, celle-ci n'existait même pas dans sa pensée à l'état d'embryon ou d'esquisse. C'est pourquoi, quand elle tâche d'écrire à celle qu'elle a été — commodément désignée sous le nom d'Emily —, il lui faut remon-ter tout le chemin parcouru, tout raconter, tout ce qui s'est passé. Et c'est difficile, de tout raconter. Bien sûr, elle peut énumérer quelques événements, retracer les étapes de son voyage, évoquer leur tra-versée de la France, leur arrivée en Suisse, parler de Claire, dire que William est né — même cela, qu'elle a un enfant, Emily l'ignore. Mais il faut aussi parler de Percy (Percy est une personne, et ensuite ? Il ne sait pas nager, et Douvres ?), dire les nuits passées à la belle étoile ou dans le château abandonné des Cévennes, à réciter des poèmes et raconter des his-toires, les promenades en canot de Percy à la nuit tombée, et comme elle est inquiète, comme elle aime Percy et comme il lui fait peur, horriblement peur. Parler aussi de Lord Byron, du luxe qui l'entoure et de la manière presque malfaisante dont ce luxe, cette aura, affectent tous ceux qui l'approchent, y compris Percy et elle-même. Coucher en somme sur le papier les pensées, les sensations, les sentiments de deux ans de sa vie, tout ce qui fait que durant ces deux ans Mary Godwin a été Mary Godwin et non Emily Meadows. Cette profusion rend la lettre aussi diffi-cile, et pour les mêmes raisons, que le fameux roman qu'elle prétend écrire. Là, pour une fois, elle a dit vrai : si elle parvenait à rédiger la lettre, à y faire entrer tout ce qu'elle voudrait dire et s'expliquer, ce ne serait plus la peine de s'acharner sur le roman. Mais, à tout prendre, il doit être plus aisé de rap-porter la vie d'un personnage imaginaire que la sienne. En commençant, l'autre jour, en traçant les premières lignes — « Je suis genevois de naissance... » —, elle s'est sentie investie d'un pouvoir qui la délaisse dès qu'elle se risque à mettre à plat, dans un ordre forcément fautif, les souvenirs de deux ans de sa vie. Un héros de roman, pense-t-elle, a droit à une biographie simplifiée, exotique, qui peut se résumer à une suite d'événements marquants. Il n'est pas nécessaire de dire la chaleur du soleil sur sa peau un après-midi d'été, ni le goût exact de la bouche de sa bien-aimée, ni ce qui s'est passé à Douvres... C'est vrai que ce roman est un garde-fou, ce pari une facilité. Pas facile pour autant, et là, comme d'habitude, elle a menti — elle n'enverra jamais la lettre, elle n'est même plus certaine qu'Emily existe, et pourtant elle lui ment. Bien sûr qu'elle ne connaît ni l'intrigue, ni le dessein général ! Comme la lettre, le roman tourne court dès qu'il faut entrer dans le vif du sujet — c'est-à-dire trouver le sujet —, cesser de biaiser, de noircir des pages, une quinzaine déjà, avec de menus mensonges, qu'il s'agisse de mignons bureaux en marqueterie et de soleils radieux ou de la jeunesse de ce héros « genevois de naissance » dont elle sait seulement, depuis hier, qu'il s'appelle Victor Frankenstein, et qu'il ressemble, selon l'humeur, à Percy, à Albé, à Polidori même, à tous les hommes qui l'entourent.

Tout ce qu'elle a trouvé, c'est un artifice pour prolonger un peu les préliminaires, préserver l'ivresse découverte le premier jour, la liberté de prêter une vie à un héros de papier. Après tout, un héros, même imaginaire, s'il annonce qu'il est genevois de naissance, doit bien l'annoncer quelque part. Il n'écrit pas dans le vide, mais en un lieu et à un moment précis de sa vie. Pour repousser l'obstacle, Mary s'attache donc à ce lieu et ce moment. Elle espère tirer un effet dramatique du fait que le héros fera son récit (mais quel récit ?) à l'article de la mort et dans des circonstances romanesques. Percy, qui aime la géographie, lui a décrit récemment des gravures qu'il a vues et qui représentent les mers du Grand Nord, chargées de gigantesques glaçons, telles que peuvent les voir les pêcheurs de baleines. Cette image la fascine, elle a songé d'abord à faire de Frankenstein un pêcheur de baleines, puis à situer le début de son récit, c'est-à-dire le moment où il entreprend de rédiger ses mémoires, à bord d'un de ces bateaux de pêche dont le capitaine l'aurait recueilli. Du coup, elle a écrit sans difficulté un prologue au roman, qu'elle a attribué à ce capitaine, baptisé Walton, Robert Walton. Ce Walton raconte comment il a rencontré Frankenstein, échoué sur la banquise, épuisé, mourant, et comment il a hérité de son manuscrit — ou plutôt, c'est une meilleure idée, comment Frankenstein le lui a dicté, durant ses derniers jours. Pour éviter d'en venir au manuscrit en question, elle pourrait encore prêter à Walton le même scrupule mémorialiste qu'à Frankenstein : il pourrait commencer sa relation par un récit détaillé de sa propre vie (« Je suis né à Liverpool... ») avant d'en venir à expliquer comment le héros lui a dicté ses souvenirs et pourquoi il s'est résolu à les rendre publics. Mais elle s'est arrêtée devant la perspective, soit d'imaginer un destin extraordinaire à Walton pour justifier une telle digression (alors le héros ne ferait que changer de nom, et elle préfère Frankenstein), soit d'une infinité de chapitres préliminaires, dont chaque auteur expliquerait comment il a eu connaissance du suivant, sans que jamais l'histoire commence. Elle s'est finalement contentée de doter le capitaine d'une sœur, à qui il écrit régulièrement (ce qui le dispense de raconter sa vie à chaque fois, comme Mary voudrait le faire à toutes les Emily qu'elle s'est inventées depuis qu'elle est en âge de tenir une plume), repoussant la tentation de faire rédiger une introduction par la sœur, une autre par une voisine de celle-ci, une encore par le confesseur de la voisine. Walton est la dernière béquille qu'elle s'accorde. Il faudra faire confiance au capitaine Walton, ou bien renoncer. Mary, à présent, est bien près de renoncer, elle n'arrive pas à comprendre pourquoi inventer une histoire lui donne tant de peine, la paralyse. Peut-être parce que Percy l'y encourage sans cesse, parce qu'elle craint de le décevoir, tout comme elle craint de lui faire lire le fond de sa pensée dans leur journal commun.

Mary n'est pas une adepte des journaux intimes à proprement parler. Elle aime mieux écrire des lettres, à elle-même, à des correspondants imaginaires ou aussi abstraits qu'Emily. Toutefois, depuis qu'elle vit avec Shelley, chacun note dans un carnet commun des remarques concernant en premier lieu ses relations avec l'autre. Cette pratique, au début, l'a ravie. Tous deux s'efforcent d'être honnêtes, précis, minutieux, et cet effort quotidien les rend, croient-ils, transparents l'un à l'autre. Chaque fois que l'un d'entre eux, ou bien les deux, éprouve une tension, chaque fois qu'un malentendu — un geste, un silence mal venu — menace de les éloigner si peu que ce soit, ils savent qu'ils pourront tirer cela au clair, lire le soir même la version de l'autre, et ils ont assez de confiance dans leur sincérité comme dans la rigueur de leur plume pour se figurer que ces échanges de confessions abolissent toute opacité. Shelley rêve d'une société où la politique s'exercerait par ce moyen, de cahiers de vœux ou de doléances où chaque citoyen s'exprimerait en toute liberté. Chose exceptionnelle : cette confiance, au début, était fondée entre eux. C'est qu'aussi rien de sérieux ne les séparait alors : dans la ferveur des premiers temps de l'amour, dans l'exaltation vécue en commun, ils pouvaient se croire un seul être sans recevoir d'autre démenti que d'infimes écarts d'appréciation sur tel ou tel sujet, qu'ils s'empressaient de noter en s'émerveillant de les voir ainsi comblés. Mary, de temps à autre, feuillette les carnets de l'année précédente, où alternent sa fine écriture régulière et celle, plus haute, plus capricieuse, de Shelley. Jamais, pense-t-elle, elle n'a été ni ne sera aussi heureuse. Les conflits, vite résorbés, portent habituellement sur Claire, sa demi-sœur, qu'elle croyait amoureuse de Shelley jusqu'à ce qu'elle s'avère avoir fondu sur Lord Byron, profité de son désarroi, de son divorce, de l'imminence de son départ, pour s'imposer à lui : s'offrir, plus exactement. Le poète n'a pas refusé, mais s'est vite lassé de cette femme malheureuse et jalouse, et il a fallu consoler Claire abandonnée, la conseiller ensuite dans ses plans de reconquête. Percy et Mary en souriaient ; ils l'ont tout de même emmenée avec eux en voyage, espérant lui faire oublier cette liaison forcément éphémère. La présence de Claire pèse à Mary mais Shelley, chevaleresque, ne veut pas entendre parler de la renvoyer en Angleterre.

Ainsi, introduit par Claire, Byron a-t-il fait irruption dans leur journal, en contrebande, comme un agent de l'ennemi, aux yeux de Mary. Une ou deux notes de Percy mentionnaient son nom, avant, mais c'étaient des enthousiasmes de lecteur et rien ne laissait supposer que, trois mois plus tard, le hasard les mettrait en présence du scandaleux poète. Mary se rappelle très précisément la rencontre, à la fin du mois de mai. Ils n'avaient pas encore loué Montalègre et séjournaient à l'hôtel d'Angleterre, à Sécheron, un gros bourg proche de Genève. Chaque matin, ils se promenaient dans la campagne, ramaient parfois sur le lac, puis le ciel se couvrait — les cendres javanaises arrivaient — et ils rentraient travailler. Shelley venait de commencer un nouveau poème et, comme d'habitude, cela le rendait très gai. Mary lisait Gibbon, s'occupait du petit William, remplissait assidûment le journal qui témoignait de leur bonheur. Elle faisait un herbier, aussi. Quant à Claire, elle préférait rester seule, boudait souvent dans sa chambre. Un jour, revenant de promenade, la main dans la main, Shelley et Mary trouvèrent l'hôtel aussi dévasté que si des hordes barbares y avaient établi leur campement. Ils se tenaient interdits sur le seuil, hésitant à se frayer un chemin entre des malles d'aspect si imposant qu'elles évoquaient pour eux ces instruments de torture qu'ils avaient vus à Lyon et qu'on appelle des vierges de Nuremberg. Certaines étaient déjà ouvertes, comme si leur propriétaire avait eu l'intention, non seulement d'occuper toutes les chambres avec sa suite, mais encore de se réserver le hall. Des draperies, des soies, des velours s'en échappaient. Un nègre enturbanné retirait de l'une d'entre elles et disposait avec soin sur les marches de l'escalier qui conduisait à leur chambre des pièces d'argenterie, de la vaisselle, des timbales qu'au passage il faisait briller en les frottant contre sa manche. Un double grognement, derrière eux, leur fit comprendre qu'ils gênaient la circulation. En s'écartant tous deux, chacun se serrant contre une des colonnes qui encadraient la porte, ils laissèrent passer deux hommes qui portaient un immense cadre rectangulaire enveloppé dans un drap noir. Ayant fait quelques pas, les deux portefaix se tournèrent vers la porte qu'ils venaient de franchir et, d'un mouvement bien réglé, firent glisser le drap noir comme un rideau de théâtre, révélant que le cadre était en réalité un miroir gravé sur tout son pourtour avec une minutie qu'ils n'eurent pas le loisir d'admirer à ce moment. En effet, le miroir dévoilé, orienté vers la porte, reflétait tout d'abord Percy et Mary, si stupéfaits qu'ils n'avaient pas bougé et continuaient, comme des sentinelles, à veiller sur le seuil, ensuite, derrière eux, le jardin de l'hôtel, éclaboussé de soleil (il faisait encore beau le matin, à cette époque), enfin, apparaissant au moment précis où les deux jeunes gens échangeaient un coup d'œil en regardant, non pas leurs personnes de chair, mais leurs reflets, un homme vêtu de noir qui, gravissant les marches du perron, ne fut d'abord pour eux qu'un visage et un buste, rapidement prolongé par des jambes, jusqu'à ce que l'homme se tienne devant la porte, bien campé en face du miroir où il s'examina avec une expression d'agacement complaisant. Après quoi il remarqua les reflets qui entouraient le sien, Percy et Mary. Il s'avança jusqu'à leur hauteur, sous l'arcade de la porte, se tourna vers Mary, prit sa main, se pencha et la baisa sans prononcer un mot. Puis vers Shelley, ce qui l'obligea à lever la tête, à cambrer la taille car il était beaucoup plus petit que lui. Se détournant du couple, il porta ensuite son regard vers le miroir qui, comme les deux hommes de peine se dirigeaient vers l'escalier, pivota d'un quart de cercle, emportant dans cette rotation une bonne portion du hall et notamment le grand comptoir derrière lequel se tenait Monsieur Verrières, le gérant qui, de toute cette scène muette, n'avait pu voir que les dos des deux porteurs. Le nouveau venu se dirigea vers le comptoir et Mary remarqua alors qu'il boitait. S'accoudant à la planche de bois verni, il regarda fixement Monsieur Verrières éberlué, comme s'il avait voulu l'hypnotiser, et dit d'une voix très douce : « Mon nom est Noël Byron » (il se faisait appeler ainsi, de son troisième prénom, pour que sur son carrosse, copie parfaite de celui de Napoléon, ses initiales fussent les mêmes que celles de l'Empereur. Lorsqu'elle l'apprit, plus tard, Mary s'enhardit à le surnommer, non pas Albé, mais Nota-Bene). Ayant dit, il suivit des yeux les gambades d'un magnifique lévrier qui venait d'entrer dans le hall. Monsieur Verrières ne se vexa pas qu'on détournât le regard de sa personne au moment précis où, pensait-il, on attendait de lui une réponse, mais s'inquiéta seulement de ne pouvoir donner celle-ci : il ne parlait pas un mot d'anglais, ignorait tout de la poésie moderne et des ragots mondains. Timidement, il dit au visiteur que d'autres touristes anglais séjournaient sous son toit et voudraient bien, peut-être, servir d'interprètes. Il jeta un coup d'œil suppliant en direction de Shelley qui, au moment où l'inconnu s'était nommé, avait ouvert la bouche comme si sa mâchoire inférieure allait se décrocher. Il s'avança, se présenta, présenta Mary et commença un grand discours désordonné qui faisait l'éloge du poète et lui souhaitait la bienvenue. Ils se lièrent vite d'amitié.

En entendant ce nom, Mary avait aussitôt pensé à toutes les rumeurs qui s'y attachaient, puis à Claire et, quelques minutes plus tard, comme Percy et elle étaient ressortis et marchaient dans la rue, titubant, demandant à l'air frais de remettre un peu d'ordre dans leurs esprits comme dans l'univers bouleversé par cette traînée de faste et de scandale, elle avait balbutié ses inquiétudes, fait valoir à Percy le danger qu'il y avait à fréquenter un tel homme. Il se mit presque en colère, alors, disant que si le plus grand poète de son temps était objet d'opprobre, c'était la faute de son temps, non la sienne, et que Mary le décevrait beaucoup en venant grossir les rangs de la canaille toujours prompte à dénigrer le génie. Pour le calmer, et pour le taquiner aussi, Mary feignit de se fâcher à son tour : le plus grand poète du temps, c'était lui, Shelley, et au mieux Byron était-il le second, pour la raison qu'ayant choisi, elle, Mary, de vivre avec un poète, elle n'admettrait pas qu'il ne fût pas le premier. Shelley, comprenant mal la plaisanterie — mais ce n'en était pas vraiment une —, défendit avec chaleur la poésie de Byron dont il se mit à réciter des passages entiers. Une minute après, ils cheminaient au bord du lac et, tout en déclamant *Childe Harold*, Shelley avait passé son bras sur l'épaule de Mary, la serrait contre lui, l'embrassait, l'appelait son amour. Jusqu'au soir cependant, il ne parla que de Byron, s'émerveillant de sa munificence, de la somptuosité de son équipage (qui devait d'ailleurs beaucoup se réduire en quelques semaines). Dans le journal commun, Mary nota ironiquement qu'il était drôle d'entendre Percy se faire l'avocat du luxe, d'un apparat qui, selon lui, convenait seul à la gloire du poète ; Percy qui, né riche, avait tourné le dos à la richesse, enlevé successivement la fille d'un cafetier et celle d'un philosophe impécunieux dont il payait les dettes en s'endettant lui-même, Percy pour qui le bonheur consistait à vivre dans une cabane en se nourrissant de fruits et de livres avec la femme qu'il aimait. Une affectueuse polémique s'ensuivit. À partir de là, Byron était devenu le héros du journal.

Quelques jours plus tard, par l'intermédiaire du chevalier Pictet, un ami de Madame de Staël que le poète était allé visiter à Coppet, Byron louait la luxueuse villa Diodati, où Milton avait autrefois séjourné, et le couple Shelley s'installait plus modestement à Montalègre. Cinq minutes de marche à travers les vergers séparent les deux villas. Claire ne cesse d'arpenter le sentier, pleine d'espoir chaque fois qu'elle se rend à Diodati, humiliée lorsqu'elle retourne à Montalègre. Byron veut bien coucher avec elle à l'occasion, certainement pas s'encombrer de cette femme possessive qu'il juge sotte et dont il se plaint souvent à Shelley. D'ailleurs, explique-t-il avec muflerie, il a bien assez à faire avec Polidori dont l'humeur chagrine lui cause du tracas : il en est réduit à soigner son médecin.

En dépit du problème Claire, qui se traduit surtout par des allées et venues nocturnes et par de la mauvaise humeur (elle finit par ne plus quitter Montalègre, lasse des rebuffades de son amant, et reporte sa tendresse sur le petit William), les relations entre les deux sociétés se font chaque jour plus étroites. Shelley et Byron s'estiment mutuellement, ils ont loué ensemble un bateau, naviguent sur le lac, projettent de grandes excursions dans la montagne. De cette amitié, Polidori et Claire la délaissée prennent ouvertement ombrage. Dans le cas de Mary, c'est plus compliqué. Byron se montre amical avec elle, charmeur même, mais il lui suffit de feuilleter le journal pour s'assurer que l'intrusion du poète a subtilement détraqué l'harmonie du ménage, déjà menacée par la présence envahissante de Claire, par la naissance de William, par l'habitude.

Chaque jour, Shelley chante les louanges de son nouvel ami, rapporte ses propos, cite ses vers. Mary, en revanche, ne parle guère d'Albé, mais elle doit s'avouer, elle aussi, obsédée par lui. Elle se l'avoue, elle voudrait l'avouer, pour plus de clarté, à la lointaine Emily, mais, pour quelque obscure raison, elle hésite à l'avouer à Percy, à parler d'Albé comme lui-même, pourtant, ne se gêne pas pour le faire. Elle triche, du coup, et en vient à commettre le seul péché qui l'effraie vraiment : se défier de Shelley, lui taire ses secrets. Depuis le début du mois de juin, elle tient un autre journal, sous des formes diverses mais toujours clandestines : qu'elle écrive à Emily des débuts de lettres qu'elle n'achèvera jamais et postera encore moins ou qu'elle rapporte ses sentiments dans un carnet tenu secret, dont elle ne cesse de changer la cachette, comme elle faisait autrefois pour prévenir la curiosité de son père, pour la première fois depuis qu'elle vit avec Shelley, elle se sent coupable de dissimulation, de traîtrise.

Ce n'est pas vraiment qu'elle mente dans leur journal commun. Au contraire : la duplicité la contraint à une surenchère dans l'exigence. Elle ne dissimule à Percy aucun des moments de gêne que provoque son entente avec Albé. Lorsqu'au détour d'une conversation nocturne, sur la terrasse de Diodati, elle se sent abandonnée par son amant, exclue d'un échange verbal au cours duquel les deux poètes s'émerveillent, plus encore que de leurs points d'accord, de l'harmonie entre leurs dissemblances, elle le rapporte scrupuleusement, confesse même qu'elle en souffre et, à la page suivante, Percy la tance tendrement, dénonce sa folie, assure — et elle sait qu'il dit vrai — l'aimer plus que tout au monde : elle ne va pas commencer à lui faire des scènes de jalousie, allons, elle n'est pas Claire, ni Polidori — et ce rapprochement injurieux l'exaspère, elle l'écrit, répond point par point, sans abdiquer pourtant, sans ravaler son ressentiment ; elle est sincère, vraiment, et le journal commun continue de remplir sa fonction officielle. Percy, du coup, prend soin de ne jamais la laisser en dehors d'une conversation — la maladresse de ses relances, souvent, irrite Mary —, il la presse de se joindre aux promenades sur le lac, et elle refuse.

Que confie-t-elle alors à ce journal intime qu'elle mourrait plutôt que de laisser voir à Percy ? D'abord, puisqu'il est admis désormais, pour elle et Emily, que ce second journal, ce double fond, est encore plus sincère — plus privé, ne postulant aucun regard, s'y dérobant sans aucune coquetterie —, mais d'autre part que le premier, le journal commun, reste aussi sincère que possible, elle se livre depuis deux semaines, irrégulièrement, à un exercice de voltige mentale : tout en se mettant elle-même dans une position où elle ne devrait pas pouvoir le jouer, elle joue quand même le jeu, tâche de se masquer le moins possible dès la première version, celle que lira Percy, tout en sachant que peut-être elle en rédigera une seconde où il lui faudra arracher encore un masque : sa propre peau, si elle a été honnête dans la première phase. Et elle l'est, à une exception près, une seule. Elle veut bien, quitte à s'humilier, à se ravaler au rang de Claire ou de Polidori, montrer ce qui la blesse à Percy. Mais elle ne voudrait pas le blesser, lui, et elle devine qu'elle court ce risque maintenant, si elle met son cœur à nu. Même pour se venger de souffrir, elle ne pourrait lui avouer la fascination singulière qu'exerce Byron sur elle, et qui n'est pas d'ailleurs de nature amoureuse. Si rigoureuse que soit l'inquisition à laquelle elle se soumet, elle ne découvre pas trace de désir charnel pour cet homme que la graisse menace d'envahir en dépit de son ascétisme, dont la chair lui inspire une sorte de répulsion. L'idée qu'il ait été ou soit l'amant de Claire la dégoûte aussi. De son commerce quotidien, elle retire en revanche l'impression confuse que tout ce qu'elle a vécu jusqu'à présent, tout ce qu'elle voudrait faire partager à Emily ou retenir dans la trame de son roman, les plus intenses et neuves émotions de son amour avec Shelley, que tout cela n'est qu'enfantillage, exaltation naïve d'adolescents à peine émancipés, à côté de la vie réelle, du faste aventureux et adulte où se meut Byron. Son entrée théâtrale, son carrosse napoléonien, le prestige universel qui l'entoure et qui semble auréoler chacun de ses gestes font, en dépit du raisonnement, pâlir un peu le charme jusqu'alors unique (et de ce fait, ou par ce fait, comparé à nul autre) d'une promenade dans les champs avec le bucolique Percy, de ses recensions botaniques, de ses enthousiasmes si graves, d'une gravité enfantine, pour les révolutionnaires français ou les hommes illustres de Plutarque. Ainsi les idéaux de son père, ses difficultés avaient-ils dépouillé leur importance lorsqu'elle s'était trouvée, deux ans auparavant, transportée dans le monde qui s'ordonnait autour de l'astre Shelley. Et voyant qu'à nouveau, à un régime d'exclusivité de ses sentiments pour lui, succède un régime d'où la comparaison n'est pas absente et où l'exotisme, la séduction du nouveau sont l'apanage de Byron, elle craint qu'un jour Shelley lui devienne aussi indifférent que son père. Elle n'est pas comme Claire, bien sûr, qui n'aime que les hommes célèbres. Mais elle craint quand même de comparer la célébrité prodigieuse de Byron et l'obscurité de Shelley, elle craint que s'émousse la confiance qu'elle a en son génie, qu'elle entretient, cajole (c'est vrai qu'elle ne pourrait aimer le second poète de la terre), et elle doit même s'avouer que l'admiration déclarée que professe Byron à son égard n'est pas pour rien dans la survie de cette confiance. Peut-elle dire cela à Percy ? Peut-elle lui crier de partir, de l'emmener, de recommencer comme avant, sans Albé, sans Claire, sans William, eux deux seulement ? Il ne la comprendrait pas. Et, pense-t-elle, c'est parce qu'il ne la comprendrait pas, parce qu'aucun doute ne l'effleure, parce que la gloire d'Albé ne l'affecte en rien, que peut-être rien n'est perdu, qu'elle peut continuer à l'aimer. De sous l'écritoire, elle retire le carnet secret, l'ouvre et, fermement écrit : « Je l'aime. »

Une seconde fois.

Elle voudrait le crier.

XXXV

Sa plume reste suspendue en l'air. Elle vient d'entendre un craquement, une marche de l'escalier de bois qui, de l'angle de la terrasse, descend au verger. À lui seul, ce craquement signale que le nouveau venu ne peut être Percy. Jamais on ne l'entend entrer ni sortir d'une pièce. Personne (et, d'y penser, elle l'aime plus que jamais) n'a des mouvements plus silencieux. Il est ailleurs et puis il est là. Absent et soudain présent, sans transition, comme s'il n'avait pas à traverser l'espace qui sépare ses lèvres de celles de Mary. Chaque fois, elle est surprise de se retrouver dans ses bras.

Le même espace, pour Polidori qui s'approche à présent, dont la bougie tremblante éclaire le visage, semble deux fois plus long, plus encombré, plus traître. Tout semble traître, d'ailleurs, dès qu'il s'agit de lui, comme si les puissances du monde, même inanimées, conspiraient sans cesse dans son dos et, si lui-même a l'air traître — ce qui n'est pas contestable —, cela résulte moins, semble-t-il, de sa nature véritable que de l'adaptation à laquelle le contraint un univers hostile. À moins que sa nature véritable — s'il en a une — soit de déclencher l'hostilité de l'univers. Quand Percy entre dans une pièce, on s'en rend compte tout de suite, mais c'est à cause de lui et non des circonstances de son entrée, qui sont comme effacées, immédiatement, par la magie de sa présence. Alors qu'on remarque l'entrée furtive de Polidori et non Polidori. Byron, un jour de hargne, s'est étonné de ce qu'en étant aussi insignifiant, Polidori parvienne quand même à susciter l'antipathie qui, a-t-il ajouté, est un sentiment réservé à des personnes d'une condition supérieure à la sienne, à lui-même par exemple qui se flatte de la provoquer chez presque tout le monde. « Mais, a rétorqué Polidori, pour y arriver, il faut vous forcer, prendre des attitudes. Chez moi, c'est naturel. Voilà encore une supériorité que j'ai sur vous. »

La supériorité de Polidori sur Byron est un vieux thème de plaisanteries depuis le jour où le petit médecin s'est émerveillé de ce que les douaniers suisses les aient traités tous deux sur un pied d'égalité, donnant du milord avec la même révérence dénuée d'obséquiosité à George Gordon Lord Byron et à John William Polidori. Cette attention, en vérité un peu myope, car tout dans leurs allures respectives dénonce la différence de rang, a tellement exalté le jeune homme qu'il se l'est un instant figurée fondée (d'autant qu'à cette époque il se jugeait encore frère en poésie de son illustre patient). « Après tout, qu'est-ce que vous pouvez faire de plus que moi ? » a-t-il demandé à Byron qui, exaspéré, a répondu : « Puisque vous me forcez à vous le dire, au moins trois choses : je peux remonter à la nage cette rivière que nous traversons en ce moment en voiture, je peux moucher une chandelle d'un coup de pistolet à cinquante pas, enfin je peux écrire un poème dont on vend 14 000 exemplaires en un jour. » C'est Polidori lui-même qui a raconté cette anecdote à Mary. L'essentiel de sa conversation consiste en une alternance entre la dépréciation de sa propre personne, sous couvert de bouffonneries pénibles, et de brusques bouffées d'orgueil qui, à brève échéance, le conduisent à s'humilier davantage, avec le concours de Byron qui, indulgent au début (c'est une chose qu'elle a découverte, cette déconcertante bonhomie), ne peut visiblement plus souffrir son compagnon. Ainsi Polidori parle-t-il avec emphase des trois tragédies qu'il a en chantier et grâce auxquelles il va connaître la gloire, escomptant qu'elle modifie sa personnalité dont il lui arrive de se plaindre comme Byron se plaint de son pied bot. Ensuite, il réfléchit et comprend que c'est précisément la médiocrité sans remède de cette personnalité qui l'empêche d'accéder à la gloire. « Au lieu de rimailler, rédigez donc quelque grand ouvrage de médecine, lui conseille alors Byron, je le mettrai en vers, moi, et nous en vendrons 14 000 exemplaires en un jour, vous verrez. » Ces 14 000 exemplaires, cette renommée obsèdent Polidori, davantage en fait que la rédaction préalable des œuvres vouées à une telle diffusion. Et il s'étonne beaucoup, s'irrite même, de voir que Shelley, poète inconnu de la foule, à peine publié, ne semble pas se soucier de cette obscurité, qu'elle n'entame nullement l'estime qu'il se porte à lui-même, ni surtout l'estime que lui porte Byron. La première fois qu'il a raconté l'histoire des douaniers suisses, Shelley a ri sans malice et observé que lui non plus ne savait ni nager, ni tirer au pistolet, ni vendre ses poèmes. En regardant Polidori, qui la regarde en silence, en y repensant à présent, en se rappelant les questions qu'elle s'est posées tout à l'heure au sujet de la méchanceté de Percy (ou de ce qui chez lui doit remplacer cette composante obligée de la nature humaine), Mary se dit soudain que cette réponse qui pouvait paraître à la fois modeste et délicate à l'égard du malheureux médecin était en réalité, et sans que Percy l'ait voulu, tout à fait humiliante. Car, tout en admirant Byron, Shelley ne se juge en rien inférieur à lui ni à personne. Et, en disant que lui non plus ne satisfait à aucun de ces critères de supériorité, il en concluait implicitement que ces critères étaient erronés — conclusion tirée de son cas personnel et non de celui de Polidori dont il sous-entendait par conséquent qu'il était bel et bien inférieur à Byron et à lui, Shelley, même si cette opinion, d'ailleurs juste, découlait en ce cas d'une erreur logique. Bien entendu, sur le moment, Mary n'a pas pensé ce qu'elle pense à présent. Mais, à regarder attentivement Polidori, et parce qu'il suffit de le regarder pour mesurer combien il souffre, elle devine rétrospectivement qu'il a dû, lui, effectuer sur-le-champ l'opération intellectuelle tortueuse permettant de comprendre en quoi la réponse apparemment amicale de Shelley était en vérité offensante. Contrairement à son habitude, elle pense à lui, à ce qu'il peut ressentir, au lieu de le considérer comme un meuble, ou encore comme un spectre, comme l'image d'un rang subalterne dont elle soupçonne parfois qu'elle pourrait le tenir vis-à-vis de Shelley et qu'elle rejette de toutes ses forces — raison qui, secrètement, l'incite à ne pas frayer avec le jeune homme, à se méfier de toute affinité qu'elle découvre avec lui, comme avec Claire, et elle s'effraie maintenant d'avoir pu épouser le tour de sa pensée.

Elle se déteste elle-même en voyant, debout devant sa chaise longue, ce jeune homme malheureux, insulté sans répit, délibérément ou non, mais cela revient au même, un peu comme — elle se le rappellera toute sa vie — une de ses tantes, une vieille femme très bonne, très douce et très laide, vraiment très laide, devant qui son frère, le père de Mary, pérorant à la table familiale en découpant le gigot, avait un jour raconté qu'il venait de croiser dans la rue une personne très laide, vraiment très laide. Et, fidèle à sa manie de tirer du fait le plus anodin des conclusions d'ordre général, il avait expliqué avec une sorte d'indignation qu'une telle laideur ne pouvait être que le stigmate d'une âme profondément corrompue, que cette personne portait Satan sur son visage et qu'il suffisait de la voir pour s'en défier. Sans malveillance aucune, il avait alors interrompu sa tirade pour lancer à sa sœur : « Bien sûr, je ne dis pas cela pour toi, Sarah-Jane. » Sarah-Jane avait rougi, trouvé le courage de sourire, mais même la petite Mary, qui n'avait pas dix ans, avait brusquement ressenti toute la souffrance de sa tante, la violence d'une insulte proférée sans intention de nuire (car le vieux Godwin non plus n'était pas un homme méchant). Les justes, elle le sait depuis ce jour, font plus de mal encore que les mauvais. Percy par exemple. Ou bien elle-même, l'innocente et douce petite Mary, à quelqu'un comme Polidori qui sans cesse réfléchit, décortique ce qui se dit autour de lui et y trouve matière à alimenter sa souffrance. À exercer son intelligence. Car il faut reconnaître (jamais cela ne lui a semblé aussi évident) que Polidori est intelligent, très intelligent même. Du coup, elle éprouve pour lui de la curiosité, de la compassion — et, hypocritement, s'en félicite : la compassion est une bonne distance.

« Oh, Polly, dit-elle au jeune homme qui se tient appuyé à la balustrade, silencieux, avec son sourire de travers. Je pensais justement à vous. Je pensais justement que vous étiez une personne bien intelligente. »

En prononçant ces mots, elle s'est demandé s'il valait mieux appeler Polidori par son nom, son prénom, ou bien par ce surnom dont ils usent tous et qu'a évidemment inventé Albé : Polly-Dolly. Utiliser le surnom, c'est sans doute l'humilier : il en souffre, comme du reste. Mais l'abandonner d'un coup, c'est conférer trop de gravité à une phrase qui, justement, en comporte déjà. Et, d'autre part, en l'appelant comme d'habitude, en se référant à une offense quotidienne, elle fait crédit à son intelligence, déployée tout entière dans sa manière très raffinée de détecter l'offense présente sous chaque mot. Si bien, pense Mary, que sa phrase a valeur, non seulement de compliment inattendu, mais aussi de test sur sa propre finesse : s'il comprend à quel type d'intelligence s'adresse l'amalgame du vocatif odieux et de l'éloge flatteur, alors cela signifiera qu'elle ne s'est pas trompée. Mais elle voudrait s'être trompée, à peine la phrase lâchée, faire machine arrière, n'avoir pas raisonné à l'instant comme Polidori ne cesse de le faire, en déniant toute légèreté aux paroles, n'avoir pas eu l'air — s'il comprend — de tâter le terrain, de lui faire des avances. Rester compatissante et surtout pas compréhensive, ne plus jamais entrer dans ses mots, dans sa manière affreuse de donner sens aux mots.

Il répond seulement par un petit rire — son rire de jeune hyène qui porte une canne pour se vieillir, dit Albé —, ne relève pas. Par chance, il est méfiant, il doit flairer un piège. Il se contente de se tourner vers la partie de la terrasse située au sud, celle d'où l'on voit la villa Diodati, et lui désigne une lueur lointaine, un point mouvant dans les ténèbres. La pluie a cessé, il fait nuit noire. Le tonnerre gronde encore.

« Ils sont rentrés ? demande-t-elle.

— Il y a un quart d'heure. Shelley m'a envoyé vous chercher. Miss Clairmont gardera le petit. »

Mary se lève, entre dans la maison pour s'habiller. Elle frappe à la porte de Claire pour lui dire qu'elle s'en va et n'obtient qu'une réponse revêche. Elle n'insiste pas. William doit dormir ; s'il se réveille encore, Claire prendra soin de lui. Au moins, qu'elle serve à cela, pense-t-elle méchamment. Cette méchanceté en cache une pire, qu'elle a avouée hier à Emily, avant de déchirer encore une fois sa lettre : elle voudrait n'être pas mère, elle voudrait que William soit mort. Elle voudrait surtout arrêter de penser. Tout en effectuant, dans sa chambre, des gestes machinaux, elle se rappelle brusquement qu'elle a oublié sur la chaise longue son écritoire, son journal secret, et regagne précipitamment la terrasse où, comme elle le craignait, Polidori se penche avec curiosité sur ses papiers. Elle les rassemble d'un geste brusque, soulagée tout de même : il n'a touché à rien, rien pu lire. L'écritoire serrée contre sa poitrine, elle revient à l'intérieur de la maison, se demande encore une fois où dissimuler le carnet. Il lui faut se défier non seulement de Percy, mais de Claire qui serait trop contente de découvrir les tourments de sa demi-sœur. Et la villa est si nue... Elle la range, cette fois, dans le pli d'une robe, la dernière d'une pile de linge au fond de l'armoire.

Polidori l'attend sur la terrasse.

« Vous aussi, dit-il, vous travaillez beaucoup... »

Mary ne répond pas. Ils se mettent en route, lui la précédant pour éclairer le chemin accidenté qui sinue en épousant la pente des vergers détrempés. À mesure qu'ils avancent, elle s'en veut de plus en plus de son élan amical, qu'elle voudrait purger même de toute compassion : compatir, c'est encore trop. De la pitié seulement. L'intelligence de Polidori ne s'exerce qu'à la faveur de l'humiliation, ne consiste qu'à en démonter les procédés. Il faut s'en tenir là. Dès qu'on fait mine de s'intéresser à lui, il devient fat, insupportable. En lui parlant tout à l'heure, Mary l'a imprudemment incité à établir entre eux une connivence d'ilotes ligués contre leurs tyrans. Bien entendu, son « vous aussi » a pour première fonction d'exclure les deux poètes qui, au lieu d'écrire de la poésie, passent leur temps en bateau à se raconter des histoires sans intérêt, pour seconde fonction de susciter un parallèle entre la condition presque servile de Polidori auprès de Byron et celle de Mary auprès de Shelley (alors que s'il veut absolument une âme sœur, Claire ne demande que ça), pour troisième fonction enfin d'encourager la confiance entre l'ami d'un poète et la femme d'un autre, tous deux rêvant de s'illustrer par la plume et n'osant s'y adonner au grand jour de peur du ridicule, tous deux se montrant clandestinement leurs manuscrits, les commentant, dénigrant au passage ceux de leurs amis que la gloire a élus.

Pour que ce ne soit pas vrai, il faut cesser de comprendre les raisonnements de Polidori.

En plus, il boite. Rien n'est plus ridicule : on dirait qu'il veut singer Byron dans ses tares faute d'avoir un seul de ses mérites. Furieuse, Mary ne se reproche même pas cette pensée ingrate, alors que le malheureux s'est foulé la cheville, la semaine dernière, en voulant se montrer galant avec elle. De la terrasse de Diodati, Byron et son médecin la regardaient approcher de la villa, pro-

gresser en glissant sur le sentier boueux. « Qu'at-
tendez-vous, Polly, pour venir en aide à notre
amie ? » dit Byron. Pour faire un effet, Polidori a
sauté de la terrasse, deux mètres environ, au lieu
d'emprunter l'escalier, et s'est fait très mal.
Depuis, il porte une canne et, toujours hypocon-
driaque, craint de ne pouvoir jamais marcher
comme avant.

Mary s'en veut, lui en veut. De sa boiterie, de le
comprendre, de ses offres d'alliance informulées, de
l'obliger à se demander où elle en est de son roman.
Il y a plus de dix jours, maintenant, que, stimulée
par la lecture d'un recueil allemand de fantasma-
gories, la compagnie a décidé de produire son
propre recueil d'histoires terrifiantes. Le soir où
Albé a lancé le pari, Percy, toujours prompt à s'enflammer, pour un jeu de société comme pour la
cause des révolutionnaires irlandais, a longuement
discouru, tracé le plan de son récit, qui doit évoquer les célèbres Assassins de Perse, cette secte de
fanatiques dont le chef, le Vieux de la Montagne,
attisait la violence et la conviction en les faisant
parfois transporter, endormis par le chanvre, dans
une oasis merveilleuse où, le temps d'une nuit, le
luxe du décor, la délicatesse et la profusion des
mets, la beauté lascive des femmes (et des petits
garçons, précise Albé) leur donnaient l'avant-goût
du Paradis promis à ceux qui se battraient le mieux
pour la gloire du Prophète. Au terme de la nuit, on
les droguait à nouveau pour les reconduire dans
leurs cellules sordides, et ils croyaient avoir rêvé,
mais ce rêve commun, dont ils se chuchotaient le
souvenir, soutenait leurs vies de moines-soldats privés de tout plaisir, fors celui de tuer. Shelley se pro-
posait de raconter une de ces nuits, chacun a
applaudi son idée. Il l'a abandonnée depuis, comme

Byron a abandonné un projet encore moins précis. La prose leur convient mal à tous deux : ils commencent par écrire en vers, puis traduisent. Mary aurait dû se retirer aussi de la compétition, à ce moment, au lieu d'engager, faute d'autres combattants (il n'est bien sûr pas question que Claire participe), une rivalité absurde avec Polidori, qui prend des airs mystérieux pour parler de vampires. Mais elle a commis l'imprudence d'annoncer dès le premier soir qu'elle ne se contenterait pas d'un conte. Qu'elle allait écrire un roman. Depuis, c'est comme une conspiration : chaque jour, on lui en demande des nouvelles. Alors que l'avortement des autres projets n'inspire aucun commentaire, semble normal, alors que le conte de Polidori n'intéresse personne que lui, le roman de Mary est devenu un thème familier de la conversation. On croirait qu'elle est enceinte à nouveau, qu'on guette les premiers coups de pied donnés dans son ventre par l'enfant, c'est abominable. Elle voudrait tuer ce projet, revenir en arrière jusqu'au moment où elle s'en est vantée, pour l'effacer de toutes les mémoires, se libérer de ce fardeau énorme et inconsistant, gluant ; de cette forme vide où viennent se déposer toutes ses inquiétudes, tous ses ressentiments, sans aboutir à rien. « Je suis genevois de naissance... » Depuis, le capitaine Walton et sa sœur sont intervenus sans que cette délégation de pouvoir serve à autre chose qu'à gagner du temps. Si ce maudit capitaine imaginaire pouvait écrire vraiment à sa place, s'il pouvait inventer l'histoire de *Frankenstein* ! Certains jours, Mary rêve d'envoyer une liasse de feuilles blanches (combien ? trois cent cinquante environ, c'est une bonne longueur, le livre impressionnera son père), sous enveloppe, à l'Amirauté britannique, au nom du capitaine Robert

Walton qui les lui renverrait remplies. Existe-t-il quelque part un vrai capitaine Walton ? Ce serait bien possible, c'est un nom courant.

Elle soupire.

Ils arrivent.

XXXVI

Au contraire de celle de Montalègre — un quadri-
latère de bois vermoulu, approximativement recouvert —, la terrasse de Diodati est en pierre, ceinte
d'une balustrade aux fûts pesants, verdis par l'humidité, et son toit soutenu par des colonnes imitant
l'antique. Byron, qui aime s'y tenir, l'a aménagée en
se souvenant du jardin d'hiver de sa demeure de
Piccadilly Terrace. Sur une longue table de marbre,
des chandeliers dégoulinant de cire dispensent d'ordinaire une clarté de salle de bal. Mais cette nuit
on s'est contenté d'allumer une seule bougie, ou
bien c'est le vent qui a soufflé les autres. La flamme
unique, pourtant, ne vacille pas : peut-être les deux
poètes ont-ils voulu harmoniser l'atmosphère de la
soirée avec les conversations macabres que, selon
Polidori, ils n'ont cessé de tenir depuis leur retour.
Le petit médecin semble inquiet de cette insistance.

Assis à califourchon sur la balustrade, adossé à
l'une des colonnes, Shelley les a vus arriver et leur
adresse un signe de bienvenue. Avec sa chemise flottante, sans cravate, sa culotte grise, sans bas, ses
cheveux en désordre, il ressemble de loin à un épou-
vantail ; dès qu'on approche, sa beauté surprend.

Mary pense qu'elle l'aime. Elle est inquiète.

Il est seul sur la terrasse. Elle le rejoint, s'assied en amazone sur le bord de la balustrade. Ils s'étreignent. Polidori, gêné, entreprend d'allumer les autres bougies des candélabres avec la flamme de la sienne, mais Byron qui revient de l'office, une bouteille de vin à la main, les mouche aussitôt, confirmant l'intuition de Mary.

— Non, Polly, non. Ce soir, laissons les ténèbres envahir cette terrasse et nos cœurs.

Shelley sourit. Mary leur trouve l'air de conspirateurs, comme s'ils avaient préparé quelque mystification dont Polidori et elle vont faire les frais.

« Comment s'est passée votre journée, Percy ? demande Shelley à Mary.

— Fort bien, Mary », répond Mary.

Docilement, elle a fourni la réponse qu'il attendait, mais cet exorde avive son inquiétude. Intervertir leurs rôles respectifs, il y a quelques semaines encore, était entre eux un rite familier, une illustration naïve, mais étrangement efficace, du rêve de fusion auquel se complaisait leur amour. À présent, ce n'est plus qu'une citation, car ils se sont fatigués de ce jeu où les malentendus ont tôt fait de brouiller la transparence. Ils s'y adonnaient en virtuoses, avant, tout comme à la pratique du journal commun, pouvaient rester des heures à parler ensemble, chacun pour le compte de l'autre, chacun se figurant les pensées de l'autre et les exprimant, chacun entendant les siennes par la bouche de l'autre ou, plus souvent, celles que l'autre lui attribuait et qui n'étaient pas moins instructives. Mais ils ne le font plus, n'y font plus même allusion, de peur d'avoir à se demander à voix haute pourquoi cela leur est devenu si difficile. Et voici que Percy, sans crier gare, remet cela sur le tapis, courant le risque d'une démonstration laborieuse devant des tiers, comme un acrobate vieilli qui voudrait entraîner sa partenaire dans une figure casse-cou, leur triomphe autrefois. Elle sait qu'ils vont échouer, tomber dans le filet, mais elle ne peut, en public, manifester sa réticence, il faut donner le change. Pour qui ? Pourquoi ? Percy a-t-il deviné son trouble, lu son journal secret ? Veut-il la retrouver ou bien l'amadouer, pour l'attirer dans quelque jeu dont, avec Byron, ils ont dû passer la journée à préparer les figures ?

« As-tu bien navigué, cet après-midi ? reprend Percy. Je suis sûr que tu as encore commis mille imprudences, et qu'Albé, comme d'habitude, t'y a encouragé... »

Mary réfléchit un instant, se demande si elle aurait pu dire cela ; c'est anodin, mais pas invraisemblable — surtout la nuance de reproche, dont elle voudrait se corriger, que Percy ne manquerait pas de relever.

« Et moi, répond-elle en souriant, je suis sûre que comme d'habitude tu t'es inquiété, que tu m'as imaginé noyé ou pire encore. Tu devrais pourtant te rappeler Douvres (Percy fait la moue : juste, mais un peu facile). Je parie que tu as passé l'après-midi à aller et venir sur la terrasse en guettant notre retour. As-tu travaillé, au moins ? »

C'est un pari : si Percy répond oui, elle voudra bien jouer le jeu avec lui. S'il le fait, s'il lui assure qu'elle a travaillé sans relâche, avancé dans la rédaction de son roman, alors ce sera comme si elle l'avait vraiment fait. Elle voudrait tant avoir travaillé, et c'est à Percy, à lui seul, tout de suite, de faire que ce soit vrai, de changer le passé, tout le passé : pas seulement son emploi du temps de cet après-midi, mais ces semaines atroces dont sa réponse pourra modifier entièrement la signification. Si elle a travaillé, s'il lui fait dire qu'elle a travaillé, alors le chaos s'ordonnera, tout redeviendra comme avant, comme si

William, Byron, Claire n'existaient pas, et c'est son roman qui existera, en revanche. Sa vie en dépend, elle trouvera le sujet ce soir, avec l'aide de Percy, ou bien jamais. Elle est entre ses mains. Sans doute décèle-t-il ce que sa question a de suppliant — ou bien il le savait depuis longtemps, il a tout compris, prévu de lui dire cela ce soir, elle voudrait l'embrasser — car il répond oui, sans hésiter, puis ajoute :

« J'ai à peine pensé à toi, mon amour. J'avais l'esprit trop occupé par notre cher Frankenstein.

— Frankenstein ? »

Mary, interloquée, hésite à comprendre. Percy redevenait un ange, la sauvait, et voilà qu'il se remet à ricaner, à l'effrayer. Il n'y a aucune raison pour qu'il connaisse le nom de son héros, elle ne lui en a pas parlé, elle fait mystère de son travail. Il faut qu'il l'ait espionnée, qu'il ait lu les premiers feuillets en cachette, le récit du capitaine Walton. Et, pourquoi pas, aussi, son journal secret...

« Oui, Frankenstein, répète-t-il d'un ton placide. Le héros de mon roman se nomme Frankenstein. Cela sonne bien, non ? »

Elle voudrait que les autres ne soient pas là, n'écoutent pas. Elle voudrait prendre le visage de Percy entre ses mains, l'approcher du sien et casser le jeu : lui demander la vérité. A-t-il lu dans son dos et quoi ? Veut-il la secourir, la ramener à lui — au prix d'une indélicatesse — ou bien lui porter le coup de grâce ?

« Frankenstein... », dit rêveusement Albé derrière eux. Il répète le nom, s'en gargarise comme s'il goûtait un vin. « C'est vrai, conclut-il, cela sonne bien. »

Donner le change encore.

« Et que lui arrive-t-il, demande-t-elle, à ce Frankenstein ? »

Elle scrute le visage de Percy qui pose un doigt

sur ses lèvres et sourit. Elle reconnaît ce sourire, où elle jette pêle-mêle tout ce qu'elle attend de lui : de l'amour, de l'aide, une intimité qu'elle croyait abolie et qui reparaît soudainement, au pli de la bouche. C'est bien lui, comme avant, qui vient la chercher, mettre fin à ses effrois. Quand même aurait-il lu son journal secret, ce n'est pas grave maintenant, il pouvait le lire, n'était-ce pas à lui qu'en vérité elle l'adressait ?

« Chut, dit-il. Je te le raconterai quand nous serons seuls tous les deux. »

Sauvée. Elle s'enhardit.

« Tu as parlé au capitaine Walton ? Il t'a tout dit ?

— Chut », répète-t-il sans cesser de sourire.

Il a compris, bien sûr. Ce soir, il lui dira, elle connaîtra le sujet de *Frankenstein*. C'est étrange, et elle ne s'en aperçoit que maintenant, mais depuis le début elle est persuadée que ce sujet ne pourra pas sortir de son imagination au terme d'un assemblage plus ou moins heureux d'idées et de rêveries, mais qu'il existe quelque part, qu'il s'agit de le trouver, pas de l'inventer. Elle le cherche comme on cherche un trésor caché ; elle en vient à se figurer le capitaine Walton comme une sorte de pirate qui posséderait la carte où est indiquée la cachette, l'épave du galion, et Percy comme un guide capable de l'aider à trouver ce Walton, de l'assister dans la transaction, sous le plafond bas d'un cabaret enfumé, au fond d'un port. Il ne sait pas nager, mais il s'entend toujours bien avec les marins.

« Qui est le capitaine Walton ? demande la voix aiguë de Polidori.

— Vous peut-être, qui sait ? » répond Mary avec enjouement.

Elle sait qu'elle trouvera ce soir, que Percy l'y aidera, mais tout le monde peut être utile, même

Polidori. L'univers a changé de signe, le mouvement pesant qui l'entraînait au fond l'attire maintenant vers la surface, elle va bientôt émerger, ivre de joie.

« Bien joué, ma chère amie », dit brusquement Byron qui, calé dans sa bergère, a suivi la conversation et apparemment tout compris, lui aussi (Shelley lui aurait-il parlé ? À cette pensée, l'univers s'assombrit de nouveau). « Bien joué, mais je vous mets en garde : ne vous fiez pas trop à l'imagination de Polly, ni à celle de Shelley. Il ne vaut rien en prose, pas plus que moi du reste. Si vous comptez lui faire écrire votre roman, il va vous lancer sur une histoire de vampire stupide comme celles que nous nous sommes racontées ce soir, sur le bateau. »

Shelley fronce les sourcils, fâché contre Byron qui, ignorant la répartition des rôles imposée par le jeu, commentant la partie avant qu'elle soit finie, ne s'est pas tourné vers lui pour dire ce qu'il destinait à Mary. Heureuse de sa réaction, elle cherche sa main sur la balustrade, côté jardin, invisible des autres, et la serre avec force. Elle aussi veut continuer le jeu à présent, s'y enfermer avec lui, laisser Byron trépigner devant la porte. La main de Percy se retourne, paume contre la sienne, la presse. Ils sont ensemble, unis, rien ne peut arriver.

« Vraiment ? s'étonne-t-il, persistant à parler pour elle. Vous avez tort : cela pourrait m'être fort utile car mon *Frankenstein*, justement, sera une histoire de vampire. Éclairez-moi. »

Non, pense Mary, cela ne va pas du tout. Elle pince légèrement la paume de Percy, comme on éperonnerait un cheval, mais il lui manque une bride pour le ramener doucement dans la bonne direction. Ce n'est pas l'heure de se fourvoyer : cette nuit, elle doit trouver le sujet de *Frankenstein*, pas battre la campagne. La carte du trésor, qu'il faut arracher au capitaine Walton, n'est évidemment pas celle du pays des vampires. Elle ne sait pas ce que sera *Frankenstein*, mais ce qu'il ne sera pas, très bien. D'ailleurs, les vampires sont retenus par Polidori, elle ne va pas les lui disputer.

Justement, Polidori intervient pour défendre son bien. Assis près de la table, en face d'Albé, il détache ses mots :

« Alors, nous entrerons en compétition. »

Comme il ne regarde jamais personne dans les yeux, Mary ne sait s'il s'adresse à elle ou à Shelley, si par conséquent il se plie à leur règle ou l'ignore, comme Byron. En répondant le premier, Shelley tranche pour lui :

« Et pourquoi cela ? Traiteriez-vous le même sujet que moi ? »

La question, qu'elle n'aurait certainement pas posée, irrite Mary. Ils connaissent tous la réponse, ils savent tous que Polidori a commencé une histoire de vampire et qu'il craint d'être dépossédé de son idée. Elle aimerait interrompre un instant le jeu, parler en son nom propre pour mettre les choses au clair, mais non :

« Allons, Mary, dit-elle à Shelley, tu sais bien que, depuis le soir de notre pari, Polly s'est réservé les vampires. Pourquoi empiéter sur son territoire ?

— Pour le mettre en colère, bien sûr ! s'écrie Byron, hilare. À quoi servirait-il donc, notre cher docteur Polly-Dolly, si on ne pouvait le lancer sur ses grands chevaux dès que la conversation s'alanguit ? Allons, Polly, défendez votre bien, édifiez des barrières autour, protégez-le contre ces pillards qui s'apprêtent à y établir leur campement, comme je leur en ai donné le fâcheux exemple ! »

Renversé dans son fauteuil, heureux d'avoir repris la conduite de la soirée, il regarde tour à tour ses trois compagnons, s'attarde sur Polidori qui s'efforce de sourire d'un air d'amusement supérieur.

« Car vous n'ignorez pas, poursuit-il, que le véritable auteur de mes vers, c'est Polly. Voilà pourquoi je ne m'en sépare jamais. Des poèmes entiers jaillissent à chaque instant de sa cervelle fertile. Je me tiens à ses côtés, je prends note de ses menus propos et, comme un mauvais garçon que je suis, j'usurpe sa réputation. Voilà aussi pourquoi notre ami est souvent irritable, préoccupé, la mine sombre et la bouche amère. Voilà pourquoi le chevalier Harold n'est pas un joyeux compagnon comme moi. Polly lui a transmis son humeur mélancolique, tout à fait justifiée quand on sait de quel brigandage il est l'innocente victime. N'est-ce pas vrai, Polly ? »

Le petit médecin sourit toujours, mais ses mains tremblent. Du regard, Byron fixe le verre de vin qu'il tient si fort que ses jointures blanchissent. Il semble passionné par ce spectacle comme s'il évaluait les chances qu'il finisse par le briser. Conscient de ce regard, Polidori repose son verre sur la table.

« C'est tout à fait vrai, répond-il sur ce ton qui se voudrait dégagé et qui donne à Mary une terrible envie d'être ailleurs. C'est si vrai, mylord, que l'histoire de vampire à laquelle je travaille racontera sans fard ma mésaventure. Je m'y peindrai sous les traits touchants de la victime et vous sous ceux du vampire qui survit en volant leur sang et leur âme aux mortels. Je raconterai toute votre vie, en ayant soin que le public vous reconnaisse, et le motif secret qui anime vos exploits, vos scandales, votre légende, se trouvera enfin mis en pleine lumière. Lord Byron est un vampire. N'est-ce pas là un beau sujet ? »

Byron l'a écouté parler sans l'interrompre. Le sarcasme, dans son regard, se nuance d'étonnement. Il n'est pas rare que Polidori se lance dans de longues

316

périodes mais, d'habitude, il s'y perd et se retrouve muet au milieu d'une phrase, conscient de s'être rendu ridicule. Cette fois, il dame son pion à l'agresseur, en lui empruntant ses armes : dans le rythme de son discours, ses inflexions, Byron s'est reconnu et ce renversement inattendu le déconcerte.

« Un merveilleux sujet, Polly, vraiment merveilleux », dit-il avec douceur.

Il se verse un verre de bordeaux, regarde le couple Shelley qui, toujours sur la balustrade, a suivi l'assaut en s'étonnant, comme lui, de la riposte de Polidori. Celui-ci, ramassé sur sa chaise, semble prêt à bondir pour parer une nouvelle attaque.

« J'ai hâte de lire votre récit, reprend Byron. Et j'aurai vraiment grand plaisir à le signer.

— L'oseriez-vous ? » demande Shelley — et Mary ne sait s'il a oublié leur jeu ou s'il la fait voler, elle, au secours de Polidori.

« Bien sûr. En fait, ce récit ne prendra toute sa valeur que sous ma signature. L'effet poétique d'un aveu, surtout déguisé, est toujours plus grand que celui d'une dénonciation.

— Prenez garde, menace Polidori, grisé par sa récente victoire. Notre amie — il désigne Mary — pourrait bien vous dénoncer aussi dans son *Frankenstein*.

— Vous feriez cela ? dit Byron, feignant la stupeur de qui se voit trahi par son plus sûr allié.

— C'est vous, insiste Polly, qui l'y avez encouragée. En me pillant, elle vous dénonce. Cela fait deux témoins au lieu d'un. Vous êtes perdu.

— Quel logicien infernal vous faites ce soir, soupire Byron.

— Rassurez-vous tous, dit alors Mary, pour ranimer le jeu et revenir au terrain qu'elle voudrait explorer (c'est ce soir ou jamais, elle en est sûre).

Rassurez-vous, Mary vous laissera régler vos comptes entre vous. Elle n'a aucune intention de faire de Frankenstein un vampire.

— Alors quoi ? » demande Percy, déçu.

Elle se tourne vers lui, le dévisage, égarée. Ce n'est pas possible. Encore une volte-face, encore une trahison, comme si, depuis le début de la soirée, il la faisait tourner sur elle-même en la tenant par les épaules pour la lâcher brusquement, en perte d'équilibre, la faire tomber, la reprendre par la main, la faire tourner encore, la lâcher de nouveau, et elle tombe, tombe toujours plus bas. Il a regagné sa confiance, obtenu qu'elle se prête à son jeu, promis de lui trouver le capitaine Walton, la carte du trésor, et voilà qu'il se dérobe encore, qu'il lui fausse compagnie, la laisse seule. Toute cette comédie d'entente à demi-mot pour l'acculer dans des retranchements où elle est désarmée. Elle tombe, c'est lui qui l'a poussée. Elle sait maintenant qu'il lui veut du mal. Lui faire avouer qu'elle n'a pas d'idées, pas d'imagination, qu'elle est plus sotte encore que Polidori. Lui au moins a un sujet, il suffisait de l'entendre répondre à Byron, comme une bête d'ordinaire peureuse qui trouve courage et pugnacité pour défendre son petit. Elle seule, Mary, n'a rien. Peur, seulement.

Alors quoi ?

Byron et Polidori ont cessé leurs chamailleries ; ils ont bien compris qu'il se passe quelque chose de plus intéressant, sur la balustrade. Ils sentent l'odeur du sang, se rapprochent.

Percy la regarde, attentif. Comme eux, il attend qu'elle se découvre.

Alors quoi ?

« Alors, c'est ton histoire, après tout, s'écrie-t-elle avec une dureté qu'elle partage équitablement entre Percy et elle-même (elle le déteste, elle se déteste). À toi de trouver. À quoi passes-tu tes journées, sur la terrasse ? Je te vois toujours, quand je rentre, occupée à ranger des papiers, à la hâte, tu ne veux pas que je les lise. Si c'est ton roman, dis-nous de quoi il parle, dis-nous ce que raconte le capitaine Walton. Et si ce n'est pas ton roman, qu'est-ce que c'est ? Ne dis pas notre journal, tu n'y écris presque plus rien. Ne dis pas que tu écris à Emily, elle ne te répond jamais, nous savons tous qu'elle n'existe pas. Que fais-tu ? Hein ? Que fais-tu ? »

Elle crie. Shelley la prend par les épaules, ahuri, effrayé ; elle se dégage avec violence. Nouveau masque : le pauvre, pauvre Percy, il ne comprend rien à cet accès de fureur qu'elle dirige contre elle-même en prétendant traduire ses pensées à lui. Jamais il ne dirait des choses pareilles, regardez comme son visage est doux et bienveillant. Jamais il ne se livrerait à une telle inquisition : sa curiosité pour le travail de Mary est tendre, fraternelle, jamais indiscrète. Il voudrait — regardez ses gestes maladroits, pleins d'amour —, il voudrait l'embrasser, la calmer, mettre fin à ce jeu qu'il a eu tort de lancer, c'est vrai, mais il ne soupçonnait pas son état de nerfs, sa fragilité. Il n'y est pour rien si elle repousse ses mains, son visage qui s'approche, si sa contrition affolée l'excite, lui donne envie de griffer, de mordre, d'être méchante. Elle ne va pas se laisser calmer cette fois, il l'a poussée à bout, il voulait la faire tomber, eh bien elle s'accroche, c'est elle qui va l'entraîner au fond et avant, lui jeter à la figure, devant les autres, qu'elle le prend pour ce qu'il est, un imprécateur, un censeur, un espion, acharné à lui nuire. Elle s'enivre de sa propre voix, sifflante, haineuse, du plaisir de faire des gestes, de prononcer des mots irréparables.

« Je sais bien ce que tu fais, poursuit-elle en le

saisissant aux épaules à son tour, en le tenant fermement, comme si elle allait le cogner contre la colonne. Tu es bien incapable d'écrire le moindre livre, tu voudrais qu'on te le souffle. Depuis dix jours, tu cherches en vain une histoire, tu te reposes sur des capitaines qui n'existent pas, tu n'écris pas à Emily, tu n'écris plus dans le journal, tu es jalouse, c'est tout, rancunière, aigrie. Et tu ressasses ta hargne, tu voudrais que je sois mort, tu voudrais que William soit mort, que quelqu'un l'étrangle, tu le détestes. Ça, oui, tu l'écris, tu en fais un petit journal privé, plein de tes secrets misérables ; celui-là tu ne me le montres pas, tu le caches, chaque jour une cachette différente. Mais ce que tu ne sais pas, c'est que moi, chaque jour, je le cherche, je le trouve, chaque jour j'évente tes ruses puériles, je lis tes sottises de petite fille mesquine. Je m'en délecte, je m'en amuse, dommage que je ne l'aie pas sur moi, j'aurais pu vous en lire des passages, cela vous amuserait, Albé, il est beaucoup question de vous... »

Elle sanglote en parlant, en criant ; à travers ses larmes, elle ne voit plus les autres, seulement la forme vague de Percy penché sur elle, n'osant la toucher. Il faudrait qu'elle puisse s'évanouir, pour échapper au silence accablé qui va venir lorsqu'elle se sera tue ; elle va bientôt se taire, la force lui manque pour continuer, pour s'évanouir, il va falloir les affronter. Elle prononce des mots sans suite pour repousser ce silence, ce moment où tout le monde va la regarder avec stupeur, sans oser rien dire. Elle ne veut pas réfléchir à ce qui va se passer quand elle aura cessé de parler : il va falloir se lever, prendre congé, vite ; ils vont, Percy et elle, marcher sur le chemin, en silence, et ensuite ? Si elle ne se suicide pas cette nuit, peut-être qu'on n'en parlera plus, que tout continuera normalement, un peu plus mal. Un incident désagréable, cela arrive : Mary, la douce Mary, a fait une crise de nerfs, dit des horreurs, s'est conduite comme Polidori dans ses plus mauvais jours, Percy a été d'une patience angélique, il a fallu écourter la soirée, « les femmes sont décidément insupportables », répétera Albé, et voilà. Si l'irréparable n'est pas consacré par une catastrophe, c'est cela qui se produira, et c'est encore pire. Maintenant, le mal est fait, l'horreur commise et elle n'a plus la force de poursuivre, elle va se taire, les pleurs coulent sur ses joues, elle sent leur amertume aux commissures des lèvres, un grand coup de vent fait bruisser les arbres, une branche gifle le visage de Percy qui ne l'écarte pas, elle ne parle plus, voilà, c'est le silence.

Elle a prononcé ses dernières paroles.

Alors quoi ?

Que va-t-il se passer maintenant ?

C'est à Percy de décider, à lui de se lever : brèves excuses, embarras, départ précipité. Mais il ne bouge pas. Ils ne se touchent plus, l'un en face de l'autre, assis sur la balustrade, chacun adossé à une colonne, comme deux boxeurs, Jackson et Angelo, dans les angles du ring, haletants. Il n'est pas possible, pourtant, qu'ils restent ainsi, ici, que la soirée se poursuive tranquillement après cet éclat, une parenthèse qu'on refermerait.

C'est bien ce qui se passe, non, chaque fois que Polidori pique une crise ? On laisse passer l'orage, on sourit, on reprend où on s'était arrêté. Mais elle n'est pas Polidori, pas Claire. On ne peut pas la traiter comme un enfant qui, pris de rage, casse ses jouets, et n'obtient par ce massacre qu'un peu d'attention distraite. Pas elle. Il faut qu'elle meure.

Elle entend encore le son de sa voix, dans son cerveau, les mots horribles qu'elle a prononcés, mêlés à sa respiration hachée, qui se calme. Elle a fermé les yeux. Il ne faudra plus jamais les ouvrir. Si elle parvient à ne plus jamais les ouvrir, ni la bouche, ce sera bien.

Combien de temps passe alors, elle ne sait pas. Aucun bruit autour d'elle, personne ne doit bouger.

Une voix enfin, celle de Polidori, qui dit évidemment ce qu'il ne fallait pas dire (mais qu'aurait-il fallu dire ? Rien. Se taire toujours. S'en tenir là).

« Alors quoi ? »

Et voilà, tout reprend, Byron profite de la brèche pour enchaîner ; un bateleur dont les mots se pressent, caracolent pour étouffer le silence.

« Alors, puisque les vampires sont désormais une affaire entre Polly et moi, où nous n'aimerions pas davantage voir s'introduire de tiers que vous ne voudriez nous voir prendre nos aises dans votre chambre à coucher, mes chers tourtereaux, alors il reste des centaines de sujets merveilleux qui n'attendent que de rencontrer vos imaginations fertiles... »

Sans ouvrir les yeux, elle l'entend bouger. Tintement du goulot contre le col d'un verre, ruissellement du vin. Fauteuil repoussé, dont les pieds frottent contre la pierre, clopinement, il a dû se lever. Va et vient. Va-t-il sonner les domestiques, demander qu'on apporte le souper ? Vont-ils passer à table, il faudrait qu'elle les suive, ou bien qu'elle reste là, sur la balustrade... Mary boude, il ne faut pas s'occuper d'elle, ça va lui passer. C'est vrai qu'ils n'ont pas soupé. Byron, le soir, se contente de biscuits, soucieux jusqu'à la folie de sa condition physique : sans cesse il se pèse, se regarde dans la glace pour s'assurer qu'il ne grossit pas, qu'il reste un athlète svelte, bien délié, alors que le combat est perdu d'avance ; en dépit de son ascétisme, de ses heures de natation, de ses exercices aux haltères, l'embonpoint guette, le menton s'empâte, il paraît qu'il pesait plus de deux cents livres à dix-huit ans. En revanche, il tient à ce que ses hôtes fassent bonne chère ; c'est sûr, les domestiques vont venir ; si on sert sur la terrasse, ils seront là, se demanderont pourquoi Mary reste dans son coin, n'ouvre pas les yeux. Il est même étrange qu'aucun ne soit apparu depuis le début de la soirée. On dirait qu'ils sont seuls tous les quatre à Diodati. Non, Albé ne sonne pas. Son pas se rapproche, il est tout près d'eux, maintenant. Il doit tendre un verre de vin à Percy ; oui, elle l'entend qui remercie, d'un mot. Elle les imagine autour d'elle, attendant que ses yeux s'entrouvrent, Percy toujours immobile, le visage inquiet, honteux d'être allé trop loin, et Albé debout, verres et bouteille en main, débraillé, luxueux. Elle se rappelle ses vêtements : le veston de tartan croisé, bâillant sur la chemise ouverte, le bonnet de velours violet à galon, le pantalon de nankin évasé par le bas, de manière à lui cacher le pied. Qu'attend-il ? Qu'elle tâtonne pour s'emparer du verre qu'il doit lui offrir ? Non, il le pose sur la balustrade, à sa portée, s'éloigne. Personne n'a saisi la perche qu'il tendait, qu'à cela ne tienne, il fera seul les frais de la conversation.

« Tenez, dit-il. Il y a trois jours, je dînais chez Madame de Staël, à Coppet. Vous n'avez pas voulu m'accompagner, Polly, rappelez-vous, et tout le monde a regretté votre absence. Votre visite a laissé un si bon souvenir que j'avais pour ma part l'impression d'être seulement toléré dans l'espoir qu'un jour je reviendrais avec mon ami si sympathique. »

Nouvelle pause. Pas de réaction. Mary voudrait que tout cela cesse, que s'éteigne la lampe qui chauffe dans sa tête. Albé reprend :

« On m'avait placé à la droite d'une très vieille personne, une princesse italienne qu'on appelait la princesse di Massimo, et qui n'a cessé de me raconter des histoires de reliques appartenant à sa famille, telles que le cœur du roi Louis XVII de France, les pantoufles de Louis XVI — j'imagine que la famille en question est d'origine française. Comme je suis bien élevé, quoi qu'on dise, je feignais un vif intérêt pour ces anecdotes. Du coup, la princesse m'a invité à venir contempler de mes yeux tous ces débris royaux qui sont conservés au palais Massimo, à Pise. Elle m'a même promis, sur un ton de confidence, de me conduire dans les cryptes du palais et de me faire voir la chapelle de saint Jean d'Ambéda. J'ai pris alors mon air le plus dévot et demandé si saint Jean d'Ambéda était un di Massimo — c'est le genre de famille, comme la mienne, où il y a de tout, même des saints. La princesse a eu l'air très choquée de cette question, qui trahissait mon ignorance. "Ah non, m'a-t-elle répondu, non monsieur. Mais il a ressuscité un di Massimo." »

Silence.

« Amusant, commente enfin Polidori, persifleur.

— N'est-ce pas ? Je me suis d'ailleurs demandé si ce n'était pas elle, la ressuscitée. Quand les gens vous racontent une histoire, sans préciser qui en est le héros, on peut parier qu'il s'agit d'eux. J'en ai souvent fait l'expérience. »

Mary serre les dents. Chaque mot de ce badinage laborieux sonne faux, met en valeur la gêne qu'il prétend effacer. Et Percy qui s'y met. Sa voix, trop haut perchée.

« Sans vouloir vous offenser, cher Albé, je trouve l'histoire de vampire imaginée par Polly à partir de votre vie beaucoup plus amusante.

— Ah, mais tout le monde n'a pas le génie de notre Polly ! Je fais de mon mieux. J'admets que les histoires de juifs errants, de pactes avec le démon ou d'élixirs de longue vie sont banales et qu'il est difficile de se mesurer dans ce domaine à un gaillard comme Monk Lewis. Mais, Monk Lewis et saint Jean d'Ambéda mis à part, vous savez que la résurrection de la chair n'est pas seulement un dogme proclamé par l'Église romaine et le Seigneur des Assassins pour faire patienter les gueux, ni une attraction réservée aux visiteurs de la princesse di Massimo, mais bien une réalité de la science...

— Que voulez-vous dire ? » demande Percy.

Ils ont oublié Mary, elle n'existe plus.

« Il faut encore le demander à Polly, dit Albé, c'est lui qui a fait mon instruction sur ce chapitre. Polly, soyez gentil, racontez-nous cette histoire qui m'a tant impressionné l'autre jour. Je suppose que vous n'avez pas l'intention d'en tirer un roman pour dévoiler mes crimes, elle peut donc sans inconvénient être rapportée en public. »

Silence. Polidori doit hésiter. Il a horreur d'être pris ainsi à partie. Quand on le raille, il souffre, mais se sent en terrain familier ; il peut même riposter, comme il l'a fait tout à l'heure. Si au contraire on tâche de le faire valoir, il se méfie, ne sachant d'où le coup va partir.

« Allons, Polly...

— Cela paraît incroyable, dit-il enfin, mais c'est arrivé cet hiver à Glasgow. Un condamné à mort nommé Matthew Clydesdale venait d'être pendu. Aussitôt après le supplice, son cadavre a été transporté dans un amphithéâtre de l'université. Là, le professeur d'anatomie Jeffrey et le chimiste Ure lui ont fait subir grâce à une batterie galvanique une série de chocs telle qu'il s'est dressé, a ouvert les yeux... »

Mary entrouvre les siens. Sans être vue, elle peut

voir à travers le rideau de ses cils. Polidori est assis, ne bouge pas, sauf les lèvres qui remuent lentement. Il regarde dans sa direction.

« L'assistance hurlait de terreur. C'était un homme de haute taille, vigoureux. Il a agité les bras, fait un pas, et d'une main, a saisi par le cou le professeur Jeffrey. Il l'aurait étranglé si le professeur Ure ne lui avait alors tranché la jugulaire d'un coup de bistouri. Alors, il est mort une seconde fois. »

Polidori se tait. Il continue à fixer Mary, comme si l'histoire lui était destinée en particulier. Elle n'a jamais remarqué qu'il avait les yeux jaunes et, pour leur échapper, referme les siens. Ou bien les autres sont aussi effrayés qu'elle, ou bien elle a cessé de les entendre. Le sang bat à ses oreilles, elle sent une main, celle de Percy, se poser sur son épaule. Elle voudrait qu'il cesse de la toucher, être seule, loin. À l'intérieur de ses paupières, comme sur un écran d'ombres chinoises, passent des images confuses ; la silhouette de Polidori s'est imprimée sur sa rétine. Une forme noire, un visage pâle, des yeux jaunes. Ils ne parlent toujours pas, autour d'elle. La main de Percy se fait pressante : a-t-il peur, ou devine-t-il qu'elle a peur, veut-il la rassurer ? Se rapprocher ? Elle a de la fièvre.

Une voix enfin. Celle de Percy, tout à côté d'elle, mais déformée, comme métallique.

« Avez-vous assisté à cette expérience ? »

Elle n'entend pas Polidori qui, pourtant, a dû répondre. Ou bien il s'est contenté d'un signe de tête.

« Mais (Albé, cette fois), je croyais que vous aviez fait vos études à Édimbourg. »

Polidori. Voix sourde :

« Le professeur Ure était mon maître à Édimbourg. Je l'ai accompagné à Glasgow et assisté dans l'expérience. »

Mary crispe les muscles de ses paupières pour ne pas les relever, ne pas voir Polidori. Elle entend Byron rire, dire que Polly raconte n'importe quoi, qu'il n'avait pas précisé cela l'autre jour... Polidori ne répond pas, mais il est là, installé sous ses paupières, avec ses yeux jaunes. Son image grossit, comme celle d'un poisson qui s'approche, derrière la vitre d'un aquarium.

Elle n'en peut plus, rouvre les yeux, les écarquille, sans avoir changé de position, de sorte qu'elle voit devant elle la chaise qu'occupait Polidori, vide. Elle tressaille, il va surgir sur le côté, lui trancher la gorge d'un trait de bistouri.

Mais non, il est là, sur sa gauche, debout. Mary tremble. Albé pérore, sa voix est lointaine, elle devine sa bouche qui s'agite à la périphérie de son champ de vision. Loin.

« J'ignorais que nous avions parmi nous un authentique résurrectionniste. Voilà qui relève le niveau de la société. Qu'en dites-vous, mes amis ? Polly, notre Polly est presque l'égal de Dieu.

— L'égal de Prométhée », chuchote Percy.

Elle se retourne vers lui et, dans ce mouvement, parvient à dégager son épaule. La main de Percy reste suspendue en l'air puis, comme s'il ne savait qu'en faire, va fourrager dans ses cheveux, rejeter ses boucles en arrière. Son visage se détache sur la masse des branchages. Derrière, le ciel de poix. Brusquement, il étire ses longues jambes, ramène vers la terrasse celle qui pendait du côté du verger, se lève. Il marche à grands pas, sans faire pourtant aucun bruit sur les dalles usées. Selon qu'il s'approche ou s'éloigne de l'unique bougie, son ombre sur le mur change de dimensions. Tout de suite, elle est gigantesque. Byron, sans quitter son siège, renverse la tête en arrière pour le suivre des yeux. Polidori reste debout, bien droit dans ses vêtements noirs. Il n'a plus sa canne. Mary évite de le regarder, elle devine que ses yeux jaunes sont fixés sur elle. Tout cela était prévu, tout s'assemble : les discours sur les vampires, les domestiques congédiés, ce badinage absurde, l'atroce histoire de Polidori, ce manège théâtral... Ils ont tout monté à son intention. Tout à l'heure, Polidori est venu la chercher sur la terrasse de Montalègre comme on vient chercher dans sa loge une actrice pour la faire entrer en scène où ses partenaires se tiennent déjà, débitant un texte qu'elle ne connaît pas, où il lui faut s'insérer, tenir son rôle. Tout était prévu : si Percy ne l'a pas emmenée après sa crise, c'est parce qu'un impératif pressant commandait de rester, et elle seule ignore ce qu'on attend d'elle, si elle doit crier, demander qu'on arrête tout ou au moins qu'on lui explique, qu'on lui dévoile les règles...

« Madame Shelley. »

Elle ne veut pas entendre, pas tourner la tête. Elle a bien reconnu la voix de Polidori. Qui d'autre ici l'appellerait Madame Shelley ?

« Madame Shelley... »

Il approche, les bouts ferrés de ses souliers sonnent sur les dalles, elle ne veut pas le voir. Regarde les autres : Shelley s'est arrêté de marcher, les fixe. Byron aussi, tous les deux voient Polidori faire un pas de côté, se camper devant elle.

« Madame Shelley, dit-il, si vous voulez, cette histoire est à vous. C'est cela, *Frankenstein*. »

Les voix des autres, loin d'eux.

« Le Prométhée moderne ! (Shelley, comme s'il déclamait le titre d'un poème.)

— Joli cadeau, dit Byron. Je vais être jaloux, Polly. À la moindre miette que je ramasse de vos festins poétiques, vous criez qu'on vous égorge et voilà que vous offrez à Mary ce gibier de roi. Faites-en bon usage, Mary ; c'est si rare, un cadeau du docteur Polidori. »

Devant elle, ses yeux jaunes dans les siens. Elle a peur, n'ose comprendre. Chuchote, pour que les autres n'entendent pas :

« ... capitaine Walton ? »

Albé, derrière eux, fait le geste de porter un toast. Personne ne l'imite. Un coup de vent fait vaciller la flamme de la bougie, secoue les arbres autour de la terrasse. Byron jette sur le sol le fond de son verre. Silence. Polidori tourne les talons, rentre dans la villa d'où il ressort une minute plus tard une bouteille à la main. Comme si rien ne s'était passé, il entreprend de la déboucher. Pendant son absence, personne n'a bougé : ni Mary, toujours assise sur la balustrade, ni Byron accoudé à la table, ni Shelley debout, quelques pas derrière lui, les bras ballants, hagard. Seules les feuilles des arbres produisent un bruissement qui, dans l'oreille de Mary, s'enfle comme la rumeur d'un océan dont on approche.

Le bouchon saute. Polidori remplit les verres. Byron, boudeur, pose la main à plat sur le sien pour signifier qu'il ne veut pas de vin. Ils se taisent. Le vent devient rafale, se calme. Un gros insecte vient voler pesamment autour de la bougie, retombe sur la table où il progresse avec lenteur, les ailes repliées. Du même geste que pour refuser le vin, mais promptement, Byron l'écrase.

Silence.

Mary respire. Elle sent sa poitrine se soulever, s'abaisser régulièrement. L'esprit vide, elle respire comme si elle avait longtemps oublié de le faire. L'air s'engouffre dans ses narines, dans sa bouche, descend dans ses poumons, elle le chasse. Odeur de terre mouillée, calme soudain. Elle voudrait dégrafer son corsage, toucher ses seins.

Alors, elle surprend le regard de Byron, à l'affût du geste qu'elle n'a pas encore esquissé. Il rompt le silence et récite :

> Beneath the lamp the lady bowed
> And slowly rolled her eyes around;
> Then drawing in her breath aloud
> Like one that shuddered, she unbound
> The cincture from beneath her breast;
> Her silken robe, and inner vest
> Dropt to her feet, and in full view
> Behold! her bosom and half her side —
> Hideous, deformed and pale and hue —
> O shield her! shield sweet Christabel!

Mary reconnaît le poème de Coleridge dont Murray leur a fait parvenir un exemplaire la semaine dernière, mais elle n'a pas le temps de se demander quelle inspiration, quelle subite perception de ses propres désirs ont poussé Byron à en déclamer les vers les plus macabres : à mesure qu'il déclame, elle voit, comme en enfilade dans un couloir, le récitant assis, les yeux fixés sur elle et, debout derrière lui, Percy, le visage crispé, les yeux fixes aussi, qui progressivement s'agrandissent, cependant que ses mains s'élèvent, s'approchent de son visage ; les doigts touchent les joues, les étirent comme on voudrait aplatir un masque. Si Byron pouvait le voir, il interromprait sa déclamation, horrifié ; si Mary pouvait le supplier d'y mettre fin, mais non, elle ne peut pas : Percy surprendrait sa mimique.

Quand Byron se tait, elle comprend qu'il va se passer quelque chose d'épouvantable. Cette expression qui altère les traits de Percy, ce composé de haine, d'impuissance, d'horreur, elle les connaît, elle en a vu des esquisses quand, jouant à l'effrayer, il lui faisait des grimaces. Mais tout de suite, c'est pour de bon, c'est le vrai revers du sourire aimant, jamais elle n'a rien vu de pareil sur un visage humain. Et Byron ne voit rien, exclu du cataclysme qu'il a provoqué, car maintenant les regards qui se croisent, passant au-dessus de lui, le réduisant en cendres, ce sont ceux de Percy et Mary, affolée, égarée, prête à crier.

C'est lui qui, soudain, crie. Pousse un hurlement inhumain, prolongé. Byron sursaute, renverse son fauteuil en se levant. Polidori reste immobile, Mary paralysée : tous trois regardent Shelley qui, sans cesse de crier, les mains au visage, va comme un aveugle se cogner contre le mur. Il rebondit, s'écroule à nouveau, se redresse, il bave. À quatre pattes, suit le mur, continuant à hurler, comme s'il n'allait jamais s'arrêter, continue aussi à regarder Mary. Pas ses yeux, ses seins, comme Byron le faisait tout à l'heure en évoquant ceux de la sorcière. Il rampe presque à présent, se cogne, persévère dans son cri.

Byron et Polidori s'approchent de lui, effrayés, maladroits. Ils ont pour l'entourer des prudences de dompteurs tâchant de maîtriser un fauve pris de folie. Qu'il la comprenne ou non, Polidori le premier devine la raison de cette fureur, à la direction du regard et, prenant par le bras Mary terrorisée, la fait pivoter, l'éloigne à l'autre bout de la terrasse : il ne faut pas que Shelley continue à la voir. Puis il revient vers le dément, que Byron gifle à la volée, empoigne par les oreilles, secouant sa tête ; le cri dégénère en hoquet, les mains s'agitent, battent l'air. Passant derrière lui, Polidori le ceinture, le redresse. Il ne tient debout qu'ainsi soutenu, ses jambes restent à demi fléchies, on dirait un pantin désarticulé. Byron remplit un verre d'eau, lui en éclabousse la figure. Polidori lui prend le verre des mains, y trempe un linge dont il mouille les tempes de Shelley et, tout en murmurant des paroles que Mary ne peut entendre, le maintient en position verticale, l'aide à marcher, le guide comme un somnambule vers le petit salon dont la double porte ouvre sur la terrasse. On l'allonge sur le divan. Byron suggère quelques gouttes de laudanum, il monte en chercher dans son appartement. Polidori reste seul avec le malade dans le salon qu'éclaire faiblement la bougie de la terrasse.

Mary reste dehors, tremblant de tous ses membres. Cet accès de terreur a saisi Percy alors qu'il la regardait, c'est elle qui le lui a inspiré. Voulait-il répondre à sa crise, surenchérir, se venger ? Joue-t-il la comédie ? Il aime faire peur, il a toujours aimé cela : feindre soudainement la folie, de manière que Mary, et sans doute Harriett avant elle, et avant Harriett ses sœurs, toutes à la dévotion de leur aîné, croient n'être plus en présence de Percy, de l'amant ou du frère, mais d'un autre, un monstre, une bête sauvage qui usurpe sa place. Il aime cela. Byron aussi joue les vampires, les ténébreux, mais jamais il ne saurait faire peur comme Percy. Son visage manque d'agilité, à trop prendre la pose ses muscles faciaux ont perdu, s'ils l'ont jamais eue, cette mobilité de caoutchouc que Percy entraîne, exploite, qui lui permet, à vue, de devenir idiot, ou vieillard, ou furieux. Depuis plusieurs mois, il ne s'est pas livré à ce genre de folie, mais il y a longtemps aussi qu'il n'a pas relancé le jeu des rôles inversés : on dirait que ce soir il veut l'attirer sur ces territoires abandonnés, s'assurer qu'il y est encore souverain.

Elle vide son verre de vin, d'un trait, fait quelques pas sur la terrasse, s'accoude à la balustrade. Des lueurs se reflètent, lointaines, à la surface du lac. Ce fanal, là-bas, c'est la porte fortifiée derrière laquelle se renfrogne Sécheron. L'eau des montagnes y ruisselle dans les rues en pente. Il fait nuit, nuit noire. Il doit être terriblement tard. Mary plonge son visage dans ses mains, la tête lui tourne, elle se détourne, approche de la porte du salon.

De biais, elle regarde à l'intérieur en suivant l'angle de la porte entrouverte. Ils ont allumé des bougies et Byron, qui lui tourne le dos, élève le candélabre dans une pose pittoresque. De fait, le spectacle dont l'embrasure délimite une portion évoque un de ces tableaux de genre, scène nocturne illustrant quelque passage dramatique d'un roman : elle se rappelle une eau-forte gravée pour l'édition du fameux ouvrage de son père, *Caleb Williams*, qui lui faisait si peur quand elle était enfant. Byron et son chandelier occupent le premier plan. L'éclairage porte sur l'extrémité du divan où repose Percy, inanimé ou simplement calmé, elle ne sait pas. À son chevet, presque accroupi, se tient Polidori, qui croise son regard. Aussitôt, il jette un coup d'œil furtif à Shelley et, s'étant assuré que celui-ci ne l'observe pas, se tourne à nouveau vers Mary, pose son index sur ses lèvres. Combien de fois l'un ou l'autre aurait-il fait ce geste, cette nuit ? Elle recule d'un pas, le visage de Percy sort de son champ de vision. Elle croit entendre sa voix. L'idée lui vient à nouveau qu'ils complotent, tous les trois, que Percy les avertis de la crise de folie qu'il s'apprêtait à simuler, mais encore, pourquoi ? Que se passe-t-il ce soir ?

Polidori se lève, passe devant Byron et sort de la pièce. Il rejoint Mary et, la prenant par le bras, l'entraîne dans un angle mort de la terrasse.

« Ce ne sera rien, dit-il à voix basse. Une hallucination. Il faut qu'il se repose un moment.

— Mais qu'a-t-il dit ? J'ai entendu qu'il parlait.

— Vous voulez le savoir ? »

Le médecin dévoué a disparu. C'est Polidori l'acri-
monieux, le jaune et noir, qui lui sourit maintenant,
les lèvres étirées d'un seul côté de son visage blême.

« Il a dit que vous n'étiez pas Mary, sa femme, que
vous n'étiez pas Mary, la mère de son fils William,
que vous étiez une autre, une ennemie, et que les
pointes de vos seins étaient des yeux ouverts qui le
regardaient et lui voulaient du mal. Voilà ce qu'il a
dit.

— Vous mentez, souffle Mary.

— Demandez à mylord. »

Byron se tient sur le pas de la porte, il a laissé son
chandelier au chevet de Shelley et s'approche des
deux jeunes gens.

« Demandez à mylord », répète Polidori. Il glousse :
« Me croyez-vous assez poète pour imaginer de telles
visions ?

— Silence, Polly », coupe Byron.

D'une main, il écarte durement Polidori, passe
l'autre sous le bras de Mary. Ils s'éloignent du petit
médecin qui, sans cesser de sourire, triomphant,
s'assoit dans la bergère et se verse un verre de vin.

Le chuchotement va bien à Byron. Il limite la
gamme de ses effets et, affaiblie, sa voix gagne en
persuasion. Les bras entourant l'épaule de Mary, il
fait le rassurant, elle reste sur ses gardes : elle les sait
ligués contre elle, tous les trois.

« C'est fini, maintenant. Percy se repose un moment
et vous allez vous reposer aussi. Nous avons trop
parlé de fantômes, cela nous a détraqué les nerfs. »

Sans heurt, sans effort pour la diriger, il la guide
vers le petit escalier extérieur qui, de la terrasse,
monte vers une mezzanine aménagée en boudoir. Ils
gravissent les marches, Byron tire la porte vitrée.
Dans la pénombre, elle reconnaît la pièce où il lui

est arrivé d'attendre leur retour, quand ils navi-
guaient sur le lac. Docile, elle se laisse tomber sur la
méridienne. Derrière elle, le paravent est orné de
peintures représentant Jackson et Angelo, deux
boxeurs qu'Albé fait profession d'admirer.

«Attendez», dit-il, je vais vous chercher de la
lumière.

Il repart. Mary étouffe dans la pièce minuscule.
Elle ouvre la porte-fenêtre qui donne sur l'étroit
palier de l'escalier, formant balcon au-dessus de la
terrasse. À travers les nuages, l'éclat laiteux de la
pleine lune. Les flammes des bougies tremblent dans
l'escalier, Albé remonte, pose le candélabre sur la
table de chevet, près de la méridienne. Depuis le
début de la soirée, pense-t-elle, c'est lui qui dispense
et soustrait la lumière. Rien n'est normal : l'absence
des domestiques, cette parcimonie dans l'usage
des bougies, comme si l'on craignait d'être vus du
dehors, des villas qui s'étagent de l'autre côté du lac.
D'ordinaire, Albé ne s'inquiète pas des regards étrangers, pourtant curieux : un jour, dans la lunette
qu'elle a offerte à Percy pour son vingt-quatrième
anniversaire, elle scrutait l'autre rive et a surpris le
scintillement d'une autre lunette, braquée sur elle ;
les riverains les épient, se figurent sans doute que
la villa des Anglais est un théâtre d'orgies. Quand
elle le lui a dit, Albé a ri mais ce soir il se conduit
et impose à la compagnie une conduite de voleurs,
d'hôtes clandestins. En la quittant, tout de suite, il a
l'air d'un conspirateur. Elle le retient.

«Je vous en prie, Albé, qu'est-ce que Shelley vous
a dit ?

— Mais rien, ma chère amie, rien du tout. Ce sont
les nerfs. Reposez-vous.»

Il redescend.

S'il avait répondu la même chose que Polidori,

cette horrible histoire des yeux noirs au bout des seins, Mary serait sûre qu'ils se sont mis d'accord, qu'ils l'ont inventée ensemble, pour l'effrayer. La discrétion de Byron rend moins probable cette concertation : alors ce doit être vrai, il le lui cache justement pour ne pas l'effrayer. Percy a bien dit cela, il a eu la vision de Mary comme d'une ennemie. Plus qu'une femme blessée, comme tout à l'heure : un monstre, une autre.

Des yeux noirs au bout des seins. Noirs ? Polidori a-t-il dit noirs ou ajoute-t-elle ce détail, tout de suite ? Elle ne saura jamais. Si elle lui demande, tout à l'heure ou demain, il niera certainement, la regardera comme une folle. Déjà, on n'a plus reparlé de son éclat, de la scène qu'elle a faite à Percy, c'est comme si elle n'avait jamais eu lieu.

Elle voudrait retrouver son calme, faire cesser le battement précipité de son cœur. Bien allongée sur la méridienne, elle tend la tête en arrière, guette son propre souffle. Dégrafe son corsage, se redresse à demi, et prend ses seins entre ses mains, froid contre froid, en caresse les pointes dressées, grenues.

Il repose, à présent, quelques mètres au-dessous d'elle. Autant qu'elle se rappelle le plan de la maison, le boudoir où elle se trouve est exactement à l'aplomb du grand salon. Est-ce qu'il dort, tout de suite ? Est-il évanoui, ou bien sourit-il tout seul, ravi de son tour ?

Elle se demande si elle pourrait maintenant être dans ses bras, oublier tout cela, en rire même avec lui, ou si elle aurait encore peur.

Descendre, s'approcher de lui, passer la main dans ses cheveux, à son insu. Elle n'ose pas. Si elle s'y risquait, qui verrait-elle sur le divan ? Quel visage ?

Elle voudrait se représenter son visage. En vain. Tout à l'heure, déjà, elle a eu cette impression.

Tout à l'heure : il se tenait assis à califourchon, donc, sur le balcon de pierre blanche qui entoure la terrasse, le dos appuyé à l'une des colonnes. Il avait détourné la tête, comme si la conversation ne l'intéressait pas (c'était le moment où Albé et Polly se chamaillaient au sujet des vampires. Le jeu des rôles inversés était suspendu). Mary, les yeux fixés sur son profil perdu, sur les boucles de cheveux bruns recouvrant l'oreille, retombant sur la chemise très blanche, largement échancrée, a senti brusquement que son cœur battait plus fort, affolé par une émotion qui ressemblait moins à l'élan amoureux qu'à une sourde angoisse (pourtant, à cet instant, elle avait confiance en lui ; il venait d'assurer qu'il avait vu le capitaine Walton). Percy est une personne, se répétait-elle intérieurement, mais de cette personne elle ne connaissait plus qu'une tache d'étoffe claire, brillante dans la nuit orageuse : au-dessus de cette tache, le contour d'une chevelure, l'esquisse d'un visage que sa mémoire, déjà, s'appliquait vainement à compléter.

Un visage allongé, un nez busqué, le nez proéminent des Shelley qu'elle avait reconnu, pointant dans la mauvaise graisse que l'artiste n'avait même pas cherché à dissimuler, le jour où elle avait vu un portrait de son père, Sir Timothy. Elle n'avait jamais rencontré celui-ci, seulement vu ce portrait, quelques minutes, et pourtant elle se le rappelait avec précision et il lui a même semblé, tout à l'heure, que l'unique secours dont elle disposait pour reconstituer le visage de Percy était ce souvenir, cette image entrevue du vieux squire dont la face molle, qu'on lui avait appris à détester, s'imposait à elle comme si le tableau avait été placé devant ses yeux et retiré à l'instant. On n'aurait pas pu dire que Percy lui ressemblait, mais comme elle ne savait plus à quoi Percy ressemblait, il fallait bien s'aider de ce piètre modèle, assembler autour du nez Shelley — seul indice fiable, même Percy reconnaît cet héritage — une série de traits qu'elle pouvait décrire, non visualiser. Creuser les joues, recouvrir le front de cheveux en désordre, ourler plus délicatement la bouche, en gommer la mollesse, dégager le menton, mais ces corrections ne servaient à rien : le visage de Percy avait disparu. Elle aurait voulu, elle voudrait tout de suite posséder un portrait de lui : on se souvient mieux d'une image que de la réalité, d'un livre que de sa vie (et, si elle arrive un jour à écrire *Frankenstein*, elle pourra se rappeler cette nuit, tout ce qui maintenant lui échappe). Elle a souhaité alors que Percy se retourne, face à elle, ne bouge plus. Surtout ne bouge plus. Ne reprenne pas ce jeu des rôles intervertis dont elle savait déjà qu'il conduisait à la catastrophe. Son visage est trop mobile. Il en joue trop, s'anime, fronce les sourcils, tord le nez, ses yeux jettent des éclairs, il lui échappe, il lui fait peur. Elle a fixé son profil perdu avec une intensité délibérée, espérant que le poids de son regard le ferait se retourner, comme il arrive parfois, et l'immobiliserait. Mais il n'a pas bougé. Elle a eu envie de crier, de le supplier, eu peur aussi qu'il accède à ses cris, à ses prières, et que ce ne soit plus lui.

C'est ensuite qu'il s'est retourné et a dit : « Alors quoi ? »

Est-ce que cela a eu lieu, vraiment ?

Ils sont loin, si loin l'un de l'autre.

Ce n'est rien, a dit Albé, tout cela nous a détraqué les nerfs.

Tout à l'heure encore, sur la terrasse (était-ce tout à l'heure ou bien elle qui s'endort, qui bascule dans la fièvre ?) : elle le fixait, à nouveau elle le fixe et, malgré sa concentration, son avidité de le reconquérir, de le retrouver, lui — oh, faites qu'il se retourne, faites que ce soit lui! —, c'est elle qui est distraite, par le même procédé. Le regardant, elle se sent, se sait regardée et, bien sûr, ce n'est pas par lui. Avant même d'avoir tourné la tête, elle sait que ce regard est celui de Polidori.

Polidori. Il doit être encore en bas, sur la terrasse, assis dans le fauteuil, à se faire passer pour le capitaine Walton. Et si c'était vrai? Si le capitaine Walton était un imposteur? (Au lieu qu'un imposteur se fasse passer pour le capitaine Walton, elle s'y perd...) Ces yeux jaunes, ce visage pâle, ces vêtements de jeune pasteur haineux, si c'était cela, le capitaine Walton?

Elle a fermé les yeux, pour échapper à la lumière jaune. Et maintenant, elle le voit très distinctement, l'étudiant hâve et chiffonné, le médecin malade, étendu sur son lit; il a quitté le laboratoire tard dans la nuit, très tard, il s'est couché tout habillé, délaissant un moment ses travaux monstrueux. Les cauchemars l'assaillent, il marmonne quelque chose, qu'il est genevois de naissance, c'est tout ce qu'il sait. Il s'enfonce en marmonnant dans la fièvre du sommeil, comme dans un terrier, creuse plus loin, toujours plus loin, pour s'éloigner de la surface, il sait pourtant qu'une couche dérisoire l'en sépare, qu'il n'ira jamais assez loin, assez profond : l'épaisseur d'une porte, seulement, celle qui donne sur le laboratoire. La pousser ou la tirer? Elle sait, il sait aussi que le détail a son importance, mais pourquoi? Le déclic léger du loquet, ça y est, l'avertit dans son rêve qu'il peut toujours creuser, s'enfuir sous les couvertures souillées par ses bas noirs, ses godasses crottées, pas même retirées après des heures passées à patauger dans le charnier, c'est inutile, une main énorme écarte les rideaux protégeant le lit, arrache les couvertures et l'horreur est là, dressée à son chevet dans la lumière jaune, l'horreur qu'il a mise en marche, lancée vers sa destruction, qui va le menacer, tuer ceux qu'il aime et qu'il voudrait voir morts, étrangler le petit William qui pleure dans son berceau (et Claire qui n'entend pas, où est-elle ? où est passée Claire, on ne la voit plus jamais, si elle était morte, elle aussi, dans sa chambre ?). Et bien sûr le visage de l'horreur enfin stable, enfin arrêté dans sa fuite, plus de profil perdu, plus de grimaces, plus de portraits de Sir Timothy, ce visage est celui de Percy.

XXXVII

A-t-elle crié ou non ?

A-t-elle froid ou chaud, c'est impossible aussi à savoir ; elle tremble en tout cas, elle n'a pas cessé de trembler ce soir, ni d'avoir peur. Par vagues successives : à chaque fois, elle a cru que c'était la dernière, l'horreur ultime à quoi conduisait la nuit, toute sa vie concentrée dans cette nuit, et cela reprenait, une horreur, puis une autre, elle qui s'insulte par la bouche de Percy, Percy qui s'éloigne, Percy qui se rapproche, mais ce n'est pas celui qui s'est éloigné un moment plus tôt, maintenant c'est un ennemi, il lui voit des yeux noirs, haineux au bout des seins, Polidori qui ricane, répond avec une hardiesse incroyable (est-ce bien lui ?), qui a tué le capitaine Walton et usurpe sa place, avec qui il faut traiter pour connaître l'emplacement du trésor, la véritable histoire de Frankenstein, et Byron qui ne cesse de souffler des bougies : tout cela a un sens, conduit quelque part, elle n'y est pas encore. Elle baisse la tête, appuie le menton sur sa poitrine nue ; les lacets du corsage sont défaits, des gouttes de sueur luisent entre ses seins. Il s'est mis à pleuvoir, elle entend de grosses gouttes s'écraser sur le toit, lacérer le feuillage des arbres.

Est-ce qu'elle a crié ?

Sans doute pas. Son cri aurait attiré l'attention, interrompu la conversation, car on parle dehors. On serait venu. Ou bien non, peut-être veut-on lui faire croire qu'elle n'a pas crié, peut-être aussi sait-on très bien pourquoi elle crie, ça ne vaut pas la peine de se déranger : on ne peut rien y changer, elle a d'excellentes raisons pour crier.

On parle dehors, sur la terrasse. Suffisamment fort pour qu'elle entende. Elle reconnaît les voix, anormalement distinctes, qui montent dans l'air chaud, se glissent par l'ouverture de la porte-fenêtre. C'est pour elle qu'on parle, pour elle qu'on hausse le ton, qu'on détache les syllabes, pour que rien ne lui échappe. Elle peut toujours crier, on ne veut pas l'entendre, ce n'est pas prévu dans son rôle ; ce qu'on veut, c'est qu'elle entende. On dirait même qu'ils ont commencé à parler au moment précis où, réveillée, elle s'est trouvée en mesure de les surprendre. (Et si elle avait crié, pour les prévenir ?)

« C'est très beau, dit Byron, de ressusciter les corps (dans sa voix, le naturel forcé des acteurs qui parlent pour la salle, non pour leurs partenaires, et qui s'écoutent). Mais je dois vous avouer que ni notre Seigneur, ni saint Jean d'Ambéda ni aucune Légende dorée ne provoquent en moi cet effroi que nous recherchons. Racontée par vous, mon cher Polly, et bien que je ne vous croie pas quand vous dites y avoir assisté, l'expérience de Glasgow peut à la rigueur prendre des couleurs un peu terrifiantes. Mais une résurrection n'est jamais qu'une résurrection. On a un condamné à mort, on retrouve le condamné à mort vivant, c'est un peu court, vous ne trouvez pas ?

— Qui voudriez-vous ressusciter, alors ? (Polidori.)

— Mais je ne veux ressusciter personne, justement. Il est assez pénible de vivre pour qu'une fois cette corvée expédiée on ne soit pas obligé de la recommencer. L'obstination de vos revenants me fatigue. Non, plutôt que de remettre dans un corps sans vie l'âme qui s'en est échappée, je trouverais plus piquant qu'on en remette une autre.

— Et où iriez-vous la chercher ?

— N'importe où. Je suis sûr que ce monde, ou les autres mondes, sont pleins d'âmes errantes qui ne demandent qu'à s'incarner... »

Shelley, maintenant. Il est là, il a quitté le divan.

« Ce serait, dit-il, une étrange conséquence de la pluralité des mondes habités. Que des habitants de la lune, par exemple, méditent des invasions et profitent de nos expériences pour insuffler leurs vies à nos morts.

— Magnifique ! s'exclame Byron. Imaginez cette conquête, diffuse, clandestine, notre monde peu à peu envahi par les sélénites qui, pour donner le change, auraient à cœur de se conduire exactement comme nous.

— Bientôt, reprend Shelley, ils seraient maîtres du terrain. Nous n'existerions plus, nous autres indigènes. Ils nous auraient remplacés et poursuivraient sans nous le cours de notre histoire.

— Croyez-vous qu'il y aurait une différence ?

— Et si, poursuit Shelley sans répondre à la question de Polidori, et si cette invasion s'était déjà produite ? Comment le saurions-nous ? S'il s'en était produit, dans le passé, des dizaines, si cette terre que nous croyons nôtre ne nous appartenait pas plus que cette villa où se succèdent des locataires aussi différents, sans doute, que nous le sommes des sélénites, que les sélénites le sont des habitants de Mars et les habitants de Mars de ceux de Saturne ?

— Il faudrait pour cela, fait observer Polidori (comme tout cet échange semble réglé d'avance...), que l'art de la résurrection existe depuis longtemps. Or, la première expérience remonte à l'hiver dernier...

— Vous y étiez, nous le savons, coupe Byron. Mais vous avez l'aplomb de tous les hommes de science, Polly. Vous croyez inédit ce que vous venez d'apprendre. Qui vous dit que de tels procédés n'existent pas depuis l'Antiquité ?

— Il suffirait, dit Shelley, qu'à chaque fois les envahisseurs en aient fait disparaître les traces, pour n'être pas envahis à leur tour. Quand on s'installe dans une maison qu'on a cambriolée, on prend soin d'en changer la serrure.

— Qui vous a dit surtout, renchérit Byron, que votre expérience, votre résurrection si vous tenez vraiment à l'appeler ainsi, soit la seule voie d'accès à ces carcasses vides que nous appelons nos personnes et que viennent peupler tour à tour tous les habitants du cosmos ?

— Que faites-vous de la poésie ? demande Shelley.

— Ah, raille Byron, ne parlez pas de poésie à Polly, c'est son domaine, tout comme les vampires, et nous sommes des nains comparés à ce géant. Mais nous autres nains voyons des détails qui, de haut, peuvent lui échapper...

— Un poème, déclare Shelley avec solennité, est une porte par où peuvent s'engouffrer toutes les puissances du monde.

— Et les étrangères, complète Byron. Que faites-vous des rêves aussi, mon bon Polly ? Ne sont-ils pas une invitation à la visite, n'attirent-ils pas les âmes de l'éther comme cette bougie attire les insectes ? (Choc mat de la main s'abattant sur la table.) Qui diable croyez-vous vient nous hanter durant notre sommeil ?

— Nous remplacer », dit Shelley.

Pourquoi racontent-ils ça ? Pourquoi veulent-ils qu'elle entende ça ?

« J'ai étudié les rêves, proteste Polidori. Je sais que les situations de notre vie y paraissent transformées, altérées par les mécanismes subtils de notre esprit. L'étranger n'y est que notre propre image, brouillée par nos soins. Je suis peut-être ignorant en poésie, mais je connais assez les sciences pour vous dire que les rêves sont comme les auberges espagnoles où on ne mange rien qu'on n'ait apporté soi-même.

— Quel homme assuré, plaisante Byron.

— Mais que dites-vous alors des rêves prémonitoires ? demande Shelley. L'histoire nous en rapporte assez d'exemples, à commencer par celui de César. N'indiquent-ils pas que l'auberge est moins démunie qu'en Espagne et qu'on y trouve parfois des plats que, faute de connaître le futur, on n'a pu y apporter ?

— C'est vrai, dit Byron, mais prenez garde, Shelley : il faudrait alors se demander qui les a préparés à notre place, qui est le tenancier de l'auberge et c'est une question dangereuse pour vous, car elle risque de vous mettre en contradiction avec vos professions d'athéisme.

— Pourquoi ? dit Shelley. Je déteste le dieu que s'est inventé la secte chrétienne, mais je crois aux démons, aux esprits qui nous entourent, à la pluralité des mondes. Nous n'habitons pas seuls le nôtre, ni notre âme. Ce sont ces démons ou ces dieux qui tiennent l'auberge où nous passons nos nuits, ce sont eux aussi qui nous dictent nos poèmes, nos histoires et nos vies. Appelez-les sélénites, si vous voulez. Mais soyez sûrs que vos résurrections écossaises, votre galvanisme ne sont pas les seuls moyens de les invoquer. Il suffit de les inviter dans nos conversations pour qu'ils s'y glissent et viennent même nous y remplacer.

— Pour effrayer Madame Shelley, comme l'a fait le démon qui vous possédait tout à l'heure, dit Polidori.

— J'étais effrayé, moi aussi », répond Shelley d'une voix sourde.

Silence. Une rafale de vent ; les bougies, dans le boudoir, vacillent, Jackson et Angelo s'animent sur le paravent, comme poursuivant le combat. Mary se redresse, quitte la méridienne, regarde par la fenêtre. Elle devine que l'étrange mouvement va reprendre qui, depuis le début, entraîne la soirée. La sueur a séché sur son corps, elle néglige de rajuster son corsage et, écartant sans bruit les battants de la porte-fenêtre, s'avance sur le balcon, les seins à l'air. Tout effroi l'a quittée, elle n'éprouve plus maintenant que l'excitation d'une comédienne à l'instant d'entrer en scène. Elle ne connaît pas le texte. Dans la coulisse, seulement, elle a pu entendre le début de la scène, les autres acteurs qui campent leurs personnages, définissent la situation avec l'application laborieuse, didactique, qu'on remarque souvent au lever du rideau ; il leur faut se chauffer, s'acheminer vers le moment où se noue l'action, le moment de son entrée. Ils l'attendent, elle ne doit pas le manquer, bientôt va retentir la réplique qui lui sert de signal, lui dit que c'est à elle.

Elle se penche au balcon. Les autres ne la voient pas, savent-ils qu'elle est là ? Ils l'attendent, elle le sait. De son poste, elle surplombe la terrasse, observe les positions. Byron n'a pas quitté son fauteuil, ni Polidori sa chaise, de l'autre côté de la table de marbre. L'unique bougie, entre eux, continue d'éclairer faiblement la scène. Percy se tient debout, appuyé des deux mains au dossier du fauteuil de Byron qui ne peut voir son visage. Ils regardent tous deux dans la direction de l'escalier ; leurs yeux montent, lentement, comme s'ils détaillaient une marche après l'autre, jusqu'au balcon où Mary est apparue. Enfin ils la voient. Polidori, comprenant qu'il se passe quelque chose, se retourne, suit la direction de leurs regards. Elle se tient debout, poitrine nue dans la nuit d'été. Elle n'a plus peur.

Silence.

Voix de Byron. Désignant Mary de son bras tendu, son geste est théâtral.

« Regardez notre amie qui arrive. Qui nous prouve que c'est toujours elle ? »

À cet instant, un éclair zèbre le ciel d'encre. Mary seule voit les montagnes qui s'illuminent, le lac secoué d'un frisson, comme une nappe de métal en fusion. Tous se taisent, attendant le tonnerre dont le fracas enfin déclenché coïncide avec le moment où Mary, très droite, pose le pied sur la première marche. Le grondement s'apaise, aussitôt un second éclair décharge son électricité sur le lac, la campagne, les vergers dont chaque branche se détache avec une précision d'eau-forte, le visage de Mary totalement inexpressif. Elle s'y efforce, elle en jouit, le spasme de l'amour n'est rien comparé à ce plaisir-là : de l'intérieur, elle se représente ce visage délicatement modelé, presque anguleux, l'ossature fragile, la peau d'où le sang paraît s'être retiré, la poitrine offerte, épaules et seins nus, la tache mauve de sa robe, ses bras ballants le long des cuisses, rien ne lui échappe de sa propre apparition que le tonnerre ponctue une seconde fois et qui impressionne tant les trois spectateurs que même la voix de Byron

semble mal assurée, plus aiguë que d'habitude, lorsqu'il lance une médiocre boutade :

« Encore un coup, et le rideau pourra se lever ! »

Le troisième éclair tarde cependant, le silence
s'abat de nouveau sur la terrasse, éteignant la bougie agonisante. Est-ce le vent, qui l'a pourtant épar-
gnée jusqu'alors, est-ce l'épuisement de la cire qui,
devenue liquide, absorbe d'un coup la flamme, ou
bien est-ce Byron qui l'a soufflée lui-même, pour
compléter la mise en scène ?

Un choc, un bruit de vitre cassée. Non, de verre :
quelqu'un a dû renverser la bouteille de vin, posée
sur le sol.

Dans l'obscurité, Mary descend une marche, une
autre. Elle essaye de se figurer le tracé de la carte
que doit dessiner le vin répandu par terre. Elle
pourrait entendre la pierre poreuse absorber le
liquide, comme un buveur goulu qui, en même
temps, avale sa propre salive. Elle déglutit, cette
attention extrême l'apaise, chaque détail aide à sa
concentration. Elle n'est plus Mary Godwin, à présent, plus même une de ces correspondantes imaginaires dont la succession multiplie infiniment Mary
Godwin dans l'espace et le temps, elle n'est plus
rien, nulle part, elle est une autre, une jeune femme
qui vient de sortir d'une pièce obscure, une coulisse,
un placard, et descend un escalier, dans le noir, vers
une terrasse blanche.

Sans émettre aucun son, ses lèvres esquissent un
mot, le répètent ; elle l'a entendu tout à l'heure (tout
à l'heure ?) formé par la bouche du capitaine Walton, au moment où se refermait le placard :

Bravoure.

Encore une marche, dans le noir. Elle descend.

Bientôt le dernier éclair.

XXXVIII

Voilà.

Il découvre et fige, en gravant leurs contours comme en plein midi, les trois hommes qui l'attendent sur la terrasse blanche.

Noir de nouveau, grondement de tonnerre.

Du pied, quittant la dernière marche, elle tâtonne sur les dalles, avance dans l'obscurité. Les présences autour d'elle, les souffles retenus. Une tache blanchâtre, devant : la chemise du grand jeune homme aux cheveux bouclés, debout près de la balustrade. Arrivée à sa hauteur, elle tend les mains, touche son visage. Du bout des doigts, elle en redessine l'ossature, l'arcade des sourcils, l'arête du nez, le creux des joues. Elle approche ses lèvres des siennes, pense que ça y est enfin, qu'ils s'embrassent à leur insu. Sans qu'elle ait rien dit, il a compris, murmure en quittant sa bouche, longeant sa joue jusqu'à l'oreille qu'il effleure :

« À l'insu de qui ? »

Une lumière, tout à coup : ce n'est pas celle, extrême, de la foudre qui rend les ombres claires et précipite toute clarté dans une encre d'eau-forte, mais, ambrée, rassurante, celle d'une chandelle qu'on allume. Une autre. L'homme trapu, près de la table, vient de battre le briquet, d'enflammer une à une les bougies du grand candélabre — à l'exception de celle qui brûlait tout à l'heure et qu'on ne peut ranimer.

Bien qu'elle puisse le voir, elle poursuit son examen d'aveugle, ses doigts s'attardent sur le cou offert, la gorge où la pomme d'Adam monte et descend au rythme d'une déglutition sèche. Le jeune homme la regarde, lui sourit. Elle sourit à son tour.

« Te voilà enfin, dit-il, nous t'attendions. »

Elle voudrait dire qu'elle n'aime pas ce nous, qu'elle ignore les autres, qu'elle l'a trouvé enfin et que lui seul compte ; elle se tait. Le jeune homme saisit doucement ses poignets, mais ce n'est pas pour interrompre l'inspection de ses doigts. Il promène les siens sur ses avant-bras nus, sur ses seins qu'il caresse. Il sourit toujours.

Derrière eux, l'homme trapu parle ; il s'adresse à elle :

« Débarquement réussi. Vous n'avez pas eu peur, c'est bien. »

Elle n'a pas peur, en effet. Toute sa vie elle a eu peur et maintenant c'est fini, elle est arrivée.

« Où suis-je ? » demande-t-elle.

Le jeune homme qui lui tient les poignets reste silencieux. La voix de l'homme trapu s'élève à nouveau, musicale, travaillée :

« Au bord du lac. Regardez. »

Il s'approche d'eux, le chandelier à la main et, en étendant le bras, tente d'éclairer le paysage avec ses quatre flammes dérisoires, un halo qui troue l'obscurité au point précis où il le porte, mais ne saurait la dissiper. Des branches tordues, au premier plan, d'arbres fruitiers.

« Il n'y a pas de lac à Brighton, dit-elle.

— Chut, souffle le grand jeune homme.

— À Genève, si, répond le porteur de bougies. Nous sommes villa Diodati, Milton y a habité. Approchez donc, mon capitaine. »

Le capitaine Walton s'avance dans le cercle de lumière. C'est un petit homme au visage de Chinois, fripé.

« Ce soir, dites Polidori », corrige-t-il. (Dans sa voix, la majesté paisible d'une altesse royale jouissant de son incognito, lorsqu'elle est sûre que tout le monde l'a percé.)

« Nous avons cru que vous n'arriveriez pas, jusqu'à la dernière minute. »

Elle se détourne, regarde le jeune homme qui lui tient les poignets.

« Qui es-tu ? »

Elle attend sa réponse, certaine qu'il dira la vérité. Il sourit encore, jette un coup d'œil au capitaine, soit pour quêter son approbation, soit pour s'assurer qu'il ne peut les entendre, et murmure :

« Tout de suite, Percy Bysshe Shelley.

— 1792-1822 », ajoute le petit homme fripé qui a tout entendu et joue les souffleurs. Il est tout près d'eux. Elle se retourne, inquiète.

« 1822 ? »

Celui qui, maintenant, se fait appeler Shelley lui jette un regard de reproche. Mais le capitaine (non, Polidori) continue :

« Encore presque six ans. Ne vous effrayez pas, on peut faire beaucoup de choses en six ans, même être heureux. »

Elle sait cela, elle l'a lu, mais elle ne sait plus très bien comment l'histoire finit.

« Noyade, dit doucement Shelley.

— Bien sûr, ajoute Polidori. C'est dans l'ordre des choses. Je peux vous raconter, si ça vous intéresse. »

Il n'attend pas de réponse, poursuit calmement,

comme s'il se faisait la lecture à voix haute, pour lui-même.

« Vous habiterez Casa Magni, une villa isolée entre Lerici et Sant'Arenzo, dans le golfe de La Spezzia, en Italie. Vous serez toujours ensemble. William, votre fils William, aura grandi. Ce sera l'été, il fera chaud et lourd. Depuis plusieurs semaines, les paysans soupireront après la pluie qui tardera à venir, pas comme cet été. Chaque jour, sur le chemin rocailleux qui passe derrière la villa, défileront des processions de prêtres et de moines qui imploreront les larmes du ciel. Le 8 juillet, enfin, l'orage les comblera. Le 8 juillet aussi, Shelley et un ami que vous ne connaissez pas encore quitteront Livourne où ils avaient à faire pour regagner La Spezzia à bord de leur nouveau bateau le *Don Juan*, ainsi baptisé en l'honneur de notre ami (complétant les présentations, il désigne l'homme trapu, qui salue). Ce nom vous irritera, comme il vous irriterait aujourd'hui. Au moment de leur départ, le brouillard tombera, il n'y aura pas un souffle de vent sur le port. Ils disparaîtront, on ne les reverra plus. Vous serez terriblement inquiète. Le 15, des pêcheurs retrouveront sur une plage, près de Viareggio, deux cadavres décomposés, couverts d'algues, gonflés par un long séjour dans l'eau. On ne reconnaîtra le corps de Shelley qu'en trouvant dans sa poche un volume des poèmes de Keats. Vous pleurerez. »

Déjà, elle a la gorge serrée.

« Par suite de complications administratives, continue le petit homme, les funérailles n'auront lieu qu'un mois plus tard, sur la plage de Viareggio. Une forêt de pins la borde, des épaves jonchent le sable noir. À l'horizon se détache l'île d'Elbe, et des bâtiments blancs le long de la côte. Il fera beau, l'assistance sera nombreuse. Vous ne serez pas là, mais

Lord Byron si. Vers midi, on transportera sur un bûcher les restes des noyés. Lord Byron s'emparera du crâne de Shelley qu'il prétendra nettoyer, faire polir et utiliser ensuite comme hanap — ce qu'il ne fera jamais. Le bois résineux du bûcher s'enflammera très vite, Byron l'entretiendra avec du vin et du sel, la chaleur et la puanteur seront abominables. À quatre heures, les corps seront entièrement consumés et, avec des rondins, on fera glisser dans la mer ce qui restera du bûcher. Byron, alors, se dévêtira, se jettera à l'eau et nagera vers son bateau, le *Bolivar*, ancré dans la baie. Mais il se sentira vieux, malade, son corps le trahira. Il vomira. Ses ordures lui feront, à la surface de la mer, une auréole de dégoût. Il reviendra vers la plage, tant bien que mal, et mourra deux ans plus tard. C'est une des fins de l'histoire.

— Elle ne viendra pas trop tôt », soupire l'homme trapu qui s'est assis dans le fauteuil.

La jeune fille regarde avec colère le petit homme, apparemment satisfait de sa prophétie.

« Et vous, ne mourrez-vous jamais ?

— Le premier, répond-il. Dans quatre ans. De retour à Londres, tandis que vous serez tous en Italie, je me suiciderai. C'est dans l'ordre des choses aussi : trop de cauchemars, trop de haine, trop d'opium... C'est un des débuts de l'histoire.

— Et moi ? demande la jeune fille, pour compléter l'obituaire.

— Vous vivrez vieille, Mary, répond Polidori. Vous nous survivrez à tous, longtemps. Cette fin-là n'est pas intéressante : vieillesse, tristesse... autant ne pas en parler. Mais bientôt vous écrirez *Franken-stein*. De l'histoire dont je vous ai fait cadeau ce soir, vous tirerez un grand livre, et on n'oubliera jamais votre nom. Vous me ferez beaucoup de mal aussi. »

Elle est émue, regrette. En même temps, elle est heureuse à cause de *Frankenstein*.

« M'en voudrez-vous toujours ?

— Toujours, jusqu'à la fin. Mais j'en voudrai toujours à tout le monde, à mylord à cause du *Vampire*, à Shelley, à vous, à moi surtout, alors... À vous, pourtant, je n'en veux qu'à moitié. Vous m'avez humilié et pillé comme les autres, mais vous n'avez pas écrit la bonne histoire. Ou vous ne l'écrirez pas, comme vous préférez.

— Quelle est la bonne, alors ? s'inquiète-t-elle. Celle de votre mort, celle de l'hôtel chinois ? Les Terriens aux yeux clairs remplacés par les Martiens aux yeux noirs ?

— En 1816, corrige Byron, on dit plutôt des sélénites. Ces anachronismes vous trahissent, prenez garde.

— Un de plus, un de moins, nous en avons commis pas mal, dit Polidori. Mais non, la bonne histoire, ce n'est pas non plus celle des sélénites. Enfin, c'est une bonne histoire, mais ce n'est pas l'histoire. Seulement une branche parmi d'autres, sur laquelle nous nous sommes risqués comme ça, pour voir. La véritable histoire, ce serait l'arbre tout entier, la somme des histoires qu'ont pu se raconter ou imaginer quatre bavards, cette nuit de juin 1816, sur la terrasse de Diodati. C'est leur invitation, notre visite.

— Ou le contraire, dit Shelley, rêveur. On ne sait pas qui a commencé.

— Ça dépend. Croyez-vous que nos hôtes puissent imaginer Londres telle que nous la connaissons, l'hôtel chinois, la murder party ? Croyez-vous qu'ils puissent imaginer nos noms ?

— Ils peuvent toujours en inventer, dit Byron. Tenez, par exemple : Ann, Allan, Julian, le capitaine Walton...

— Vous trichez, mylord, reproche Polidori avec indulgence.

— Pas vraiment. Le capitaine Walton, au moins, nous le connaissions déjà. Il y a plusieurs jours que Mary l'appelle à son secours pour qu'il lui écrive son roman. »

Elle voudrait dire à Albé qu'il n'a aucune raison de le savoir, que même là il triche, mais tant pis, elle laisse tomber. Il y a d'autres choses qu'elle voudrait comprendre. Elle se tourne de nouveau vers Polidori.

« Vous vous appelez vraiment Robert Walton ? » lui demande-t-elle.

Il sourit.

« Oui. Et je suis même capitaine, de la Royal Navy. C'est peut-être ça, le point de départ de l'histoire. Un hasard, et puis tout s'assemble. Comme vous n'arriviez pas, vous, Mary, à trouver le sujet de *Frankenstein*, vous avez rêvé de déléguer ce soin au capitaine Walton. Vous vous êtes même demandé, rappelez-vous, s'il existait quelque part un capitaine portant ce nom que vous veniez d'inventer. Peut-être y en avait-il un en 1816, je ne sais pas, peut-être même avait-il une sœur...

— C'est vrai, dit Mary. La sœur. Nous l'avions oubliée.

— C'était assez compliqué comme ça, non ? Il faut savoir s'arrêter. L'important, c'est qu'en 1984, longtemps après notre mort à tous, un vrai capitaine Walton tombe sur votre livre et, de cette homonymie fortuite, tire le jeu grâce auquel nous avons pu répondre à l'invitation de nos hôtes. Être derrière la porte au bon moment.

— La pousser quand ils la tiraient, ajoute Shelley, l'air très frappé par ses propres paroles.

— Il y a une chose, dit Byron, que je ne m'explique

pas bien. J'ai failli vous poser la question l'autre jour, quand je vous ai quitté pour aller chercher Ann et l'enfermer dans l'hôtel...

— Là, vous y êtes tout de même allé un peu fort, observe Shelley.

— Oh, s'excuse-t-il, on se laisse entraîner, parfois. L'ivresse de l'improvisation... (Il se retourne vers Polidori.) Non, ce que je ne comprends pas, c'est pourquoi, alors que vous étiez quand même le grand chef, dans tout cela, vous avez choisi de jouer Polidori. À votre place...

— À ma place, vous vous seriez attribué le rôle de Lord Byron? complète Polidori, qui s'amuse visiblement. Mais c'est pour cela, mylord, que vous le jouez si bien. Je n'ai pas vos dispositions. J'aime mieux mon emploi subalterne. Il m'a laissé la liberté d'agencer l'histoire à mon goût, dans l'ombre, et puis... (il hésite)... et puis c'est affaire de tempérament, d'affinités personnelles. Ne m'en demandez pas plus. »

Les autres se taisent, gênés un instant. Fugitivement, Mary pense que le chagrin est le seul vrai motif d'inventer des histoires et qu'il ne faut pas insister : le capitaine se déroberait.

« Peu importe, dit Byron. Nous sommes ici, et cela seul compte.

— Allons-nous y rester? demande Mary.

— Je ne crois pas, dit Polidori. Le jour va bientôt se lever, nos hôtes vont se fatiguer. C'est difficile, pour eux, de dire ce que nous disons, de ne pas s'y perdre. De ne pas faire attention à ça, par exemple. »

Une voiture passe, derrière la haie. Mary écoute décroître le bruit du moteur. Elle sait que Polidori a raison, comme d'habitude : ils n'arriveront pas à retenir Ann et les autres, déjà ses compagnons trébuchent, bientôt ils auront chassé les visiteurs.

« Ils vont nous chasser, dit-elle tristement.

— Où irons-nous, alors ?

— À Brighton. Nous retournerons dans nos chambres, dormir.

— Ou sur la lune, dit Byron.

— Mais il n'y a plus personne, sur la lune, dit Shelley. Maintenant que les sélénites ont envahi notre monde, c'est ici, la lune.

— Dans cet épisode seulement, murmure Polidori. Dans cet épisode.

— Quand même. Tout de suite, nous sommes les sélénites. Voilà une grande nouvelle. »

Shelley tourne la tête vers Mary ; il n'a pas lâché ses poignets.

« Il faut que votre livre en soit la prophétie. Il faut que vous racontiez tout cela, dès demain.

— Impossible, coupe Polidori.

— Pourquoi donc ?

— Pourquoi ? (Il paraît soudain triste, lui aussi.) Parce que demain, vous aurez tout oublié. Tout ce qu'ont dit nos hôtes, tout ce que nous disons en ce moment... Moi seul me rappellerai, moi seul pourrai écrire la véritable histoire de Frankenstein.

— Et de cette nuit », ajoute Mary.

Elle voudrait qu'il le fasse, que cette histoire existe, même si elle ne la lit jamais. Ou bien qu'Allan ait caché un magnétophone, sur la terrasse.

— Mais vous ne l'écrirez pas, Polly, je vous connais, dit Byron.

— Qui sait ? Peut-être pas moi, peut-être que j'oublierai tout comme vous. Mais le capitaine Walton (il cligne de l'œil vers Mary) aura plus de mémoire. Il l'écrira un jour, dans la maison vide, après avoir vécu les derniers jours du pauvre John Polidori — dont vous ne saurez rien. Au moins, il en écrira quelques bribes : l'histoire des sélénites par exemple, qui vous plaît tant. Personne ne le croira, personne ne le lira, ce n'est pas grave.

— Voulez-vous dire par là que votre hôte est plus intelligent que les nôtres ? » raille Byron.

Polidori sourit de nouveau. Il n'arrête pas de sourire, tristement.

« Ne l'auriez-vous pas remarqué, mylord ? C'est le capitaine, après tout.

— Il est vrai, consent Byron, que vous êtes plus délié ce soir que d'habitude. C'est même affreux de penser qu'une fois dans votre vie vous aurez été si brillant et qu'il n'en restera rien. Un mirage.

— C'est affreux en effet, dit Polidori. Mais rien ne vous empêche, mylord, de prendre note de mes propos. Comme d'habitude. »

C'est à son tour de lancer un défi, un pari. Il sait qu'il le gagnera et, de l'en voir si sûr, Mary a envie de pleurer. Elle voudrait qu'il reste le capitaine Walton au lieu de redevenir l'affreux Polidori, sans qui le capitaine Walton n'existerait pourtant pas. Elle voudrait suspendre le mouvement, que rien ne bouge, que cela continue, rester là, ne pas perdre Allan.

« Trop tard, dit Byron, je suis fatigué. Quand j'apprendrai votre mort, Polly, je vous promets d'y repenser. Ce sera vague, incertain, brouillé par le souvenir irritant que j'aurai de votre personne, de vos tragédies stupides et de votre susceptibilité. Mais je me répéterai sans cesse, pour m'en persuader, qu'une nuit de juin 1816, John William Polidori, docteur en médecine, poète malchanceux et compagnon rabat-joie, nous a tous étonnés en dirigeant un jeu où d'autres nous remplaçaient.

— Vous oublierez, mylord. Plus vous ferez d'efforts, à supposer que vous les fassiez, plus ce souvenir vous échappera. Déjà, avouez-le, vous ne sauriez plus dire comment tout cela a commencé. »

Mary relève le défi.

« Pourquoi, s'écrie-t-elle, ne pas le noter tout de suite ? Avez-vous du papier, une plume ? »

Polidori se lève, rentre dans la maison et revient avec un nécessaire à écrire. La jeune fille prend place sur une chaise, devant la table, et, la plume en l'air, cherche les premiers mots.

« Demain matin, prédit Polidori, ça n'aura plus de sens, vous n'y comprendrez rien. »

Oh, pense-t-elle, si seulement un des trois avait un magnétophone ! Elle n'entendrait jamais la bande, qui pourtant existerait, 168 ans plus tard (elle a déjà fait ce calcul, mais quand ?).

« Demain matin, c'est aujourd'hui, annonce Shelley. Regardez, le ciel pâlit.

— Dans l'ordre, dit Mary, ignorant sa remarque. D'abord, nous avons parlé des vampires, c'est bien cela ? »

Sur la feuille, elle écrit :

Parlé de vampires avec Lord B., P. et S.

Elle s'arrête, hésite. Faut-il noter aussi son accès de violence, les insultes dont elle a accablé Shelley ? Elle décide que non, reprend :

Puis la conversation se porte sur les morts vivants et P. nous raconte une expérience à laquelle il a assisté : résurrection galvanique d'un condamné à mort. Je sais que j'ai trouvé l'idée de Frankenstein *et P. m'en fait gracieusement cadeau.*

« C'est gentil, d'écrire ça, commente le petit homme qui, penché par-dessus son épaule, lit à mesure qu'elle écrit. Mais vous l'oublierez aussi. »

Elle ne relève pas le reproche, continue :

Lord B., alors, récite les vers de Christabel *où il est question de la sorcière et S. en est vivement affecté. Il crie en me regardant, comme si je lui faisais peur. Lord B. et P. l'entraînent sur le sofa, pour qu'il se repose.*

« Vous pouvez aussi écrire qu'il vous imaginait avec des yeux à la place des seins. C'était vrai, vous savez. »

Elle grimace.

« Des yeux noirs ? demande-t-elle.

— Tiens, vous vous rappelez encore ça ? Les lunettes fumées, les verres de contact ? C'était une transposition un peu timide, je l'avoue. Vous vous rappelez l'hôtel chinois ? Notez-le. »

Docilement, elle écrit :

S. m'imagine avec des yeux noirs au bout des seins.

Puis elle repose la plume. L'hôtel chinois. Elle s'y est mal prise, il n'aurait pas fallu commencer par là, mais parler de l'hôtel chinois, raconter comment Julian a voulu lui faire croire que les Martiens — les sélénites, corrige-t-elle — avaient envahi la Terre, et qu'ils avaient tous les yeux noirs. Il faudrait reprendre tout dans l'autre sens, depuis le début — mais quel début —, raconter l'hôtel, le manuscrit, Brigitte, Allan, Brighton... et même Bernadette, Gérard, le boxeur Tim Bishop. Retenir Allan, surtout, le garder, écrire son nom. Elle l'écrit, quand même. C'est au moins ça :

Allan.

S'arrête encore.

« Je n'arrive pas, soupire-t-elle.

— Bien sûr, dit Polidori. Moi non plus, je ne saurais pas tout raconter. Il faudrait que je me rappelle ma mort, dans quatre ans, la maison vide, Teresa. Vous ne savez même pas qui est Teresa, ça n'a pas grande importance. Et puis l'opium, les portes tirées pour remonter, la cabine du capitaine, le manuscrit écrit, pour vous, sur la tablette de la coiffeuse, l'hôtel chinois encore, et c'est à ce moment que vous arrivez, que vous pourriez prendre le relais, si vous vous rappeliez. Mais vous ne vous rappelez pas. »

Les deux autres ne les regardent pas, ils les ont abandonnés. Elle est en colère, maintenant.

« Mais où faut-il commencer ? Où est-ce que ça commence ?

— Nulle part (Polidori ricane). Ça pourrait commencer tout de suite, sur cette feuille, si vous étiez capable de continuer. Laissez tomber. »

Ne pas lui obéir, surtout. Elle relit ce qu'elle a écrit, ajoute le mot « *magnétophone* », continue :

Lord B., voyant ma nervosité, me persuade d'aller m'allonger dans la petite pièce au-dessus du salon. Là, je fais un cauchemar où un pâle étudiant en médecine, qui ressemble tour à tour à P. et à S., insuffle la vie à une créature monstrueuse. Je sais que cette créature va le persécuter,

Hésitation.

tuer William (elle troue le papier, à force d'appuyer sur la plume). *Ce sera l'histoire de* Frankenstein. »

« De cela, prophétise Polidori, vous vous souviendrez. C'est déjà beaucoup, non ? »

Si c'était vrai, au moins... Elle continue, battue d'avance.

Je me réveille très agitée. J'entends mes trois com-
pagnons qui parlent sur la terrasse. Ils disent que le
monstre est en vérité une âme étrangère, un sélénite,
et que peu à peu de telles âmes se substitueront aux
nôtres. Il me semble alors que moi-même je deviens
une autre.

« Vous voyez bien, triomphe Polidori. Il vous
semble. Tout à l'heure, vous *étiez* une autre. C'est
fini. Dès qu'on essaye d'écrire, c'est fini. »

Elle hausse les épaules, jette violemment la plume
sur la table. C'est à partir de là qu'il faudrait ne rien
omettre, mais les mots se dérobent, le souvenir s'es-
tompe avec eux. À partir de là, du point où elle a
posé la plume, mais en est-elle au moins sûre ? Elle
ne sait même plus quand tout a commencé, quand,
dans le cours de la nuit, les autres sont arrivés.
Quand elle était dans le boudoir, avec Jackson et
Angelo, quand elle est descendue, ou avant, bien
avant, à son insu ? À leur insu à tous. (Les sélénites
sont rusés, tapis derrière leur porte.)

Relevant la tête, elle regarde devant elle. Accoudés
à la balustrade, Shelley et Byron tournent le dos,
guettent le lever du soleil. À la surface du lac, la
brume s'effiloche : c'est le moment où les couches de
nuages accumulées chaque soir se dissipent, où les
étoiles deviennent enfin visibles, pour disparaître
aussitôt. Elles sont très pâles, s'éteignent.

« Il fera beau aujourd'hui », déclare Shelley.

Il dit cela chaque matin, et chaque jour il fait mauvais.

C'est à cause du volcan, pense-t-elle, de Java.

Il s'approche d'elle. Noyé dans six ans.

« Nous devrions rentrer. »

Byron s'étire.

« Cette nuit m'a fatigué. Nous n'avons guère bu, pourtant. »

Deux bouteilles vides sur la terrasse, l'une renversée par terre. C'est peu, en effet.

« Mais nous avons trop parlé », dit Polidori, et elle s'étonne de le voir si empressé à rallier le mouvement amorcé pour s'éloigner de la nuit, des fantômes qu'ils ont agités tous les quatre, et qui maintenant se séparent, quittent leur terrasse, regagnent leurs chambres. Dans le couloir, ils rencontrent les femmes de ménage qui doivent les croire ivres ; le téléphone sonne, à la réception.

Il faudrait se forcer à continuer d'écrire, mais c'est impossible, elle le sait, il n'en restera qu'un regret, une déception. Elle rejette les yeux sur la feuille, grimace ; ce n'est pas cela qu'il aurait fallu noter, ce n'est pas la bonne histoire. Reprenant la plume, elle trace, au hasard, quelques mots dont le sens se retire : « *Capitaine Walton. Hôtel chinois. Brighton* (elle connaît Brighton, elle y a passé des vacances, enfant). *William. Jim* (elle ne sait plus qui c'est, plus du tout). *Bravoure. La Spezzia* » (elle raye ces deux mots, sachant très bien qu'elle les retrouvera, sous le trait de plume, que de cela, hélas, elle se souviendra. Six ans seulement, plus que six ans)...

Elle abandonne, pour de bon cette fois. La tête lui pèse, elle se sent vide, le corps dolent, épuisé. Vide surtout. Elle voudrait dormir trois jours, couchée auprès de Percy.

Elle se lève, s'approche de lui qui l'entoure de ses bras. Voilà, le soleil apparaît, derrière les montagnes. Byron plisse les yeux, comme si l'éclat de l'astre, pourtant pâle, l'offensait. Contre la balustrade, il brise le goulot d'une bouteille d'eau gazeuse, se blesse les lèvres en buvant avec avidité. Sans commenter le désordre de sa tenue, auquel elle n'a même pas pris garde, Percy rajuste tendrement son corsage. Comment a-t-elle pu aller et venir ainsi, les seins à l'air ?

L'usage de Diodati ne comporte ni au revoir ni remerciements. Albé, sa bouteille à la main, est déjà rentré dans la maison après avoir grimacé un sourire, un filet de sang au coin de la bouche. Sur la table, elle ramasse la feuille où elle a commencé à écrire, la glisse dans son corsage et donne au passage une petite tape amicale sur l'épaule de Polidori qui, dans la lumière de l'aube, paraît soudain vieux et chiffonné, la peau tirée sur le visage comme un mandarin chinois.

Hôtel chinois.

Il sourit machinalement. Bientôt il va mourir, elle le sait, il le sait aussi. Et rester seul en attendant, toujours seul.

Percy l'attend en haut des marches, qu'ils descendent ensemble.

XXXIX

Le chemin de Montalègre, à travers les vergers, est
boueux, glissant. Les feuilles des arbres retiennent
des paquets d'eau qui se déversent sur eux lorsqu'ils
les effleurent. Ils marchent d'un pas lent, pieds nus
tous les deux : ils ont oublié leurs souliers à Diodati
mais il leur tarde tant de se coucher que, plutôt que
de rebrousser chemin, de refaire la faible distance
qui les sépare de la villa, ils préfèrent arriver crottés,
revenir les chercher plus tard, demain.

Demain le week-end sera fini, ils retourneront à
Londres.

Percy lui entoure les épaules de son bras et, bien
que cette position rende la marche malaisée en
raison de leur différence de taille et des accidents
du sentier, elle souhaite rester serrée contre lui jusqu'à la maison. À peine arrivés, ils ne se sépare-
ront que le temps de se dévêtir et se coucheront
ensemble, emmêleront leurs jambes, il prendra ses
seins dans ses mains, ils s'endormiront ainsi, la
fenêtre ouverte, le soleil entrera dans la pièce aux
murs de bois, chauffera leurs corps, il lui semble
qu'elle dort déjà. Elle marche les yeux mi-clos, les
jambes délicieusement lourdes, griffées par les
ronces qu'elle sent à peine. Les sonnailles d'un âne

qu'ils croisent sur le chemin, et qui les oblige à s'écarter, le salut du paysan qui suit au bout du licol lui font reprendre conscience, elle allait s'endormir sans cesser d'avancer. Derrière ses paupières jointes, les images étaient lumineuses ; le lacis des veinules, le tissu rouge pâle accueillaient comme des ombres chinoises les formes des objets qui défilaient devant elle : une branche, un arbre, un rocher. Comme on se rappellerait un rêve dans un autre rêve, elle se rappelle son cauchemar, la lumière jaune, le monstre. Il ne faut pas oublier cela, ni le capitaine Walton, ni rien de cette nuit. Elle sent le contact de la feuille de papier pliée entre ses seins et la main de Shelley posée sur son épaule. Ses doigts, tout en marchant, effleurent sa clavicule, suivent le dessin de l'os. Ils se rappelleront tout, ensemble. Il est proche d'elle, à présent. Qui a dit qu'il mourrait noyé ? Elle sans doute, qui ne cesse de se le répéter, chaque jour, qui craint la visite de quelque rustre navré, retournant son chapeau entre ses mains calleuses, ne sachant comment lui annoncer l'horrible nouvelle. Elle secoue la tête, le regarde. Il sourit sans la voir, s'aperçoit enfin de son regard, se penche sur elle.

L'escalier de bois craque sous leurs pas. Inondée de soleil, la petite terrasse de Montalègre paraît plus vermoulue, la balustrade plus fendillée. Claire, par chance, doit dormir encore, après une nuit passée à veiller en les attendant. Elle détesterait l'affronter tout de suite, avec son visage triste de femme délaissée. Pendant leur absence, elle a rangé la chaise longue, peut-être fouillé à la recherche du carnet. Peu importe. Ce matin, le carnet n'a plus de raison d'être. S'ils n'étaient si fatigués, elle le montrerait volontiers à Percy. Ensemble, ils s'amuseraient de ces enfantillages. Elle lui en a déjà parlé cette nuit, non ?

Ils n'ont pas fait de bruit, pas réveillé Claire ni William, ils sont dans la chambre à présent. Les murs sentent la résine, les persiennes mi-closes laissent passer le soleil, des poussières dansent sur le plancher aux lattes disjointes. On entend le ruisseau dehors, des insectes. Des sabots, sur le chemin qui passe au-dessus de la maison.

Un à un, il défait les boutons de sa robe qui glisse à ses pieds. Du corsage, il retire la feuille de papier pliée en huit, la pose sur la table de chevet, de son côté. Dans ses gestes, le respect dû à un objet précieux.

Elle est nue, s'étend sur le lit, repoussant les draps qui leur tiendraient trop chaud. Il se dévêt à son tour. De dos, regarde par l'entrebâillement de la fenêtre, à travers les branches du pommier, dans les trouées lumineuses qui ouvrent sur le lac. Elle attend qu'il vienne se coucher près d'elle, sans impatience : il va venir, c'est parce qu'il va venir bientôt, étendre sa fatigue contre elle, qu'il s'attarde à la fenêtre, et pendant ce temps elle peut le regarder.

« Il doit faire beau, maintenant, à Java-Est », dit-il, et elle ne lui demande pas pourquoi.

Ils ont tout le temps de se remémorer cette nuit, ensemble.

Encore six ans, pense-t-elle très vite.

Sonnailles sur le chemin. Chants d'oiseaux.

Il se retourne, va vers le lit. Elle ouvre les bras, il est près d'elle, sa jambe se replie au-dessus de la sienne. Elle brunit au soleil, lui à peine : sa peau reste blanche, si fragile que les plis de l'étoffe la plus délicate y impriment des marques rouges, comme des balafres qu'elle suit du bout des lèvres. Un rayon de lumière, découpé par l'entrebâillement, s'allonge sur leurs corps. Peut-être va-t-il faire vraiment beau aujourd'hui, jusqu'au soir. On dirait que cet orage-ci a lavé le ciel. Demain, elle écrira, elle commencera pour de bon *Frankenstein*. Mais tout de suite ils vont dormir, longtemps. Déjà leurs corps adoptent des positions familières, tous deux sur le côté, ventre de Percy contre dos de Mary. Les mots s'étirent dans sa tête, mots-sésames qui n'ouvrent plus rien, mais cela reviendra, ils chercheront ensemble. Elle ferme les yeux, se demande s'il les a fermés aussi. Elle devrait sentir ses cils battre contre sa nuque.

Non, il bouge, retire le bras passé sous son flanc, s'éloigne. Elle gémit doucement pour qu'il revienne, elle le veut tout près, tout contre elle.

Le sommier grince.

La pierre du briquet qu'on bat une fois, deux fois. Pourquoi allumer la bougie?

Elle se retourne à demi, entrouvre les yeux. La mèche d'amadou rougeoie, il en approche la feuille de papier.

« Que fais-tu? »

Elle se redresse, appuyée sur le coude. La feuille brûle, vite.

« Rien. Dors. »

« Mais... c'est ce que j'ai écrit tout à l'heure... »

Elle veut l'arrêter trop tard. La flamme vient lécher ses doigts. Il lâche le coin de papier qui finit de se consumer, sur la table de chevet.

« Tout à l'heure, dit-il, tu dormais. »

Elle le regarde fixement, incrédule, égarée. Ce n'est pas possible, il n'a pas le droit de faire ça, de recommencer à l'effrayer. Pas après cette nuit. Il faut qu'ils en gardent le souvenir, tous les deux, que chacun de ces mots existe pour eux, même s'ils ne peuvent en retrouver le sens.

Brighton, l'hôtel chinois, le capitaine Walton...

Elle les répète. Il doit les répéter aussi, lui revenir.

« Tu as fait un cauchemar, mon amour. Il faut dormir. »

Son air soucieux, sa sollicitude inquiète : elle voudrait lui cracher au visage. Il n'a pas le droit. Les autres peuvent nier en bloc, tant qu'ils voudront, elle sait qu'ils le feront, mais pas lui. Pas lui.

Il pose la main sur son épaule. Elle le repousse, regarde leurs pieds encore crottés de la boue du chemin, les égratignures aux mollets, toutes fraîches : ils viennent de rentrer, il ne peut pas nier ça.

Il surprend la direction de son regard : encore une preuve qu'il va falloir détruire.

« Tu as marché en dormant, cette nuit, sur le chemin. Je t'ai suivie. Tu répétais des mots que je ne comprenais pas. »

De nouveau l'étranger, l'ennemi rusé qui tire parti de tout. C'est vrai qu'enfant elle avait des accès de somnambulisme. Et si elle lui demande quel était ce papier qu'il vient de brûler, il répondra des vers dont il n'était pas content, n'importe quoi d'un peu vraisemblable. Il dira qu'ils ont quitté Diodati vers dix, onze heures, les autres confirmeront. Ils ont conspiré pour que cela arrive et maintenant ils conspirent pour faire comme si ce n'était pas arrivé, comme si elle était folle. Mais pourquoi ? Pourquoi ? Est-ce la consigne du capitaine Walton ? Tout effacer, murer la porte qu'ils ont tirée cette nuit ?

« Tu mens. Tu mens », répète-t-elle, pour s'en persuader.

Elle a peur de finir par les croire, à la longue. Il lui sourit, se penche sur elle, qui voudrait crier, s'arracher les ongles à la surface du mur lisse, aveugle, jusqu'à ce qu'elle retrouve la porte.

Derrière, Ann et Allan dorment paisiblement. Ils l'ont abandonnée.

« Calme-toi, mon amour... »

Son visage, tout près du sien. Ses yeux noirs qui la regardent sans ciller, sincères, aimants : elle est enfermée pour toujours avec lui, de l'autre côté du mur, et ce n'est pas lui.

Elle le serre dans ses bras, fort, pour ne plus le voir. Approche la bouche de son oreille.

« Dans six ans », murmure-t-elle.

Silence. Le soleil, à travers les volets, mord maintenant sur l'oreiller.

« Dors... »

Elle se retourne contre le mur.

Sagaponack, Long Island, juillet 1983
Les Marenaudons, mai 1984

DU MÊME AUTEUR

Aux Éditions P.O.L

BRAVOURE, prix Passion 1984, prix de la Vocation 1985 (Folio n° 4770)

LA MOUSTACHE, 1986 (Folio n° 1883)

LE DÉTROIT DE BEHRING, Grand Prix de la science-fiction 1987, prix Valery Larbaud 1987

HORS D'ATTEINTE ?, prix Kléber Haedens 1988 (Folio n° 2116)

LA CLASSE DE NEIGE, prix Femina 1995 (Folio n° 2908)

L'ADVERSAIRE, 1999 (Folio n° 3520)

L'AMIE DU JAGUAR, 2007 (1re parution, Flammarion, 1983)

UN ROMAN RUSSE, 2007 (Folio n° 4771)

D'AUTRES VIES QUE LA MIENNE, 2009 (Folio n° 5131)

LIMONOV, 2011

Chez d'autres éditeurs

WERNER HERZOG, Edilig, 1982 (épuisé)

JE SUIS VIVANT ET VOUS ÊTES MORTS : PHILIP K. DICK, 1928-1982, Le Seuil, 1993

COLLECTION FOLIO

Dernières parutions

Composition Bussière
Impression Novoprint
à Barcelone, le 5 novembre 2012
Dépôt légal : novembre 2012
1ᵉʳ dépôt légal dans la collection : août 2008

ISBN 978-2-07-032159-9./Imprimé en Espagne.